英文学と道徳

園井英秀［編］

九州大学出版会

序　文

　ここ二十年ほど日本における英文学研究の様子が少しずつ変わってきたことについてあえて問題点を述べ序に換える。新しい批評理論や文学理論の進出もあるがそれはある程度あり得ることだとして、最も気になる変化はいわゆる伝統的な文学研究が旧式の収穫機扱いされる傾向である。国際的研究や時代先端の研究と対比的に見える古くささがその原因であろうが、不易の価値というものがあることを改めて主張したい。さらに言えば、この価値は国際的研究や時代先端と必ずしも相容れないわけではなく、むしろ英文学研究においては、基本的にこの価値の認識なしに国際的にも認められる研究は成立し得ていない。イギリスにおいても大勢を占めるのは従来型の批評である。すなわち頑丈な基礎研究と綿密なリサーチを土台として主題や審美的価値を論じ新たな視点を提起するという態度である。日本でも学際的研究やファクトの蓄積による研究が見られるようになったが、これらはいわば方法の問題でありむしろ従来型研究を補強する態度といってよい。最終的には解釈を行い何らかの批評的判断を示すことは当然である。これらの研究においても新鮮な深い読みや洞察あるいは先端を見通す目が示されることは時折目にする優れた業績によって証明されているとおりであり、いまさら指摘するまでもない。伝統的価値に内在する迫力というべきである。

サー・フィリップ・シドニーが、詩とは教えかつ楽しませるものだと表明して以来四百二十年余り経つ。四百二十年の長短は別に、この簡潔明晰な文学的原理は何ら耗減することなく今日も存続している。楽しませるとは、詩は畢竟「良いこと（goodness）[1]」を身に取り込む喜びを与えること、教えるとは、良いことに対して心が動かされることを理解させることである。これを単に十六世紀詩の定義として文学史的に解釈することは英文学を理解していることにはならない。楽しませかつ教えること、良いことの達成が示唆されること、自然と人間が主題であることは、英文学の特質でありその道徳的性質を要約するものである。このテーゼにはプラトン、アリストテレス、ホラティウス等の古典、あるいはJ・C・スカリガー、ミントゥルノ等のイタリアルネサンス詩学の背景がありオリジナルなイギリス製ではないが、中心的議論はシドニーの発想によるものであり特に道徳的性質の強調はシドニーの洞察を示すものである。[2] シドニーがあえてこの言明をしたことはイギリスルネサンスのポレミカルな文学的環境の所産ともいえるが、その真意は一五七〇年代後半以降、古典文学や大陸文学に押されがちなイギリス文学を擁護しその独自性と力を確かめ、かつ自らの文学的立場を補強する必要があったためである。

さて、教えかつ楽しませるという二つの性質はいうまでもなく不可分である。読者の立場では喜びを得ながら学ぶということである。喜びを得ることは文学の性質として理解しやすく、またこの性質は当然イギリス文学に限るものではない。イギリス文学の特色は喜びと同時に学ぶことが生じることを意識するものである。詩作の立場において教えることを作品のプログラムとすることは、諷刺文学の場合を除きほとんどないと言ってよい。作品が教えるという意味は何らかの道徳的性質が作品の総計として示唆される様態をいうものである。『楽園喪失』（ミルトン）の主題はキリスト教的意味において教育的な性質を持つといえる。しかしこの性質は最も印象付けられる調子ではない。確かに、楽園の喪失によって生じた人間の不完全性を読者が正確に理解し、その不完全性を修復すべき必然性とその可能性が示されていることを認識することが主題の最終的メッセージである。[3] 他方この期待とは別に、テクストはむしろ読者を楽しませる。エピックの物語性が読者の興味を持続させ、自在に拡大縮小する詩的イメージが知的刺激を与え、あるいは格調高い語り口が読者を満足させる。同時にこの体験において楽園喪失の意味と人間の不完全性について読者は何らかの道徳的理解に到達する。この効果を教育的なものとして理解することができる。

シドニーの明快な要約が十六世紀になされたことは日本人の英文学愛好家にとり有り難いことである。この表明がなければ英文学の特質を理解し納得することは困難であったと思われる。他方この性質についてイギリス詩人、小説家、劇作家が、自らの批評的言説において改めて確認する事例は、例外はあるがほとんどない。例外とはベン・ジョンスン（『ティンバー』）、ワーズワース、シェリー、フィリップ・ラーキンを挙げることができるくらいである。確認がほとんどないのは、この性質は英文学の性質としていわば生来的なものであり必要がない限り改めて議論する主題ではないからである。一九四六年、『スクルーティニー』のF・R・リーヴィスとアメリカの『ケニオン・リヴュー』のエリック・ベントリーとの間に興味深いやりとりがあった。ベントリーはニュークリティシズムの分析批評の立場を背景に、「さほど分析的ではない」イギリス批評の批評原理について間接的に問う書評（L・C・ナイツの新著『エクスプロレイションズ』について）を行いリーヴィスがそれに対応した。しかしその答えに肝心の批評原理の話は出てこない。『スクルーティニー』の立場は「何らかの正統的原理や枠組みを持つわけではない」[4] と述べられるだけである。答えられないのか単に答えたくなかったのか不明だが、少なくともこの問いはイギリス批評にとり当惑させられるものだということができよう。答えはある意味ではあまりに自明だからである（一九三七年にもリーヴィスは、ルネ・ウェレックとの間で同様のやりとりを行っている）。この後一九四九年までをピークに同誌にアメリカ批評からのチャレンジは再々寄せられるが、まともに取り合われていない。一方、リーヴィスは同誌においてあたかも「実地を見て判断せよ」というかのごとく、この時期特に精力的に批評活動を行う。この中にジョージ・エリオットの文学を要約する次の表現がある。「彼女［ジョージ・エリオット］は人間性の弱さや平凡さを主題としている。反感や感傷とは無縁に、明晰で客観的なヴィジョンをもって人間性の中に出入しているのだ。それは彼女自身のすばらしさと気高さによるものだと感じることができる。今日見れば、彼女はまことに力を与える健全な作家だと思われる。彼女こそ（中略）今日のような道徳性を失い勇気を失った時代に頼みの綱になる作家である」[5]。ここにはベントリーには答えなかった英文学の道徳性についての一つの見解が示されている。すなわち、人間性、日常性、気高さ、勇気、健全などの価値は優れて道徳的な主題であり、英文学の判断がこれらの価値を基準とすることを理解させる一例である。

フィリップ・ラーキンはかつて、彼にとっての喪失の感覚はワーズワースにおける水仙のようなものだと述懐している[6]。表面的にはこの表明は詩作のインペタスについての隠喩として受け取られるが、実はさらに広く深い文学的意識を共有することを示唆するものである。この感覚はおよそ五百年間にわたる英文学の主題として間断なく出現し、重要な道徳的主題を形成していることに気付く。それはシドニーから十七世紀詩において、またロマン派、テニスン、D・H・ローレンス等における文学的エネルギーに内在する感覚である。この主題は喪失に対する認識と郷愁、喪失の回復等、喪失したものの性質も表現の姿勢も異なるが、大きく見れば宗教的ないし哲学的洞察を文学的に表現するものであることを理解することができる。では喪失の主題がなぜ道徳的であるのか。喪失感は人間の生き方の根幹に関わる問題として捉えられる。人間は生きているその時点で自らの内奥で何かを失いその意識が基底にあることを時に認識する。

英文学はこの認識を文学的発現の根源的衝動として理解する性質を持っている。これは本質的に時代や思潮と無関係な一定の性質である。たとえばヘンリー・ヴォーンの喪失の感覚はブレイクやワーズワースと共有されるものであるだけではなく、視点は異なるがディラン・トマスやウィリアム・ゴールディングにも見出すことができるものといってよい。ワーズワースの水仙は詩人の心に先験的に存在するものと呼応する完全な自然のイメージであり、それは日常失われているものである。水仙であれワイ川の感慨であれ、このイメージの回復は、それが長椅子の上であれ人中であれ、喪失したものの祝福すべき回復である。ロマンティックな文学衝動（二十世紀においても見出し得るが）はこの回復にかける情熱とプラトニックな郷愁によって成り立っている。フィリップ・ラーキンの喪失感は、高窓の彼方に広がる青空あるいは「無」がそのイメージを受け止める。それはラーキンには永遠に失われたもの——過去、尊厳、宗教——であり、あるいは芸術的完成を象徴するものである。しかしラーキンの場合、あるいは現代的状況において、この回復はもはや諦められているようにも見える。このような文学的感覚は自然や宗教や芸術や人間性に対する積極的理解と人生経験に対する真摯な認識を前提として存在する。喪失したものの回復を希求する姿勢は必然的に道徳的である。

以上英文学の伝統的性質を擁護することを一つの目的とする姿勢についてその理由を述べた。日本では時代先端の批評姿勢が強いが、伝統が時代錯誤扱いをされることは看過し難い。今日道徳などといえばまず反発を受ける。英文学においてこの誤解があることは残念である。

本書のいずれの論考も、道徳性に関する解釈のプロもコンも含め、俯瞰的には本書のタイトルの主題を内包するものである。論述や視点のバラエティーはこの主題のパラダイムであると考えている。本書は二〇〇五年春を一つの区切りとして、かつて九州大学英文科でイギリス文学を学んだ若い研究者の研究成果の一端をこのタイトルの下に纏めたものである。また、畏友、小澤博氏（関西学院大学）及び同僚の鵜飼信光氏からご寄稿を受けたことは大変嬉しいことである。編集の労を取られた鵜飼信光、木原謙一の両氏には感謝するばかりである。また快く出版を引き受けていただいた九州大学出版会藤木雅幸氏にも厚くお礼を申し上げたい。

平成十六年九月　オックスフォードにて

園井英秀

注

（1） Cf. "goodness" (*OED* 1a) Moral excellence; virtue. (4b) That which is good in anything; the strength or virtue of it.

（2） Jan Van Dorsten (ed.), "The Defence of Poesy" collected in *Miscellaneous Prose of Sir Philip Sidney* (Oxford: Clarendon, 1973) 63.

（3） Cf. Milton, 'The end then of Learning is to repair the ruins of our first Parents...,' "Of Education" collected in *The Works of John Milton* (New York: Columbia UP, 1931) 277.

（4） *Scrutiny*, vol. xiv no. 2 (1946) 136. Also; 'It would perhaps be wisest not to define the programme of *Scrutiny* too narrowly until intentions can be judged by performance.' vol. i no. 1 (1932) 5.

（5） *Scrutiny*, vol. xiv no. 2 (1946) 130.

（6） Philip Larkin, *Required Writing* (London: Faber, 1983) 47.

目次

第二部

第三部

第四部

第一部

『アーサー王の悲運』に見られる道徳観
——大衆演劇への橋渡し

大和高行

はじめに

英文学史上、「アーサー王」伝説ほど繰り返し再表象が試みられる主題はないだろう。実際、サー・トマス・マロリーやエドモンド・スペンサー、アルフレッド・テニスンなどの錚々たる詩人たちが、様々なアーサー像を描いてきた。小論の第一の目的は、それらのアーサー詩群ほどには知られていない『アーサー王の悲運』(一五八七年［一五八八年］[1])の演劇的特徴を確認し、そこから浮かび上がる道徳観ならびに教えの意味を明らかにすることにある。小論のもう一つの課題は、演劇史的な評価が低い本戯曲が後の大衆演劇を生み出す有力な演劇モデルの一つになっているという可能性を示すことである。

一 『アーサー王の悲運』初演時の史的状況について

『アーサー王の悲運』は、スコットランド女王メアリー・スチュアート(Mary Stuart, 一五四二―八七年、在位一五四二—一六七年）がイングランド国王エリザベス一世（Queen Elizabeth I, 一五三三—一六〇三年、在位一五五八—一六〇三年）への大逆罪により処刑（二月八日に執行）された翌年、イングランドの対外関係でいえば、常勝を誇るスペインの無敵艦隊アルマダをイングランド海軍が初めて撃破し、海上での覇権争いに弾みをつけたその年に、初演・出版された。エリザベス一世の在位三十年目の年に相当する一五八八年の二月二十八日にグリニッジの女王陛下の王宮での御前上演を初演とすることを前提に、法学院グレイズ・イン（Gray's Inn）の紳士たち[2]によって準備された本戯曲が、エリザベス女王の称讃と共にイングランドのナショナリズム昂揚を狙ったことは間違いない。古代ブリテン王の物語を描いたトマス・ノートンとトマス・サックヴィルの共作劇『ゴーボダックの悲劇』（初演一五六一年、於法学院インナー・テンプル）が北方の叛乱や国内外のカトリック勢力の不穏な動き、エリザベスの結婚・世継問題に直面した当時のイングランドにおいて君主論・国体論・統治論として機能することを目指したように、本戯曲は、もはや世継ぎが望めぬ高齢の女王エリザベスの治世下で国内外の政治的緊張が高まりを迎えた重要な時期に、誉れ高き伝説上の名君アーサーの悲劇を、英国の伝統的な詩形となる「無韻詩」（'blank verse'）を用いて叙事詩的に格調高く描いてみせたのである。[3]

二　芝居の大外枠を構成するテクスト部分について

（一）　ニコラス・トロットの序詞

テクストでまず目を引くのは、ニコラス・トロットが執筆を担当したとされる、複雑な構成からなる韻文の序詞である。そこでは、法の神々の託宣を告げる女神アストライアーに敬意を抱く法学院の五人の紳士たちが、三詩神《ミューズ》の捕虜として、神聖なるイングランド国王エリザベスの前に連れて来られ、捧げられる理由がまず示される。詩神《ミューズ》の一人が語るには、その才士たちは、「彼らの書き物（＝詩）を新たに進化させる」(4)（五〇行）ことに同意したという。次に、序詞の五四行目以降では語り手が交代し、紳士の一人がこの詩神《ミューズ》の演説《スピーチ》に対し、こう答える。即ち、我々アストライアーの下僕《しもべ》たちの「忠勤は、非難を受ける余地なく／王侯の特権、貴族への尊敬、／平民の自由、それに、あらゆる人々の権利を護《まも》り、／暴動の力や不誠実な欺瞞を抑制し、／不断の注意で護《まも》るに値するものを護《まも》っている」（八七－九一行）のだが、（法的理性である）アストライアーへの忠誠を裏切ることなく、「我らが国家を異国のもので溢れさせて豊かにするため、／詩神《ミューズ》との交流を認めてきた」（九五－九六行）、と。そして、結びの部分で、本作品上演の目的を明示するのである。

我らが自在に時の制約を統制し、
演じたいと思っておりますその事柄は、
悪徳には酬いがくるということを悲劇的な調べで物語ることになります。
悲劇がこのような機会にどうして相応しいのでしょうか。
その訳《わけ》はといえば、神聖なる女王陛下が
恵み深きお手に王笏をお持ちになっているが故に、
悲劇は悉く玉座から逃げ去って舞台上へと飛来したからです。（一二七－一三三行）

ここでの「悪徳」とは、最近敗北を喫した国内外の悪を指す。その罪深さは、アーサー王の悲運との類推によって強調され、勝利を収めた女王の統治が相対的に言祝《ことほ》がれるという仕組みである。

だが、真に注意すべきは、序詞全体を締めくくる引用後半の部分である。この四行では、慎重な言い回しがなされ、アーサー王とエリザベス女王との間に類推が働くことを避ける用意周到なレトリックが用いられている。つまり、「王権の安全は玉座の女王陛下に確保されている。悲劇は舞台上にのみ存在し、従って、そのような悲劇は女王陛下の身には決して起こらぬ」という論法である。「悲劇が起きる、際限なく悲劇が起きる、ただ我々に悲劇が起きることはない」——このことを敢えて明文化し、舞台上の歴史が観客側の現実の歴史と交渉を持ち得るのではないかという根源的疑念を演劇的に取り込んでいる点で、ニコラス・トロットの序詞は実に革命的である。(5)

(二) 本格的幕開きに先んずる部分

この悲劇が国のことを想う臣下から女王陛下に捧げられた道徳的テクストであることは、ゴーロイスの台詞で始まる本格的幕開きに先んずる部分を見れば分かる。そこには、『アーサー王(ユーサー・ペンドラゴンの息子)の悲運』の刊本と実際の上演時に行われた変更との関係について触れた短い文章、「この悲劇の梗概」、アレゴリーによって芝居本編の主旨を伝える「第一の黙劇の梗概と所作」、それに、「第一幕の梗概」、「登場人物一覧表」が続く。入念に仕上げられ、畳み掛けるようにして続くこれら散文形式の梗概群は、アーサーの父ユーサー・ペンドラゴンが臣下コーンウォール公ゴーロイスの血統に対し犯した不義と殺戮の罪が、近親相姦を重ねながら脈々と続くペンドラゴンの血統への呪いを生み、アーサーとモードレッド父子間の血で血を争う戦《いくさ》、ひいては、国家の滅亡をも引き起こすという、いわばギリシャ悲劇的な因果について説明する。

歴史の因果とは歴史の反復と言い換えることもできよう。この悲劇では、愛欲と野心という二つの心的要素が国家的災いをもたらす根源的な罪であるという史的ヴィジョンが示される。それはトロイの末裔としてブリテンに課せられた宿命、逃れられない因果なのである。以下、「帝国の西遷論」（'translatio imperii'）[6]の思想に基づく歴史反復のモティーフが本作品にどのような下地を与えているか見てみよう。

サクソン人との戦いの勝利を祝って催した宴の席で、ユーサー・ペンドラゴンはコーンウォール公ゴーロイスの妻イガーナを見初めた。ゴーロイスは、王の横恋慕を察知し、妻を伴ってコーンウォールの地に逃れると、戦《いくさ》の準備を整え、妻を王の手の及ばない守備堅固な砦に匿った。やがて王は、ゴーロイスを討伐すべく兵を集めたが、イガーナへの思いが募って辛抱しきれず、魔法使いマーリンの術で、ゴーロイスそっくりに姿を変えてもらった。王は、イガーナに歓待された後、包囲軍の陣中に戻って、ゴーロイスを殺戮した。（「この悲劇の梗概」一–九行）

ここに示されるイガーナを守る砦と包囲軍の対峙はあたかも、かの有名なトロイの陥落という劇的構図の再現であるかのように映る。アーサー王の悲運は、ブリテン人の王による、サクソン人討伐、コーンウォール公討伐、ローマのルーシャス・タイベリアス帝討伐、そしてモードレッド討伐という一連の戦《いくさ》を背景に、誘惑と征服、そして、その結果もたらされる帝国混乱の史的還流の様相を悲劇的筆致で描く一大叙事物語なのである。そしてそのことは、芝居の外枠ばかりではなく、芝居の核となる部分においても悲痛な歴史表象トロイへの言及が繰り返しなされるたびに、確認されるのである。以下、劇の本体部分に現れるトロイ表象の例を二、三挙げる。

往昔《いにしえ》の運命を思い起こしなさい。あのトロイアだって、
もし、その王子が婚姻の教えを軽んじることがなければ、未だに健在のはず。
トロイアを滅ぼした悪が、今、あなたの王座を脅かしている。用心なさい。
かつてパリスが倒れた、その場所に、今、モードレッドが立っているのです。
（第一幕第四場六四―六七行）

見よ、ここに、堂々たるもう一つのトロイア、
ブルートの約束された席、ブリテンの国土が遂に、
征服された諸王からの幾多にのぼる戦利品で飾られた有り様を。
万歳、九年間見なかった祖国の土地よ。
長く名声を博してきたローマが、遂に
かつての壮麗さを奪われて、汝（＝ブリテン）に降伏の諸手を挙げた。（第二幕第一場一―六行）

『アーサー王の悲運』は、このように帝国の西遷論に基づく歴史の因果を、第二のトロイたるローマに勝利を収めた第三のトロイたるブリテン、及び、その王であり征服者でもあるアーサーに宿命づけられたものとして描く。近代初期英国の古典悲劇と位置づけられる本作品は、以降の英国演劇テクストに連綿と続くトロイ表象の嚆矢となっている点で、非常に重要なテクストであるといえる。

三　芝居の外枠を構成する語りについて

ゴーロイスの亡霊

『アーサー王の悲運』は、帝国に課せられた宿命を描く地上的な悲劇としての側面を持つ一方、ゴーロイスの亡霊が芝居の外枠から見守る冥界の黙示録的な復讐劇としての側面も有する。舞台に亡霊を導入した本作品には、大衆演劇において人気を博したトマス・キッド（Thomas Kyd, 一五五八―九四年）の『スペインの悲劇』（*The Spanish Tragedy*, 初演：*c.* 一五八九年、出版：一五九四年）が用いた同種の手法に先んずる独自性が認められる。

本格的幕開きである第一幕第一場に登場するゴーロイスの亡霊は、芝居本体のアクションに影響を及ぼすことなく、この悲劇の成りゆきをただ静かに傍観する存在である。ヒューズは本作品をセネカ仕立ての格調高い悲劇にするため、セネカ悲劇の中で最も恐ろしい『テュエステス』（*The Thyestes*）をモデルにゴーロイスの亡霊を作り出し、芝居の初めと終わりに登場させた。遺恨に燃えるこの超自然物はおもむろに前口上（prologue）を語り始める。

　こうして、地獄と天国の中間の地リンボの湖の冥《くら》き波路、
地獄の池の深き淵を過ぎ行きて、
恐ろしげな渡し守カローンが漕ぐ船に乗って帰るのは、
汝の霊。プルートーンが支配する地獄と闇の世界を出でて目指すのは、
運命の女神たちの審判によって一度は失いし、かつての光明の世界。

彼《か》の地では、高慢なペンドラゴンが、恥ずべき肉欲に燃え立ち、
かつて汝から、妻と領地と生命とを奪ったのだ。
今こそ（ゴーロイスよ）汝の望みを果たすのだ。汝の遺恨を晴らし、
存分に復讐するのだ。汝の怒りは復讐の先送りを断じて許さぬ。（第一幕第一場一—九行）

『アーサー王の悲運』の本編それ自体、セネカの複数の悲劇作品からの夥しい詩行を断片的に取り込んだ大規模な翻案であり、ローマ古典悲劇の流れを継承しているが、冥界より出でたゴーロイスの亡霊は、地獄の池に落とされ永劫の罰を受け続けるタンタロス（Tantalus）さながらの苦しみと怨念に満ちた先触れとなり、おどろおどろしい復讐心を台詞に響かせて解き放ちながら、舞台に緊張をもたらすのである。
しかしながら、舞台上の悲劇は観客であるイングランドのお歴々の身に決して及んではならない。そのことをゴーロイスは以下の台詞によって確約する。

……嗚呼、宝玉のごとく輝くカシオペア座、
神聖きわまりない光、優しくも神々しい新星、
平和を象徴する芳しいオリーヴの枝を手にされて
帝位に座すこの国の喜びたるお方よ、
そして天におられる神の他に
（彼女の堂々たる従者たち、神がかった力と
柔和なお顔立ちをもち、みな熱心にブリテンのためを思っておられる面々）

この災いがこの国にどのような脅威となるかお見通しの方々よ、
　どうか私がこのように復讐するのをお止めくださいますな。と申しますのも、
彼らの生き残りであるあなた方は千年後の幸せな時代の方々なのです。
平和と信仰と繁栄と安寧の時代であり、
全世界があなた方の幸福を見て驚嘆することでしょう。
それがあなた方の時代です。この時代はゴーロイスの亡霊にお任せください。（五四―六六行）

このように、これから舞台に掛けられる古代ブリテンの悲劇が千年もの時を経た「幸せな時代」に生きる観客たち――ただし、「この災いがこの国にどのような脅威となるかお見通しの」観客たち――とは無関係であることを保証した上でゴーロイスは退場する。かくして、セネカを本歌とするこの史的教訓をいかように解釈すべきかは、観客の判断に委ねられる。

四　芝居本体の道徳をめぐる対話（dialogue）について

カンリフは本作品の登場人物の造型に関し、以下のような評言を残している。

グィネヴォラとモードレッドの関係は、基本的にセネカのクリュテムネストラとアエギストゥスの関係をモデルとしたものである。これ以上セネカの題材を借用することは不可能と思えるほど借りものだらけの作品であり、また実際、自らに課したオリジナルな発明というものが足枷となって、ヒューズはキャラクターをうまく発展させることが出来ていない。モードレッドとグィネヴォラはおそらくセネカ的タ

イプの単なる焼き直しだろう。だが、最後の何シーンかのアーサーには、マロリー以降久しく途絶えていたと思われる「神秘的個性」（'mysterious personality'）が積極的に描かれている。（カンリフ xci 頁より抄訳）

なるほど、カンリフは主としてセネカの悲劇群から題材および詩行を夥しく借用して書かれた本作品に作者の独自性を容易には見出し得なかったようである。おそらく、セネカの格言を継ぎ接《は》いで展開される、劇本体での道徳をめぐる対話なども退屈に思えたのではないだろうか。しかし、これはおそらく伝説の勇者アーサー王についての劇という先入観が障害となっていることに起因する誤った評価である。実際、前半部の主人公であるグィネヴォラやモードレッドの発話に注意を払い、それぞれのキャラクターを道徳との関係で見てみると、強い個性が浮かび上がってくるのが分かる。以下、グィネヴォラ、モードレッドの順に、それぞれの道徳観が強く現れている場面を見てゆく。

「婚姻の正道を踏みにじった妻が／愛憎相半ばする思いを抱え、情愛と残忍のあいだで錯乱するありさまを／とくと見せてもらうことにしよう。／深い絶望にかられるまま、／疎ましい俗世を厭う頭を修道服に包み、隠遁生活へ引きこもるのだ。」（第一幕第一場三三―三七行）とゴーロイスが語る女主人公グィネヴォラの内的葛藤は、九年間にも亙る夫アーサーの不在によって蔑ろにされた妻が、女としての当然の成りゆきでモードレッドとの不義に走ったことを正当化する心と、アーサーとの間で交わした「神聖なる結婚の誓い」（第一幕第二場三一行）に対する良心の呵責に苛まれ、一思いに命を絶つことや、修道女となり、生きながらの死によって残りの人生を昇華することを希求する心の両極で大きく揺れ動くことになる。

グィネヴォラの葛藤は、第一幕第二場での腰元フローニアを相手とする対話、第一幕第三場での妹アンガラートを相手とする対話、それに、第一幕第四場でのモードレッドを相手とする対話で様々な揺らぎを経験する。結局、出家という女性的な解決の道が選ばれることになるのだが、注目すべきはグィネヴィラに激しい情念を持つキャラクターとして知られるシェイクスピアのマクベス夫人の萌芽ともいうべき、女の復讐心の猛りが看て取れる点である。

恨み根深い悪鬼よ、来るがよい、残忍な復讐の女神たちよ、こぞって来たれ。
一人ずつではなく、一時にどっと押し掛けるのだ。この胸の激怒は
まだ十分荒れ狂ってはいない。まだまだもっと化け物じみた極悪非道な感情で
満たされたいのだ。心臓がどくどく高鳴ってきた。
肝臓も煮えたぎってきた。私の心が何かを予兆する、
何なのか定かではない。しかし何であれ、巨大な何かだ。
　ならば限りなく膨れ上がるがいい、いったいそれが何であろうと。それでいい。
漏らさず災いの限りを尽くせ、もうこれで十分だということは決してない。
暴虐に復讐するにはそれ以上の暴虐をもってするしかないのだ。(第一幕第二場三九―四七行)

前述のように、カンリフはセネカからの借り物の詩行がオリジナルな発明を阻害し、ヒューズはキャラクターをうまく発展させていないと批判していた。確かにこの箇所も『テュエステス』(二六七―七〇行)に酷似している。だが、激しい復讐心に燃える女性の情念を劇的迫力に満ちた無韻詩で見事に描くこれらの台詞に注目すれば、それが的を射ない評言であることは明らかであろう。このことは、有名なマクベス夫

人の独白と比較することで確認できる。

……さあ、
死をたくらむ思いにつきまとう悪魔たち、この私を
女でなくしておくれ、頭のてっぺんから爪先まで
残忍な気持ちで満たしておくれ！　血をこごらせ、
やさしい思いやりへの通り道をふさいでおくれ、
あわれみ深い人情が訪れて、私の決心をゆさぶり、
その決意が恐ろしい結果を生み出す邪魔を
しないように。（『マクベス』第一幕第五場四〇―四七行[7]）

この例に見られるような罪深き女性の一時的な憤怒の表出は、時に修道女、時に狂女、時に自害の運命を辿る女主人公の、一つの悲劇的な類型《パターン》のはしりであるといえる。
グィネヴィアが罪の意識に苛まれ、葛藤するのに対し、モードレッドは逡巡する様子を微塵も見せない。モードレッドは、後述するアーサーの思いやりに満ちた父親らしさと明確な対照をなす、強固な反逆精神に貫かれたキャラクターである。モードレッドがコナンを相手に正義に関する議論を展開する場面を見てみよう。

モードレッド　正義を欠く統治であればこそ、安全は剣によって守るのだ。

剣も王笏も王になればいちどきに手に入るのだからな。
コナン　正義のみを志すことこそ王者の最たる印でしょう。
モードレッド　正義のみ求めて王笏を握る手は力弱い。
正義を気にかけたことが多くの王冠を脅かしてきたではないか。
水と火が異なるように
人の利も正義とは異なるものだ。
意のままに不正をはたらくことが往々にして
当てにならない玉座をしっかり固め、多くの敵を引きずり下ろすということもある。
振るわれる剣が止んだなどとは、滅多にないこと。一撃を加えることなく
支配者の手が安全であったためしはないのだ。罪なき人生を送りたい者には
王冠を簒奪させないようにするがよい。
権力への大望と正義とが相容れることはまずもってない。
不正をはたらくことを恥とする者に限って臆病者なのだ。（第一幕第四場九五―一〇八行）

ゴーロイスの亡霊が「逆賊モードレッド」（第一幕第一場三八行）をその父と争わせ、「ブリテンを他国軍の餌食になるに任せ」（三九行）、「遂には王国全土の分裂に至るまで」（四二行）混乱させることを目論んでいたことを思い起こせば、ここに描かれるモードレッドの道徳観こそが王国に破滅をもたらす危険性を孕むものであると理解できる。

父子間での下克上を何とも思わぬモードレッドは、目的のためには手段を選ばぬいわゆるマキアベリ的

キャラクターである。その傲慢さが最もよく表れている箇所を見てみよう。

息子も父もあったものか。私は自分自身を優先させるまで。
非道であればこそ、王冠を手に入れる時が来たら
先を越すことができるのだ。私は自分と肩を並べるものなど要らない。
誰かが自分の上に君臨するなんてぞっとする。うんざりだ。むかむかする。
自然であれ、道理であれ、自尊心であれ、
私はそれを支配したいのだ。何かの権利を伴ってとか、権利によってとか、
権利にしたがってとかではなく、ただ私自身を優先させるだけだ。（第一幕第四場一一〇―一一六行）

このように、王権を手に入れるために王であり父親でもあるアーサーを蔑ろにするモードレッドの支配欲の強さは、誇張法を伴って、大いなる悪徳として描かれる。

では、主人公アーサーの道徳観についてはどうか。これまで心中を語る準主人公グィネヴォラとモードレッドの台詞を通して説明されてきたアーサーのキャラクターは、実際の舞台登場となる第三幕第一場以降、ヒューズが英国演劇に新たに導入した独創的な手法を通じ、慈愛深い父という表象で塗り替えられてゆく。

その一つは、セネカの「隔行対話」（'stichomythia'）を模した文体《スタイル》の使用である。独白同様、隔行対話はキャラクターの心中を浮き彫りにするのに適した演劇的手法といえる。おそらくヒューズはその効果を充分に意識したのであろう。息子モードレッドと父アーサーの道徳観の違いは、この同じ文体《スタイル》を用いて対

照的に描かれる。即ち、コナンを相手に隔行対話で展開される、「信義にもとる不正」（第一幕第四場一一八行）を試みることの是非についての議論（一一九―一二八行）や王位簒奪の罪と運命によってもたらされるその酬いについてのやりとり（第二幕第二場九一―一〇二行）がモードレッドの反逆心の強さを浮き彫りにする。他方、「反逆者がいなければ、我が名声は損なわれ、／反逆者を伐ち負かすことで、我が威力は賞讃される」（第三幕第一場七一―八行）と考えたのであろうと、今回の叛乱を好意的に解釈する父アーサーの強い愛情も、反逆児モードレッドへの厳しい対応を迫るコーンウォール公カドゥーアおよび小ブリテンの王ホウアルとの議論（一四八―一六五行）で用いられる隔行対話によって印象づけられる。このように、赦しを是とするアーサーの道徳観はモードレッドの傲慢さとの対比により、美徳として描かれる。そして、思いやりに満ちた父の愛情がモードレッドとどうしても相容れない状況が悲劇後半部の無常感を生むのである。

もう一つは、合唱隊《コーラス》（chorus）を本筋へ介入させる手法である。本悲劇の合唱隊《コーラス》は、伝統に沿って台詞を四つに分け、劇の外枠から一連ずつ交代で暗唱するが、第五幕からはアーサーとカードーの間に割って入り、両者の悲嘆に合いの手を入れながらアーサーとの直接対話に参加する。

合唱隊《コーラス》二　陛下をこれほどの憤怒に至らせたのは
　モードレッドの邪悪と、あまりに不当な光栄でありました。（第五幕第一場三五―三六行）

合唱隊《コーラス》四　嗚呼悲しみに満ちた戦争よ、嗚呼モードレッドの呪われた高慢よ
　それがこうして国王と国家の苦悩を作り出したのだ。（一四五―四六行）

国民の気持ちを代弁するかのような合唱隊《コーラス》の哀れを誘う痛哭はアーサーとブリテン双方にとっての苦悩の種モードレッドの罪を照射する。また、以下の引用では、かのシェイクスピアの『ヘンリー六世・第三部』で我知らず息子を殺してしまった父と我知らず父を殺してしまった息子の悲嘆に通底するアーサーの改悛を導く。

合唱隊《コーラス》四　このように稀有な王族を失う損失は我らのもの、
　敗北を喫した敵をここでご覧になる陛下のみが勝利を得られるのです。
アーサー　戦う謂《いわ》れなき敵だ。戦が我をここブリテンより呼び出した時、
息子は年齢ではほんの若年、だが、その知恵はあまりに老成していた。
徳は、最も相応《ふさわ》しい人において大いに輝きを放つ、
内面の才能が外面の優美さで飾られる時に。
彼の才知と容貌があの大望を育て上げ、
それが誤ってこの悲歎に満ちた偶然の出来事へと我を仕向けたのだ。
　彼の心はこのように形を変えた。わしはただ
その顔容が蒙った変化を見たくて仕方がない。
彼の誕生に我が血と縁戚が倍になり
交じり合って、二重の血統による愛を刺戟し、
我が瀕死の心を駆り立てて、彼の顔を見たいと願わせる。
その不運の顔より兜を脱がせ、面貌を露わにせよ、

昔わしと我が国民を大いに喜ばせたその顔を。
合唱隊《コーラス》一　ご覧下さい（いと尊き国王陛下）国家のすべての希望を、
支配欲がすべてに先んじていなかったならば。
アーサー　見える（嗚呼、悲しい）、見える（隠せ、また被布を掛けよ、
おお、我が目に斟酌せよ）、我が罪悪の証拠だ、
我が昔の罪悪のおぞましき幻影、
来るべき審判に伴う恐怖の戦慄、
心が抱く現在の遺恨。（八一―一〇二行）

アーサー　何という無念が、（嗚呼、）悲歎に沈む父の心を引き裂くことか、
このように自らを子息なき父親とした者の姿を見るとは。（一一七―一八行）

瀕死状態のアーサーは、近親相姦による愛すべき落胤の死に顔を前に、血の因果がもたらした悲劇に対する自身の罪の意識を曝け出す。本作品における合唱隊《コーラス》は、伝統に則ってモードレッドとアーサーの道徳心と罪深さなどの背景を説明する黒子の役割を果たすが、第五幕では、アーサーとの道徳的対話を許され、父子の身に起きた悲劇の結末を見届ける重要な生き証人として、ブリテンの歴史の前面に参加するのである。

むすび

歴史は繰り返す。悲劇の顛末を見守ってきたゴーロイスの亡霊は、最終幕である第五幕第二場の冒頭で、「高慢は罰を蒙る、／殺伐には代償がある、不義には当然の応報が伴う、／裏切りには報酬、不誠実には審判がくだる、／邪悪には復讐があり、また罪には報いがある。」（一－四行）という語りを通じ、歴史に集材した本作品の道徳的教訓を再確認する。前述したように、『アーサー王の悲運』の創作時期は、イングランドの内政、対外関係において重要な時期に相当する。ヒューズを始めとする法学院グレイズ・インの才士たちが「アーサー王」伝説を用いて劇化を試みた背景に、帝国が潜在的に抱える戦乱の恐怖が存在していたことは明らかであろう。そのような悲劇は「幸せな時代」に生きる今の観客とは無関係であるかと繰り返して、安心感を与えようとする本作品の語りの戦略に、作者たちの危機意識が読み取れる。実際、悲劇を演劇内に封じ込めようとする努力は、「もうこの上に災厄を引き起こすな、／来るべき時代をゴーロイスの亡霊から解き放ってやろう。／これよりはブリテンを終わりなき繁栄に浸らせよう。」（一一－一三行）という再終幕の語りまで持続されることになる。しかしながら、歴史の連続性を遮断して一種の境界線を設けようとする本作品の試みは裏切られることになる。即ち、ギリシャ悲劇では筋の展開を説明する役に徹していた合唱隊《コーラス》が第五幕で芝居本体の道徳をめぐる対話に介入し、いわば周到に用意されたテクスト内の境界線の越境を許されて、本作品の主人公アーサーと交渉を持つことによって。このようなテクスト内の矛盾に気づくことによって導かれる真実とは、「舞台上の悲劇は観客側の歴史と交渉し得る」ということである。舞台上演を観て湧き上がる観客の根源的疑念は、一見、演劇的に取り込まれているように見えるが、そうではない。このことに気づき、歴史を身近なものとして捉え、そこから教訓を得ること――これこそが、テクスト内の個々の道徳的教訓以上に重要な教えになっているのではないか。

演劇の大衆化とは、一般的に説法的傾向が弱まり、娯楽的傾向が強まってゆく動きといえる。中世から連綿と続く良心の問題は、道徳臭さを薄めつつ、近代初期の大衆演劇では「楽しみを与えながら教える」(8)ものへと変化した。ちょうどその過渡期に創作された本戯曲は、宮廷上演を目的に、法学院出身の作家たちの手で編まれたものである。無韻詩で書かれているとはいえ、英文表現自体に生硬さを覚える。確かに、正直言って、難解な作品であることは否めない。しかしながら、英国演劇史の観点から見た場合、小論で指摘したような、『スペインの悲劇』や『マクベス』に先立つ萌芽的技法を認めることができるのも事実である。そのようなことを考えた場合、本戯曲は大衆演劇へと繋がる橋渡しとして決して無視できないテクストであるといえる。

以上、小論では『アーサー王の悲運』の演劇的特徴と、「アーサー王」伝説の戯曲化を通じて示される道徳観について考えてきたが、本テクストが説く道徳的教訓の重層構造と本テクストが後の大衆演劇を生み出す有力な演劇モデルの一つになっているという可能性をある程度示唆し得たのではないだろうか。アーサー詩群ほどには知られず、演劇史的に見てもマイナーな作品として扱われることが多い本戯曲ではあるが、精読を通じて萌芽的主題や技法を確認するという地道な作業から、英文学の伝統に新たな光を当てることが出来るのではないだろうか。

（本稿は、科学研究費補助金基盤研究（C-2）「英国ルネサンス演劇の翻訳プロジェクト研究」（課題番号 15520192）に基づく研究成果の一部である。）

〈主要参考文献〉

Stephen Jay Greenblatt, *Shakespearean Negotiations: The Circulation of Social Energy in Renaissance England* (Berkeley: U of California P, 1988).

Heather James, *Shakespeare's Troy: Drama, Politics, and the Translation of Empire* <Cambridge Studies in Renaissance Literature, 22> (Cambridge: Cambridge UP, 1997).

『セネカ悲劇集Ⅰ・Ⅱ』小川正廣・高橋宏幸・大西英文・小林標訳（京都大学学術出版会、一九九七年）。

玉泉八州男『シェイクスピアとイギリス民衆悲劇の成立』（研究社、二〇〇四年）。

注

（1） *Early English Classical Tragedies*, ed. with introduction and notes by John W. Cunliffe (Oxford: Clarendon, 1912), xc-xci に拠れば、本悲劇はジェフリー・オヴ・モンマス（Geoffrey of Monmouth）の『ブリテン列王史』（*Historia Regum Britanniae*）が描く母国的主題「アーサー王伝説」（'the Arthurian Legend'）に集材している。ただし、近親相姦によるモードレッド（Mordred）の出生、父子間相互の大殺戮など、モンマスに見られない動機はサー・トマス・マロリー（Sir Thomas Malory, ? -1471）の中世ロマンス散文詩『アーサー王の死』（*Morte d'Arthur*, 完成一四六九年または一四七〇年？：Caxton 版一四八五年）から取り入れられている。

（2） Cunliffe（前掲書）に拠れば、主要部分はトマス・ヒューズ（Thomas Hughes, *fl.* 1588）が悲劇の調にて執筆したもの。また、タイトル・ページにある "certaine devises and shewes presented to her Majestie by the Gentlemen of Grayes-Inne" という表記を信頼するならば、この劇の初演時の様態を示す最も重要な特徴となっている精巧な黙劇（dumb shows）や第二幕第二場六七－七〇行目の異文などは、その他の法学院グレイズ・イン所属の紳士たちが起草したものである。Alfred Harbage, *Annals of English Drama: 975-1700*, 2nd ed, revised by S. Schoenbaum (London: Routledge, 1964) 54 は、本悲劇の共作者として Francis Bacon, Nicholas Trotte, Fulbeck, John

Lancaster, Christopher Yelverton, Penroodock, Frauncis Flower の名を挙げている。

（3）当時の政治的文脈における時事的効果については、Evangelia H. Waller, “A Possible Interpretation of *The Misfortunes of Arthur*”, *The Journal of English and Germanic Philology*, 24（1925）, 219-45; Gertrude Reese, “Political Import of *The Misfortunes of Arthur*”, *The Review of English Studies*, 21:85（1945）, 81-91; William A. Armstrong, “The Topicality of *The Misfortunes of Arthur*”, *Notes and Queries*, New 200（1955）, 371-73 & “Elizabethan Themes in *The Misfortunes of Arthur*” *The Review of English Studies*, New Series 7:27（1956）, 238-49 参照。

（4）原文テクストは Cunliffe（前掲書）に拠る。『アーサー王の悲運』の訳出に際しては、トマス・ヒューズ『アーサー（ユーサー・ペンドラゴン子息）の悲運』清水あや訳（ドルフィンプレス、一九九一年）を参考にした。

（5）この一文は、Stephen Jay Greenblatt（主要参考文献参照）の第二章 ‘Invisible Bullets’ の最後の言葉 “There is subversion, no end of subversion, only not for us.”（65）に掛けてある。もちろん、議論の文脈は大分異なるのだが、『アーサー王の悲運』というお芝居が、上演される悲劇的な「歴史」と、そのお芝居を実際に観ている観客の「歴史」との交渉をくどいほど繰り返し否定する点に特徴があることを示すのに、これほど適切かつ衝撃的な表現はないように思える。

（6）Heather James（主要参考文献参照）, 7-13, 81.

（7）原文テクストは G. Blakemore Evans ed., *The Riverside Shakespeare*（Boston: Huton Mufflins, 1974）に拠る。『マクベス』の訳出に際しては、小田島雄志訳『マクベス』（白水社、一九八三年）を参考にした。

（8）Albert Feuillerat ed., *The Prose Works of Sir Philip Sidney*, vol. 3（Cambridge: Cambridge UP, 1968）11: ‘that delightful teaching’.

借り着の衣を着せられて
――『マクベス』と衣服の劇場

小澤　博

『マクベス』終幕の第五幕第五場、反乱軍を前に孤城落日のマクベスは、発狂して死んだ妻を思い、夢のように過ぎ去った己が半生を述懐して、あの有名なトゥモロー・スピーチを語り始める――「明日、また明日、また明日と、時は小きざみな足どりで、一日一日を這うように進んでいく……消えろ、消えろ、つかの間の灯火《ともしび》よ、人生は歩きまわる影法師、哀れな役者だ、颯爽とした足どりで舞台を盛りあげ、大げさな見えを切っても、出番が終われば消えてしまう……喧騒と狂躁に満ち、意味など何もない(Sygnifying nothing)」(一九―二二、二三―二八行)と。(1) 人間の一生を役者の演技に比するこの台詞は、世界を劇場として捉えるラテン中世以来の伝統――テアートルム・ムンディ(theatrum mundi 世界劇場)――を反映したもので、(2)『お気に召すまま』第二幕第七場には「この世はすべて一つの舞台、男も女もみな役者にすぎぬ、それぞれ舞台に登場しては、また退場していく、出番のあいだに何役もこなし、歳とともに変わる七幕仕立てのお芝居を演ずるのだ」(一三九―四三行)と説き起こすジェークイスの台詞も見られる。

どちらもシェイクスピアが活動の拠点とし、ローマの作家ペトロニウスに由来する謳い文句〈人ハ全テ役者ヲ演ズ〉が掲げられていたというグローブ座で上演されたものである。二重三重に劇中劇的構造を持つ『お気に召すまま』は、入れ子細工のように仕組まれた〈演技〉そのものを主要な筋立てとし、その自己言及性を以て自らが拠って立つ劇場へのオマージュとしている。人間の一生を一人七役、七幕の芝居と見るジェークイスの台詞はその集約的表現に他ならない。一方、マクベスの台詞は〈世界劇場〉を通して、夢芝居のごとき人生の儚さと向き合い、〈演技〉を生きることの虚無へと収斂していく。悲劇的高揚感の中で見落とされがちだが、台詞を完結させる nothing（O《ゼロ》）の一語――「意味など何もない（Sygnifying nothing）」――には、「この木造のO《オー》（this wooden O）」（『ヘンリー五世』「前口上」一三行）と謳われたグローブ座への献辞が書き込まれている。王位簒奪者がたどる狂気の生を描きながら、シェイクスピアの筆は存外広く深く、〈演技〉と〈舞台〉と〈劇場〉の周りを巡っていたのではないだろうか。翻って思えば、本劇中に頻出する衣服のイメージは、役者のメトニミーとしての衣装と意味の磁場を共有しながら、モノとしての舞台衣装や、これを取り巻く劇場の環境、さらには劇場の外に広がる社会に向かって開かれている。『マクベス』の〈世界劇場〉にはどのような衣服のドラマが綴られているのだろうか。

『マクベス』における衣服のイメージに注目したキャロライン・スパージョンは、服飾に関する台詞をたどりながら、主人公マクベスの中に「大きすぎる衣に包まれた小男」の姿を切り取ってみせた[3]。それによれば、マクベスに偉大な悲劇的人物を読み込む伝統はロマン派的先入観によるもので、劇中に遍在する衣服のメタファーは、むしろ、第五幕第二場のアンガスの台詞「あの男の王位はだぶだぶで、小人の盗人が纏った巨人の衣さながら」（二〇―二二行）に収斂し、卑しい小人物の風貌を浮かび上がらせるという。

スパージョンの試みたイメジャリー研究は、火薬陰謀事件と「二枚舌（equivocation）」の時事的トピックを暗示しつつ、『マクベス』の主要なモチーフである外観と実体、虚偽と真実の問題に光を当てたアレゴリカルな解釈と言えるだろう。イギリス演劇における衣服のアレゴリーは中世宗教劇や道徳劇の歴史と共に古く、モラル・インタールードの登場人物たちは、その出で立ちによって出自素性が類型化され、身につける衣装は細部に至るまで記号化されていた。[4] たとえば、十六世紀前期のインタールード『知恵と学問』には、主人公「知恵」の精神の遍歴を、衣服の変化によって演出する典型的な例が見られる。怠惰の誘惑に屈した「知恵」の服は、惰眠を貪っているすきに「無知」の服と替えられてしまうが、やがて改悛と矯正がなされると新しい服が与えられ、「知恵」は観客の目の前で服を着替える。[5] 堕落と改悛の事実は、服を着替える行為として成就するのである。これはテューダー朝のモラル・インタールードに常套的なドラマツルギーであった。ここでの舞台衣装は、劇中人物の徳性を表す記号として役者の身体を被っている。衣服という視点からスパージョンが着目した台詞は、直接間接に、こうした演劇的伝統も反映しているのではないだろうか。その意味で、『マクベス』は、衣服のドラマツルギーに拠って立つ一篇のメタドラマであったとも言えるのである。

実際、『マクベス』には台詞の細部に至るまで、周到に、衣服のテクスチャーが書き込まれている。たとえば第一幕第七場、王殺しをためらう夫の優柔不断——「おれはいま、あらゆる人から黄金の評判をかちえている。この新しい服は新品のつやつやとした輝きそのままに着ているべきだ、簡単に脱ぎ捨ててはならぬ」（三二—三五行）——に対し、マクベス夫人は、先ほどまで「着込んでいた (dressed yourself)」（三六行）希望はどうしたのかと衣服のメタファーで応酬して、さらに次のように続ける。

この世の華とみなす装身具［王冠］が欲しいのに、
御身一つの価値に甘んじて、
臆病者の人生を生きるのですか……　（四一－四三行）

引用の二行目「御身一つの価値に甘んじて、臆病者の人生を生きる」の原文は“live a coward in thine own esteem”とある。マクベス夫人の台詞は、執拗に服飾のテクストを紡ぎながら、「等身大の価値を着て（in thine own esteem）」臆病者の人生を生きていくのか、と畳みかけているのである。そもそも、幕開き早々の第一幕第二場、敵将マクドンウォルドを一太刀で切り捨てたというマクベスの剣は、腹から顎まで縦一文字に、卑しい敵の「縫い目を解き開いた（unseam'd）」（二二行）と告げられていた。続く第三場、マクベスがコーダーの領主として迎えられる場面にもまた、衣服が立ち現れてくる。

マクベス　コーダーの領主は生きておる。何故に、
　借り着の衣を着せようとされるのだ。
アンガス　……ノルウェー軍と共謀したのか、あるいは
　密かに好機と見て反乱の将［マクドンウォルド］を助け、
　援軍を送ったのか、
　…………………
　ことの詳細は存じませぬが、
　前領主の大逆罪は自白によって既に明らかとなり、

死刑を免れぬ身となっております。（一〇八―一六行）

マクベスの台詞は言わずもがなだが、続くアンガスの台詞「反乱の将に援軍を送った (did line the rebel)」にも、衣服のメタファーが書き込まれているように思われる。*OED* は動詞 line の語義として「何かを添えて補強する」という定義を示し、その使用例として『マクベス』のこの箇所を挙げているが (line, v.[1], 2)、同じ見出し語には別項目の語義として、「衣服に裏地をあてる」という意味も記されている (line, v.[1], 1)。アンガスの台詞に書き込まれた line の一語は、*OED* が記述する語義の境界を解消し、「援軍を送って補強する」行為を「服に裏地をあてる」イメージの中に織り込んでいくのではないだろうか。臆病な心臓を「持つ／着る (wear)」(第二幕第二場六二行) のは耐え難い恥辱と言い放つマクベス夫人、バンクォーが生きている限り病める思い「に苦しむ／を着る (wear)」(第三幕第一場一〇六行) ことになると語るマクベス、暴君の首を剣先に「高々と掲げ／着せ (wear)」(第四幕第三場四六行) もしようと吐露するマルカム等々、一見して明らかな比喩の隙間を縫いながら、『マクベス』には衣服のイメージがまとわりついて離れない。

アン・ロザリンド・ジョーンズとピーター・ストーリブラスによれば、シェイクスピアの時代、社会経済活動の場で主役を演じたのは衣類であった。社会は衣類やそのパーツによる現物支給のネットワークで結ばれ、劇場は直接間接にそうした経済活動の中心的存在であったという[6]。劇場を所有し、芝居の興行を手がけることは、「衣類の流通 (circulation of clothes)[7]」に参画し、舞台衣装の貸借売買に算段することを意味した。そもそも、エリザベス朝からジェイムズ朝にかけて活躍した舞台興行師フィリップ・ヘンズロウは、何よりもまず古着屋として、あるいは古着を商う質屋として、その才覚を振るったのである[8]。その背景には、〈衣装〉の中に演劇的所作のエッセンスを看取する観劇作法と、これに呼応する作劇作法があった。一例を見てみよう。『十二夜』終幕の第五幕第一場、シザーリオこと男装のヴァイオラは既に公爵の面前で素顔を明かしているが、それだけではハッピー・エンディングは成就しない。ヴァイオラが正真正銘の〈ヴァイオラ〉となるためには、男装前の「服があずけてある」(二五五行)船長の家に皆を案内しなければならず、公爵の前に立つヴァイオラは「男の姿をしているあいだはシザーリオ」(三八六行)なのである。ハッピー・エンディングに向かうこの終幕のやりとりは、ヴァイオラの実体がその身体にではなく、〈ヴァイオラの衣装〉に在ることを示唆している。(9) 舞台とは〈衣装〉であり、〈衣装〉こそが演劇的認識の中心であった。(10) 舞台上のマクベスが実際にどのような衣装を纏っていたかは定かでないが、そこに継起するテクストは「だぶだぶ……の衣」、「借り着」、身体に馴染むには時間のかかる「着慣れぬ服」(第一幕第三場一四五行)を写し出しながら、〈衣装〉が主役であった演劇的認識の再現に向かっているかに見える。ここでは「大きすぎる衣に包まれた小男」ではなく、その小男を包む〈不似合いな衣〉そのものがマクベスの実体となるのである。身体と衣服をめぐる主体と付随物の関係は、反復される衣服のイメージの中で転倒してしまうのだ。

一説によれば、薔薇座の衣装部屋が所有する物品は、それだけで薔薇座そのものをほぼ建てられるだけの額に達していたという。(11) また、名優として名を馳せ、劇場経営者にもなったエドワード・アレンの収支記録には、一着で二〇ポンド一〇シリング六ペンスもする高価な「黒いビロード仕立ての金銀刺繡袖付き外套」が挙げられている。これは、シェイクスピアがストラットフォードに購入した家の価格の三分の一を超える額だったという。(12) 劇場は、服飾小物商(貸衣装を含む)、貴族、宮廷、さらに教会、宮廷祝典局をも巻き込んで、服飾一般の古着流通に関わる経済的担い手であった。(13)

『マクベス』に頻出する衣服のイメージには、そうした劇場の営みが透けて見えるような台詞が散見される。

マクベス　　何故に、
　借り着の衣を着せようとされるのだ。（第一幕第三場一〇八―九行）

バンクォー　この男［マクベス］が手にした新しい栄誉は
　着慣れぬ服と同じこと、
　身体に馴染むには時間がかかる。（第一幕第三場一四四―四六行）

マクベス　この新しい服は新品のつやつやとした輝きそのままに
　着ているべきだ、簡単に脱ぎ捨ててはならぬ。（第一幕第七場三四―三五行）

マクダフ　新しい服［マクベスの治世］が古い服［ダンカンの治世］より
　着心地のよいものであることを願おう。（第二幕第四場三八行）

座付き作家であり、役者としての経験もあるシェイクスピアにとって、古着と、古着から生まれる〈衣装〉の手触りや見栄えは、馴染み深い日常の一部であったに違いない。借り着の感覚、着心地の良さ、悪さ、布地の輝き、古着の処分等々、台詞の伝えるニュアンスには実体験の現実味がある。凄惨な簒奪劇を紡ぎ出しながら、劇作家の筆は、習い性となった仕事場の空気を呼吸していたのではないだろうか。古着は貸借売買の物流経済に乗り、衣装部屋を経由して、役者の身体を被う〈衣装〉へと転生する。ベン・ジョンソンが『錬金術師』に書き込んだ次の件は、そうした経済活動の（裏取引かもしれない）風景を活写したものである。

フェイス　スペインの服をひと揃い借りてもらわないといけない。
　　役者連中に信用のきくツテはないのかね。
ドラッガー　ありますとも。あの道化役を演じていたのは私ですよ、
　　ご覧になっておられないようで。
フェイス　……………………
　ヒエロニモの古い外套と襞襟と帽子があればいい、
　細かなことはあとで話す、とりあえず衣装を揃えてくれ。（第四幕第七場六七–七二行）(14)

台詞にある「ヒエロニモ」は、トマス・キッドの復讐劇『スペインの悲劇』に登場する主人公の名前である。この場面では、ペテン師サトル（錬金術師）の相棒フェイスが、タバコ屋のドラッガーを相手に、役者から『スペインの悲劇』の舞台衣装を借りてくるように指図している。『マクベス』の最初の上演記録は一六一一年（執筆と初演は一六〇六年と考えられる）、『錬金術師』の初演は一六一〇年であるから、両者はほぼ同時期の作品である。衣装の貸借売買が劇場経営の主要な柱であったことは、既に述べた。『マクベス』のテクストに書き込まれた「古着」のイメージは、右に見たフェイスとドラッガーにも通ず

る経済の記録として読むことができるのではないだろうか。縦一文字に敵の腹の「縫い目を解き開いた（unseam'd）」というマクベスの武勲の中にも、モノとしての古着と〈衣装〉の手触りや、衣装部屋の営みが織り込まれていたのかも知れない。

劇場の外に出ると、衣服は政治の問題に変質する。いわゆる奢侈禁止令によって、階級社会を構成する各々の階層は、着用すべき衣服の種類を定められ、下位の者が上位の衣類を身につけることは禁じられていた。衣服は階級社会の秩序を明示する記号であり、権威を体現する実体とみなされたからである[15]。劇場はこれを公然と破ることのできる真空地帯であり、制度の内なるもう一つの制度であった。スイス人の旅行家トマス・プラッターは、ロンドンの舞台を闊歩する衣装の豪華さに感服し、高価な衣服が貴族の手を離れ、従者を介して劇場へと流れる経緯を指摘している[16]。ひとたび舞台に上がれば、ただの役者がその身一つに君主の衣を纏い、国家統治の最高権威になりきることもできた。『マクベス』第二幕第四場、新王即位の成り行きを伝えるマクダフとロスの台詞は、君主と衣服と役者の間の危うい関係を暗示している。

マクダフ　マクベスは既に指名を受け、スクーンに出発された、
　　戴冠式に臨まれるためだ（To be invested）。
ロス　　　　　　　　　　　ダンカンのご遺体（body）は？
マクダフ　コームキルに運ばれた、
　　ご先祖たちが眠る聖なる墓所へと……　（三一－三四行）

マクダフの台詞に挿入した原文が物語るように、戴冠とは、即位する者の身体が、王冠に象徴される君主の「衣を着せられる（To be invested）」ことに他ならない。invest という動詞は、〈君主に成る〉ことが、〈君主の衣を着る〉ことと等価であることを示唆している。今は亡きダンカンは、従って、遺体という意味においても、君主の衣を取り去られた肉体という意味においても、文字どおりただの「身体（body）」でしかない。この件からわずか十数行、場面変わってフォレスの宮殿に現れるマクベスは、「国王となったマクベス登場」というト書きからも明らかなように、君主の〈衣装〉として、君主の記号として観客の前に立つのである。

マクベス即位後、反乱軍の蜂起から新秩序回復に至る芝居後半では、ひとりマクベスのみならず、君主の身体と同体のスコットランドもまた衣服を纏う。原文を見れば明らかなように、第五幕第五場冒頭で「城壁に旗をかかげろ（Hang out our banners on the outward walls）」（一行）と叫ぶマクベスの台詞は、先に見た同第二場のアンガスの台詞「あの男［マクベス］の王位はだぶだぶで（his title / Hang loose about him）」と呼応し、類比関係にある。王の居城、すなわち国家統治の身体は、マクベスの「だぶだぶの」王位さながらに、身の丈に合わぬ〈軍旗／紋章／マクベスという名の布〉を着せられるのである。祖国スコットランドの救国を訴えるロスの台詞は、国家と衣服の関係をさらに際立たせている。

あなた［マルカム］がお姿を見せるだけで、
スコットランドに兵はあふれ、女も武器をとりましょう、
悲惨な苦しみを取り除くために。（第四幕第三場一八六－一八八行）

最終行「悲惨な苦しみを取り除くために」の原文“To doff their dire distresses”は、「苦しみの服を脱がす」と読める。スコットランドの回復と再生は、服を着替える行為として成就するのではないか。君主がそうであるように、国家身体《ボディー・ポリティック》もまた、その実体を衣服として獲得するのである。ちなみに、暴君に対する抵抗を擁護したフィリップ・ド・モルネーは、『自由擁護論』（一五七九年、英訳は一六四八年）の中で、君主を「王国の衣を着た（invested with the kingdom）」為政者として捉えている。(17) 王国という衣によって獲得される君主の実体という衣によって獲得される王国の実体――モルネー流のトートロジカルな循環論法から浮かび上がってくるのは、君主と国家身体を包む衣服の存在である。ちなみに、『リヴァイアサン』（一六五一年）の表紙に描かれた君主の肖像も、国家と衣服の関係を描いて示唆的である。君主の上半身を被う鎖帷子は、数珠繫ぎとなった臣民の姿形で編み上げられている。ホッブズの理想とする国家身体もまた、〈契約によって結ばれた臣民〉の衣服としてその実体を獲得するのである。

国家と衣服を結ぶイメージは、『マクベス』のテクストの細部にまで及んでいる。イングランドに逃れたマルカムは、挙兵を促すマクダフの真意を探りつつ、いつか時期がきて、自分に「正せるもの（what I can redress）」（第四幕第三場九行）があるなら正してもよい、とはぐらかす。*OED* によれば、「再び服を着せる」という意味の動詞 redress は一七三九年が初出であるから（redress, v.²）、マルカムの台詞のそれは「障害や苦痛の原因を取り除いて正し、癒す」（redress, v.¹, 10; 10.b）とするのが自然な読み方だろう。しかし一方で、劇中に横溢する衣服のメタファーは、この一語に〈着替え〉のイメージを付加しているようにも見える。暴君に喘ぐ国家身体には、服を〈脱ぎ替え（re-dress）〉させなければならない、と。劇中におけるダンカンの存在の希薄さに触れ、王の権威の中心は空虚な真空状態であると論ずるキャロルの指摘は、この意味でとりわけ興味深い。(18) ほとんど何も成しえぬまま姿を消すダンカンが、王としての存在を一瞬際立たせるのは、皮肉にも、簒奪者の剣に貫かれて鮮血の衣を着るときである。

マクベス　　目の前に王が横たわっている、
　　　　白銀の肌を透かし模様のレースのような黄金の血で染めて……
（第二幕第三場一一一―一二行）

ダンカンの「身体／遺体（body）」を前にして、マクベスは今、黄金の血が編み上げた〈レースの布地〉に王の高貴な存在を見るのである。

第一幕第七場の冒頭、王殺しをためらい、長い独白を語るマクベスの脳裏に、聖書的イメージに満ちた裸の赤子が現れる。クレアンス・ブルックスが未来と命ある人間存在のシンボルとして捉えた「裸の赤子」である。(19) 切迫したマクベスの心象風景の中で、裸の赤子の〈憐れみ〉はトランペットの疾風にまたがり、大気の天馬にまたがって、王殺しの惨劇を訴え、この世に涙の雨を降らせる。赤子の視線の先には、啓示的閃きに照らし出されて、虚の身体と、これを包む衣服の世界が広がっているのだろう。『マクベス』は衣服と身体のドラマである。モラル・アレゴリーとしての衣服は、役者の身体を包む〈衣装〉となり、劇場を流れる古着経済の主役となり、あるいは劇場国家に君主を刻み、あるいは国家身体を包みつつ、「歩き回る影法師、哀れな役者」の許に還ってくる。そこに繰り広げられるドラマは、とりもなおさず、衣服が織りなす一篇の〈世界劇場〉ではなかっただろうか。

注

(1) 以下、シェイクスピアからの引用はすべて G. Blakemore Evans, gen. ed., *The Riverside Shakespeare*, 2 nd ed. (New York: Houghton Mifflin, 1997) に拠る。日本語訳は白水社シェイクスピア全集（小田島雄志訳）に拠るが、一部字句を変えた箇所もある。

(2) Ernst Robert Curtius, *European Literature and the Latin Middle Ages*, Trans. Willford R. Trask (1953; Princeton: Princeton UP, 1973) 138-44.

(3) Caroline Spurgeon, *Shakespeare's Imagery and What It Tells Us* (1935; Cambridge: Cambridge UP, 1975) 324-27.

(4) T. W. Craik, *The Tudor Interlude: Stage, Costume, and Acting* (1958; Leicester: Leicester UP, 1967) 49-92.

(5) David Bevington, ed., *Medieval Drama* (Boston: Houghton Mifflin, 1975) 1045-46, 1054, 1057.

(6) Ann Rosalind Jones and Peter Stallybrass. *Renaissance Clothing and the Materials of Memory* (Cambridge: Cambridge UP, 2000) 17-33, 175-206.

(7) Jones, 175.

(8) Jones, 175-206. Peter Stallybrass, "Properties in clothes: the materials of the Renaissance theatre," *Staged Properties in Early Modern English Drama*. ed Jonathan Gil Harris and Natasha Korda (Cambridge: Cambridge UP, 2002) 177-201 も併せて参照。

(9) Stephen Orgel, *Impersonations: The Performance of Gender in Shakespeare's England* (Cambridge: Cambridge UP, 1996) 103-05; Jones, 198-99.

(10) Randall Nakayama, "'I know she is a courtesan by her attire': Clothing and Identity in *The Jew of Malta*," *Marlowe's Empery: Expanding His Critical Contexts*. ed. Sara Munson Deats and Robert A. Logan (Newark: U of Delaware P, 2002) 150-63.

(11) S. P. Cerasano, "Borrowed Robes, Costume, Prices, and the Drawing of *Titus Andronicus*," *Shakespeare Studies* 22 (1994) 51; quot. Jones, 178.

(12) Andrew Gurr, *The Shakespearean Stage 1574-1642,* 2 nd ed. (1970; Cambridge: Cambridge UP, 1980) 178; cf. 177-79.

(13) Jones, 175-206; Orgel, 100-02.

(14) 引用は G. A. Wilkes, ed., *Ben Jonson: Five Plays* (Oxford: Oxford UP, 1981) に拠る。

(15) Orgel, 96-103; Nakayama, 150-51.

(16) Jones, 189-90.

(17) William C. Carroll, ed., *William Shakespeare, Macbeth: Texts and Contexts* (Boston: Bedford / St. Martin's, 1999) 246.

(18) Carroll, 19.

(19) Creanth Brooks, *The Well Wrought Urn* (1947; New York: Harcourt, Brace and World, 1975) 22-49.

クロムウェル三部作の形式と主題

園井英秀

一

マーヴェル一六五〇年代政治詩の中心的関心事は共和国体制の正当性と王権支配への郷愁との間の感情的緊張にある。『クロムウェルのアイルランドからの帰還に寄せるホラティウス風オード』（一六五〇年、以下『オード』）、『護民官閣下の治世一周年を記念して』（一六五四年、以下『一周年』）、『護民官閣下の死を悼む』（一六五九年、以下『クロムウェルの死』）のクロムウェル三部作のうち最後の作品を除いて、この緊張が諷刺的アイロニーあるいは作品の形式と主題あるいは調子との不調和として観察される。例えば『オード』では、詩の調子は一定ではない。詩の形式（あるいはジャンル）は、古典的称賛詩（パネジリック）であるが、文脈にはクロムウェル個人に対する批判とクロムウェル体制のヴィジョンの限界を示唆する主題を読み取ることができる。

『高貴なる友リチャード・ラヴレイス殿の詩に寄せて』（一六四九年）の心情は王党派である。キャヴァリエ詩の範疇に入れてもよい。この年チャールズ一世は処刑され内乱収束と同時に議会派による共和制が始まる。作品はラヴレイスの『ルカスタ』に付けられたマーヴェル他十三人の祝賀詩を掲載したもので一六四八年二月四日に出版許可を得たが、翌年五月十四日になり初めてロンドン書籍出版組合に登録された。出版は同年六月である。この遅滞は一六四八年六月から十ヵ月間に及ぶラヴレイスの投獄によるものと考えられる。「検閲法」(Printing Ordinance 一六四三年に再公布)を頼んでの議会派による王党派の言説に対する検閲はすでに厳しく実行されていた。キャヴァリエ詩は本来の非政治的性質に拘らず政治的弾圧を受ける羽目になり、不似合いの反抗的調子を示さざるを得ない。

大気はすでにあなたに反対する昆虫の大群で汚され……
とげを生やした検閲官どもが陰険な宗教裁判官よろしく……(1)

ラヴレイスは必ずしも典型的ではないが、キャヴァリエ詩の感覚はベン・ジョンスン作品の道徳性と同質であり、マーヴェルの共感もその点にある。『トム・メイの死』(一六五〇年)で、詩人はベン・ジョンスンの口を借りメイへ苦言を呈する。腹話術スタイルは諷刺のとげを緩和する体裁で十七世紀諷刺詩に時に見られるテクニックであるが、この場合苦言に事寄せてマーヴェルは詩人の使命観を明らかにする。メイが、師のベン・ジョンスンの後を継いで桂冠詩人に指名されなかったことを理由に王党派から議会派へと寝返ったことについて、ジョンスンはその思い上がりを叱責し詩人の責務を示す。

その時こそ詩人の出番、その時こそ剣を抜き見捨てられた徳義のため一人で戦うのだ……
お前はあの偉大なチャールズとその死を
　　語ることもなくあの世行きとなったが……

詩作と徳義と王党派の心情はこの場合ほとんど同義である。徳義を詩作の根幹として確認する行為は、ベン・ジョンスンに劣らずマーヴェル詩作のすべての局面において一貫する重要な主題であるのみならず、マーヴェル理解においては必須の認識である。一六四九年以前、王党派の心情をマーヴェルは他の場所で明確にすることはなく、共和制体制においてはクロムウェルの側近であるという政治的立場は総体的に確かに曖昧である。『トム・メイの死』において道徳的退廃と捉える世相は、議会派台頭の時期を言うものである。マーヴェルのこの理解は政治的には正確ではない。議会派の大義は王政下の政治的宗教的腐敗を正すという政治信条を実現するものであり、そのエトスはピューリタニズムの潔癖な倫理性によって支えられたといえる。マーヴェルが一六三九年から四〇年にかけ、一時的にローマカソリックに近づいた時期を指摘する調査もあるが、宗教的信念は一貫してプロテスタントであり従ってディセンターであったといってよい。(2) マーヴェルの客観的状況は共和国体制を支持するように見える。クロムウェル体制下（一六四九年から一六五九年まで）におけるマーヴェルの詩作は表面的にはむしろこの議会派の信念を是とする前提に立つ。ではこの矛盾をどう説明するか。『ラヴレイスに寄せて』や『トム・メイの死』における感覚はほとんどキャバリエ詩における政治的姿勢と同一であり王党派的である。一方共和国体制是認、クロムウェル称賛を主題とする『オード』は、『トム・メイの死』と同年の出版である。通常この矛盾の理由は、批評的には（イ）詩人の変節とする（アナベル・パタスン他）、（ロ）詩人の政治的バランス感覚によるものとする（J・B・リーシュマン他）、あるいは（ハ）矛盾はない（D・ノーブルック他）等に解釈される。しかしいずれの主張も（避けられないことではあるが）ある程度曖昧であり依然としてはっきりしない。

十七世紀以前、イギリス文学における知的認識は今日と比較にならぬ総合的理解力に支えられている。文学、哲学、宗教、政治、科学、倫理などのジャンル間の差異に対する意識は弱くむしろこれらを統合的に思考することが知的理解の基本であったことを考えれば、文学的表現は同時に政治的、道徳的、宗教的理解を前提とするのみならず重層的認識能力を詩人に求める。しかしこの理解は、判断や価値の曖昧さ、あるいは詩人の矛盾や道徳的変節を許容するということではない。道徳的変節はベン・ジョンスンが「下賤なやつ」と叱責するトム・メイの最大の欠点である。これはマーヴェルの、というよりルネサンス以来のイギリス詩に本質的に存在する認識である。十七世紀イギリス文学の性質をこのように理解することを前提として、さらにこの認識においてある種の寛大さを観察することができる。それは詩作において美徳の価値を最重要の主題と見る限り他の価値は重要ではないとする相対的視点である。『アプルトン屋敷礼賛――フェアファックス卿に』（一六五一―五二年）における基本的モラルはこの視点にある。フェアファックスの人徳はその政治的変節（議会軍司令官としてスコットランド遠征の拒否、さらにチャールズ処刑に対する反対意志を貫くために現役から引退等の行為）に拘わらずルネサンス的義務感の表象あるいはキャロライン王朝的審美性の具現化として認識され、称揚の調子に何らの保留もアイロニーも見出せない。政治的変節は十七世紀詩の感受性においてさほど重要ではなく、相対化し得る。ジョンスンは、メイの変節を政治的に捉えたのではなく、桂冠詩人の選考に漏れたことを恨む行為を卑俗かつ道徳的堕落と見たのである。マーヴェルは作品においてこの指摘を行い、なお自ら政治的には王党派から議会派体制へ乗り換える。この表面的矛盾は詩人の精神において葛藤するようには見えない。しかし政治的主題、諷刺、称賛等の公共的性質を持つ作品（以下、公共詩）詩作の現実において、あるいは単に時流や政局におもねる作品執筆は容易であった十七世紀公共詩の感覚において（例えばドライデンの感覚）、政治的圧力あるいは検閲によるある程度の危険を予測しながら、あえて詩のファサードを超え文脈を逸脱する調子や読みの可能性を、意図的にテクストに封じ込めることの必要性とは何なのか。それはベン・ジョンスンの信念と同様、詩人である限り妥協することができない詩作の根幹に存在する道徳性あるいは徳義の擁護に本質的に関わる問題である。クロムウェル三部作はマーヴェル詩作におけるこの論点を確かに示唆するが、詩の内実はさらに複雑である。では実際には何が起こっているのか。

『オード』は、クロムウェル称賛によって内乱の正当性と共和国体制を擁護する意図によって書かれ詩の内的統合性は一応成立している。詩の言語と主題は、チャールズの処刑、クロムウェルとアイルランド遠征を支持するミルトンの『国王と為政者の在任権』（一六四九年）あるいは、『偶像破壊者』（同年）と同質の崇高さを達成していると見ることはできる。パネジリックあるいはエンコウミアムの基本的エトスは崇高な精神とその行為に対する称揚でありその意味では確かにジャンルに適合する内容を表現する。あるいは、ホラティウス風オードは元来君主称賛に使用された形式でありいわば王党派のジャンルであるとする主張に対しては、マーヴェルはこの形式をチャールズではなくクロムウェルに相応しいとすることによって古典的慣習に対する近代的挑戦を示した意味もあると反論し得る。他方、『オード』はむしろ王党派の感受性が主たるものであり、クロムウェル称賛の主題は曖昧だとする解釈は有力である。[3]『オード』はフォリオ版（「ボドリアン図書館蔵書目録 *MS. Eng. poet. d. 49*」版＝『一六八一年詩文集』とも言及される）には収録されたが、「大英博物館カタログ *C. 59.1.8*」版（以下、ＢＭ版）及び「ハンティントン蔵書 *79660*」版（以下、ハンティントン版）を例外としその後の十篇以上の詩集（大部分『国事詩集』）では収録されず、エドワード・

トムスン編『マーヴェル詩集』(一七七六年、三巻本)で再録される。従ってクロムウェルがこの作品を読む機会はほとんどなかったと考えられ、この間テクストは王党派読者の間で回覧されていた可能性が高い。(4)とすれば、この作品は掲げられる主題と詩の調子の不均衡は当初から意図されたものであったと考えることができる。文脈逸脱あるいは不均衡を露呈する場合詩の調子は多くアイロニカルである。アイロニーは処刑に臨むチャールズ王に対する控えめの称賛とクロムウェルの業績に対する隠された批判として観察される。チャールズの人柄は、平民性あるいは卑俗性の不在(「卑俗な振舞いにはほど遠く……」)、あるいは王の復権を願う等の月並みな姿勢との無縁(「凡俗のあがきで神々に無力の王権の復権を願う……」)、あるいは泰然自若として斧の下に「寝に就くごとく形の良い頭を垂れる」等の姿勢に見られる気品と勇気によって示される。作品全百二十行中この場面再現はわずか十行であるが、さらに「記憶に残る場面」、「記憶に残る時」と強調される。反復表現は王の死に対する後悔と郷愁を強く印象付ける。王の美徳が讃えられる度合いは、皮肉にクロムウェル描写における対比的な視点によって高められる。いうまでもなく、詩はジャンルとして指導者のアイルランド遠征からの帰還を祝福する「祝帰還詩」(プロスポネティコン)の体裁を保ちクロムウェル礼賛の看板を立てているが故に、対比であれ皮肉であれ調子の変化は形式的には不調和を生む。すなわちこのモードが抒情的アンビヴァレンスを許容するか否かという批評的問題は生じる。現実に『オード』においては変化は微妙というよりむしろ明確であるといってもよい。すなわちその視点は平民クロムウェル、野心と術策に長けた戦士クロムウェルを同時に示唆する。平民の地位から上昇する人間クロムウェルは、「休むことなく勇気をふるい、登りつめ、時の偉大な業績を廃墟と化す」皮肉な業績を示す。もっとも、続けて「そして古き王国を新たに鋳直す」と修正されるがその調子は弱い。

マーヴェルの一六五〇年代前半における政治的姿勢は、革命の論理は理解するが本質的には平和主義者であり国家主義と権力を仮定するホッブズ的国家観に対して、（ミルトン同様）批判的である。この姿勢は五〇年代後半以降やや変化し、諷刺的作品においては国家主義的傾向を明らかに示すようになるがこの時点ではショーヴィニストとはいえない。利己的パワー志向や暴力的行為を非とする態度は『アプルトン屋敷』や『仔鹿の死を嘆くニンフ』（一六五一年）等に明らかである。『仔鹿の死』を、例えば作品全体としてチャールズ処刑に対するプロテストを示唆すると読むことは不可能ではなく、中心的モチーフをチャールズ処刑場面の国家的暴力性の再現と捉えることができる。仔鹿の「温かい命の血」を流し「罪を犯した手」は『オード』では王の処刑台の周りで拍手する武装部隊の「血に濡れた手」とパラレルをなす。『オード』において反暴力的視点は、議会軍を統べるクロムウェルのリーダーシップを称賛する形式的縛りのためにある程度制限されるが、一貫している。クロムウェル直属部隊の冷徹さは他に比例なしとするが（「内乱のどの戦場であれ、かの軍隊ほど深手を負わせた戦場なし」）、「偉大な精神」のために許容されるとする。修正のレトリックは常用されるが作品のアンビヴァレンスをむしろ弱め本音が見え透く。クロムウェルのアイルランド遠征はその徹底した支配と残酷さで夙に名高い。この事件への言及はいわば修正から始まる。

いまやアイルランド人たちは、わずか一年で
　馴化されそれを恥じる始末だ

詩はこの調子を十数行維持する。アイルランド人の変化［あるいは譲歩］は恥じ入ることにとどまらずクロムウェル最大の称賛者とさえなる（「かれらこそ最上の称賛を示すことができるもの」）。この調子は明ら

かに不自然であり称賛詩の誠意を全うするとはいえない。マーヴェルの誠意はこれを曖昧な調子に回復する皮肉な態度に見出すことができる。クロムウェルは私欲とは無縁、すべての働きは公共のため（「名声は国のものとし……」）と讃える一方で、そのイメージを、国家という鷹匠に自由に使いこなされ、獲物は忠実に主人の前に並べてみせる鷹とする（「剣と獲物はその足元に並べ置き……」）等の比喩は、クロムウェル像を明らかに矮小化する。結末に向かい詩はクロムウェルを軍人として要約する。

汝、戦いと運命の子よ
不撓不屈に進軍せよ
そして最後の頼みとして
常に剣を構えておくのだ

クロムウェルの要約に詩人は、鷹、戦争、運命、剣等を選ぶがアトランダムではない。即ち、主体性には欠けるが強い意志とパワーを持つ軍人のそれである。この選択は文脈の二重性を読み取ることを前提としない限り熟慮された詩的効果を企図するものとはいえない。イメージの単純さは十七世紀ヨーロッパ政治の難局に臨み一国の指導を司る人物に相応しいものではないからである。共和国体制とクロムウェルの執政に対するマーヴェルの基本的視点には不誠実な性質はない。他方、イギリスが経験する新たな支配体制はイギリス内外の政治的不安定と宗教的混乱あるいは君主不在の国民的不安と幻滅等の不調和を解決する複雑な機能を備えるものではなく、いわば軍事的支配一色の単純さで乗り切ろうとする指導体制の本質を見抜いているマーヴェルの目がある。この状況でクロムウェルに対する満腔の賛辞は生まれ難い。同時に、称賛詩執筆のプレッシャー、ウォラーやドライデン他の称賛詩詩人との競争意識等複雑な心理的調整も必要であったことを諷刺的アイロニーの内実として認識する必要がある。

一六五四年、ミルトンは『イギリス国民のための第二弁護書』（以下、『第二弁護書』）において、その前年護民官に任ぜられたクロムウェルとその執政に対する諫言を明らかにする。『第二弁護書』がマーヴェルに与えた影響は強い（この点は後述する）。一六五三年までにマーヴェルは既にミルトンの知己を得ているのみならず、ウィリアム・ダットンの家庭教師職を得、クロムウェルにも近い存在になっている。しかし王党派の心情はおそらくふっ切れていないと見られる。一六五六年フランス滞在の折、マーヴェルの現地での呼称に「イタリア的マキアヴェリ主義者の英国人」があり、策士というより王党派的人物と見なされたことは故なしとしない[5]。マーヴェルのクロムウェル政局入りは一六五七年である。『オード』の抒情性はチャールズに対する郷愁によって成立している。称賛詩はジャンルとして抒情性を否定するものではないがその特質は本来的には政治的かつ諷刺的である。個人的感情的抒情性は本来その公共的性質と必ずしも調和しない。マーヴェルは『オード』執筆においてこの乖離を十分認識していたことははっきりしている。文脈逸脱の読みは従って計算済みの効果であったといってよい。この意図は、チャールズ、あるいはむしろ王による統治制度への感情的忠誠を詩人が自らの道徳的義務とし、かつ政治的なサバイバルも目論んだからである。これは必ずしも矛盾ではない。議会派の論理は宗教的にはプロテスタントマーヴェルに不調和ではなくその政治的姿勢に対する理解は十分あったことも事実である。問題はクロムウェルであったといえる。『オード』におけるクロムウェル批判は微妙ではあれ明らかである。かつその調子も弱くない。結末部のイメージ、剣を構えるマーヴェル像は、千年王国の実現を期待したプロテスタントの夢を担うヴィジョンとする見方は確かに詩のジャンルに沿う解釈としてはある。しかし詩はさらにこのように締めくくられる。即ち、「権力を得た同じ策により権力は維持されなければならないのだから」と。これはヴィジョンをいう表現ではなく、クロムウェルの権力構造の本質的危うさを示唆する要約である。詩人の「愛国的精神がクロムウェルに対する諷刺を緩和している[6]」等の生やさしさではない。愛国的精神は確かにマーヴェル諷刺詩の基盤をなすが、この時点では後期作品(例えば『画家への最後の指示』(一六六七年))におけるように詩の性質を決定する要素とは言いがたい。

二

『一周年』は、クロムウェルの護民官就任(一六五三年十二月十六日)一周年記念作品として一六五五年一月、四つ折判で無名出版(出版者は政府出入印刷業者トマス・ニューカム、執筆は一六五四年十二月と考えられる)、その後はBM版及びハンティントン版を除き後続詩集に収録なしであったが、一七〇七年『国事詩集』第四巻に、作者を「伝エドマンド・ウォラー」として収録される。エドワード・トムスンは一七七六年版『マーヴェル詩集』第三巻のアデンダにおいて、他のクロムウェル作品と共にこれを収録した。ボドリアン *MS. Eng. poet. e. 4* においては作者をウォラーとするが、フォリオ版(前掲書)の印刷部分に手書きで収録されている(『オード』、『クロムウェルの死』も手書きで収録)ことからマーヴェルの作者決定の証拠として信頼度が高くオーサーシップは確定している。『一周年』のモチーフを、通常のパネジリックとしてではなく議会によるクロムウェルへの王位受諾要請(一六五二年及び一六五七年)についてのオレイション、即ちクロムウェルがそれを受けるべきだとする支援演説として作成されたとする解釈があるが、クロムウェルが仮に受諾すればマーヴェルはむしろそれを批判しないではおかないと思われるので、作品の文脈逸脱はより顕在化すると考えられる[7]。王権の申し出自体、ある意味で王政への郷愁であり議会派の感受性の混乱を指摘することもできるが、「護民官という肩書きさえクロムウェルの偉大さを小さくする」（ミルトン、『第二弁護書』[8]）という賛辞は、確かに千年王国の実現を夢見た革命当初の高揚した集団心理を要約するものであったことは推測し得る。クロムウェルは王位受諾要請を拒絶する。これはクロムウェルの得点である。この事実を踏まえて書かれた『一周年』は従って通常のパネジリックの体裁を維持するように見える。マーヴェルの立場は依然政局入りを強く望むものであるためにクロムウェルに対する敬意を示すことは当然肝要である。ダットンのチューターという地位も持続している。またこの作品はクロムウェル政府の政府広報にも広告され政府に有利な公共詩として認証されたと考えられる。[9] 以上の称賛詩成立の必須要件《シネクアノン》にも拘らず作品は単一の読みを拒否する。少なくともテクストは、公共詩としての役割を形式的制限とし、称賛詩の慣習を再現する部分と、ジャンルの縛りを離れクロムウェルの人間像を描こうとする詩人の意図を明らかにする部分がある。

　エンコウミアムとして詩は確かにクロムウェルの指導者としてのトポイを豊富に展開する。権威、国家意識、秩序、国家体制等の価値とクロムウェルの適合性についてのコメントは注意深い比喩と修辞的技法から成る。

天意が至高の力で汝を支える幸福の時、
その時汝が神の意に従うごとく……
　国民も汝の意思に従うならば……
その望ましい合体から驚くべき成果を望み得よう

クロムウェルの偉大さと王位受諾拒否の態度を評価する表現は論理的正確さによって称賛の誠意を示そうとするように見える。

クロムウェルであることは王の下位より上、
いや王よりも上の位にあること
故に汝はむしろ規則に従い自らを抑えたのだ
そのようにすれば自分の偉大さを減じられるからだ

聖なる戦士との比較は「天使のごときクロムウェル」(一二六行)の宗教的イメージの発展である。エリヤ、ギデオン、ノアは聖書におけるそれぞれの役割と共にクロムウェルの偉大さの一端を肩代わりするが、いうまでもなくモデルの方がスケールは大きい。詩人はクロムウェルの偉大さを、一方で王権のイメージによって語り、他方で宗教的英雄の人道的性質に関する挿話を借用する。バランスは取れている。即ち、清教徒の戦士クロムウェルはキリスト教王国実現を付託された国民的英雄であり、ヨーロッパ列強の中で軍事強国英国を率いる指導者であり、また平民の英雄として、リュートを奏でるアンピオンよろしく、国民に調和と秩序と平和を与える音楽家(「楽器［共和制］を調律し整えたとき……秩序と調和は驚くべきものであった」)であり、新たに一族の平和と繁栄の基礎を築くノアのように、無私の奉仕を行う農民(「農民として……自由という葡萄を植えても自らその美酒に酔うためではない」)である。

これら賛辞の修辞的統合性には何ら問題はないだけではなく、熟慮された緊密性により確かに称賛詩の公共的役割を果たしている。しかし詩の感情的真実性を問う場合その有無は別である。『一周年』のテクストは『オード』の場合と同様文脈を逸脱する詩の本音がありそれを読み取らざるを得ない。本音のその一は、クロムウェルの主体的判断に対する不安である。クロムウェルが神意を得た指導者であることは公共詩の慣習的トポスであるとしても詩の随所で強調される。同時にこの賛辞は神意を必要とする人間的弱さも暗示することが皮肉である。神意は常に最先端で戦う軍人クロムウェルの味方であったが、護民官としてそれを測りかねているクロムウェル像（「天意がどこに下されるか分からないのでいつでも剣を構え戦いに備えている」）は明らかに指導者としての主体性を印象付ける表現ではない。神の力が常にクロムウェルを助けその行為を守ってきたとする指摘はその行為の崇高さや偉大さを示唆するものではなく、むしろ真の行為者が神であり、それを行う人間の非主体的存在、あるいは神の使者というより傀儡としての性質を暗示する。

以来かれがなすことでは天の力が常に
後押しし、また先駆けをした
この力は盲目的な混乱の中でそれとは判然としなかったが
これほどの大事業が人間の力でなされたなどと誰が思おうか(10)

新しい指導者の政治的力量、王権に劣らぬ支配力、カリスマ性、あるいは指導力の宗教的性質等に対する信頼が誠実なものであれば、なぜ賛辞に保留が必要なのか。神慮を味方とするクロムウェルの業績はさほど確かではない。

厚い雲が夜明けを取り囲み見通せないので
……確かなことはせいぜい
今がその時ならば彼こそその人ということだけだ

革命の夜明けに多少の混乱はあるとしても、新体制の大義を明確に示す指導力の下で不安は一掃されたとする観察は、エンコウミアムの通例に反し、無い。むしろ新体制下の国民の混乱、精神的不統一は強調される主題である。クロムウェル体制における社会的不調和は旧教徒や異教徒（必ずしも王党派ではない）による罪として糾弾され、それはほとんど清教徒革命の失敗さえも暗示する。糾弾はほとんど悪口（ダイアトライブ）の調子を示し詩のデコーラムを維持する努力が放棄されるように見える。クロムウェルの指導力に対する詩人の強い幻滅がこの非難の基底にあると推測することは不自然ではない。この意味では指導者を支える宗教的主題は称賛詩の感情的中核というより詩の形式的慣習に従うレトリックに過ぎない。

本音のその二はクロムウェルの宗教的性質に対するアイロニーである。聖書の英雄との比較は必ずしもクロムウェルの業績との明確な照応関係を示すわけではない。『旧約』最大の預言者であるエリヤ昇天の挿話との比較は、明らかにクロムウェルの馬車事故譚（「汝、クロムウェルの［馬車の］転倒を……」）に続く修辞的展開、すなわち主人公の転落から今度は昇天を暗示するものであるが、エリヤとの比較は、生存中の昇天あるいは聖列加入を可能にする業績のスケールの違いが明らかであり不自然である。エリヤは不信の国から立ち上がりやがてイスラエルを救う預言者であり、クロムウェルの状況とその歴史的空間的領域が比較にならない。エリヤはイスラエルの民のために雨雲を呼ぶが、クロムウェルはこのときその雨雲である（「汝は空に、人間の手の形をした小さな雲のように現れた」）。エリヤその人ではない。スケールを言えば、この比較、即ちクロムウェルはエリヤのメッセンジャーたる小さな雨雲、であればおそらく問題はない。ではマーヴェルの意図はこのイメージの修正に見ることができるだろうか。雨雲は濃い霧と風を呼び大気を「歪ませ」(原文、deform)、嵐を起こし、王に「襲いかかりずぶ濡れにする」(原文 'o'ertook and wet the king')。王とは出典『列王記』ではアハブ王であるが、詩の文脈ではチャールズの処刑を暗示する。「ウェット」は流された血のメタファーである。(11)

マーヴェルの歴史的判断は、チャールズ王制下における政治的宗教的堕落を祖国の危機としてその崩壊を歴史的必然として受け容れるのみならず、共和国の基本的理念と宗教的革新をイギリスの新たなレジームとして積極的に認めるものと理解することができる。しかしその感情的判断はこれと必ずしも同一ではなく、ミルトンや議会派の明確な信条と異なり、王権の存在を明快に否定するものではない。むしろ王制を国家制度として肯定する心情は不変であると推測される。王政復古(一六六〇年)はこの意味で、王位就任のチャールズ二世自身の適切性とは別に、マーヴェルが内心で水を得たと感じる歴史的変化であったといってよい。『一周年』は処刑一周年という隠された感覚を内包する作品である。

ギデオンとの比較はある意味ではクロムウェルとの呼応を読み取りやすい。比較のポイントはギデオンが王位を拒否する点にある。ミディアン人を苦難の戦いで退け、その功績に対して提示された王位をギデオンは拒否する。この行為は崇高であるとされる。クロムウェルの王位受諾拒否についてこの文脈では明示されないが当然この呼応はある(「汝も、[ギデオンと] 同じ力、同じ素朴の心をもって……支配することを拒否したのだ」)。クロムウェルの道徳的精神に対する高い評価と称賛が公共詩『一周年』の主題として最も明確に伝えられる点はこの行為に対してである(「王位の生まれと見えるのに、自分が王になることは願い下げにする」)。さらに、私利私欲との無縁、野望との無縁、謹厳な精神、克己心等のメリットについての言及は三部作の中で最も頻繁である。これらは単にクロムウェルに顕著な道徳的性質というより革命の大義である清教徒的精神の表出としてマーヴェルが特に意識する徳目であることが明らかである。しかしながら詩の文脈では、ギデオンへの言及が称賛とは裏腹に意味の逸脱を起こしている。ギデオンは偉大であるが尊大でもある。この英雄の、力に対する信頼、冷酷さ、変わることのない軍人の性質は称賛のレトリックを無にする効果さえ与える。

尊大となり
平和にまで戦時の力を敷衍し……
イスラエルで塔を引き倒し
スコテの長老たちを茨やとげで痛めつけた

出典『士師記』(八・九)では、長老たちの肉体を引き裂いたとある。軍人クロムウェルのイメージはこのギデオンと重なる(「汝も「これと」同じ力をもって……」)。これは王位を拒否するクロムウェルの崇高さと対極的である。称賛詩の文脈を逸脱する場合は他の作品においても軍人のイメージに言及する場面に見出されることは示唆的である。称賛詩において称賛すべき特質は、形式的慣習に従うとしても、その道徳的性質の普遍性に依存するものである。公共的称賛詩におけるマーヴェルの諷刺的感覚は『トム・メイの死』、『アプルトン屋敷礼賛』、『仔鹿の死を嘆くニンフ』等における抒情的感受性と基本的には同質である。崇高さあるいは人間の尊厳に対する信頼はマーヴェル詩作において不変の道徳的判断の一つである。あるいはそれはキャロライン王朝的審美感覚に対する王位不在期間固有の郷愁ともいえよう。同様に、不安と恐怖を与える力の突出は人間の尊厳を脅かす不道徳な性質である。これはヒロイズムとは異なる暴力的性質に過ぎないと見る。この視点はイギリス内乱と共和政府樹立の不安定な世相において一つの試練を経験したといえる。即ち、クロムウェルの業績をプロテスタント的帝国主義の産物と見ることができるとすればそれは歴史的文脈化を行うことによっても正当化し得ないとする経験である。マーヴェルのクロムウェル称賛詩はこの意味で必然的に矛盾を内包する。『一周年』を締め括るのはヨーロッパ列強諸王によるクロムウェルへの賛辞ならぬ畏怖のことばである。

「昼間中もあの男、夜中もあの男が恐ろしい
いつもかれの剣が頭上に吊り下がっている気がする……」
諸王の恐怖と悪意がこのようにわれわれの愛と義務よりも
汝を正しく評価したとしてもお許しを……

この文脈は恐怖が人間を正しく評価することもあり得ることを暗示する。このクロムウェル評価はいうまでもなく保留つきであり（「正しく評価したとしてもお許しを」）、正しい評価ではないことを示唆するがその調子は再び弱い。諸王はクロムウェルの対決者ではなく犠牲者であることは文脈から明らかである。従って軍人クロムウェルの性質は不道徳的でありその崇高な性質の主張よりも強いとする解釈の余地をこの作品の場合も否定することはできない。

三

『オード』に比し『一周年』の格調は高くない。その原因の一つは意味の逸脱（ディスロウケイション[12]）の調子が賛辞の修正あるいは保留としてパラグラフの一部を構成するためである。このために詩の調子は賛辞としてもパネジリック独特の高揚した感覚を十分に示すことができず、他方ディスロウケイションとしても不発気味であり、結果的に作品全体の調子を複雑にする結果となっている。『オード』では作品の二つの調子はいわばより自立的でありそれぞれの情熱と首尾一貫性を維持していると言うことができる。

自然は空白［王位不在］を嫌う……故に
場所を明け渡す他はないのだ
偉大な精神が来るときには。

この格言的調子を『一周年』に見出すことは難しい（「偉大な精神」は原文では複数形）。『一周年』の複雑な調子は、クロムウェル治世一年間の経験を反映する複雑さと言い換えることもできるが、詩人の微妙な心理的変化もある。この変化はミルトンとの接近に関係がある。特に『第二弁護書』（一六五四年）からマーヴェルが学んだものが大きいと考えられる。

イギリス内乱時及び共和政時代の諷刺詩は、対象を称賛し鼓舞する調子（エピデイクティック）と、忠告や諫言を述べる調子のいずれかあるいは両方を持ち、かつ、読者あるいは大衆に対する教育の機能や宗教的啓蒙を強く意識する特色を備える。『第二弁護書』の感受性はこれと同質である。『天を向いて叫ぶ王の血潮』（ピエール・デュ・ムーラン、一六五二年）に対する反論としても、清教徒革命の必然性、クロムウェル体制に対する支持（諫言を含む）、イギリス国民に対する教育的メッセージ等、同書の論点は時宜を得、明快であり、君主不在期間（インターレグナム）の諷刺的感覚を代表する。しかしマーヴェルに対するインパクトはその諷刺性というより、ミルトン自身の宗教的、芸術的、政治的信念の一貫性とその道徳的性質によるものと考えてよい。ミルトンへの書簡（一六五四年六月二日付け）でマーヴェルはその心酔ぶりを述べる。

御著を暗記するまでに精読する所存です。愚考しますに……御著はローマ人の雄弁術の高さに匹敵する最高の明晰さを備えたものです。[13]

マーヴェルの心酔は『第二弁護書』に表明される著者の葛藤、幻滅の克服、憂国の感覚、あるいは徳義の思想等をマーヴェル自身の問題として再認識することができたためであると考えられる。ミルトンの葛藤は、基本的には内乱の大義が、チャールズ王の治世下ではイェルサレムの到来は実現できないという決定的な認識にあったことと、皮肉にも清教徒革命の結果がクロムウェル護民官制度における軍事国家の実現であったこととの調整が困難であることにある。清教徒革命の政治的大義は、チャールズ王政の内部崩壊とその権力構造に癒着するアングリカニズムの堕落からイギリス国民を解放することであり、この理念はミルトンが一六四〇年代に集中的に世に問うた五編の反教会監督論を総括する人間精神の自由論ともいうべき主題の実現を図ることでもあったが、この理想も頓挫し幻滅は否定しがたい状況である。『第二弁護書』の内部事情は従ってむしろこれら失意の整理という体裁であったといってよい。

クロムウェルに対する批判は直接的に示されるのではなく、クロムウェルに批判的な人物を称賛する修辞的構造がある。その一はジョン・ブラッドショーに対するものである。ブラッドショーは議会軍法廷裁判長としてチャールズ処刑を裁定したが、クロムウェルの議会解散に対しては頑強に抗弁する、また護民官就任に対しては非とする等の気骨を見せる。挙句「もし頭に持つとすればクロムウェルよりチャールズを」と言いクロムウェルを敵に回す。ミルトンはしかしクロムウェル体制下のブラッドショーの是々非々の姿勢を高く買う。

自由の擁護者……気高い精神と高潔な振舞い……重々しさと威厳があり、まさに神によって創られた人物である。(14)

マーヴェルは、すでにミルトンによってブラッドショーへの紹介を受けている。(15) かれの行動はよく知られていたのでマーヴェルも『第二弁護書』におけるブラッドショー称賛の意味を十分に理解したと推測される。ミルトンによる称揚は政治的判断ではなく道徳的文脈におけるものである。ブラッドショーはミルトンと同様の政治的立場においてチャールズ王処刑の断を下し、他方で議会軍の首領たるクロムウェル体制を拒否するという道徳的判断の一貫性を貫く(ブラッドショー自身は王政復古後、一六六一年、議会派指導者の一人として遺体晒しの報復を受ける)。ミルトンは『第二弁護書』のクロムウェル体制擁護の文脈においてブラッドショー称賛の審美的価値を示すことにより、クロムウェルに対する諫言を意図し、あるいはより重要な意味では、その価値を評価する自らの道徳的判断の擁護を行っていると見ることができる。

その二はトマス・フェアファックスへの言及である。『第二弁護書』の後半で、主たる調子はクロムウェル擁護であり作者はエンコウミアムの形式的建前を逸脱することはない。クロムウェルは「祖国の父」[16]と呼ばれるがその呼称はむしろ儀式的である。フェアファックスへの言及はこのクロムウェル称賛の直前に行われる。このパッセージは長くはないが、その調子は通過途上《アンパッサン》的言及ではなくクロムウェル称賛のユーロジーとは異なる簡潔さを読み取ることができる。内容はフェアファックスの引退を祝福する賛辞であるが淀みなく明快で無理がない。フェアファックスは、ブラッドショーと異なりチャールズ王処刑案を是とせず、議会軍司令官を辞しアプルトン屋敷に引退する。フェアファックスの政治的姿勢は王の極刑を進言するミルトンとも異なりいわば両者は政敵である。ミルトンはフェアファックスの「謙虚、清廉、勇気」を自然と神が与えたものとして讃える。ブラッドショーはフェアファックスの王処刑反対の態度を不実として批判するがミルトンはそれは問わない。ミルトンにとり、フェアファックスはクロムウェルと同様の軍人である。古代ローマの武将スキピオ・アフリカヌスへの比喩がそのイメージである。フェアファックスに対する賛辞はこの視点、即ち軍人としての功績に注目するものであると当然考えられるが、ミルトンの観察はそうではない。ミルトンの視点は、フェアファックスの引退を徳義に生きる人間に相応しい時宜を得た退出であると見るものである。スキピオへの比喩もリテルヌムへ引退した晩年の武人に重ねられるものである。引退なくばおそらくクロムウェルの右腕にもなりえたフェアファックスの清廉さをミルトンは称賛する。

汝は野心を征服し……栄誉を打ち負かした……そしていまや栄光ある悠々自適の中で、人間の営為の最もすばらしい締めくくりとして、 汝の美徳と高潔な行為を楽しんでいるのだ。[17]

フェアファックスの引退は、クロムウェルの栄光と軍人としての運命と比べ、その対比が典型的である。ミルトンはこの対比の価値を逆転し、フェアファックスの審美的価値を栄光とし、世俗的栄光を野心や野望と定義する。マーヴェルの『アプルトン屋敷礼賛』の視点も同様である。アプルトン屋敷とその敷地は荒野たる世俗から隔絶され囲い込まれた理想郷（ロクス・アモエーヌス）である。フェアファックスの引退生活の隠喩的意味は、楽園であるアプルトン屋敷の自然庭園（ホルトゥス・ナトゥーランス）を「神の意思に適う庭師」（第四十四連）として養生する理想的脱俗性である。

というのもかれは最上の技術を使って
野望という雑草を取り、良心を耕したのだ（第四十五連）

マーヴェルもミルトンもフェアファックスを観察する上で同じ特質を見ている。それは世俗的価値を拒否する道徳的優越性である。道徳的優越性はブラッドショーの行為に存する審美的価値を形成する特質である。ブラッドショーがあえてその政治的スタンスを超越して示した道徳的判断とその終始一貫性は、新政府発足時の不安定な政治的状況において、ミルトンの不変の本質的審美感覚に共鳴する力を持つものであったといえる（ミルトンの同様の感覚は議会派のいま一人の要人、サー・ヘンリー・ヴェインの一貫性と操守堅固を賞賛するソネット（十七番、一六五二年）にも見られるが、『第二弁護書』ではヴェインへの言及はない）。マーヴェルの場合、例えば『トム・メイの死』において示唆される徳義の主題は、マーヴェル自身に関し、批評的に変化や変節を特質として指摘されるにも拘らず、その芸術的キャリアに一貫する不変の審美的価値観を成立させる基本的感覚であることを再度強調したい。この感覚はサー・フィリップ・シドニーの言明、即ち、詩（文学）は本来「楽しませかつ教える」性質を持つもの（『詩の弁護』、一五九五年）とするテーゼ以来、イギリス文学では改めて議論されることなく生来的に認識されたイギリス文学の伝統的特質である（ワーズワース『一八一五年詩集序文サプリメンタリー・エッセイ』やフィリップ・ラーキン『娯楽の原理』はこの特質に関する例外的言及の例）[18]。文学のこの性質はアリストテレスやホラティウスを持ち出すまでもなく古典的に確認され必ずしもシドニーの発見ではないが、教える意味を文学の道徳性として明確に意識したのはシドニーの解釈でありイギリス文学の重要な認識である。道徳性とは教訓の意ではない。それは人間の生き方に関する判断である。ブラッドショーやフェアファックスをミルトンはこの判断において評価する。この態度はトム・メイを叱責するベン・ジョンスンやマーヴェルも同様である。クロムウェル三部作における詩作感覚もむろん例外ではない。クロムウェル称賛がなぜ百パーセントのパネジリックとして一貫し得ないのか。その理由は詩人の審美的感覚と道徳的判断が政治的公共詩においても政治的判断に先行するからである。『第二弁護書』の内実はクロムウェル護民官制度に対する擁護と諫言である。それは軍事力による国民統制や軍事的覇権のエトスを否定する清教徒的道徳性の優越性を示すことを梃子として、クロムウェルに対する擁護と称賛を保留条件付きで行う複雑な文脈となっている。ミルトンの政治的立場は、一六四九年の国王処刑後、「詩人の義務として共和制レジームに身を投じた」とする述懐どおり、憂国の詩人としてまた清教徒プロテスタントとしてイギリス改革を進めるものであり、政治的信条が反王政であるということではない。クロムウェルに対してはこの意味で改革の道徳的宗教的大義を担い得る精神的リーダーシップを求めるが、必ずしも政治的覇権を期待するわけではない。ところが現実には、クロムウェルはパワーによる国家統制を始め、イギリスイェルサレム化の夢は遠のくという状況が見えてくる。『第二弁護書』は、確かに形式的には、クロムウェル体制擁護という姿勢においてイギリス国民に対する建設的メッセージを提示するが、その内実から「私的［清教徒的］道徳性と政治的道徳性との均等化を可能とするミルトンの信念」[19]を素朴に読み取ることはできない。『第二弁護書』がマーヴェルの強い共感を得た理由は、むしろミルトンの道徳的審美的価値観がマーヴェルの感覚と共通するものを示したからに他ならない。

四

『クロムウェルの死』は、クロムウェルの死（一六五八年九月三日）を悼む数編の追悼詩［マーヴェル、ドライデン、トマス・スプラットらによるもの］の一編として一六五九年一月にロンドン書籍出版組合に登録されたが、この時点では日の目を見ることはない。この詩集の出版時には、マーヴェルのエレジーは既に出版されていたエドマンド・ウォラーの作品と取り替えられたからである。[20] フォリオ版（一六八一年）によるものが『クロムウェルの死』の最初の出版である。一六五八年、マーヴェルはすでにクロムウェル政府ラテン語秘書官であるミルトンの助手であり、クロムウェルに近い立場である（ミルトンは盲目であったがこの職務の維持が認められ、俸給も年額約二八八ポンドのフルペイが支払われている。上級助手ジョン・サーロウを除くマーヴェル等助手（七人）は、日額六シリング八ペンスのベースで、年額約一一五ポンドの俸給である。フランス、スペイン、オランダ等との重要な外交を担当するこのチームを重視するクロムウェルの政策が推測される）。[21] マーヴェルにとりクロムウェルの公的な意味は大きくその死は同様に公的な損失であった。葬列にはミルトンやドライデンと共にマーヴェルも参列した。[22]

『クロムウェルの死』は形式的にはパネジリックではなくエピケデイオン（葬礼詩）とエレジーの混淆と

見るべきである。即ち作品のおよそ三分の二は死者を弔う古典的追悼詩の展開を示し後半エレジーの調子が優勢になる。公共的調子から私的調子への移行といってもよい。この作品には前二作と異なり文脈のディスロウケイションと判断し得る場面はほとんどない。これは何か劇的変化といえるものなのか。執筆は『オード』から八年後、『一周年』から四年余りであり、この間状況の推移が当然あり特に詩人のクロムウェル観の変化も推測し得る（事実これを指摘する批評も少なくない）が、そのような本質的な変化が生じたとは考え難い。詩の調子は私的エレジーとしてクロムウェルへの哀悼を述べるものである。クロムウェルの人間性に対するマーヴェルの道徳的審美的感受性はこの場合より鋭く示されていると見ることはできる。それはいわば私的な文脈におけるクロムウェルの人間的徳目に対する再認識であるともいえる。

クロムウェル三部作共通のエトスを前提とする批評的説明も常に有力である。三部作最後の作品として主題と形式の間に目立つコンフリクトが存在しないことを、むしろ詩人の批評的知性の後退であるとする見方は確かにあり得る。後退であるという謂いは、形式と慣習の一致をあえて軽視することがマーヴェルの諷刺的精神の表現スタイルと見るからである。『クロムウェルの死』は本質的に抒情詩であり公共詩の形式的縛りをもともと意識していない。作品前半は公共詩形式ではあるがそれは要人の死に対する敬意を表するものである。エピケデイオンの主題は慣習に従い順序良く展開する。死者の死の原因、死を予告する自然界の前兆、故人の生前の業績と美徳、喪失感、慰撫（コンソラーティオ）等の主題がプログラムどおりに現れ詩は終わる。前二作で見た文脈逸脱は、クロムウェルの軍人としての資質を称賛する文脈に存在するアイロニーとして読み取るものであったが、この追悼詩では軍人としての描写に二重の視点はないように見える。例えばこのように述べる、「「天の寵児」たるクロムウェルは神の戦士であり、強固な敵もその「祈りの嵐で」攻め落とされ、「天よりの打撃」「クロムウェルの攻撃」が下ればそれは下界のすべてを貫く」と。この描写にかすかにクロムウェルの傲慢を読み取ることもできようが、それは少なくとも意図されたディスロウケイションではない。この文脈はクロムウェルの戦いに対する神と自然の支持を強調し、その「業績の真実性はイギリスの過去の聖人や賢人の伝説さえかすませる」と称揚する調子が一貫する場面である。ではなぜ同主題のイメージ描写において前二作品では意味の二重性が観察されるところにこの作品ではそれと異なる調子が出現するのか。それはこの調子が私的抒情詩の感覚で語られるためである。形式的には詩の展開は古典的追悼詩の慣習を追うが、故人に対する哀悼は誠実なものとして読み取ることができる。助手就任（一六五七年九月）以降は公的にもより近い存在であったため、クロムウェルに対するマーヴェルの親近性が深まったことはおそらくその一つの理由であり、私人としてのイメージがさらにその感情を強めたことは推測される。この認識はクロムウェルの政治的姿勢あるいはマーヴェルの政治的信条とは直接の関係はなく生じたと考えられる。それはむしろ鎧を脱いだ人間として見るクロムウェルの傷つきやすさに対する共感である。詩の冒頭部百行余りは次女エリザベスの他界を悲しむ無力の父親の姿を再現する。クロムウェルは事実その約一ヵ月後に亡くなる（「生きて君臨するよりはむしろ／愛娘エライザの苦しみを悲しみ……死んだのだ」）。ここでは、不死身の戦士像や試練を切り抜ける力などを瞬時に無力化する人間的儚さあるいは人間のモータリティーを問い、クロムウェルらしくない死が最もクロムウェルらしい死であるとして読者のパトスを問う。

『クロムウェルの死』は、死の主題の中核として喪失感を歌う。

勇気、信仰、友情、分別、その他良きものすべて
かれと共に死に絶えた

エレジーの慣習として故人の美徳は改めて称賛されるが美徳の羅列は必ずしも空しい調子ではない。執務室の扉を開け、「威厳があり……温和で、四月の日差しのようにやさしい微笑みをうかべた……」姿を故人が再び現すことはない等の述懐もこの調子の誠実さを示すものである。追悼詩における慰撫の要素はこの作品でも形式的には用意される。人々の思い出に生きる不死のイメージ、用意されたキリスト教的天国、後継者（リチャード）による意思の継続等である。一方詩の喪失感はこの形式を超える衝撃を表現する。それは死に対する現実的認識である。

かれが死んだのを私は見たのだ……
やつれ、色あせ、白く、青く……
ああ人間の栄光の空しさ、ああ死よ、ああ翼よ……

翼は疾く過ぎる人間の時とはかなさを暗示する。死を直視する態度は私的追悼の感情に従うものであり形式は否定される。神格化されたクロムウェルのイメージはこの部分と明らかに矛盾するが喪失の主題が優先される。この矛盾はむしろ詩的誠実さを証明する。

軍人のイメージはこの文脈でも消滅しているわけではない。しかしこの視点には前二作品には見られない微妙な変化が存在する。それはクロムウェルの政治的存在を要約する戦う者としての意味を敢えて問い直す態度である。その一は戦いと信仰の一体化という視点である。清教徒革命のリーダーとしての認識はクロムウェル作品の最重要の主題である。その覇権は公共的政治詩において正当化され称賛される。当然その強調点は、文脈逸脱の読みを可能にするにせよ覇権のパワーを称賛することにある。『クロムウェルの死』においては、この主題の重要性は宗教的意味にあることが強調される。戦いは神の意思に沿う聖戦であり、「戦いと……祈りに日を過ごす」クロムウェルはほとんどヨシュアなどに並ぶ聖人(一九一―九四行、一二九三―九四行)である。神意を得る覇権はもはや戦いではなく地上的には王権の維持に等しい。詩は事実クロムウェルの死を「王侯の死」と呼ぶ。マーヴェルはこの感慨に地上的ヘゲモニーの終焉を確認するのではなく宗教的リーダーの喪失と空虚感を集約する。

変化のその二は戦いのイメージの隠喩化である。この作品では進撃や殺戮などの現実的描写はなく、英雄クロムウェルはむしろ内的に苦しむ一介の人間である(「ここでかれの人間としての苦しみは果て……月桂樹の木陰に眠る」)。クロムウェルのキャリアを「人間としての苦しみ」(「モータル・トイルズ」)と捉える要約の調子が諦観か達観かは別に、苦しみをクロムウェルの本質であると見ることはマーヴェル自身の宗教的人間観であり共感を伴うものである。クロムウェル亡き後の見捨てられた者の嘆きの視点は慣習的ではあるがこの場合現実感がある。「我々はこのぞっとする生に、死が捨てたもの、自然の残りくずとして閉じ込められ……」という悲観もまた詩人自身の人生観であり形式的な嘆きのジェスチュアではない。クロムウェルに対するマーヴェルの共感と追悼の感情は基本的には、人生に対するこの認識を共有するという感慨にあると推測することができる。

荒々しい馬、野の鹿、きらめく鎧の喜びは
彼からも我々からも失われてしまった

ここには戦うクロムウェルへの郷愁がある。人生の戦いと信仰の戦いと鹿狩りを行う馬上のクロムウェル像がマーヴェルの想像力において統合されたイメージである。それはいわば自然へ帰るクロムウェル像であるともいえる。

では『クロムウェルの死』ではディスロウケイションは皆無と言えるか。意図的なものはたぶんないといえる。しかし例えば右に引いたパッセージに戦いへの郷愁を示す意味で文脈の二重性を読むことは不可能ではない。好戦的態度に対する判断とは別にマーヴェルの愛国者的感性は一六五〇年代後半には遠慮なく表明されることは伝記的資料にも見ることができる（一六五九年のハル選出国会議員就任以降、さらに王政復古後の諷刺的作品の感覚はショーヴィニスティックであり、その他の感受性を中核に解釈することはできない）。テクストの他の場所では次の表現がある。

彼［クロムウェル］こそ……英国をフランドルに植え付け
国境を黄金のインドまで延伸したのだ

クロムウェルはこの場面ではプロテスタント的帝国主義者である。この業績を詩人は共感を示して描出しているのでこれはテクストの文脈逸脱ではない。同時に、帝国主義的感性と好戦的感性は相互に近いために文脈逸脱として解釈される余地を残すことは否定できない。

あるいは、他の場面ではクロムウェルに対する世の評価が必ずしも良いものではなかったことを示唆する。

かつては我々の眼には低く見えていた樹だが

この描写のみに注目すれば、樹が実際に高いかどうか必ずしも明確ではない。続くパッセージは、ありがちな人間評価の弱点を指摘する(「人の見る眼は、自分より高いものに対しては割り引いて見るもの」)ように見える。しかし依然この部分に文脈逸脱の意味が皆無とは断定しがたい。少なくともクロムウェルに対する低い評価が事実であったことの暗示はある。しかし『クロムウェルの死』は前二作品と異なり、この種の暗示があるにせよそれを修正すべきであるとする姿勢を一貫させる。この作品におけるクロムウェルはほぼ掛け値なしの徳義の人である。ミルトンがブラッドショーやフェアファックスを称揚したように、マーヴェルがその資質を称賛することは詩人として一貫した視点である。

作品は全編クロムウェルの死に対する追悼と愛惜を述べる。詩のジャンルは公共詩であるが内実は私的エレジーというべきである。ディスロウケイションを読み取ることがないのは当然である。特に十七世紀公共詩においてはその主題が称賛詩であれ諷刺詩であれ文脈を逸脱する意味が存在する可能性は常にあるといってよい。公共詩では詩作の感情は複雑でありそれに付随する詩的脆弱さを見出す場合がある。私的抒情詩では詩の性質上この可能性はほぼない。私的抒情詩における詩作の感情は、そのペーソスと感情的力の強さに応じ、はるかに単純で一定しているからである。マーヴェルはこの作品以降私的エレジーを書くことはない。このジャンルに見合う題材がなかっただけかもしれないが。

注

（1）マーヴェル作品の引用は、*Andrew Marvell: The Complete Poems*, ed. Elizabeth Donno (London: Penguin 1996) に拠る。この他 *The Poems and Letters of Andrew Marvell*, ed. H. M. Margoliouth, revised by P. Legouis, with collaboration of E. E. Duncan-Jones (Oxford: Oxford UP, 2 vols., 1971), *Andrew Marvell: Selected Poetry and Prose*, ed. Robert Wilcher (London: Methuen, 1985) 及び *The Poems of Andrew Marvell*, ed. Nigel Smith (Harlow: Pearson Education Limited, 2003) を参照。版による異同がある場合は注記する。

（2）Annabel Patterson, *Andrew Marvell* (Plymouth: Northcote House, 1994) 22.

（3）詩の文脈逸脱に注目する解釈は L. D. Lerner, "Andrew Marvell: An Horatian Ode upon Cromwel's (*sic.*) Return from Ireland," collected in John Wain ed., *Interpretations* (London: Routledge, 1972) の分析以降、数点見られる。

（4）Donno, 238 参照。

（5）Nicholas Murray, *World Enough and Time: The Life of Andrew Marvell* (London: Little, Brown and Company, 1999) 80.

（6）David Norbrook, "Marvell's Horatian Ode and the politics of genre," collected in Thomas Healey ed., *Andrew Marvell* (Harlow: Longman, 1998) 126.

（7）John M. Wallace, *Destiny His Choice: The Loyalism of Andrew Marvell* (Cambridge: Cambridge UP, 1968) 106 以下参照。

（8）イェール版『ミルトン全散文作品集』（一九六六年、イェール大学出版局。以下『イェール版ミルトン』）、*Complete Prose Works of John Milton*, vol. 4, ed. Don M. Wolfe (New Haven: Yale UP, 1966) 672.

（9）*Mercurius Politicus* 240 (January, 1655); *Margoliouth*, vol. 1, 320; *Wilcher*, 253.

（10）原文、二四〇行 'Still from behind, and *yet* before him rushed'（斜体筆者）のテクスト異同。'yet' は、*MS. Eng.*

poet. e. 4 に従う。一六五五年以降では 'it'。マーゴリュース版、ウィルチャー版及びスミス版はすべて、'it'。'it' を「天意」と取れば、天意が先駆けをし、かつ後押しをするの意であり、天意は補助的である。ドノ版（本テクスト）'yet' は「逆説的意味」(Donno) を強調。即ち、天意は後押しをしたが実は先駆けをしていた、の意が強く天意が主体となる。次の二四二－四三行は、「クロムウェルの業はとても人間業とは思えぬので、常に天の力が働いていたのだ」であり、天意が主体的である。

(11) Murray, 73 参照。

(12) "dislocation" パタスンの用語。Annabel Patterson, *Marvell and the Civic Crown* (Princeton: Princeton UP, 1978).

(13) *Margoliouth*, vol. 2, 306.

(14) *Works of John Milton*, vol. 8, ed. F. A. Patterson et al. (New York: Columbia UP, 1933) 157.

(15) ミルトン書簡（一六五三年二月二十一日付け）。*Calendar of State Papers, 1652-1653*, vol. 35 (London: Her Majesty's Public Record Office, 1893) 176.

(16) "pater patriae," Columbia Edition, vol. 8, 225.

(17) Columbia Edition, vol. 8, 219.

(18) "Essay, Supplementary to the Preface (1815)," collected in Stephen Gill, ed., *William Wordsworth* (Oxford: Oxford UP, 1984). "The Pleasure Principle," collected in Philip Larkin, *Required Writing* (London: Faber, 1983).

(19) Don M. Wolfe, "Introduction," Yale Edition, 264.

(20) *Poems on Affairs of State* (1699) (*BOD. Antiq. e. E. 83*)

(21) 給与の水準は一六五四年現在。*Calendar of State Papers, 1653-1654*, vol. 66, 1879, 386.

(22) Wilcher, 258.

『ソネット集』をめぐるモラル・パニックと詩人のヴィジョン

杉本美穂

はじめに

シェイクスピアの『ソネット集』[1]（一六〇九年）にモラルという言葉は似つかわしくないと思われがちである。エドマンド・マローンが『一七七八年出版のシェイクスピア劇作集への補遺』（一七八〇年）で連作、すなわちシークエンスを二分して以降、ソネット一番から一二六番までは「青年詩群」と呼ばれてきた。男性詩人が情熱的な愛の詩を男性に捧げるという「青年詩群」の状況設定は、十八世紀末から十九世紀にかけて、ある種のモラル・パニックを引き起こした。当時は、伝記への興味が中心となって作品を理解する風潮が強く「語り手＝詩人自身」という解釈が成立した。「青年詩群」は偉大な詩人[2]の醜聞につながる恐れがあると嫌悪されたのである。それ以降、虚構説、習作説、古典の踏襲説、パトロン献呈説、アレゴリー説など多くの解釈が生まれたが、二十世紀になってもシェイクスピアの『ソネット集』への倫理的な反感は依然として根強く残った。

ジョン・ベンソン編の『シェイクスピア詩集』(一六四〇年)は、愛の対象を男性から女性へと偽装したと疑われても仕方がない節があった。シェイクスピアの作とは認められない詩篇をも収めているこの版は、四つ折本(一六〇九年)の配列を自由に変えただけでなく、いくつかの詩篇をまとめてベンソン独自のタイトルをつけ、さらに青年を指す人称代名詞を男性から女性へと変更していた。[3] 例えば、一二二番は「愛しい女性から贈られた手帳を受け取って 'Vpon the receit of a Table Booke from his Mistris' [sic]」、一二五番は「彼女に受け入れてもらうための嘆願 'An intreatie for her acceptance' [sic]」という具合である。ただ付け加えて言っておくと、愛の対象を男性から女性へ偽装したと疑われ始めるのは、ベンソンの版が出版されて一七〇年ほども経ってからのことである。

ジョージ・スティーヴンズが十五巻本の全集(一七九三年)に『ソネット集』を復刻しなかった理由も彼の倫理観にあったと言われる(この点については、後の章でまた触れる)。ヘンリー・ハラムは「ソネットの味わいは作品の周辺事情によって軽減される」と述べて男色への懸念を暗示し、[4] 一八七九年にハーマン・コンラッドは「シェイクスピアが同性愛者ではないことを証明するのは、われわれの倫理的義務 'our moral duty' である」と述べた。[5] 二十世紀には不可知論や新批評があらわれ、一人称の語り手は詩人ではなく虚構の産物であると解釈されるようになる。関心は芸術性やテーマへと移るが、それでも一九八〇年代の中葉からは、ジョゼフ・ペキニーのように語り手と青年とのあいだに否定しようもない同性愛を読む批評があらわれる。[6]

小論ではまず、ソネットの伝統にはない「子作りを勧める詩群」(ソネット一番から一七番)の意義をエリザベス朝の背景に照らしながら探る。次に、男性に愛の詩を捧げるという「青年詩群」がもつ政治的な「戦略」の背景を明らかにしたい。また、男女の境界線をも越える賞賛が意図するものを、エリザベス朝のコンテクストの中で読みなおす。最後に、「黒婦人詩群」（一二七番―一五四番）における色をめぐる当時の価値観と詩群の意図を検証したい。ソネットの社会的な機能に焦点をあてることで、絶対的だと思われていた価値観を相対化してしまう語り手の視点が浮かび上がる。この視点は、現実からは侵蝕されない空間を読者の心理に構築し、物事の本質を見抜く力をよみがえらせる。ここに詩人のモラル・ヴィジョンが存在することを論じたい。

「子作り」と「美しさ《フェアー》」

ソネット一番から一七番は通称「子作りを勧める詩群」と呼ばれる。一番は「たぐいなく美しいものは殖えることこそ望ましい'From fairest creatures we desire increase'」という専横ともいえる一行で始まる。キャサリン・ウィルソンは『シェイクスピアの甘美なソネット』の四章冒頭で「男性の友人に結婚を催促する説得でソネット・シークエンスを始めるのは衝撃的であった」と述べる。[7]伝統的にソネット・シークエンスは詩人の高い詩作理念を謳い、詩神に呼びかけるインヴォケーションで始まるため、シェイクスピアの書き出しは異例である。内容も高潔な女主人に叶わぬ愛を謳うという慣習を無視し、男性の友人に子作りを説得するのだから衝撃的といえるかもしれない。

この設定は、エリザベス朝期に広く知られていた「若い紳士に結婚をうながす説得」をもとに書かれたとウィルソンは説明する。十六世紀に修辞を学習する教本となっていたエラスムスの書簡やトマス・ウィルソンの『修辞の技巧』（一五五三年）と内容が酷似しているのである。

有産階級、特に貴族にとっての至上命題は、条件の良い結婚をして財産を増やし、称号と遺産を受け継いで家系を維持する子孫を作ることであった。愛の対象である青年のモデルは複数いるが、その一人とされる第三代ペンブルック伯ウィリアム・ハーバートは、若い頃に激しい結婚忌避をして周囲を困らせたという。同じくモデルの一人とされる第三代サウザンプトン伯ヘンリー・ライズリーも若いころにエリザベス・ヴェーレ嬢との結婚を拒否して五千ポンドもの違約金を支払っている。多額の罰金を支払うくらいなら、詩人を援助して子作りを説得してもらうほうが安上がりだったのかもしれない。

子孫の必要性を論じる点は納得できる。ではなぜ青年の「美しさ'fair,'」をことさらに強調し、「美しいものは殖えることこそ望ましい」といった表現を用いたのだろうか。その背景には、マルガレータ・デ・グラツィアが指摘するように、'fair,' は支配階級の顕著な属性をあらわすという思想があった。(8) 'fair,' には「正しい、公正な、美しい、肌が白い」など様々な意味があり、そのすべてが西洋人にとって非常に肯定的な価値をあらわす。この言葉は支配階級を他の階級から弁別し、支配体制を維持することを目的として流通していた。貴族にとって結婚して子供を作る行為は家系を存続するという私的な機能をもつだけでなく、支配層を再生産することで体制の維持を図る社会的な機能をも担っていたのである。

形式上、ソネットの読者は恋愛詩を捧げられる「愛人」すなわち宮廷風恋愛における「女主人'mistress,'」である。けれども実際の読者は、作品を回覧して読む私的な友人たちである。ソネットに散在する虚構まじりの個人情報や社会情勢は、事情通の読者に向けての合図である。つまり、テクストとコンテクストが生む微妙な諷刺や哀愁をくみとって共感を誘うヒントなのだ。想定された読者は、支配階級の'fair,'という価値を再生産するレトリックを理解したであろうし、また、対象である青年が貴公子であることを暗黙のうちに了解したはずである。では、体制を維持する価値観を擁護することが詩作の目的だったのだろうか。この点について考察するために、貴公子に愛の歌を捧げる設定の背景を探る。

貴公子に恋愛詩を捧げる狙い

ソネット二〇番で、語り手は貴公子を「ぼくの恋心を支配する男にして女 'the master-mistress of my passion'」（二行）と呼ぶ。美しく高潔な女主人に叶わぬ愛を謳うのがソネット・シークエンスの慣習であったため、愛の対象を男性に変えることは脱伝統というよりも、反伝統に近い。さらに語り手は、女性においては両立しないと考えられていた「美」と「真」が奇跡的に両立する存在として貴公子を絶賛する。

自然の女神が御手で造られた女の顔、
その顔をもつ君は、ぼくの恋心を支配する男にして女。
おとめのやさしい心をもちながら、
浮気な女のように移り気ではない。
眼は女の眼よりも輝くが、不誠実に目移りせず、
視線を投げかける対象を輝かせる。
うるわしい容姿ですべての人を支配する、
男の目を奪い、女の心を圧倒して。（一－八行）

マローンの『補遺』によると、スティーヴンズは二〇番について「男性に対して語られた鼻につくほどの賛辞は、嫌悪感と義憤 'disgust and indignation' を交えずには読めない」と非難した（第一巻五九六頁）。

義憤の大きな原因は、伝記批評が主流だった文学風土にあったと考えられる。

これに対してマローンは次のように擁護する。「男性に恋愛詩を語ることは、たとえ尾籠なことだとしても、エリザベス朝における文学上の慣習 'customary in our author's time' であり、重大な犯罪でもなければ、礼儀に反するわけでもなかった」と。[9] ルネッサンス期には、こうした男性間の友情を礼賛する気風があったという解釈は、デイヴィド・ベヴィントン編の第三版『シェイクスピア全集』(一九八〇年)にも踏襲されている。

スティーブン・ブースによると、慣習説にならって「愛人」と「友人」が同義語として男性間で使われた例を、さまざまな批評家たちは苦労して探した。[10] 古典を下敷きに創作されたシェイクスピアの『トロイラスとクレッシダ』(一六〇三年)でも、ユリシーズはアキレウスに「さようなら、閣下。あなたを愛する者として話をします 'Farewell, my lord. I as your lover speak.'」(三幕三場二一四行)と語る。

では、同様に『ソネット集』でも語り手は「愛人」と「友人」を同義で使っているのだろうか。確かに、語り手は貴公子に対して 'love' と呼びかける場合と 'friend' と呼びかける場合がある。しかしだからといって、コンテクストを無視して同義であると決めるわけにはいかない。

この点に答えを見つけるために、物議をかもした一節「ぼくの恋心を支配する男にして女 'the master-mistress of my passion'」に潜む言葉の多義性をここで確認しておこう。ブースの注釈によると 'Master Mistress'(四つ折本における表記)には、(一)「至上の女主人 'supreme mistress'」、(二)宮廷風恋愛の用語を借用した「男性の愛人 'male beloved'」、(三)「ジャック 'jack'」という球技において交換可能な用語である「マスター」と「ミストレス」などの意味があり、[11] 'passion' には、(一)「強い感情 'emotion'」、(二)「愛 'love'」、(三)「詩 'poem'」などの意味がある。強い感情を表現する詩歌や演説もまた

'passion' と呼ばれていたのである。

以上を単純に組み合わせると九通りの意味が想定される。しかし、それらがばらばらに存在すると考えるよりは、複数の意味が生み出すさまざまなイメージが渾然一体となってユニークな一つの心象を創り上げると考えられないだろうか。例えば、語り手を虜にして心を支配する宮廷風恋愛の女主人の地位を占め、詩の対象である冷酷な男性の支配者。さらにゲームのジャックのイメージが重なれば、マスターとミストレスは交換可能なニュアンスをおびて、男女の境界線はいっそう曖昧になる。

「友人」か「愛人」かという議論は、結局のところ、「男性＝友人」「女性＝愛人」という社会通念にあわせるための線引きにすぎない。だから、この線引きを越えて拡がっている豊穣で独創的なイメージは捉えがたいのである。ただし、両性具有の概念になれた読者には、含み笑いを起こさせながらも首肯できる範囲の虚構だったに違いない。そこで次の章では、ルネッサンス期の性の概念について考えたい。

性別の境界線と両性具有

ソネット五三番で、語り手は貴公子のことをギリシャ神話の美少年アドーニスと比べるだけでなく、トロイヤ戦争の原因となった絶世の美女ヘレネよりも美しいと絶賛する。

アドーニスを描いてみたまえ、その絵姿は、
君をまねて描いたおそまつな模写にすぎない。
ヘレネの頰に美の技巧のかぎりを尽くしてみたまえ、
ギリシャの衣装をまとった君を新たに描くにすぎない。（五－八行）

貴公子の美を強調したいあまり、男女の別をも忘れた比喩のように思えるが、それは現代人に特有の読みである。トマス・ラカーによると、生物学に基礎を置いた男性／女性という区分、すなわち、現在わたしたちが認識しているような性別が「発見」されたのは十八世紀のことである。[12] 近代初期には、古代ギリシャの哲学者であるアリストテレスやローマの医師で哲学者であるガレノスの唱えた「男女相同性」という学説がまかり通っていた。男女相同性とは、女性性器を男性性器の劣ったものとみなして、そこから女性を「劣った男性」と位置づける考えである。

この説では男女は別の性ではなく、程度に差があるだけの同一の性ということになる。中世およびルネッサンス期には、宇宙というマクロコスモスと身体というミクロコスモスに照応関係があると信じられていた。つまり、神を頂点とする巨大なヒエラルキー、宇宙をも含めた万物の序列に、人間の男女を上下関係で組み込むために必要な説だったといえる。

女性は劣った男性であるという概念が流通していたエリザベス朝では、性の境界線は曖昧だった。エリザベス一世は政体としては男性、個人としては女性という立場をとることができた。一五八八年にティルベリーで自国軍を鼓舞する演説をしたエリザベスは「(勇気の宿る場所と考えられた)心臓と胃は王の、しかも英国の王のものである'the heart and stomach of a king, and of a king of England too'」と主張した。[13] そして聴衆は、女王が男性であり、強い国王であるという演説を拍手喝采で受け入れたのだ。

その一方でエリザベスは、すべての廷臣を魅惑する禁断の処女王を演じた。宮廷風恋愛の雰囲気をかもし、忠誠心をあおって女王を中心とするヒエラルキーの安定を図ったのである。廷臣の側もまた、宮廷風恋愛の虚構を利用した。アーサー・マロッティーが詳細に例示するように、エリザベス崇拝が確立した一五七八年以降、廷臣が女王に対して政治的および経済的な要求をする際には、ソネットの用語や形式が借用された。[14] 自己愛と野心を剝き出しにして金銭や地位の要求をする言辞は危険である。そこで、高潔な女主人への求愛と奉仕そして返報という、恋愛ソネットがもつ虚構の枠組みを利用したのである。ソネットは単なる恋愛詩という枠組みを超え、政治的な機能をもって流通していた。

男女の境界線が曖昧であった別の例として、一五一五年に即位したフランソワ一世について触れておく。ルネッサンス文藝を愛好し保護に努めたフランソワは、両性具有のイメージを利用した君主で、女傑の顔立ちで肖像画を描かせたことで知られる。[15] 君主を頂点とするヒエラルキーを維持するため、王には「真・善・美」という最高の資質が備わっているという演出を国策としておこなっていたのである。

性の境界線を越えて君主の美質を讃えるコンテクストと、宮廷で政治的な機能をもって流通していた虚構の恋愛の枠組みとを応用して、シェイクスピアは「青年詩群」を創出したと考えることに論理の飛躍はないだろう。と言っても、最初からそれを狙ってシークエンスを創作したと断定はできない。長年にわたって推敲を重ねるうちに方向性が定まっていったのかもしれない。

貴公子に子作りを勧め、'fair' を強調し、性の境界線をも越えて賛美するという戦略の利点は、まず政治的な理由である。体制を擁護する価値観を前面に押し出せば、反体制の非難をのがれることができる。また、当時の詩人たちは政界の実力者に近づき、作品を通して自分が政治上、宗教上、そして教育上、役に立つ存在であることを主張して地位を引き上げてもらうのが常であった。[16] 国家や貴族に有益な奉仕をすることは人文主義者の賛同をも得ていたのだ。

第二の利点は経済的な援助であろう。シェイクスピアは『ヴィーナスとアドーニス』（一五九三年）や『ルークリースの凌辱』（一五九四年）を執筆する際に、サウザンプトン伯爵をパトロンにもった経験がある。『ソネット集』に関して、パトロンが存在したのかどうか、また、パトロンがいたとしてもどの程度の援助を受けていたのかは定かでない。しかし、詩集が認められれば貴族の庇護を受けて経済的に安定して創作活動にはげむことができる。

第三に、「青年詩群」の設定は、名声を得るためにペトラルカ以来の伝統を脱却することを目指して新しい詩形と詩風を模索している詩人にとって、かつてない機軸を提供する。しかも、貴公子を批判する視点を失ったわけではない。

対象批判の視線については、性の境界線が曖昧になる別の例を参照しながら考えたい。「女々しい 'effeminate'」という語は、女性に過度の熱をあげることで男性が、容貌または性質までも、女性化してしまう状態を指す。『オックスフォード英語大辞典』には、ジョージ・パトナムの『英詩の技法』(一五八九年)からの引用「王はあまりに多情なので女性のようになってしまった 'the king was supposed to be... very amorous and effeminate'」がある。'master-mistress' は、表面では貴公子を絶賛しながら、コンテクストと言葉の多義性を理解した当時の読者には、多情な性質のために女性化してしまった貴公子への批判と受け取られるのだ。

黒婦人賛美と価値観の相対化

ソネット一二七番から一五四番までは一般に「黒婦人詩群」と呼ばれる。貴公子の 'fair' を賛美した「青年詩群」が終わると、突如として一二七番からは「黒 'black'」の賛美がはじまる。黒を礼賛する先例としては「瞳が黒い愛人 'dark mistress'」の系譜がある。フランス文学におけるソネット確立に大きく貢献したピエール・ド・ロンサールの『恋愛集』(一五五二年)二五番に「あの褐色の二つの瞳 'Ces deux yeulx bruns' はわたしの生命の焔、その稲妻はわたしに目つぶしをくわせ、わたしの青春の自由をとらえ、それを縛って獄舎に投じた」[17]とある。愛人のモデルはフィレンツェの名門サルヴィアティ家の令嬢カッサンドルで、褐色の瞳で金髪の美女だった。英国では、一五九〇年代のソネット・シークエンス隆盛の端緒となったサー・フィリップ・シドニーの『アストロフィルとステラ』(一五九一年)の七番に「自然が最高の作品であるステラの眼を造ったとき、輝く光をどうして黒色 'colour black' で包んだのだろうか」とある。[18] ステラのモデルとされるペネロウピ・デヴァルーもまた、黒い瞳で金髪の美女だった。黒い瞳は、碧眼のベアトリーチェやラウラの伝統からは確かに逸脱するが、両愛人の造詣に 'fair' の価値を転倒させる意図は感じられない。

一方、『ソネット集』一二七番では、「黒 'black'」が「白 'fair'」から王位を簒奪して「美の正当な後継者 'beauty's successive heir'」になった、と語り手は宣言する。本来は美の継承者である白は、私生児の立場へと追いやられるのである。

> 昔は黒い色が美しい《フェアー》とは考えられなかった、
> たとえ考えられても、美の称号では呼ばれなかった。
> しかし近頃は、黒が美の正当な後継者となり、
> 白い美のほうが、私生児だとそしられる。(一―四行)

黒婦人は瞳が黒いだけではない。「黒い針金のような髪 'black wires grow on her head'」(ソネット一三〇番四行)で、おまけに「行為も黒い 'In nothing art thou black save in thy deed'」(ソネット一三一番一三行)。それでも語り手は「あなたはこの世でもっとも美しくもっとも高価な宝石です」と褒めそやす

（ソネット一三一番四行）。語り手の判断によると「あなたの黒こそがもっとも美しい 'Thy black is fairest in my judgement's place'」のである（同一二行）。

詩人が「黒」にこだわる理由の一つは、黒にたいする当時の価値観がかかわっている。『恋の骨折り損』（一五九八年）で、王はビローンの恋人ロザリンドの肌が浅黒いことをさして「おまえの恋人は黒檀のように黒い 'thy love is black as ebony'」と言い、さらに続けて「黒は地獄の紋章の色だ。無神論者が集まる夜の学派の色だ。美の紋章は天国の光の色に相応しい。'Black is the badge of hell, / The hue of dungeons, and the school of night, / And beauty's crest becomes the heavens well.'」（四幕三場二四五―六一行）と非難する。伝統的に正当で聖なる美の色、そして支配階級をあらわす色が白 'fair' であり、それとは対極の価値をあらわす色が黒だったことがわかる。貴公子の色 'fair' とは全く逆の価値をもつ登場人物が、瞳や髪だけでなく行為まで真っ黒な黒婦人である。というのが、建前上の位置関係である。

貴公子と黒婦人を対比する本当の狙いはどこにあるのか。キーワードは、シェイクスピアの劇作品に繰り返しあらわれる「外観と実体との乖離」である。これは『ソネット集』でも非常に重要な主題である。表面的には、貴公子は「美しく、善で、真の 'Fair, kind, and true'」（ソネット一〇五番一〇行）と讃えられるが、実は不誠実でどうしようもない浮気者である。それは、ソネット三三番、三四番、四〇番―四二番、および、一三三番―一三五番、一四三番、一四五番など多数から明白である。しかも、美しさにも翳りが出はじめている。遠慮がちにではあるが、語り手は「わたしには留まっているように見えるあなたの美しさも、実は移ろいでいて、わたしの眼がただ騙されているだけかもしれません」（ソネット一〇四番）と言っている。

語り手が折りに触れて暗示する貴公子の資質を総合すると、冷酷で、嘘つきで、美しさも翳りはじめた浮気者という現実があらわれる。一見、まったく逆の価値を示しているかのような貴公子と黒婦人だが、真髄は同質なのだ。両者が代表する色の表象を用いて、黒を「美の正当な継承者」であると宣言することは、世界の秩序を維持している大切な価値観を転覆させる一大事のようにも思える。しかし、貴公子を表象する色'fair'がもつ絶対的で不変の価値は、単なる幻想にすぎないかもしれないのだ。そう解すれば、'Fair'は相対的で転倒する可能性を十分に秘めた観念といえる。

語り手による宣言は、その可能性をソネットという小宇宙のなかで顕現させたものである。貴公子と黒婦人を対置する狙いは価値観の相対性を示して、社会通念や常識でがんじがらめになっている読者に、思いもよらない世界が可能であるという認識をうながすことではないだろうか。

「黒婦人詩群」にこめられたもう一つの意義は、三角関係を提示することにある。「青年詩群」において、語り手は自らを「奴隷'your slave'」(ソネット五七番一行)にたとえ、貴公子を「暴君'my sovereign'」(同六行)にたとえる。恋愛を装いながらも、支配者と被支配者という冷酷な構図が常に暗示される。多少のバリエーションはあるが、暴君である貴公子は自由に浮気をし、不安と心痛にさいなまれる語り手は耐え続けるより他に術がないのだ。

ところが黒婦人の詩群になると、貴公子と黒婦人と語り手による三角関係があらわれ、二項対立による支配と被支配の関係は崩壊する。その状況が端的にあらわれているソネット一三三番を見てみよう。ここでは、通常の支配と被支配の関係が逆転している。

　ぼくの心を、あなたの鋼の胸という牢獄に閉じ込めても、
　友の心はぼくの心を担保にするから解放しておくれ。

誰がぼくを捕えようと、ぼくの心を彼の牢番にしておくれ、
ぼくの胸の独房にいれば、あなたも彼に酷いことはできない。
でもそうもいかないね、ぼくはあなたの胸に幽閉されているから、
ぼくはあなたのもので、ぼくの中の一切もあなたのものだから。(九―一四行)

ここには、三つの同心円からなる二重の包含関係がみられる。黒婦人に捕えられ、鋼の胸に投獄されている語り手の心、その語り手の心をやさしい看守にして、語り手の心の中に収監されている貴公子の心。三者のあいだには二重の「看守と囚人」の関係が成立している。綺想をつかった不思議な虚構の世界が展開しているが、三者間の包含関係は社会的な地位、身分、及び経済力における上下関係を完全に逆転させている。

むすび

読むという行為には読者が生まれ育った時代と文化の影響が色濃く反映される。『ソネット集』に対して過去に起こったモラル・パニックの原因もここにある。もちろん、詩人の力量も大いに関係している。語り手による真に迫る心情吐露が、虚構を真実だと思い込ませるに至ったのだから。『ソネット集』における一人称の語り手もまた、シェイクスピア劇の「リアル」な登場人物たちと同じように、千の心をもつシェイクスピアの想像力が生みだした賜物といえる。

ソネットを読むとは、作品を生み出した時代の思想や文化や慣習を考慮しながら、単語がもつ複数の意味から生まれるいろいろなイメージのなかから、自分なりに意味を辿っていく作業である。豊かなイメー

ジの世界に遊ぶ行為は、想像力を解き放ち、思いもよらない価値観をもつ世界や逆転現象へと読者を誘う。こう解すれば、体制が強要する秩序と価値観を受け入れるしか仕方がなかったエリザベス朝の読者にとって、ソネットは精神的な開放感を味わえる貴重な異空間だったかもしれない。

シェイクスピアがソネットを書き始めた当初（おそらく一五九〇年代の半ばころ）から、小論で論じたような構想があったとは言い切れない。しかし、長年にわたる創作と繰り返されたであろう推敲の過程で何の構想もないまま「折々の歌 'occasional poems'」として一五四篇ものソネットを書き貯めたとは考えがたい。もちろん、シークエンスの配列がすべて正しいというつもりはないが、[19] 経済的にも安定し、劇作家としての地位と名誉を不動のものとしていた一六〇八－九年ころのシェイクスピアを想定するとき、一人の芸術家として社会の在り方や人間の本質についての深く鋭い洞察を『ソネット集』に反映させたであろうことは十分に考えられる。『ソネット集』を読むことが、本来は人間に備わっているはずの力、本質を見抜く力を取り戻す端緒になるとすれば、それこそ百戦錬磨の芸術家が作品に密かにこめた、モラル・ヴィジョンといえるのではないだろうか。

注

（1）原文からの引用ならびに行数、レイアウトはすべてジョン・ケリガン編註の新ペンギン版 *The Sonnets and a Lover's Complaint*（1986）による。キャサリン・ダンカン＝ジョーンズ編註の第三アーデン版 *Shakespeare's Sonnets*（1997）とともに、シークエンスの読みを肯定する版である。

（2）マローン編註の *Supplement to the Edition of Shakespeare's Plays Published in 1778*（1780）と、とりわけ *The Plays and Poems of William Shakespeare*（1790）以降、『ソネット集』は文学史上のキャノンとみなされるように

なり、「シェイクスピア崇拝 'Bardolatry'」も拡がったとされる。

（3） すべてのソネットに統一した変更が加えられたわけではない。例えば、物議をかもしたソネット二〇番は変更されていない。ベンソンには偽装をする意図はなかったという批評もある。ヒーザー・ダブロウはマローンの分類に異議を唱え、人称代名詞の多くはジェンダーが不明なままであると指摘し、対象の性別は読者の解釈に委ねられているとする。

（4） Henry Hallam, "Sonnets of Shakespeare," *Introduction to the Literature of Europe in the Fifteenth, Sixteenth, and Seventeenth Centuries*, vol. 3 (London: Murray, 1892) 261-64.

（5） Hyder Edward Rollins, ed., *A New Variorum Edition of Shakespeare: The Sonnets*, vol. 2 (Philadelphia: Lippinton, 1944) 233.

（6） *Such is My Love: A Study of Shakespeare's Sonnets* (Chicago: U of Chicago P, 1985).

（7） Wilson, *Shakespeare's Sugared Sonnets* (London: Allen and Unwin, 1974) 146.

（8） de Grazia, "The Scandal of Shakespeare's Sonnets," *Shakespeare Survey* 46 (1994): 35-49, Ch. 3.

（9） *The Plays and Poems of William Shakespeare*, vol. 10, 207.

（10） Booth, ed., *Shakespeare's Sonnets* (New Haven: Yale UP, 1978) 432. Rollins, ed., *A New Variorum Edition of Shakespeare: The Sonnets*, vol. 1 (Philadelphia: Lippincott, 1944) 93.

（11） M. B. Friedman, "Shakespeare's 'Master Mistris': Image and Tone of Sonnet 20," *Shakespeare Quarterly* 22 (1971): 189-91.

（12） *Making Sex: Body and Gender from the Greeks to Freud* (Cambridge, MA: Harvard UP, 1990) 114.

（13） Leah Marcus, "Shakespeare's Comic Heroines, Elizabeth I, and the Political Uses of Androgyny," in Mary B. Rose, ed., *Women in the Middle Ages and the Renaissance* (Syracuse: Syracuse UP, 1986) 140-41.

（14） Arthur F. Marotti, "'Love is not Love': Eli:zabethan Sonnet Sequence and the Social Order," *ELH*(1982): 396-428.

（15） Marcus, 143.

(16) Eleanor Rosenberg は、エリザベス朝の最初の三十年間にパトロン制度が関与した純文学はなかったと言及する。*Leicester: Patron of Letters* (New York, 1955) 15-17.

(17) Henri Weber et Catherine Weber, eds. *Les Amours* (Paris: Garinier Freres, 1993).

(18) Katherine Duncan-Jones, ed. *Sir Philip Sidney* (Oxford: Oxford UP, 1992). 原義を重視するダンカン＝ジョーンズの綴り'Astrophil'に倣って「アストロフィル」と記す。

(19) アーデン版の編者ダンカン＝ジョーンズやペンギン版の編者ケリガンは、配列には作者の意図が反映していると主張する。確かな証拠が見つからない限り結論は出ないと言われるが、それでも、大半のソネットは前後と緊密なつながりをもって配列されているというコンセンサスが成立している。

ミルトンの救済史
——『楽園の喪失』と「イザヤ書」との対話

村岡三奈子

はじめに

一六二八年夏、十九歳のミルトンの心にひとつのヴィジョンが生まれる。ギリシャ古典の英雄詩を規範とした「より厳粛な主題」を持つ叙事詩の創作である。青年期の高邁な使命は、それに適った倫理性を自らの内に求めるのが常であろう。「彼の青年期は罪とがのないもの、行為は非難の余地のないもの、手は汚れなきものでなければならぬ」(「第六エレジー」六三―六四行)[1]。然し、強大な自我と軸を一つにする高いモラリティを追求するミルトンが、「永遠の摂理を擁護し、神の道の正しさを人びとに明らかにする」(第一巻二五―二六行)一大スペクタクル『楽園の喪失』を完成させるまでには、幾多の紆余曲折と、およそ四十年の歳月を経なければならなかった。詩人の生涯が荒野を彷徨うイスラエル民族の歴史と重なるのも、あながち偶然とは言えまい。「出エジプト記」十六章三節の表現を引用して、迷妄するイングランドを「エジプトの肉鍋」(『散文全集』第一巻七〇一―二頁)と揶揄するミルトンにとって、そこからの脱出、謂わば「出エジプト」は、彼の信仰であり情熱であった。詩人は、約束の地を目指して民を率いる旧約の預言者モーセにこそ、自らの幻の実現を見たのである。

但し、旧約の史実はすべて新約に於いて成就される予型であるから、新約の光、就中、終末の視座に照らして読まねばなるまい。その意味で、モーセとて「天にある聖所のひな型と影とに仕えている者にすぎない」(「ヘブル人への手紙」八章五節)。この予型論の消息は、やがて人類の始祖アダムとエバの楽園追放をキリスト教救済史の枠組みの中で捉え直した、ミルトンの預言的メッセージへと収斂される。「影のごとき型から真理へ、肉から霊へ」(『楽園の喪失』第十二巻三〇三行)。ここに於いて、旧約中、最大の預言書と目される「イザヤ書」が、ミルトン作品の構造および精神に顕著に反映して来るのは必然と言えよう。[2] 従って本稿の目的は、「イザヤ書」の預言に導かれながら、『楽園の喪失』に於ける歴史の意味を検証することである。

一 叙事詩の歴史性

もとより叙事詩の特徴のひとつは、歴史上「範例」となる人物をうたい上げることであるが、[3] 多くのルネサンス期の作家が「歴史」の同義語として「ドラマ」という言葉を用いた事実を考え併せると、[4]『楽園の喪失』は、まさに詩人が人類の歴史を宇宙史的な規模でドラマティックに解釈し直した「救済史」と呼ばれるに相応しい。ミルトンはその晩年に出版した『英国史』に於いて、歴史を語る目的は、読者を「教え、諭す」ことであると書いている(『散文全集』第五巻四頁)。それゆえ、キリスト教的歴史観に基づく『楽園の喪失』は、範例となる人類の始祖アダムとエバの原罪を通して、歴史に働く神の摂理を提示し、倫理的・道徳的教訓を与えることを旨とする。かくしてミルトンが叙事詩の冒頭でその主題を

人間《ひと》がはじめて不従順の心を起こし、禁断の
果実《このみ》を味わった結果、われらは楽園《エデン》を失い、
世に死と、あらゆる苦しみをまねいた。
だがやがて、並ぶものなく偉《おお》いなる人間《ひと》が
われらを贖《あがな》い、至福《さきわい》の座を取りもどしてくれる――
うたえ、天《あま》つ詩神《ムーサ》よ、この出来事を。（一―六行）

と詠むとき、詩人のヴィジョンには人間の堕落からキリストの贖罪、さらに再臨までの過去・現在・将来を結ぶ全歴史が包括されていたことが分かる。それでは、アダムとエバはいかなる意味で歴史上の「範例」となり得るのか。また読者は、このドラマからいかなる教訓を汲み取るべきか。

二　『楽園の喪失』の予型論的構造

ミルトンの『楽園の喪失』に於ける神の救済史は、人間の堕落で幕を開け、キリストの贖罪で幕を閉じる。前半の第一巻から六巻までの舞台は超人間界で、地獄の光景に始まり、堕落天使への裁きに終わる。他方、後半の第七巻から十二巻までは人間界が舞台で、天地創造に始まり、堕落した人間に対する神の裁きで終わる。このように至るところで巧妙に構築されたシンメトリーは、ミルトンの文学的意図とも符合する。

一六七四年七月、ミルトンは、その七年前に出版した初版本一〇巻を新たに一二巻に編集し直して叙事詩の結構を整えた。その際、第十二巻冒頭に書き加えられた「滅ぼされた世と回復された世」（二行）とい

う一文に注目したい。人類の歴史が、ノアの洪水によって滅んだ古き世界と、洪水が去った後の新しき世界とに二分されているのは、アダム誕生からノアの洪水までを「ひと世」（第十二巻六行）とする当時の歴史観に従ったものと思われる。[5] だがここで最も肝要なのは、この詩に内在する主題と予型論的構造との一致であろう。ミルトンは、終局部の第十一巻と十二巻で新旧二つの世界を比較することにより、自らの救済史観を明確に打ち出し、そこに終末への希望を読み込もうとしたのである。

先ず「滅ぼされた世」をヴィジョンとして示す第十一巻では、人類最初の兄弟殺しで始まったアベルとカインの家庭悲劇が、社会的・政治的構造の中で次第に残虐性を増し、より大規模な民族同士の戦いへと展開していく。戦争の後の束の間の平和。然し、民は真の神を離れて偶像崇拝に陥り、快楽と放縦の限りを尽くす。これが原罪によって堕ちた人間のおぞましい現実である。神は「人間《ひと》の堕《お》ちたのをいたく悔いられて」（八八八―八九行）、「涙と悲しみの大洪水」（七五六―五七行）をもって、地上のあらゆる生命の痕跡をぬぐい去ろうと決心する。唯ひとり、正しき人ノア（＝慰め）を除いて。蓋し、「罪の支払う報酬は死である」（「ローマ人への手紙」六章二十三節）。こうして、地上のあらゆる被造物は神の裁きを受けたが、義人ノアは恵みを得た。「イザヤ書」十章二十―二十三節の預言に聞く通り、神はこの「残りの者」に望みを託される。

……ひとりの義人が神のまえに
恵みをえることにより、神は和《やわら》ぎたまい、
人類《ひと》を拭《ぬぐ》い去ることなく、契約を立てたもう。（八九〇―九二行）

生命と再生を約されたノアが、「並ぶものなく偉《おお》いなる人間《ひと》」（第一巻四行）救い主キリストの予型であることは敷衍するまでもない。四十日四十夜、荒野で悪魔の試みに遭われたキリストは、すべての点で汚れなき神の子であることを証明した（「ルカによる福音書」四章一－十三節）。この意味で、ノア物語は「第二の楽園創造」の序説をなす。[6] 四十日間の大いなる深淵の後、虹の中にくっきりと浮かび上がった永遠の契約は、ノアとその家族に留まらず、来るべきすべての生命に、驚くべき新天新地の希望を宣べ伝える。

　　　　……昼と夜、
種《たね》まきどきと収穫《かりいれ》どき、暑さと白霜とは巡り、
やがては火が万物を焼ききよめ、新しき
天と地に、義《ただ》しき人びとが住むにいたる（八九八－九〇一行）

かくして「ひと世」の歴史は、ミルトン特有の一元的軌跡に則って、神の救いが成就する終末の日に向かって進行するのである。[7]

　次に「回復された世」を語る第十二巻になると、「心たかぶれるひとりの野望家」（二四－二五行）が起こり、その頂きが天に達するバベルの塔の建設に着手する様が描かれる。彼は「天を蔑《なみ》し、天から第二の主権を求め」（三四－三五行）て神のようにならんと欲する。そこには、『楽園の喪失』の読者が初めて目にした人間の「神々しいまなざしに栄光の創造主《つくりぬし》のみ姿」（第四巻二九二行）は見る影もない。洪水によって滅ぼされてなお、如何ともし難い人間の根深い罪。然し、この徹底した罪の認識は、キリストの贖罪信仰に決して遠いものではない。ミルトンのバベル神話は、読者をして、キリスト教最大の奥義なる受肉と十字

架の死に赴かせるものであることを強調したい。

イエスの受肉の場面を描くのはこれに先立つ第十巻で、神に背いたアダムとエバを裁くために、キリストは天より降り、神を恐れて木陰に身を隠す二人の体を「けものの皮」（二一〇行）で覆ってやる。この「影のごとき弱き贖《あがな》い」（第十二巻二九一―九二行）は、モーセの律法が定める「罪のなだめの供え物」として、二人の裸形（罪）の恥辱を隠すも、「はるかに醜い内なる裸形《らぎょう》」（第十巻二二一行）を装うことは出来ない。聖書が語る通り、「血を流すことなしには、罪のきよめは有り得ない」（「ヘブル人への手紙」九章二十二節）からである。ミルトンの天使も「人間《ひと》にはより貴き血の、不義には義の、支払いがなければならぬ」（第十二巻二九三―九四行）と語って、十字架による贖罪の道を拓く。[8]「影のごとき型《かた》から真理へ、肉から霊へ、きびしき律法から寛大なる恩恵へ、奴隷の恐れから子としての畏れへ、律法《おきて》の行為から信仰の行為《わざ》へ」（第十二巻三〇三―六行）。このベクトルこそが、アダムの霊性の訓練の指標に他ならない。

三　アダムの再生

天使ミカエルを通して、自分の犯した不従順の罪の悲惨な結末を示された時、アダムは深い絶望に陥る。が、その先に待つ人類救済の経綸は、彼をしてそこに引き留めておくことをしなかった。第十一巻と十二巻のアダムとエバがそれより前の二人と決定的に異なる点は、彼らがこの段階で、裁かれるべき罪と死を経験しながら、そこからの「再生」を体験しているという事実であり、[9]先述したように、これは、イザヤ書が語る「恵みの選びによって残された者」の歴史的意味を理解する上で欠かせないピボットをなす。

……人間《ひと》の

悔い改めに先だつ恩恵《めぐみ》が降《お》りて、ふたりの
胸から石を取りのぞき、そのあとに、再生の
新しい肉を植えつけられた……　（第十一巻二―五行）

再生の恵みに与った二人は、天上の天使らに和して神を讃美する。

ああ、限りなき愛、広大なる愛！
悪よりこの一切の善を生み、
悪を善に変えるとは。創造のときに、
最初、闇から光を造られた聖業《みわざ》よりも
驚くべきこと。わたくしはいま、犯した罪を
悔いるべきなのか、それとも、この罪から
はるかに大いなる善が生まれ、神には栄光《さかえ》、
人間《ひと》には神からの善意があたえられ、
み許しがみ怒りのうえに豊かにあふれることを
喜ぶべきなのか、わたくしはただ迷いに迷う。（第十二巻四六九―七八行）

中世以来キリスト教文学の伝統の中に生き続ける「幸いの罪」のパラドクスがうかがわれる。(10) 神の慰めは激しい怒りの後に訪れ、神の善は悪に勝利する、というのがミルトンとイザヤ、両者に共通の救済観であっ

た。キリストの贖罪を通して堕落した人間を回復される神の御業にも増してドラマティックな出来事はあるまい。神もまた「イザヤ書」の中で「わが思いは、あなたがたの思いとは異なり、わが道は、あなたがたの道とは異なっている」(五十五章八節)と語る。「あらゆる悪を善への道具として用い、善をもって悪に勝利される」神の創造の御業は、人間の理解を超え、一方的な恩寵としてすべてに先行するのである。こうして神の救済史的意志は「再生」の体験として、人間一人ひとりの内に具現化される。

四　山を降りる歴史の証人

ここに至って改めて、アダムとエバがいかなる意味で歴史上の「範例」となり得るのかを問いたいと思う。

アダムとその子孫が移り住まなくてはならない広漠たる未知の世界を示した後、いよいよ二人を楽園から追放する時がやって来る。最後の教訓として天使ミカエルが二人に残したのは、「畏怖《おそれ》と敬虔の悲しみ」とをもって「まことの忍耐」(第十一巻三六一—六二行)を学ぶことであった。「敬虔の悲しみ」とは、「コリント人への第二の手紙」七章十節、「神のみこころに添うた悲しみは、悔いのない救を得させる悔改めに導き、この世の悲しみは死をきたらせる」の反響である。堕罪の現実を通して「悔いのない救を得させる悔改め」に導かれ、神の御前に跪くこと、それが範例としてのアダムに求められた人間本来の姿であった。

アダムがこの教訓を受けたのは、「楽園のうちの最高の山」(第十一巻三七七—七八行)であった、という事実に注目したい。旧約のシナイ山を連想させるこの山は、キリストの十字架が立てられたカルバリーの丘へと繋がっている。こうしてアダムが「知恵の頂点《いただき》」(第十二巻五七五—七六行)に達した時、神の救済史はクライマックスを迎える。

いまより知る、従うことはいと善しと、
畏れをもって神を愛し、みまえにあるが
ごとくに歩み、摂理を守るということ、
創造物《みわざ》に恵みをたもう神にのみ頼りまつり、
善をもってつねに悪に勝ち、小事を用いて
大事をなし、弱いと思われるものを用いて
この世の強きを、こころ順なるものにより
この世の狡《さか》しきものをくじくことは、いと
善きことと。また真理のための忍苦は
いと高き勝利にいたる勇気であり、
信ずるものにとっては、死は生への門である。
これは、永久《とわ》に祝《ことほ》がれた贖《あがな》いぬしにいます
み子が、範例をもってわれらに教えたもうこと。（第十二巻五六一―七三行）

思い返せば、この作品が主題として求めたものは「忍耐と英雄的受難のよりすぐれた勇気」（第九巻三一―三二行）であった。「受難」と訳出される言葉“martyr”の原義は「殉教、証人」である。神の裁きに生き残り、究極の救いに与って霊的再生を体験したアダムが神の「証人」として生きようとする時、当然、荒野の苦しみが伴う。だからこそアダムは、「真理のための忍苦はいと高き勝利にいたる勇気」と語るのである。かくして堕落を介してダイナミックに生まれ変わったアダムとエバは、キリストに与る人類史上初の「証人」として、「忍苦」の範例となる。

恰も、叙事詩の冒頭、地獄でのたうち回るサタンは堕天使の軍勢に向かって「弱くては話にならぬ」（第一巻一五七行）と嘯くが、第六巻で戦車と電雷をもって軍勢を征伐する強いキリストは、第十二巻に至ると、「イザヤ書」五十三章の「忍苦のメシア像」として登場し、罪と死とに対して究極の勝利を宣言するのである。この推移にこそ、第一のアダムから第二のアダムへの歴史的転換がある。

……そのとき大地は
ことごとく楽園となろう。エデンの地より
より幸《さち》多きところ、幸《さち》多き日々。（第十二巻四六三―六五行）

「より幸多きところ」、そこは「今、ここで」永遠の歴史の神との交わりの中に現存する「内なる楽園」であり、悔悛を通して神の摂理と約束を理解する人間一人ひとりの内に見出されるべきトポスである。まさにラジャンの指摘する通り、「楽園は内側から回復されなければならない」[11]。とすれば、もはやアダムとエバの二人は楽園に留まる理由を知らない。

おわりに

無時間的な「囲われた庭」からの脱出――ここに、ミルトンの倫理的基盤がある。[12]『楽園の喪失』再版に挑んだ詩人の意図は、新しく生まれ変わったアダムを楽園の丘の上に留まらせることではなく、彼が「神を正しく理解し、その知恵から神を愛し、彼に倣い、彼のようになる」（『教義論』二・三六六―六七）ことであったから。

安息のところを選ぶべき世は、眼前に
ひろがる。摂理こそかれらの導者《しるべ》。
手に手をとって、さ迷いの足どりおもく、
エデンを通り、寂しき道をたどっていった。（第十二巻六四七－五〇行）

この叙事詩の最後を飾る描写については、余りに悲劇的な暗い影を見る評言も少なくない。[13] 確かに、同じ旅立ちでも、かつて「明日はまた新たな森、緑なす牧場へ」と詠った『リシダス』結びの軽やかさと比較すれば、その違いは明らかである。[14] だが、最後の審判と新天新地の希望とを切り離して考えると、先に見た一条の「慰め」の意味がないがしろにされてしまうのではないか。そうなれば、この叙事詩のもつ救済史的意図それ自体が損なわれてしまう。キリストの受難を「範例」とするアダムの立場に立つならば、おのずから別の結論が導き出されよう。

彼らは「楽園」を内に秘めつつ、堕落を知らぬ前歴史的な楽園を去ることによって、救済史の世界へと出て行く。[15] ここに『アレオパジティカ』から一貫して「真の戦えるキリスト信徒」を希求して来たミルトンの道徳観が明確に打ち出されている。「一度も外へ出て敵にまみえたこともない……訓練も鍛練もされていない美徳――世を避けて僧院にこもった美徳などというものを、私はたたえることは出来ない」（『散文全集』第二巻五一五頁）。いかなる荒野と言えども、神の愛という磁場の外には存在し得ない。永遠の摂理に導かれて「第二の出エジプト」に旅立つアダムとエバの姿は、政治的・倫理的挫折を経験しながなお、神の証人として不死鳥のごとく蘇った詩人ミルトンの姿ではなかったか。

注

(1) テキストの引用は、Frank A. Patterson, gen. ed., 18 vols., *The Works of John Milton* (New York: Columbia UP, 1931-38) および Don M. Wolfe, gen. ed., 8 vols., *Complete Prose Works of John Milton* (New Heaven: Yale UP, 1953)、訳詩は新井明『楽園の喪失』(大修館書店、一九七八年)、聖書は口語訳聖書(日本聖書協会、一九五五年改訳)を使用した。

(2) 「イザヤ書」は「小聖書」と呼ばれるに相応しく、実に精緻な構造を持つことで知られる。旧約三九巻、新約二七巻の六六巻から構成される聖書に於いて、この書もまた「第一イザヤ」三九章、「第二イザヤ」二七章の二部構成で六六章となる。さらに肝要なのは、旧新両約聖書同様、「イザヤ書」の中心的使信をなす「審判」と「救済」の主題である。この書が旧約聖書に留まらず、聖書全体の要と言われるのも首肯されよう。実際、福音書の中に見られる引用の数でも、旧約中「イザヤ書」は抜きん出ている。なお、『楽園の喪失』に於ける「イザヤ書」の影響については Thomas Lew Kaye-Skinner, *"The Very Words of the Text": A Rhetorical and Comparative Analysis of Milton's Psalm Renditoins* (Michigan: UMI Dissertation Services, 2000) に詳しい。

(3) C. S. Lewis, *A Preface to Paradise Lost* (London: Oxford UP, 1942) 12-18. ルイスは、叙事詩を Primary Epic と Secondary Epic とに分類し、両者の特徴を詳細に説明している。

(4) James H. Hanford, "The Dramatic Element in *Paradise Lost*," *John Milton: Poet and Humanist* (Cleveland: P of Western Reserve U, 1982) 224-43. エリザベス朝時代以来のドラマの伝統を解説している。

(5) C. A. Patrides, *Milton and the Christian Tradition* (Oxford: Clarendon, 1966) 246-47. なお、この「二つの世」に関する解説は、道家弘一郎『ミルトンと近代』(研究社、一九八九年)の「『失楽園』の終末論的考察」(一七七－九五頁)に学んだものである。

（6）新井明『ミルトンの世界――叙事詩性の軌跡』（研究社、一九八〇年）二一六。ミルトンの「救済史」観、および「ヒロイズム」観については、この著書に学んだ。

（7）ハロルド・ブルーム『聖なる真理の破壊――旧約から現代に至る文学と信』山形和美訳（法政大学出版局、一九九〇年）二二六には「ミルトンの一元論」に関連して、「偏狭で不寛容な文学、これもまたミルトンのピューリタニズムの一面である。文学と信仰の問題は、あらゆる二元論を拒否したミルトンにとって、常に一元的であった」と述べられている。

（8）道家、一八九。

（9）新井、二三二。

（10）Arthur O. Lovejoy, "Milton and the Paradox of the Fortunate Fall," *ELH* IV（1937）161-79. 原語はラテン語の "felix culpa" で、このパラドクスには「罪の増し加わったところには、恵みもますます満ちあふれた」（「ローマ人への手紙」五章二十節）というパウロの反響が見られる。

（11）B. Rajan, "*Paradise Lost*" *and the Seventeenth Century Reader*（London: Oxford UP, 1948）354.

（12）新井、二四九。

（13）リチャード・ベントレーは、この結末は叙事詩に相応しくないと考え、ハッピー・エンドを期待する読者のために次のように改訂した。

> Then hand in hand with Social steps their way
> Through Eden took, with Heav'nly Comfort cheer'd.

E. S. Le Comte, *A Milton Dictionary*（New York: Philosophical Library, 1961）43 参照。その他、この二巻の否定的な批評については、George M. Muldrow, *Milton and the Drama of the Soul*（The Hague: Mouton, 1970）で論じている。

（14）この一文とて、イザベル・マッカフリーの述べるように、人間を含めたあらゆる自然の生命が復活する、終末の希望に繋がることを忘れてはならない。Isabel G. MacCaffrey, "Lycidas: The Poet in A Landscape," in Joseph H. Summers, ed., *The Lyric and Dramatic Milton* (New York: Columbia UP, 1965) 90.

(15) 新井、一二〇。

第二部

「道徳」と「新道徳」
――ジョン・キーツの詩作における「新道徳」としての自己のあり方

後藤美映

「新道徳」（'New Morality'）というタイトルで後に知られるようになる詩が、一七九八年七月発行の『反ジャコバン』（*The Anti-Jacobin*）に掲載された。次いで同年八月の『反ジャコバン』誌上に、恐らくその詩の視覚的解釈として、ジェイムズ・ギルレイによる「新道徳」という同名のタイトルの諷刺画が登場した。(1) これらの詩と版画は、一七九〇年代イギリスにおいて「新」たな「道徳」が誕生しつつあることを告げる象徴的作品であった。

『反ジャコバン』は、主な寄稿者であるジョージ・カニング、ウィリアム・ギフォードらによって創刊された雑誌であり、なかば、政府の検閲機関としての役割を持ち、ピットの政策に異を唱える者たちを誌上において揶揄し、愚弄することを務めとした。(2) したがって、「新道徳」と名付けられた作品は、「道徳」と目されていたある伝統的価値観が大きな変容を蒙り、「新道徳」という新たな価値観が台頭してきたことに対して体制側がみせた動揺と警戒を象徴していた。

ではこの出来事における、イギリスの伝統に根ざした「旧」い「道徳」とは何であったのか。また、その伝統的概念が当時どのような形で文学や政治と結びついていたのかという具体的な問題の淵源には、道徳とイギリス文学や政治との密接な結びつきを浮かび上がらせる大きな構図が横たわっている。さらに、道徳概念を中心にした当時の議論には、「道徳」対「新（反）道徳」、「伝統的正統さ」対「非伝統的卑俗さ」といった対立する文学上の動きが存在していたことをみとめることができる。

そしてこの道徳的、文学的、政治的対立の延長線上こそが、イギリス・ロマン派詩人第二世代に属するコックニー詩派が登場する舞台なのである。コックニー詩派の詩人たちは、一七九〇年代に「新道徳」という批判の烙印を押された側の者たちの末裔である。言い換えれば、伝統的価値観としての「道徳」を保持しようとした保守派の眼に脅威と映ったコックニー詩派の詩作の意義を問うことによって、英文学における「道徳」と「新道徳」の対立を探ることができるといえる。

本論では、コックニー詩派の中でも特に、ジョン・キーツの初期の詩作である「小高い丘の上で」（'I stood tip-toe upon a little hill'）を中心に、「新道徳」の意義と、道徳と文学と政治の接点についての議論を展開する。「小高い丘の上で」が収められた、キーツの『一八一七年詩集』に対する当時の評価は、近現代の批評において「美の詩人」として賛美された詩人の評価とは大きく懸け離れ、詩集は当時の保守派評論誌から「不道徳」な詩としての烙印を押された。非政治的、自律的な美学の名をキーツ詩に与えてきたこれまでのロマン主義批評を揺るがす、「不道徳」の烙印にこそ、キーツ詩における社会的、歴史的にミクロな視点と、さらに敷衍した、英文学と道徳との関係というマクロな視点を新たに見出すことができるといえる。

本論ではまず、キーツの詩が、当時「道徳」という伝統的価値基準に対して、いかに「不道徳」な詩作として評されたかを論じる。次に、「道徳」と「新道徳」の歴史的対立の流れを繙くために、「道徳」の概念を構築した道徳哲学や経験主義哲学の系譜を概観し、そうした流れに対抗する動きを形成した急進派の一人として、リチャード・プライスの議論を読み解く。その上でプライスら急進派の主張の流れを汲むキーツ詩が、「道徳」的自己に異を唱え、「道徳」的とみなされた文学上の自己とは、あらかじめ決定された目的を前提とするという点においていかに自己中心的であり、自己目的的であるかを論じていることを明らかにする。最終的には、キーツの詩において「新道徳」、あるいは「反道徳」を標榜する自己を描写することこそが、規範、階級、土地に基づく伝統的社会構造からの解放の糸口とリベラリズムへの展望の第一歩を呈示することであったことを論じる。

一

「自由という悦楽を享受することよりも、どのようなさらなる至福が人間にもたらされるというのか」（“What more felicity can fall to creature, / Than to enjoy delight with liberty.”）[3]。これは、キーツの『一八一七年詩集』の扉絵に掲げられたモットーであり、スペンサーの「蝶の運命」から引用された詩行である。この題辞が掲げた“delight with liberty”の精神は、フランス革命を経て保守反動の動きを強めた批評雑誌の幾つかによって、体制を揺るがす革命の脅威と道徳的な堕落という危険要素をはらむものと見なされた。『一八一七年詩集』に与えられたこのような批評を概観すれば、当時の「道徳」にとっての脅威とは、どのようなものであったのかを読み取ることができる。

当時の批評雑誌によってキーツの処女詩集が持つとされた難点は、具体的には、思索にみられる未熟さ、伝統的スタイルを逸脱した女性的ともいえる不安定なスタイル、ギリシャ神話を題材にした異教的な快楽等にあった。(4) こうしたキーツ詩批評は、階級、ジェンダー、セクシュアリティー等の観点において、新たな価値観による伝統的価値観への侵犯を目の当たりにした保守派からの抵抗であったともいえる。しかし、保守的価値観に根ざした批評雑誌による批判の中心点は、道徳性という問題にあった。

例えば、批判の先鋒に立った『ブラックウッズ・エディンバラ・マガジン』の舌鋒の矛先は、浅薄な（"flimsy"）、無教養な（"uneducated"）といった形容語によって表現された、キーツの未熟さ、無教養さ、下層中流階級の出自などに向けられていたが、そうした批判は最終的に、卑猥な（"prurient"）、卑俗な（"vulgar"）という語句に収斂される不道徳さという点に終着した。(5) さらにその個人攻撃の根底には、病んだ想像力にみられる道徳の欠如は、歴然とした趣味の欠落に通ずるという論理が潜んでいた。すなわち、道徳と、趣味という美学との密接な結びつきが、正統な文学を成立させるという論理が前提となって、卑猥で、卑俗なキーツの詩作は、不道徳的であるとともに、趣味に反するとみなされている。

同様に、政治的には『ブラックウッズ・エディンバラ・マガジン』よりも、よりリベラルな評論誌であった『エディンバラ・マガジン』も、キーツの処女詩集において評価するべき点を見出してはいるが、道徳性を批判の主眼においてその評価に難色を示している。

確かに、どのような手法、性格であれ、キーツの他のすべての詩行にスペンサー主義が散見される。そうしたことによって十分にキーツ氏の詩的着想の出所が示唆されてはいるのだが、しかしながら、そのスペンサー主義が彼の手法の一般的性格だとは決していえない。彼の手法は、空想的ピクチャレスク美学と、初期イタリアの小説家と恋愛詩人の特質に著しい、いかがわしくも華美な形容語句に負うところ大である。(6)

キーツの詩作は、スペンサー主義であると指摘されていることによっても明瞭なように、当時リー・ハントとともにキーツが影響を受けていたスペンサーがもつ視覚的な描写の華やかさを継ぐ作品として評価されてはいた。しかし、そのキーツの手法もピクチャレスク美学に特有の視覚の過剰さに負っており、否定的に論じられている。また同時にその視覚的な過剰さは、「みだら」（“licentious”）とも評される形容辞のいかがわしさと華美さに基づいており、その道徳性が問われているのである。すなわち、想像力を統御する力の欠如、視覚偏重による装飾の華美さから喚起される「いかがわしさ」という趣味の欠落を根拠として、批判の矛先はその不道徳さへ向けられるのである。

このようにキーツの『一八一七年詩集』は、『ブラックウッズ・エディンバラ・マガジン』という政治的偏向をもつ批評誌においてのみならず、リベラルな批評誌によっても、伝統的な礼儀正しさから逸脱する放縦で卑俗な美学をもつとみなされ、それ故に不道徳であるという批判を受けていたのである。

二

保守的批評誌が下したキーツ詩の不道徳性から明らかなように、当時道徳と美学は密接に結びついていたといえる。そこにはイギリス経験主義によって鼓舞された道徳哲学において道徳と美学とが深く結びついていたという歴史的背景がある。すなわち、キーツ詩批評の主眼となった道徳性とは、フランスの啓蒙主義的抽象論を否定する動きを伴ったイギリス経験主義哲学によって育まれた美学的共感覚と道徳判断の理論にその基盤を有している。

感覚的、個人的な経験を重視する経験主義哲学の問題点は、個々の経験の特殊性に陥って全体的な統一を得ることができない点である。しかし、この問題は、直接的経験が人間共通の基盤となる感覚を基に成り立ち、そうした感覚は黙約的に機能すると前提することによって解決した。[7] そして、この経験主義の概念が、シャフツベリー、ヒューム、スミスらを通じて、道徳と美学の結びつきを呈示する徳の論理を生み出した。人間共通の基盤であるという合意のもとに機能する感覚は、快や不快の共感覚を通じて道徳的判断力を備え、ヒュームが強調したように、想像力の働きによって哀れみや同情により社会に秩序をもたらすものであると考えられた。[8] すなわち、共感覚によってもたらされる基盤は、徳の感覚（'moral sense'）を持ち、社会の調和という公共の善を目指す。共通の社会的基盤（common body）が共通の善（common good）へと通じるのである。ここで重要な点は、善や悪という道徳的判断は、個々の感覚によってもたらされる共有された感性（sensibility）によって支えられているのであって、理性的抽象的な思考力によって支えられているのではないことである。さらに、そうした情動によって仲介される道徳的判断は、美を解する感覚的判断と同種のものであり、美を賛美することは社会の秩序を愛することにほかならない。すなわち、社会の道徳的秩序を美的に理解するという、道徳、政治、美学の一体化である。したがって、こうした美的調和によって保たれた社会において、利益を優先し、利己的な自己を提示することは拒絶すべきことであり、私心がないこと（disinterestedness）に大きな価値が認められることになる。シャフツベリーも説くように、私利私欲を捨て、公共の善に奉仕する感覚的、自律的自己によって成り立つ社会が、美と真と善を備えた美学的、道徳的、政治的に礼儀正しい、秩序立った社会と考えられる。[9] こうした概念が、シヴィック・ヒューマニズムを生みだし、一人ひとりの自律した模範的な自己が、共感覚によってコード化された作法に準じて共和主義的社会における公共善に奉仕することが求められるのである。[10]

このように経験主義を礎にした徳の理論は、形而上学的抽象論を忌避し、個人の感性を基盤とし、趣味、情動といった人間の共感覚が規範となる社会を構築していった。そして徳の感覚とは、感性、趣味などの美学的価値観として、社会のみならず文学の価値規範とみなされていた。しかし、一七八〇年以降、徳の理論の支柱となった感性の概念は、規範としての価値基準から、抑制の利かない感情というマイナスの特徴を帯びるようになる。当時、この抑制を欠いた感情としての感性は、さまざまな社会的変化の内でも特に、フランス革命による影響から生じ、社会的脅威としてさえ映るようになっていった。こうした状況に対する危機意識を最も象徴する動きが、『反ジャコバン』誌上に掲載された「新道徳」と題された諷刺画と詩であった。「新道徳」というタイトルが象徴したものは、文学的慣習において、道徳的に望ましいミューズとしての感性が、フランス革命の精神的支柱を成していたルソーの悪影響を受けて、病んだ想像力の源として扱われるようになったことである。[11] 病んだ想像力の源とは、「新」たなる「道徳」によって喚起された人工的で、抑制の利かない感情の流出を示唆していた。したがって、この「道徳」と「新道徳」の対立が激しい文学的、政治的対立となって浮上してくる一七九〇年代の動きは、フランス革命以後の「保守反動」と「急進派」の対立ともみなすことができるのである。

さらに、このような伝統的な徳の論理に依拠した感性と、フランス革命の精神に基づいた病んだ感性との対立は、模範的で、公共善に奉仕する自己と、抑制の利かない過剰な自己との対立とみることもできる。すなわち、徳の理論の水脈の中で誕生してくる模範的な自己にとって脅威であるのは、抑制の利かない感情を吐露し、美学的に是認された趣味のコードを破る放縦さを特質とした自己の登場であり、新(反)道徳的な自己の台頭である。

先に述べた一七九八年の『反ジャコバン』の「新道徳」は、抑制の利かない過剰な自己を、病んだ感性から生み出されたものとして描写する。

病んだ空想から生まれた甘美な子供よ！　かつて
ルソーが彼女を生み、彼女の愛しきフランスよりかの子供は流浪の身となった。
…………
ルソーは彼女に過剰な感情を、次第に偽りの程度を深める感情を、精妙にも誤った
感情を物差しで測って割り当てるようにと教えた。
まずは押しつぶされた昆虫に対して、そして寡婦となった鳩に対して、
そして木立で囀る鳥の悲しみに対して割り当てるようにと。
次に、哀れにも苦しむ罪人に対して、そしてすべてのうちで最後に
両親、友、王、そして国の没落に対して。[12]

ここで描写される感性は、まず、病んでおり、子供として扱われ、未熟な言葉を語る者として描写される。また、その感性は正統なるイギリスの血を引く者ではなく、フランス革命の落とし子であり、ルソーから生まれた非嫡子である。そして最も揶揄されている点として、病んだ感性は、形而上的抽象性を象徴する「物差し」によって感情の配分がなされるという人工的特質を纏い、斬首された王よりも鳥や昆虫に対して嘆きの声を上げるように諭すという、道徳の欠落が指摘されている。

この不道徳な感性は、未熟さ、非正統性という点において、先に述べたキーツ詩批評と通底しており、卑俗な対象に対して過剰な感情を吐露することによって、趣味にもとり、不道徳であるという観点は、まさしくキーツの詩に与えられた批判の主眼と重なる。すなわち、伝統的価値観としての道徳とは、イギリス的感性に基づいていることであり、それは徳の理論の基盤の上に成り立った慣習的、美学的に「自然で」、

抑制の利いた感性と、正統な出自とを保証された規範といえる。一方、不道徳とは、イギリスの慣習を逸脱する放縦さを備えた人工性と、非嫡子としての非正統さから生み出された過剰な感情を示唆すると捉えられている。

こうした対立の構図を視野におけば、キーツの詩によって強固に主張される「新道徳」性が持つ意義とは、規範や階級等によって保証された伝統的社会の慣習に一切の拠り所を置かず、卑俗ともみなされる抑制の利かない感性によって新たな詩の声を上げることであったといえる。不道徳な詩の声は、リチャード・プライスら急進派の精神を受け継いでおり、フランス革命の落とし子としてキーツの詩は、ジャコバン的非嫡子の烙印を積極的に呈示したのである。

三

徳の理論において唱えられた「道徳」は、合理主義者であるプライスらによって攻撃されたが、プライスの反論を通して当時道徳的であるとみなされていた模範的自己の抱えた欺瞞が浮かび上がってくる。徳の感覚に対するプライスの批判は、人間の行動が、徳の感覚である、快、不快の情動に全面的に依拠すると考えられる点に向けられた。すなわち、道徳の観念は、「身体の感覚的特質、音の調和、絵画や彫刻のもつ美に対して我々が持つ観念と全く同じ拠り所をもっている」ことになり、単なる主観主義に陥ってしまう可能性を持つと考えられる。道徳判断の根拠を感覚へと委ねる、道徳の美学化には、主観主義への陥穽と、統一をはばむ特殊化への拘泥がつきまとうことになる。

プライスによれば、

美徳は（こうした方法を支持する者たちが言うように）趣味の問題となる。道徳的正や悪は、それがなされる対象自体において示されるのではないということである。同様に、道徳的に是認できることや冷酷なこと、あるいは甘美なことや苦々しいこと、快や苦痛なども対象自体において示されるのではない。しかし、ただ、我々に及ぼすある効果のみにおいて示されるのである。(13)

プライスの批判の主眼は、道徳的判断がすべて我々の情動に依拠し、行動や対象自体に求められることがないという点にある。こうした合理主義的反論に対して、道徳哲学が用意した答えは、徳の感覚は、主観主義的に陥ることなく、共通の感覚として個々の人において自律的に機能し、その機能は、社会的慣習としての作法や趣味となって「法無き法」の役割を果たしているということである。(14) 美学化された徳の感覚は、作法や趣味という名を借りて、無意識的に是認された実践として公然の規範となる。

こうした徳の感覚をめぐる論争の背後には、プライスら合理主義者の理性重視に対する、道徳哲学の感覚信奉という対立が潜んでいるだけではなく、伝統的慣習における「イギリス的なるもの」に固執する保守派対、階級や土地といった伝統的基盤を捨て、台頭する新興階級の社会的経済的流動性に基づいた自由主義的行動を重視する急進派との対立を見出すことができるのである。

こうした対立においてキーツは、プライスら合理主義者による反論に同調を示し、保守派が規範を置く趣味や作法が提示する、自己目的的で、自己中心的な自己のあり方に最も大きな異議を唱えることになる。趣味という規範を奉じる自己は、公共の善という社会的秩序を重んじるために、一見非利己的な態度を主張するように見えるが、実は結局あらかじめ規定された模範的自己を呈示するという自己中心的美学を主張するにすぎないのである。キーツが唱えた想像力の「否定的能力」（“Negative Capability”）は、万人共通の趣味を提示するという意図を推し進める独善によって形成される模範的自己の構築に異を唱え、多様な自己のあり方を主張する。

詩的性格自体についていえば、（私もひとかどの詩人であり、私もその一翼を担うといった類の性格のことをいっているのだが、そうした詩的性格の種類は、ワーズワス的もしくは自己中心的崇高さ、それは本質的にそれ自体として自律し、孤立しているのだが、そうしたものとは区別されるべき種類の性格を指していて、）決して自己をもたず、あらゆるものであり、無でもある……。それは、イモジェン的なるものと同じように、イアーゴ的なるものを心に抱いては大いなる喜びを見出す。徳の高い哲学者に衝撃を与えるようなこともカメレオン詩人には喜びを与える。(15)

こうした「カメレオン」的自己と、道徳的に自己目的化された自己の対立は、美学的規範における相違に止まらず、政治的主張の相違でもある。すなわち、十九世紀初頭のナショナリズムの時代に、模範的な自己によって成り立つ市民社会を生み出していく詩とは、そうした自己の集合体であるイギリスへの帰属意識と、共同体意識を表明する詩にほかならない。一方キーツの詩は、趣味という自律的法を逸脱し、抑制の利かない自己に享楽を見出す非イギリス的詩である。またさらにその詩は、フランス革命に見られた体制転覆の力である過剰なエネルギーを生み出す想像力によって作り上げられ、有機的社会に奉仕するはずの自己を不安定にする自由主義的行動を唱えたために、ナショナリズムにとって脅威の詩であったといえる。

また、もともと健全な判断力をもつ市民の自律性という内部の法によって成り立つ有機的社会は、各々の自己決定によって調和が保たれている。したがって、そうした社会にとってのさらなる脅威は、中産階級の集団性である。キーツは、一八一六年にハントが主幹となった『エグザミナー』誌上において「若手詩人」の一人として名乗りを上げたが、コックニー詩派の一員としての政治色を、また、ハントによる過度の影響を非難された。この批判は、コックニー詩派の急進的な政治性のみならず、「民衆の声」を主導する、党派的な集団性に対する危惧から発せられたものであると考えられる。

このように「新道徳」が意味するものは、イギリスらしさを象徴する慣習や伝統的規範である趣味を逸脱する放縦さであり、さらにその放縦さを可能にする想像力の過剰なエネルギーや、多様な自己のあり方を是認する自由な思索と行動であり、こうした価値観を中産階級という集団性によって拡大していくことであるといえる。

四

こうした党派性や奔放な想像力から生み出されたと考えられる「小高い丘の上で」は、文学的慣習である美学的趣味を逸脱する詩のスタイルや、自己目的的な自己のあり方を否定する自由主義的思索を最も重要な特質としている。

まず詩において、風景は、装飾的、具象的な描写によって広場恐怖症的ともいえる濃密さで視覚化される。例えば、詩の前半のスタイルが伝統的な風景詩であると考えるならば、その風景観察のスタンスは、伝統を逸脱する近視眼的な視覚の偏重を特徴としている。[16] 語り手は、風景全体に対して十分な視野(perspective)を得られるように、対象と一定の距離を保ち客観的に観察するのではなく、"the greediest eye"(一五)、"peer"(一六)、"gaze"(二三)という語句が象徴するような近視眼的な観察をする。すなわち、こうした対象との距離の欠如がもたらす詩の効果とは、作法として設定された、対象との一定の距離を保つという趣味を破る、濃密な視覚描写とその視覚に淫した享楽である。

「不道徳」的と批判される詩におけるこうした享楽は、そもそも詩自体の存在意義として提示される。例えば、「私はこうして輝く、乳白色の柔らかなバラ色の、贅沢な花々を摘み始めたのだ」（二七）という詩句において、摘み取られる「花々」（"posey"）は、もともと「花束」と同時に「詩作品を集めたコレクション」という意味を表す語である。すなわち、詩作は、享楽を与えるさまざまな奢侈を所有し、消費することであることが表明されている。さらに、"pleasures"（二六）、"blesses"（五四）、"luxury"（七四）、"delight"（七六）といった語の繰り返しが、詩作の端緒が快楽の享受であることを浮き彫りにし、「不道徳」的な甘美な消費と快楽の美学の一端を垣間見せることになる。

さらに、自由な思索や行動から発せられる「民衆の声」は、あらかじめ自己決定化された模範的自己に委ねられるのではなく、自由な行動を介して築かれる集団性に見出されることが強調される。

　さざ波は、胡椒草の所まで打ち寄せ、
　エメラルド色の房の中で自ら涼むことを全く喜んでいるように見える。
　自らが涼む一方で、緑陰が生き生きとするように、新鮮さと潤いを与えているのである。
　そうして、嘘偽りのない行動において立派な人間同士のように、
　互いに恩恵を施し合っている。（八一―八六）

この詩行においては、河と川辺の緑がいかに自然の潤いと新鮮さをともに分かち合い、共生しているかが

述べられ、コックニー詩派の共同体から、民衆の団結にいたるまで、コミュニティーや社会の集団性のあり様が浮き彫りにされる。また、そうした集団が、「作法」(manners)ではなく、「行動」(“behaviours”)(八六)によって結びつき、よりリベラルで、新しい集団として誕生することを描いているとも考えられる。

さらに、「互いに恩恵を施す」ことは、経済的な流通、循環と同様に、共同体における思想的、社交的循環をも示し、「民衆の声」の誕生を示唆しているともいえる。そして、公共圏や大衆の誕生は、慣習や伝統が想起する内向的、因習的な定着や固定を否定することになる。定着や固定といった内向性を否定する流動的、循環的なイメージは、二九行目からの五月に咲く花々の茂みを起点に、そこから連綿と続くイメージの連鎖によって明らかとなる。五月の花々はそこに群れる蜂たちというイメージへと結びつき、そしてその全体が、香しい草地のイメージへと帰着する。きんぐさりへの視線は、根元に咲く草へと移動し、そうした草は潤いと涼しさを与えるものとして、またスミレの花に影を生み出す存在として描かれ、それぞれの連鎖が、社会的な流動性と行動の自由さを想起させる。

しかし、こうした詩作は、濃密なイメージの連鎖を生み出すが、これは視覚的な記号の連鎖といえ、記号の連続は、道徳的自己が担う規範的な趣味に到達するというよりも、詩のタイトルが示す、まさに「つま先立つ」(“I stood tip-toe”)というスタンスから生み出される効果に基づいているといえる。「つま先立つ」というスタンスは、地上から完全に浮遊するわけでもなく、かつまた、地にしっかりと足を据えるわけでもない。したがって、そのスタンスは、道徳的自己が目的とする、慣習や趣味といった「本質」によって媒介される、「イギリスらしさ」(Englishness)や精神的な高みが持つ超越性をもたず、物質性を携えたまま、自然の生命力との結びつきを垣間見せる。すなわち、視覚的イメージの連鎖や消費と快楽のヴィジョンは、物質的、身体的な卑俗さを伴い、taste は美学的規範としての「趣味」というよりもむしろ、文字通り「賞味」するという身体的な直裁性や快楽を示唆している。

さらに、「小高い丘の上で」の後半部では、神話の連鎖が展開され、サイキ、ナルキッソス、パン、エコー、エンディミオンの神話は、前半部で描かれた循環のエネルギーを、性的、快楽的で奔放なエネルギーへと転換していく。ハントが、自作の *Foliage* の序文で明確に述べるように、ギリシャ神話は、道徳のみを追求するためのテクストというよりも、健康と社交性と悦楽を追求するための快楽のテクストとなる。(17)

しかし、具象的快楽と視覚中心主義を想起させるイメージの集体である詩が、最終的に、何らかの実体を提示するとはいえない。すなわち、詩は確固たる詩人としての自己を表現することはなく、視覚主義は、視覚から視覚への記号の戯れといえ、語り手自体もその記号の豊穣さに埋没しているともいえる。したがって、詩は最終行において、詩人の誕生を高らかに実体あるものとして歌い上げる前に唐突に終わることになる。しかし、これは、自己目的化された自己の呈示を否定した詩人が、豊穣なイメジャリーを読者に提供し、ともに戯れる詩作の方向性を提示しているとも考えられる。また、慣習にくるまれた自己によって、「人間性の真実」という普遍性や「道徳」に奉仕することよりも、奔放な想像力による享楽を糧に、自由な思索と行動を標榜する集団のエネルギーによって、伝統的な秩序や規範の転覆を謀るという「新道徳」の可能性が示唆されているともいえる。

コックニー詩派の詩として登場した『一八一七年詩集』は、このように、道徳的、模範的な自己を形成していくことに関与するよりも、想像力の過剰さや不道徳性によって、また、コックニー詩派の党派性によって、民衆の集団的な社会形成へと向かう自由主義的思索を提示していると考えられる。それは、道徳的自己によって形成される「イギリスらしさ」に潜むナショナリズムに対抗し、模範的な市民に前提された趣味や抑制に服従しない、個人の逸脱するエネルギーが生み出す社会におけるリベラリズムの可能性を秘めていたということができる。「道徳」に象徴されるイギリスらしさが内包するナショナリズムに不服従を唱える、想像力のエネルギーと集団性は、ego, self, we とさまざまに言い換えられる模範的自己の正統さを侵犯していく、「新道徳」的自己を象徴するのである。

注

(1) Nicholas Roe, *John Keats and the Culture of Dissent* (Oxford: Clarendon, 1997) 223-25.

(2) Kenneth R. Johnston, "Romantic Anti-Jacobins or Anti-Jacobin Romantics?," *Romanticism On the Net* 15 (Aug. 1999): 4-6, online, Internet, 25. Oct. 2002.

(3) John Keats, *The Poems of John Keats*, ed. Jack Stillinger (Cambridge, MA: Harvard UP, 1978) 736. キーツの詩についてはこれ以後この版を使用し、引用の末尾に行数を記す。

(4) Donald C. Goellnicht, "The Politics of Reading and Writing: Periodical Reviews of Keats's *Poems* (1817)," *New Romanticisms: Theory and Critical Practice*, eds. David L. Clark and Donald C. Goellnicht (Toronto: U of Toronto P, 1994) 101-30.

(5) *Blackwood's Edinburgh Magazine* (Aug. 1818) 519-24. Qtd. from *The Romantics Reviewed: Contemporary Reviews of British Romantic Writers*, ed. Donald Reiman (New York: Garland Publishing, 1972) 90-95.

(6) *Edinburgh Magazine* (Oct., 1817) 254. Qtd. from Reiman 807.

(7) Terry Eagleton, *The Ideology of the Aesthetic* (1990; Oxford: Blackwell, 1994) 31-69.

(8) Eagleton 45-52.

(9) James Engell, *The Creative Imagination: Enlightenment to Romanticism* (Cambridge, MA: Harvard UP, 1981) 22-25.

(10) J. G. A. Pocock, *The Machiavellian Moment: Florentine Political Thought and the Atlantic Republican*

Tradition (Princeton: Princeton UP, 1957).

(11) Markman Ellis, *The Politics of Sensibility: Race, Gender and Commerce in the Sentimental Novel* (Cambridge: Cambridge UP, 1996) 190-200.

(12) *The Poetry of the Anti-Jacobin* (1828) 225. Qtd. from Roe 224.

(13) Richard Price, "A Review of the Principal Questions in Morals," *British Moralists: Being Selections from Writers Principally of the Eighteenth Century*, ed. L. A. Selby-Bigge, vol. 2 (1897; New York: Dover Publications, Inc., 1965) 105-7. プライスからの引用はすべてこの版を使用する。

(14) Eagleton 41.

(15) John Keats, *The Letters of John Keats: 1814-1821*, ed. Hyder Edward Rollins, vol. 1 (Cambridge, MA: Harvard UP, 1958) 386-87.

(16) Marjorie Levinson, *Keats's Life of Allegory: The Origins of a Style* (1988; Oxford: Basil Blackwell, 1990) 236.

(17) Leigh Hunt, "Preface [To *Foliage*], Including Cursory Observations on Poetry and Cheerfulness," *Leigh Hunt's Literary Criticism*, eds. Lawrence Huston Houtchens and Carolyn Washburn Houtchens (New York: Columbia UP, 1956) 132-33.

「謙遜」の道徳教育に対するブレイクの告発

中村ひろ子

神は人間が謙遜することを望まなかった。そうではなく「自己の人間性を敬うようにせよ」とは『永遠の福音』におけるブレイクの重要なメッセージの一つであろう。ブレイクを十八世紀イギリスの大衆文化の伝統を代表する人物として位置づけたE・P・トムスンは、『イングランド労働者階級の形成』の中で、[1]ブレイクの作品が当時のメソジスト派や福音主義派との「精神の闘い」("mental war")の宣言であること、とりわけ「謙遜」(humility)と「服従」(submission)の教えを攻撃したという見解を示した。[2]「謙遜」と「服従」の教えを中心に彼が闘い続けたメソジスト派および福音主義派との関連性を明らかにするために、十七世紀末から十八世紀にかけて盛んとなった慈善学校設立運動の背景と目的及びその役割に踏み込むことで、ブレイクが闘った根拠と理由が明らかにされるのではないかと考える。慈善学校を取り上げるのは、『無垢の歌』の「聖木曜日」にロンドン市下の慈善学校の生徒が聖ポール寺院に集められて、行われた宗教行事を題材とした作品があること。また『無垢の歌』から『経験の歌』に移された経緯を持ち、学校を題材とした詩「学童」があること。この二篇の詩から、ブレイクが当時の初等教育に関心があったことが推察されるからである。更に「人間の抽象」(『経験の歌』)では、ブレイク独特のメタファを用いて「謙遜」を表していることも見逃すことが出来ない。人間が生まれながらにして有する「詩魂」("the Poetic Genius")を説くブレイクの眼に慈善学校の教育はどのように映ったであろうか。

学校を詩のテーマにした作品といえば、ウィリアム・シェンストン(William Shenston)の『女教師』(*The School Mistress*)が有名である。[3] この詩は十八世紀の慈善学校とは異なる私塾(あるいはデイム・スクール(dame school))を描いており、慈善学校と並んで存在した私塾における初等教育がどのようなものであったかを知る貴重な資料を提供していると考えられる。この詩には書き方の学習に集中できず、書き方帳の裏を見つめていた少年に突然鞭が振り下ろされる場面が描かれている。女教師は文字通り飴と鞭とで学童達にいかに振る舞うべきかを教えるのだが、恐怖を植え付けることによって命令に従う習慣を体得させているところが当時の教育の実態を伝えてもいる。シェンストンの『女教師』の場合、多少厳しすぎる女教師の教育姿勢と、鞭を受けた勉強嫌いな少年とのやりとりが続く連で展開されており、むしろユーモラスに女教師と学童の姿が描かれていると言えよう。

ではブレイクの「学童」はどうであろうか。

しかし夏の朝学校へ行くことは
ああ、それはあらゆる喜びを追い払う
冷酷な眼差しの下、消耗し
子供達は一日を

溜息と脅えの中で過ごす
ああ、だから時々僕はうなだれて座り
そして不安な時を過ごすのだ
それに教科書にも関心が持てないし
教室にいることも出来ない
退屈な説教を浴びせられ疲れ果ててしまって（四―一三行）[4]

詩は夏の季節の描写で始まる。眩しい朝日と小鳥の囀りに迎えられて、語り手の少年は心地よい目覚めをするが、楽しい遊びを取り上げられ学校へ行かなければならないことで落胆する様子が窺える。引用した二連は学校の場にいる「私」であるのだが、『女教師』で見られた具体的な授業風景についての描写はブレイクの場合一切ない。教師と学童、学童同士の交わりについても言及されてはいない。語り手が授業の無味乾燥さと教師の冷酷さだけを一方的に語るだけだ。教師は学童を監視するように見つめ、その視線の下で萎縮した「私」の姿がある。授業に興味を覚えることが出来ない点はシェンストンの詩と共通する。『女教師』では書き方帳と授業のテキストも具体的であるが、「学童」の場合どのような科目の授業であるのかもあきらかにされない。「私」は教師の退屈な説教（鞭打ちの罰を伴うもの）に辟易し、学習する意欲を全く喪失していること。しかも「消耗した」（"outworn"）、「疲れ果てた」（"Worn thro"）と二度も訴える。学校が子供に新しい知識を教える場であれば、知的世界の広がりに子供は目を輝かせ喜ぶのではないだろうかと素朴な疑問が生じる。語り手は夏の自然の中で遊ぶことのほうが子供にとってはいかに自然で喜びに満ちたものになるのかを仄めかしているようだ。続く第四、五、六連では語り手は植物の比喩を用い、学校批判へと転じる。第一連の語り手と詩の後半部の語り手とには明らかに断絶があり、一貫性に欠ける。植物の隠喩で語り手は推論へと向かい、学童である語り手の枠を越えてしまう。語りの不統一に関しては『経験の歌』の他の詩にも見られる問題点であるが、学童の「私」は消えてしまい、作者自身と思われる人物の語りとなるのである。

最終連では学校が冬の季節のごとく生物を枯らし、死滅させるものと同一視され、教育が子供の能力開花の芽を摘むと批判されるのだが、その理由は詳らかでない。確かに授業は退屈であるし、教師は何かといえば鞭打ちの処罰をするかもしれない。しかしこの非難の強さの根拠としては不十分である。最終の五行では修辞疑問を二度重ね、憤怒の響きさえこもる。

ブレイクはいわゆる学校というもので学んだ経験がなく、基本的読み書きは母親の助けを借りての独学であった。後年彼は教育を罪悪視するコメントを残している。[5] しかし「学童」を『経験の歌』の文脈に置くと、ブレイクのある意図が浮かび上がってくる。単なる学校嫌いの詩ではなくなる。ブレイクは怒りをこめて学校教育を批判する。その理由を明らかにするためには十八世紀初頭に開設され、公的初等教育機関の役割を担った慈善学校と、[6] ほぼ同様の役割を果たし十八世紀末に設立された日曜学校の歴史と実態に踏み込まなければならない。

イギリスの初等教育機関としては、シェンストンの詩に描かれた「デイム・スクール」[7] や私立学校が存在していた。ウィリアム・ワーズワスもグラマー・スクールに入学する前にペンリスでデイム・スクール (Ann Birkett's school) で学んだことは伝記が伝えるところである。[8] ここでは十八世紀のイギリスにおける多様な初等教育についての詳細は避け、公教育の中心であった慈善学校及び同様の役割を担った日曜学校に焦点をあてることにする。

M・G・ジョーンズは『慈善学校運動(9)』の中で「十八世紀は慈善の時代とも言える」とし、世の悲惨な状態をみて、博愛主義者は良心を動かされ、財布のひもを緩めたという。そのような人々にとって慈善学校は慈善の好ましい形態であった。学校設立運動は無数の博愛主義の団体に負うところが大きかったのであるが、その中心的な人々は中産階級の博愛主義者達であった。宗教改革以降、富の追求を許すだけでなく、宗教的義務として奨励されたこの倫理は、経済機構を変え、貪欲な資本家を生み出すことになった。十八世紀の清教徒は貧富の不平等を神の意志として受け入れた。慈善的群衆は慈善を称える説教から来世が約束されることを聞き取った。施しを合理化し、人間の有益性を促進することが神の栄光を促進するという清教徒的倫理は、方法的且つ功利主義的な結合において、十八世紀の慈善とそれ以前のものと異なるとジョーンズは指摘する。

十七世紀後半から十八世紀を通して、都市や町で次第に目にするようになった貧者の存在が問題視されるようになる。貧者の存在は悲しむべき現象ではなかった。彼らはイギリス経済の発展において必要条件と思われる安い労働力源でもあるからだ。貧者の子供達はというと悲惨な状態にあった。病気、飲酒に加え、盗みや無秩序が蔓延し、道徳的な面においても、社会を不安にさせていた。彼らのために救貧院(work house)が設立されたり、授産学校(working school)が設置されたりした。その中で宗教的立場から貧者の子供の悪を直そうとするアプローチがあった。彼らは子供の悲惨の原因をチューダー朝の救貧法の不備とともに、牧師の教理問答教育の怠慢のせいとした。救貧院は設立費や維持費の面において、慈善学校よりも経費がかかること、さらに救貧院は他の国から移入したアイディアであることなどから、慈善学校が支持される。ダニエル・デフォーも貧者の子供の怠惰を直すために必要なのは宗教的規則と主張し、慈善学校に賛同している。では次に具体的な慈善学校での教育のあり方を見ていこう。

慈善学校は宗教的教育および道徳教育が主眼であった。そのテキストは『教理問答』、一般祈禱書、新約および旧約聖書と『人間の義務のすべて』が使われ、それにチャップブックが加わったりした。児童は第一に従順（subjection）、第二に感謝（gratitude）、第三に素直（meekness）、第四に謙遜（humility）を習得すべき義務として教えられる。[10]そして三r（読み、書き、算術）の基本教育が彼らには施された。貧者の子供を堕落から救うためのキリスト教教義に基づく道徳教育が慈善学校の目的であったが、貧者の不満をそらし、支配しやすい人間へと改造する教育機関として、学校は支配機構の一翼をになった。四つの義務の躾の背後には、産業革命以降必要とされる労働力をえるために勤勉で従順な労働者を仕立てようとする支配階級の意図があったことは否めない。

服従や従順を徳とは見なさない「生まれながらの道徳律超越論者（antinomian）のブレイク」[11]からすれば、慈善学校の教育は否定されるべきものであった。「すべての人間は平等に生まれ、平等の権利を有する」と説く[12]トマス・ペイン（Thomas Paine）の思想を共有するブレイクには謙遜の徳の賞揚はとりわけ受け入れ難かった。謙遜を彼は様々な作品で取り上げその偽善性を糾弾した。『経験の歌』の「人間の抽象」には、ブレイクが攻撃し続けた謙遜の道徳が人間の精神を支配するためにいかに巧妙に組み込まれるかが描かれている。

憐れみはもはや存在しないだろう
もし我々が誰かを貧しくさせないのであるならば
そして慈悲ももはや存在しえないだろう

もしすべての人が我々と同じように幸福であるならば

そして相互の恐怖が平和をもたらす
ついに利己的な愛が増える
それから残酷が罠を編み
そして餌を注意深く広げる

彼は聖なる恐怖と共に腰を下ろし
そして涙で大地に水をまく
すると謙遜がその根を
彼の足の下に張る

やがて彼の頭上には
神秘の暗い影が広がる
そして毛虫や蠅が
神秘の木を餌とした

そしてその木は欺瞞の果実を実らせた
赤くて食べると美味しい実を

そして大カラスがその木に巣を作った
一番茂った木陰に

大地と海の神々は
この木を見つけ出そうと自然の中を探した
しかしこの探索は無駄に終わった
人間の頭の中にその木は生えているからだ（一一二四行）

憐れみも慈悲も美徳とされる。しかしもし世の中に貧者や不幸なひとが存在しなければそのような徳を示さなくともよいのである。貧者も不幸な人間も自分の徳を示す側に必要なのである。そこには貧困や不幸を生み出す社会の根本的な原因に目は向けられていない。むしろ貧者や不幸な人間の存在する状態を前提としなければ、憐れみや慈悲の心は生まれないということを示す。恐怖心を植え付けることで、人々の心を縛り、教義に従わせ、うわべだけの平和が作られる。神の怒りにふれることあるいはキリスト者の道から逸脱するという恐怖から自分だけが免れるために、慈悲や憐れみを他者に施すことで罪の意識（原罪を根拠とする）から免れたいという利己的な自己愛が根底にあるのだ。

本稿の冒頭でも触れたメソジスト派の活動で大きな役割を果たしたジョン・ウェズリ（John Wesley）の慈善について見ておきたい。岸田紀氏はウェズリの慈悲の倫理構造を次のように著している。ウェズリの説く「キリスト者の完全」は「愛における完全」であり、「神の愛」から「神への愛」が生じ、「隣人への愛」が生まれるとする。更に「自己愛」がウェズリの「隣人愛」の「明白な前提条件」となっているというのである。[13] 確かに彼の隣人愛は慈善という形で実践されたと言えるかもしれない。しかしながらウェズリが設立した慈善学校では労働を伴う娯楽が許されたのみであったと言うし、「私は殺すか直すか」という発言にもあるように冷酷ともとれる非情な厳格さを以て子供を幼い時期から徹底的にキリスト者に相応しい人間となるように教育したと言われる。[14] ウェズリには子供は生まれながらにして罪深いものであるという信念があり、一歳から鞭を恐れさせ、命じられたとおりに行動することを植え付けよと語っている。[15] 子供を神聖視し、人間は生まれながらにして「詩魂」を有すると見たブレイクの考えとは明らかな対照をなすものである。ロンドンを中心に野外説教を行い人々に精神の救済を説いたウェズリ兄弟の活動をブレイクが見聞する可能性は十分にあったと考えられる。

「残酷は人間の心を持つ」（『経験の歌』「神の姿」）は神という名において、あるいは宗教という制度で人間が行う行為が結果として、残酷な仕打ちを特に社会の弱者——貧者や子供——にもたらすかの諷刺的示唆と言える。残酷の例を共に『経験の歌』に収められた「聖木曜日」と「煙突掃除の少年」に見出すことが出来よう。前者では、豊かに繁栄を続ける十八世紀の英国である一方、貧者の子供は飢え、冬の寒さに凍える状態におかれていることが語られる。多くの貧者の子供が存在する英国は正に貧困の国であるという語り手の言葉は、対をなす『無垢の歌』の「聖木曜日」に見られた賛美歌を歌う子供の力強さや無垢の輝きはない。『経験の歌』ではどうしようもない貧しい子供達の姿があるのみで、聖木曜日の宗教行事には全く言及されていない。むしろ貧富の差が明白となっていく英国の当時の状態に語り手の視線は向けられていると言える。「豊かで実り多い国で／これが見るべき神聖なことか」（一—二行）と「貧困の国である」（八行）との対比は貧富の差の存在を明示する。産業革命以降資本主義化が進む中で、安い賃金労働者と大資本家との貧富の格差は著しくなっていき、様々な商業活動に従事する中産階級の台頭も階級差を更に推し進める結果となった。残酷はこれらの新しい経済体制が作り出す貧富の差が生む、悲惨な非人間的状態を一面において示すものといえよう。

「煙突掃除の少年」では、息子を煙突掃除として働かせその両親は教会へ出かける理不尽を描く。この詩には二重の残酷が表されていると考えられる。荒野で元気に遊び、冬の寒さにも負けない強い健康な少年を、両親は貴重な労働力と見込んで煙突掃除の仕事に就かせた。その仕事が危険な仕事であることは、両親も認めており、「彼らは僕に死の衣を着せた」の一行がそれを示唆する。息子を過酷な仕事に就かせ、何の良心の呵責も覚えない両親の残酷さ。息子を重労働に就かせ、自分たちは教会で祈るだけという身勝手さと盲信的信仰のあり方。第二に教会では、牧師が信仰厚いものは天国へ迎えられることを説くが、現実の社会では貧しい人々は、天国を思うことからも遠く隔たった、病気や犯罪にまみれた悲惨な状態におかれていたのである。最終二行は十歳前後の少年の言葉としては、不自然で語り手自身の言葉と見るべきであろうが、キリスト教も君主制も他者の犠牲の上に成り立っているという残酷な現実を語る。君主制を支える精神的な支柱としてのキリスト教であること、言い換えれば君主制は国家の体制維持に関してキリスト教に大きく依存しているというブレイクの見解と見るべきであろう。

「人間の抽象」の第二連以降を十八世紀の慈善学校運動に引き寄せて読み直すと、自己愛が生んだ欺瞞的慈善の具体的実践が慈善学校の設立という形を取ったと考えられる。すなわち富めるものがキリスト者としての良き行いをするという表面上の善意の下には、貧しく虐げられたものたちが持つ怒りのエネルギーがフランス革命のような社会変革を引き起こす暴動や反乱となることを危惧する気持ちが働いていたと言えるだろう。

人間をキリスト者として、厳格に教育し、作り上げていく過程で、彼ら（教会や宗教団体）は様々な非人間的規則（宗教倫理）で人間を縛り、やがて彼らが自由に発想し、行動する意欲を喪失させていくのである。厳格な宗教倫理には神の処罰に対する恐れがつきまとうので、人々はその倫理を受け入れていくのだ。その倫理体系の支柱となるべく謙遜の徳が強調されていく。宗教は「神秘の木」（"Tree of Mystery"）とブレイクが後に呼ぶ、広く根を張り、幹を広げた「国家の宗教」（"State Religion"）を象徴することになる。[16] その宗教に群がり利益を得る者の譬えとしての「毛虫」と「蠅」であろう。具体的には富の追求を宗教的義務と見なし、経済活動で富を蓄えた中産階級や資本家と考えられよう。「神秘の木」となった宗教は、人間の本能や欲望を罪悪視し、抑圧する。代わって美徳と彼らが称するものを提示する。その徳の行為の監視役としての牧師が力を振るうようになるのである。従って大カラスとは黒い衣服に身を包んだ牧師を象徴すると考えられる。「神秘の木」は人間の精神の中に植え付けられた宗教倫理に他ならない。「人間の抽象」は国家の宗教の象徴――神秘の木――の原型である「木」が謙遜を根とすること、謙遜と恐怖とが一対となり人間の精神に植え付けられる巧妙な仕組みを物語るものである。

ジョーンズは言う、慈善学校の児童が着る地味な制服は彼らに、自分の貧しさを理解させ、謙遜と服従の教えを徹底させるように考案されたものであったと。[17]『無垢の歌』の「聖木曜日」の二行目では「子供達は赤、青、緑の服を着て二列になって歩いていく」と描かれる。「赤、青、緑」と一際目立つ色の制服によって、彼らが慈善学校の学童であることは視覚的に判別されると同時に、慈善学校の何千という児童の姿を見て、慈善事業の篤志家は満足と誇りとに満たされるのであった。[18]

謙遜の道徳教育をいかに重視したかについて更に検討するために、一七八二年グロースターでロバート・レイクス（Robert Raikes）が開設した日曜学校を概観しておきたい。彼は貧者の子供のために日曜学校を開くのだが、瞬く間に英国全土に広まった。慈善学校と教育の目的も形態も本質的に変わるところがなかった。ジョーンズによれば日曜学校は十八世紀末の産業主義と福音主義とが創り出したものであるという。[19]産業化の進行で浮浪者や貧者の数は更に増大し、深刻となった。貧者の子供の救済策として、働くために必要な教育（躾）と宗教教育とをあわせて教育する施設として開設された。日曜学校が各地で次々と設立された背景には、一七八〇年代の終わりから九〇年代にかけて急進主義運動が活発となり、科学知識の普及が進み、メソジスト運動が盛んとなる中で、教育に対する関心が高まったことがある。日曜学校が急速な発展を遂げる一七八〇年代後半から九〇年代にかけて、海峡を挟んだ隣国フランスでの革命は大きな衝撃を英国に与えた。エドモンド・バーク（Edmund Burke）の反革命論からペインの『人間の権利』にいたるまで多数の著書やパンフレット類が出版され革命について論じられたときでもある。「ロンドン通信協会」の政治運動が示すように急進主義の高まりはみられたが、政府の弾圧政策で社会は右傾化を強めていく。

ブレイクが闘ったメソジスト派と福音主義を教育の観点から検討する上で、ブレイクと同時代のハンナ・モア（Hannah More）に目を向けてみよう。モアは姉妹で私学を開き生涯、教育に関わった人物である。女子生徒のために書いた詩劇が評判を呼び、ロンドンに出て、当時の文化人と交わり女性詩人として名をなした。彼女の主張は保守的中産階級の枠組みを出ておらず、女性を家庭に引き留め、主婦としての徳の向上を謳ったものである。その後彼女の関心は福音主義運動へ向かい、奴隷貿易等の社会問題を取り上げるようになる。奴隷貿易廃止運動をウィリアム・ウィルバーフォース（William Wilberforce）らと進める人道主義的側面を示すが、フランス革命勃発以降、急進主義運動が勢いづくなかで、反革命の姿勢を強め、「パンフレット」（"The Cheap Repository Tracts"）を出版、反動的姿勢をあらわにする。「パンフレット」は大変な売れ行きで、[20]福音主義思想の普及に大きく貢献したことになる。

モアは「日曜学校」("The Sunday school")と題するエッセイでは、裕福な農民と学校設立を計画する婦人との会話形式で、貧困者(使用人一般)の学校教育の利を婦人に語らせている。農民は婦人の説得に応じ学校設立のための寄付に同意することとなる。識字力の有益性を説く婦人は、聖書をテキストとし、とくに律法に教育の重点を置くこと、義務や処罰を教える宗教教育であることを強調する。こうした教育によって貧者は勤勉の徳を学び、彼らを堕落や誘惑から遠ざけることになるので、雇い主である農民は使用人の生活管理も不要であるというのだ。[21] 婦人の発言には「従順」("obedience")[22]、「義務」("duties")、「恐怖」("fear")、「処罰」("punishment")、「神の法」("God's law")が散りばめられており、ブレイクが退けた裁く神、処罰する神といった旧約のエホヴァの影が濃い。

モアは読み方は教えても書き方については「貧困者に書くことは許さない」と手紙に認めている。[23] 書く能力を使用人が持つことはモアの属する中産階級の人々には身分不相応な教養と見なされた。不要な知識を持つと貧者は間違った権利ばかりを主張する厄介な存在となる可能性がでてくる。彼らは被支配の地位に留め置かなければならないと考えた。貧者に自分が属する階級意識を植え付けその階級から抜け出ることが社会にとって有害であると説いたノリッジ司教の慈善学校における説教をジョーンズも引用している。[24] また賛美歌作者のアイザック・ワット(Isaac Watts)は「貧者の子供達に謙遜の義務と上の階級の人々に服従すること」を教えることが、彼らに相応しい教育と語る。[25] また「パンフレット」の一つ「村の政治」("Village Politics")では、モアはペインの『人間の権利』に反論し、人間の所有権の平等ではなく、神が創った掟を平等に受けることが、真の人間の権利なのだとした。貧者が存在するのは神の摂理であり、生まれた階級からはぬけでることが出来ない仕組みを語る。[26] 現存の階級制度を擁護するだけで、その制度が生み出す矛盾については、堅く目を閉じたモアの保守主義の姿勢が現れている。

土地を追われ、都会に流れ着いた農民や職人等が、住む家も働く場も属すべきコミュニティも持たず、芥のごとく都会の闇に沈む貧者となったとき、忍耐や勤勉以前の生存権さえ侵された状態で、モアの説く福音がどれほど彼らの耳に届いたかは疑わしい。反革命の保守思想を学校教育を通じて喧伝する伝道者とも言えるモアは、「謙遜」(“Humility the only true Greatness”)についてのエッセイで「この原理(謙遜)は我々に権威に従い、神の摂理に従うことを教えるのみならず、神が定めた唯一の救済されることを甘受するという、さらに難しい教えを説いて聞かせるのである。その唯一の方法とは塵の中に誇りを沈める方法である。神の真の奉仕者においてさえも、この服従は時折さえぎられる……この妨げられた服従は真のキリスト教徒においてさえ、我々が更なる謙遜を欲する不動の証拠である」と説く[27]。キリスト者の心は自尊心を排除し、一層の謙遜によって完全となるというのであるが、この思想の根幹には服従の論理があることは明白である。権威に服従することは、宗教的権威(者)のみならず世俗の権力者への服従を意味する。神に対してと同様に権威者――支配階級――にも従うことを求める。すなわち権威者が自由に自分の意志に従わせることを正当化する根拠となりはしないか。

ブレイクは『天国と地獄の結婚』で次のように言う。

欲望を抑圧するものは、自分の欲望が抑圧されるに十分なほど弱いのでそうするのだ。そして抑圧者もしくは理性が取って代わり、反抗するものを支配する。そして抑圧されることで、次第に消極的となりついには欲望の影となるのだ。(プレート五―六)

抑圧は人間を無抵抗にし、遂には影のような存在にしてしまう。人はもはや人格や個性を持つ存在ではなくなってしまうのだ。個性あるいは個としての意識はロマン派の重要なイデオロギーであったことを考えると、「学童」で見せたブレイクの憤怒も理解されよう。国教会の巧妙に張り巡らされた支配の網を確かなものとする倫理体系において謙遜が服従のコードであることをブレイクは見逃さなかった。

　宗教が政治と密接に関わった十八世紀において、慈善学校・日曜学校が、宗教に根ざす道徳教育をその目的としたのであるならば、それは優れて政治的問題でもあった。一七八〇年代後半から九〇年代にかけて、宗教的熱狂[28]と急進主義運動の高まりに揺れた英国社会の支配の仕組み――服従と抑圧――を「学童」の詩は告発することになるのである。

（本稿は『福岡大学総合研究所報』（第一九二号、一九九七年三月発行）所収の論文「"The School Boy"「学童」――謙遜の道徳教育をめぐって――」を基に書き改めたものである。）

注

（1）Jon Mee は *Dangerous Enthusiasm: William Blake and the Culture of Radicalism* (Oxford: Clarendon, 1992) でブレイクのレトリックの基盤が大衆文化にあると指摘し、「大衆的言語（"vulgar language"）を公の領域に持ち込もうとし」（七二）、一七九〇年代の急進主義者に典型的であった "bricolage" ――当時の大衆文化の様々な要素の融合――を試みた一人とブレイクを位置づけた（二〇）。

（2）E. P. Thompson, *The Making of the English Working Class* (1963; Harmondsworth: Penguin, 1984) 411.

（3）Alexander Chalmers, ed., *The Works of the English Poets, from Chaucer to Cowper*, 21 vols. (1810; New York: Greenwood, 1969), XIII, 326-29.

（4）David V. Erdman, ed., *The Complete Poetry and Prose of William Blake* (Berkeley: U of California P, 1982)

31.「学童」の制作年については Erdman は一七八四年から九二年にかけて制作されたと推定（七九一）、一方 G. E. Bentley, Jr., *Blake Books*（Oxford: Clarendon, 1977）381 は一七八七―八九年に下書きし、一七八九年に初版印刷と推定する。以下引用するブレイクの作品はすべて Erdman の版による。

（5） G. E. Bentley, Jr., *Blake Records*（Oxford: Clarendon, 1969）540.

（6） イギリスの初等教育については松塚俊三「イギリス初等教育の歴史的構造（上）」（『福岡大学人文論叢』第二四巻第一号、一九九二年七月発行）一〇七―五九を参考にした。

（7） デイム・スクールについては、松塚俊三『歴史のなかの教師』（山川出版社、二〇〇一年）三一―七一を参考にした。

（8） Stephen Gill, *William Wordsworth: A Life*（Oxford: Clarendon, 1989）16-17. ワーズワスはシェンストンの『女教師』を想起しながらも、自身が学んだデイム・スクールをより肯定的に捉えている。

（9） M. G. Jones, *The Charity School Movement*（Cambridge: Cambridge UP, 1938）3-35, 73-84, 135-62.

（10） Jones, 78.

（11） Peter Ackroyd, *Blake*（London: Sinclair-Stevenson, 1995）23. ブレイクを道徳律超越論者として捉えた研究者としては、A. L. Morton, Jean Hagstrum, Leopold Damrosch, Jr. らがあげられる。

（12） Qtd. in *Dangerous Enthusiasm*, 88.

（13） 岸田紀『ジョン・ウェズリ研究』（ミネルヴァ書房、一九八五年）三一〇。

（14） Thompson, 412-13.

（15） Thompson, 412.

（16） *The Complete Poetry and Prose of William Blake*, 615.

（17） Jones, 75.

（18） Jones, 59-61.

（19） Jones, 162.

（20） Broadside と呼ばれる片面刷りの大判紙で印刷されたモアの「パンフレット」は二〇〇万枚も売れた。Duncan Wu, ed., *Romanticism: An Anthology* (Oxford: Blackwell, 1995) 25.

(21)　Hannah More, *The Works of Hannah More*, 7 vols. (New York: Harper & Brothers, 1855), I, 136-37.

(22)　一七九三年以降 "obedience" を強調するパンフレットが多数出版されたという。See Mee, 96.

(23)　Qtd. in Donna Landry, *The Muses of Resistance* (Cambridge: Cambridge UP, 1990) 123.

(24)　Jones, 75.

(25)　Jones, 74.

(26)　Hannah More, *Poems, The Romantics: Women Poets 1770-1830*. Introduction. Caroline Franklin (1816; London: Routledge, 1996) 346-68.

(27)　*The Works of Hannah More*, Ⅲ, 125.

(28)　ミーは一七九〇年代を宗教的熱狂の時代と捉え、ブレイクとリチャード・ブラザーズを始めとする当時の様々な宗教思想との関連性を検討している。See Mee, 20-74. また神秘思想や様々な宗派や新興宗教が混在した一七九〇年代のロンドンで人々はこうした宗教思想を少しずつ取り入れながら自分独自の「意味体系」("sense of system") を構築しようとしたとトムスンは論じる。See E. P. Thompson, *Witness Against the Beast* (Cambridge: Cambridge UP, 1993) xv.

知識人の社会における道徳的役割
——S・T・コールリッジの『教会と国家について』を中心に

園田暁子

コールリッジの最後の社会批評論である『教会と国家について（*On the Church and State*）』（一八二九年）において彼は、文人としての彼が社会において占める位置を示し、天職意識をもって行った彼の文学的・哲学的活動を英国の文化的発展にとって欠くことのできない努力の一つであると主張した。カトリック解放の動きに際して書かれたこの作品はコールリッジが教会と国家との理想的な関係を探り、多元的社会における社会改革の方法を提案した点において重要であるが、この作品は、文人をはじめとする知識人が社会において果たす役割について示し、続くヴィクトリア朝の知識人たちに大きな影響を与えた。彼の知識人階層（clerisy、以下クレリシーと表記）の社会における役割についての論説がこれほどの影響力を持ったのは、良心的にその社会的役割を果たしたいと願っている知識人たちに、国家という政体にとって彼らが頭脳、そして良心としての役割を果たすことによって国民の文化的水準を引き上げ、維持するとともに、国民の精神的・道徳的側面における保護者としての役割を果たす可能性とその方法を示したからである。

クレリシーは国家によって支えられるべき組織で、文化、モラルの保護者であり、文明の推進者としての役目を果たすことが期待されているとコールリッジは考えた。そして、彼らの果たす貢献に対しては、彼がナショナルティ（Nationalty）と呼んだ国庫によって英国国教会の聖職者たちが俸給を得ているのと同じように、収入が与えられるべきであると彼は考えた。この知識人階層には賢者、法律と法理学、医学と自然科学、それらの学問の手段である数学的学問の学者をはじめとする一国の文明をなすいわゆるリベラル・アーツと科学の知識を持ったものたち、すなわち「あらゆる種類の学識者」が含まれるとコールリッジは考えたが、その中でも神学者が最も重要な位置を占めると考えた。(1) それは彼が神学を、諸科学をまとめ生命を吹き込む「諸知識の根と幹」であると理解していたからである。それゆえ英国国教会の聖職者はコールリッジの思い描いたクレリシーにおいて重要な位置を占めるが、彼らのほかにも大学の教授、ディセンティング・アカデミーの教師や英国国教会以外のキリスト教の宗派の聖職者もそのクレリシーの中に含まれるべきであるとコールリッジは考えた。

コールリッジは『教会と国家について』の予告においてカトリック解放の考え方自体には賛成であると述べている。しかし、その方法に不安をおぼえており、カトリック解放はアイルランドが英国から独立する契機となり、このことは英国の安全と平和にとって脅威となるのではと彼は懸念していた。カトリック解放以前においては英国国教会は政府との連携によって強い政治的影響力を持つ唯一の国によって公認された宗教的機関であった。しかし、カトリック教徒に公民権を与えることで、それまで特権的な位置を占めていた英国国教会は、それが国民に対して持っていた支配的な力をそのうちなくしてしまい、ひいてはそれまでの社会秩序を維持できなくなるのではないかとコールリッジは考えた。このような一八二〇年代の英国がいわば宗教的な一元的社会から多元的社会に移行しようとしている政治的状況が、彼が、多元的社会における教会と国家の理想的な関係について考える契機となったのである。

コールリッジ自身も当時の英国国教会が本来国教会に対して期待された役割を果たしえているとは考えてはいなかったが、国教会には国民の精神面・モラル面において重要な役割を果たす潜在的力があると考えていた。彼は、すでに触れたように、神学をモラルの、そしてすべての科学的知識の基礎であると理解していたが、英国国教会の聖職者には旧来の社会秩序が入れ替わった後も社会にとって欠かすことのできない重要な果たすべき役割があると信じていた。コールリッジは、通常英国国教会の聖職者のみをさすクラージー（clergy）という言葉は、本来あらゆる分野の知識人を意味したのだと指摘し、彼ら知識人たちは国民の「平和」と「福利」を守るという重要な役割を負っていたと考えた。(2) 彼は知識人たちに期待されたこの本来の役割を回復することの必要性を説き、英国国教会の聖職者に限定されない知識人階層を表す言葉としてクレリシーの概念を導入することを提案した。

コールリッジにとってカトリック解放はともすればアイルランドの独立の契機となるかもしれない英国にとっての危機を意味した。しかし、彼はその変化をそのまま受け入れ国家としての統一を保つための方策を『教会と国家について』において示した。彼は、英国国教会の聖職者に限らない知識人たちに本来期待された役割を回復させ、その役割を国民の教育に関与するほかの職業に従事するものたちにも拡大し、与えることによって、この国家にとって重要な局面を有効な社会改革の機会へと変えることを提案しているのだ。

コールリッジは国家の中には「永続性（permanence）」と「進歩（progression）」の二つの相反する勢力が存在すると考えていた。これら二つの力はそれぞれ異なる二つの身分（estate of the realm）によって生み出され、国家の健全さはその二つの力のバランスの上に成り立っていると彼は説いた。「永続性」を表す身分は、土地所有者たちによって構成され、「進歩」あるいは「個人の自由」を表す身分は「商人、製造者、自由熟練工、そして、物流に関わる」者たちのものであるとコールリッジは考えた。これら二つの身分の目的は「永続性の利害を進歩の利害、すなわち法と自由を調和させること」[3]であったが、これら二つの力の均衡は第三の身分である知識人階層、クレリシーによって成り立っていると彼は考えた。第三身分としてのクレリシーの果たすべき役割は、「国民がそれなしには永続的でも進歩的でもありえない文明を確固たるものとし、改善すること」であった。[4]それゆえ、クレリシーのメンバーは国民の教育に関わることで、この社会に存在する「永続性」と「進歩」の二つの勢力の調和を生み出すという役割を果たすべきであると彼は考えた。

このように、ある国民の文明化 (civilization) はこの「永続性」と「進歩」の調和にとって欠かすべからざるものであった。しかし、『教会と国家について』においてコールリッジは、この文明の概念についてそれが「教化 (cultivation)」とは異なっていることに読者の注意を向ける。彼によると「文明化」はそれ自体だけではよいものとは言い切れず、堕落的な影響や、熱病とまでは言わないまでも、完全に健全なものとは言えないという。コールリッジ全集の『教会と国家について』の編者ジョン・コルマーが、「文明」は「物質的繁栄」を意味し、「文化」は「文化的健全さ」をあらわすと解説しているように、[5]文化的健全さに基づいた物質的繁栄こそが国家の健全さにとって必要であるというのがコールリッジの主張であった。国民の「文明化」が「我々の人間性を特徴付ける性質と機能の調和的な発展」の結果である「教化」に基づいたものではない場合、「文明化」された国民は、「磨かれた (polished)」というよりも表面だけを「漆がけされた (varnished)」人々としか表現できないと彼は述べた。

文化的健全さに根ざした国民の文明化のために、非常に重要な役割を果たすのがクレリシーであるとコールリッジは考えたが、彼は、クレリシーはその果たす役割によって二つのグループに分かれると考えた。一つ目のグループは「人文科学の根源」に関わるごく少数の者たちで、彼らは諸科学の研究により、人間の知の領域を拡げ、「物理的、倫理的科学」のために貢献する。[6] もう一つのグループはより多くの者たちから成り、彼らは国を構成するいかなる小さな区域もそこに住むガイドであり、保護者であり、指導者である人間がいないということがないように国土中に、英国国教会の牧師が各教区に配置されていたのと同じように配置されるべきであるとコールリッジは主張した。そして、第一のグループの知識人は、第二のグループの知識人に対して指導者としての役割を果たすというのが彼のアイディアであった。

コールリッジはこのように知識人階層をその果たす役割によって分けたが、彼らの目的は一つであると考えた。彼らの義務は、まず第一に過去の文明の財産を保存し守ることで、過去と現在を結びつけること、第二に、過去から引き継いだ文明を完成させ、あるいはそれに新たなものを加え、現在を未来へとつなぐこと、第三に、社会全体に国民としての権利を理解し義務を遂行するのに必要な質と量の知識を普及させることである。そして、第四に、以上に挙げた三つの役割を全うした結果国民を高度に文明化することによって、国家の防衛にとっても重要な役割を果たすことが彼らの義務であるとコールリッジは考えた。[7] 高い程度の文明は、艦隊や軍隊や国家所得のように直接的に一国の軍事力につながるものではないが、他国との「優位ではないにしても対等な」関係によって国にとって必要な防衛力と攻撃力の両方を与えるものであるとコールリッジは説いた。[8]

このように彼は、知識人階層の教育・文化的な社会貢献が、その国民の文明の水準の高さにより国力の充実と国防にも役立つと述べている。すなわち、軍事的な資金や物とは異なり、間接的ではあるがより根本的な方法で教育は国力の充実につながると彼は考えていたのだ。この間接的ではあるが根本的な知的・精神的成長がもたらす影響力こそ、彼がその作品を通じて読者に与えたいと思ったものである。例えば、初期の政治的雑誌『ウォッチマン（*The Watchman*）』（一七九六年）は、当時施行された通称猿轡法と呼ばれる集会と言論の自由を奪う二つの法律に対抗する意図を持って発刊されたが、[9] 彼はその雑誌においてそれらの法律自体の撤廃を求めると同時に、読者に自国の政治的状況について考え、議論する場を与えることで政府の抑圧政策の意図に対抗できると考えていた。新聞『モーニング・ポスト』に寄稿した散文の記事や詩作品においても、彼は社会における「自由」の精神とは、社会における制度によってではなく、個々人の精神の変化によってのみ実現することができると主張している。また、その他の『フレンド』、『平信徒の説教（*Lay Sermons*）』、『省察の友（*Aids to Reflection*）』などの著作においても、読者に思考する契機を与え、そこで彼が説いた人間と社会についての一般原理を読者がつかみ、実生活においてその原理を行動に移してみることを期待している。すなわち、コールリッジは文筆を通じて人々の教育に貢献するクレリシーの一員としての役割を果たそうとしたのである。

コールリッジは生涯を通じて文筆を職業とし、活動を行ったが、『文学的自伝』においてはっきりと述べたように、文筆により生計を立てることの難しさ、そして、商業としての文筆活動という枠のなかで、自らの「天職」意識を実現する難しさを常に感じていた。この彼が経験した困難の原因は、知識人を含む専門職従事者たち（professional classes）を取り巻く環境についてコールリッジが『教会と国家について』において行った解説の中に読み取ることができる。第二章においてコールリッジは国家の「進歩」と「文明の進歩」は商業、手工業、流通業、そして専門職に従事するものたちによって生み出されると述べている。[10] しかし、第五章においては国家を構成する三つの身分（estate of the realm）について説明する際、彼は専門職に従事するものたちを「進歩」を表す身分を構成するものたちの中に含めていない[11]。これは、彼が専門職従事者は本来知識人として英国の建国の初期の段階では国教会の聖職者と同じクラージー（clergy）の中に含まれていたと考えたからである。本来クラージーに含まれていた者たちが商業活動に従事するものたちと同じように「進歩」を生み出すようになった理由は、第六章の冒頭に述べられている。商業活動が時の経過とともに発達し拡大するに従って、知識人たち、特に法律や医学に関する知識人たちは国庫からではなく、彼らのサービスの受益者たちから収入を得るようになったと、ここでコールリッジは推察している。この変化の結果、専門職に従事するものたちは、クラージーと市民（burgess）の中間の位置を占めるようになったのだとコールリッジは考察している。

同様のことが、文筆家に対しても言える。知識人としての文筆家は、コールリッジの考えによると、本来はクラージーのなかにその位置を占めていた。しかし、文学市場の発展に伴い、彼らは作品の出版により得られる収入に頼りはじめた。少数の成功した文人が筆一本での経済的自立を果たしたのに対し、他の者たちは個人や国によるパトロネージに頼るほかは、生活のための雑文書きにいそしまなければならなくなった。他の専門職従事者と同様、彼らの経済的基盤はクラージーと市民との間のどこかにあったが、特に決まった位置はなく、それぞれの文人は彼ら自身の独自の位置を探さねばならなくなった。コールリッジのコンセプトによると、文人はいかに時代が変化しようとも社会に存在し続ける知識人階層に属し、文明の推進者、文化的遺産の監視者として変わらぬ役割を果たす者たちであった。彼らの文化的責任と目的が変わらないままに、文学市場において得られる収入に頼らなければならなくなったこと、これがコールリッジが経験した困難の原因であった。

人々の知的・精神的成長に貢献するという文化的責任を果たすことはコールリッジにとって文人として

の天職意識の根幹を成していた。そして、彼は、クラージーと市民との中間に存在するポジションのなかでできるだけクラージーに近い位置にあるような社会的貢献をしようと努めた。すでに述べたようにコールリッジはクレリシーを二つのグループに分けたが、より少数で諸科学の先端を切り開いていくようなものたちは明らかに、よりクラージーに近い位置を占めると考えられる。彼はそのような位置を占めることを理想とし、思索と文筆に取り組んだ。

コールリッジはクレリシーのようなシステムが彼が職業的文人として経験した数々の問題を解決すると考えた。すなわち、国家によって俸給を与えられることにより、自らの天職意識を満たしながら文筆業を行おうとする際に彼が経験したジレンマや困難を感じることなく、文人が社会に貢献することができると考えたのである。

コールリッジは、文筆を職業としたことで、定収入をえられないということに悩まされたのは事実であるが、それよりも経済的ステイタスによって、その文人の社会における地位と文化的権威が決まってしまうという事実に悩まされた。マリリン・バトラーが指摘したように著述業というのは、「不安定な、特定の社会的階級に属さない」職業であり[12]、著述によって高収入を期待できない文人は文化的権威を認められにくく、ともすれば三文文士として扱われかねないのも事実であった。トマス・プールへの手紙においてコールリッジは、自分の作品が売れないだろうということが予想でき、その結果出版者たちは自分には安い賃金で雇う匿名の雑文書きとして以外は彼に用はないと思うだろう、と悲観的な言葉を残してもいる[13]。しかし、その一方で、コールリッジは、すぐに評価を受けにくく、文学市場において十分な収入を得られなくともその国の文化にとって欠かすことのできない作品があるという確固たる信念を持っていた。そして、そのような良心的な文人の努力はクレリシーのようなシステムを作ることによってより容易にそして有効に利用できると考えた。

コールリッジ自身、同時代に生きる知識人の影響力の大きさを十分認識しており、文人をはじめとする知識人の影響力を最大限に利用することは知識人たちにとっても社会にとっても有効であると考えていた。彼の提案したクレリシーのシステムは知識人を国民の良心と頭脳として機能させるものであった。ウィリアム・レズリー・ボウルズの作品がコールリッジの少年時代に、同じ環境に生き、教育を受けたものとして「現実味と、人と人との間の友情のような感覚を持って」その精神に語りかけ、著者への称賛の念は若き彼の希望をかきたて育てるものであったということに言及しつつ、コールリッジは『文学的自伝』のなかで、まだ存命中であるからという理由だけで優れた作品の著者たちを軽視することはばかげていると主張した。(14) 文人の死後の影響力というものがテキストを通じてのものに限られるのに対し、生きている文人は、会話、講演、手紙の遣り取りなどを通じて他にも同時代人に影響を与える手段をもつ。そしてこの個人的な接触こそ、コールリッジが最も確実に知識の伝達が行われ、ある人間の道徳的影響力を最も効果的に他者に与えることができる手段であると考えた。彼は、著者である自分と読者との関係も個人対多の関係ではなく、個人対個人のものとして想定していた。また、『文学的自伝』において偉大なる作品の創作に意欲を燃やす若き文人志望者たちに、文筆を職業とするよりも、英国国教会の聖職者になり、余暇を創作にあてることを勧めたのも同様の理由からであった。そのほうが、人々の知的・精神的発展の助けとなるという、文筆の目的とも無理なく一致した職務の遂行によって定収を得ることができ、さらには同じ共同体に生きる人々との個人的接触により、共感に基づいた関係を築いて、各教区における「文明の源」となることができると考えたのである。というのも、彼自身、共感によって結びついた読者との関係を希求し、同胞として読者に語りかけたいと願っていたにもかかわらず、彼らから切り離されているように感じていたからである。クレリシーの概念は、大きな社会変化を経験しようとしていた英国の社会に対するコールリッジの処方箋であったが、それと同時に彼と同じように、自らの学識を生かして、文化的・道徳的貢献を社会に対して行いたいと思う知識人たちに対し、その貢献をより容易に、そして効果的に行いうる道を示したものでもあった。

『教会と国家について』においてコールリッジは、クレリシーという知識人階層によって運営される国教会のありかたを提案した。国家というものが「永続性」と「進歩」によって生み出された事実や結果にのみ関心を示すのに対し、教会は国民の教育や文明化、すなわちその結果が生み出されるまでの過程に関わる。教会という言葉が使われているものの、彼の提案したヴィジョンにおける国教会とは、教育・文化に関わる組織であった。彼が、それを教会と呼んだのは、彼が神学をあらゆる知識の基礎であると考えていたからであり、国教会の健全さにとってキリスト教的精神は欠かすことができないと考えていたからであろう。彼はキリスト教的精神がなくとも国教会が存在すること自体は可能であると考えたが、葡萄の木の近くに植えられたオリーブの木が葡萄の木の根を活性化するという譬えを用い、国教会にとってキリスト教会またはキリスト教精神が与えうる影響について説明している。[15] キリスト教精神はオリーブの木が葡萄の木の成長にとって欠かすことができないというわけではないのと同じように国教会の存在にとって不可欠な要素ではない。しかし、その存在は「国教会の健全さにとって役立ち、さらには欠かすことができない」とコールリッジは述べている。

彼のクレリシーと国教会のアイディアは、英国政府によって実現されることはなかったが、彼が望んだように、続く時代の知識人たち、特に英国国教会の聖職者たちに強い影響を与えた。オックスフォード・ムーヴメント、ブロード・チャーチ・ムーヴメントなどカトリック解放後の宗教的に多元的な社会において聖職者としての役割を再考し、誠実に遂行したいと考えた者たちによって起きた重要な動きにコールリッジのアイディアはインスピレーションを与えたのである。実際、コールリッジはブロード・チャーチ・ムーヴメントの父として言及されることもある。彼の『教会と国家について』とそこに示されたクレリシーの考え方がこれほどの影響力を持ったのは、それらが誠実に自国の人々の知的・精神的発展に対し貢献するという目的のために試行錯誤した彼の体験に基づいたもので、それらが知識人の社会における役割についてのヴィジョンと基本となる原理を明確に示したからである。

注

（1）Samuel Taylor Coleridge, *On the Constitution of the Church and State*, ed. John Colmer (London: Routledge; Princeton: Princeton UP, 1976) 46. 以下『教会と国家について』と表記。

（2）『教会と国家について』四五。

（3）『教会と国家について』四四。

（4）『教会と国家について』四四。

（5）『教会と国家について』四二－四三。

（6）『教会と国家について』四三。

（7）『教会と国家について』四三－四四。

（8）『教会と国家について』四四。

（9）これら二つの法律の正式名称は、Seditious Meetings Act と Treasonable Practices Act である。

（10）『教会と国家について』二四。

（11）『教会と国家について』四二。ここでコールリッジは第二身分は「商業従事者、製造業者、自由熟練工、そして、流通業者たちからなる」と説明している。

(12) Marilyn Butler, *Romantics, Revels and Reactionaries: English Literature and its Background 1760-1830* (Oxford: Oxford UP, 1981) 75.

(13) Samuel Taylor Coleridge, *Collected Letters of Samuel Taylor Coleridge*, ed. Earl Leslie Griggs, vol. 2 (Oxford: Clarendon, 1956) 711.

(14) Samuel Taylor Coleridge, *Biographia Literaria*, eds. James Engell, and Walter Jackson Bate, vol. 1 (1983; Princeton: Princeton UP, 1984) 12.

(15) 『教会と国家について』五六。

コールリッジと奴隷貿易

園井千音

一

コールリッジは一七八〇年代から一八三〇年代にかけて隆盛したイギリス奴隷貿易に対し政治的に反対の立場を取る。しかしながら、明らかにこの期間、コールリッジの奴隷貿易制度への態度は変化を露にする。一七九五年のブリストルにおける講演において、コールリッジは奴隷貿易従事者の道徳的堕落と奴隷貿易を廃止しないイギリス政府の体制を批判しそれを社会的怠慢であると非難する。ところが一八二〇年代ではコールリッジの奴隷貿易廃止論は積極性を徐々に失うように見える。この変化は一方では社会的抗議の複雑で困難な性質を伝え他方では社会的評価と衝突しかねない詩的精神の繊細な局面を示す。このような微妙な推移は一七九〇年代から一八三〇年代にかけてイギリス議会内外で盛んに議論された奴隷貿易論の複雑な一面を明らかにする。

イギリスにおける奴隷貿易廃止運動は一七九〇年代のヨーロッパにおいて平等主義を実現しようとする

フランス革命を含む一連の権利拡張運動の一つとして生じた。コールリッジはそのような革命的精神に対し鋭く反応する。彼にとって『政治的正義』（一七九三年）におけるウィリアム・ゴドウィンの思想は、実際的な理論としては極端に過ぎるもののゴドウィンの人間の理想社会についての基本理念は、社会改革の最終的ゴールとしてコールリッジが期待したものだった。コールリッジは一七九四年十二月に初めてゴドウィンと出会い、議会における社会改革案を精力的に推進していた知的グループ（ジョージ・ダイアー、ウィリアム・フレンド、ジョン・セルウォール）とも出会う。ゴドウィンの思想による影響はコールリッジが一七九五年に政治と宗教について行った講演の内容に見出され、ゴドウィンの思想が当時の急進的イディオロギーの新しい積極的な役割を担ったことが推測される。コールリッジはブリストルとロンドンにおける講演において特に平等主義思想について語り当代の社会的不正について批判する。しかしながらコールリッジの社会改革論は依然観念的でありむしろ宗教的な啓蒙という意味合いが強いものであった。この意味でゴドウィンの無政府主義的理論はコールリッジにとって受容が困難であった。コールリッジの思想はまたセルウォールやフレンドらの急進的で実際的な理論ともまったく同一というわけではなかった。このように当初は単独のプロテスターではあったがコールリッジの改革者としての才覚は一七九〇年代により先鋭化し、同調者も得ることになる。

基本的人間の権利と平等主義思想の根本と社会の新しい役割についての再評価の傾向は、一七七〇年代後半のヨーロッパにおける重要な政治的問題であった。フランス革命の原理は、程度の差はあれ、ヨーロッパ全土に平等主義の理想に対する関心を呼び起こした。ウィリアム・ゴドウィンの『政治的正義』より、むしろトマス・ペインによる『人間の権利』（一七九一―一七九二年）がイギリスにおける革命的感性をよく表現している。同書においてペインは、フランス革命の思想原理を「物事の自然な秩序の革新であり、真実と人間の存在と同様に普遍的な原理の組織であり、道徳と政治的幸福と国家的繁栄を結び付けた[1]」原則として正確に理解し、彼の説く社会改革理論は事実、ゴドウィンの理論に比べ、より実際的であった。フランスはその当時ヨーロッパにおいて一七九四年に植民地における奴隷制度の廃止を実行した「大都市としては最初の地域[2]」であった。ペインは既存の財産という概念、例えば、奴隷を所有者の財産とするような概念に対し、人間は人間を財産として扱う権利はないことを挑戦的に主張し、またそのような財産の遺贈システムも否定した。ペインが主に奴隷の人間的権利の重要さを論じる時、奴隷を人間として扱うことと財産として扱うことを明確に区別し、その論調は政治的というよりむしろ道徳的であった。ペインの後継者と自認するゴドウィンは『政治的正義』において、裕福層の経済的繁栄は貧困層の財産を搾取することにより成立すると主張した。人間は、何より先にまず「自由であるべきである。なぜならばそれは合理的個人としての立場に適切であるからだ」とするゴドウィンの論点はジョン・ロックの基本的権利に関する主張と本質的に異ならない。この観点は十八世紀後半のヨーロッパ思想に流布した人間の権利拡張論の哲学的背景を代弁するばかりではなく、人間存在の基本である不可侵の自由の概念に関する道徳的再評価の顕著な変化を示す。ロックは、何人も他の人間の自由と生命を支配する権利はないと論じた。なぜならば「彼自身の生命に対する権力を持っていない人間は……彼自身を誰かの奴隷にすることはできないし、彼の生命を取り去ってしまうように他人の絶対的権力のもとに彼自身をおくこともできない[3]」からである。十八世紀後半のイギリスにおける反奴隷貿易の論理のほとんどは、平等主義と人間同士の権力関係に関するロック的観念に依存していた。その例の一つ、奴隷は彼らがイギリス及びその植民地に住む限り「法的で自然の権利」を有するべきであるというウィリアム・フォックスの主張[4]は、いかなる手段をもってしても剝奪されない人間の権利に関する概念を踏まえるものである。

イギリスの奴隷貿易廃止運動は一七八〇年代にその頂点を迎える。宗教的グループ、特に道徳的見地からこの問題について鋭い関心を持っていたクエーカー教徒はイギリスにおける奴隷貿易廃止運動の成長に大きく貢献した。クエーカー教徒による奴隷貿易廃止嘆願書により一七八三年、奴隷貿易を規制する法律が国会を通過した。クエーカー教徒が嘆願書を議会に提出した時、奴隷の人間としての権利を保護するということが彼らの主な目的であった。このような動きにのり、一七八七年[5]に奴隷貿易廃止主義者達によってロンドン奴隷貿易廃止協会が設立された。この協会のメンバーであるトマス・クラークスンなどの尽力を得、ウィリアム・ウィルバフォースは一七八九年五月十二日に奴隷貿易廃止を要求する十二ヵ条の提案を議会に提出する。これら十二ヵ条の提案においてウィルバフォースは奴隷貿易は容認できないものであり、イギリス人は「皆有罪である」と主張した。

我々は皆、有罪である——我々は我々すべてが有罪であると主張するべきであり、他人にその責めを転嫁することによって我々の罪深さを免れるべきではない……思い返すと、我々が今我々の罪の正当化として主張している恥知らずな残忍さと野蛮さの状態に彼ら［奴隷貿易商人］を堕落させたのは他ならぬ我々である……[6]

この提案はウィリアム・ピットやチャールズ・J・フォックスやエドマンド・バークなどの先導的議員に支持された。バークはウィルバフォースに同意し、奴隷貿易は「そのすべての状況において非常に忌まわしく、そしてそれに賛成する一つの議論も受け入れられない」[7]と論じた。

イギリスにおける奴隷貿易廃止運動は一八〇一年までに社会改革に対する反動とピットが導入した言論

統制の法律によって抑圧された。一七八九年のウィルバフォースの演説は、数人の政治家の支持を受けていたにもかかわらず、反対意見が優勢であった。そのほとんどは奴隷貿易の全面撤廃はイギリス経済に打撃をもたらすという反論であった。[8]政治家ばかりでなく奴隷貿易商人も奴隷貿易はイギリス経済利益にとって「不可欠」[9]であると信じていた。ウィルバフォースの奴隷貿易廃止案は、賛否の決着がつかず、一八〇七年に奴隷貿易廃止法案が議会を通過するまでの十八年間、議会において継続審議事項となった（奴隷貿易の段階的廃止案はウィルバフォースの議会での提案時にすでに示唆されていた）。ウィルバフォースの提案に対し、一議員からは、奴隷貿易の全面撤廃に対する現実的な妥協案として奴隷貿易の規制を厳しくする（船で運ぶ奴隷数の制限など）ことが提示された。この議論は、一七九〇年代、議会において頻繁に議論された。バークは、一七八九年にはウィルバフォースを支持したが、一七九二年には奴隷貿易の段階的廃止論に調子を変え、奴隷貿易の「適切な規則」は最終的廃止に結びつくと主張することになる。[10]これらの修正の理由は部分的には、イギリス経済の奴隷制度とプランテーションの産物に対する依存度をより現実的にカウントすることの必要性を認識したためである。奴隷貿易に対する賛否両論の議論はブリストルだけではなくロンドンの先端的議論として常時この熱意を示しながら奴隷貿易廃止案が成立する一八〇七年まで継続する。

　奴隷貿易廃止主義者の団結した努力にもかかわらず、ピット政府はウィルバフォースの奴隷貿易廃止案を一七九一年に一度否決する。一七九〇年代の奴隷貿易廃止運動の気運の段階的弱まりがフランス革命に対する幻滅感と密接に関係することは明らかである。その感覚は、すべての政治的社会的組織ばかりではなく人々の自由の感覚をも動揺させた。すなわち、一七九二年から一七九四年までのジャコバン政府は虐殺とレジサイドを先導したテロリスト政府として位置づけられる。隣国におけるこの政治的失敗はイギリス国民の社会改革に対する考えに強い影響を与え、特にその暴力的ポテンシャリティーに対する恐怖感を醸成したことは事実である。自由と平等の権利を主張することは、奴隷貿易廃止という意味においてさえ政治的に危険であると考えられた。ペインの『人間の権利』は「扇動的誹謗文書」と見なされ、ペインは「有罪で社会追放」という判決を言い渡される。[11] これらの世相においてイギリス人の精神に、社会改革を求める熱意から社会的安定を求める保守的な動きへという後退的な変化があったことは疑いない。バークの『フランス革命に関する省察』(一七九〇年)はまさにこの民衆の感情の変化を捉えたものであった。バークは、革命の理念自体を社会構造の破壊として非難する、即ち、「覆された法律、腐敗した法廷、精気のない労働と、途絶した商業、未払いの国家歳入、しかも貧しくなった国民、略奪された教会、救済されない国家、そして市民と軍の無政府状態が王国の構造を成した[12]」と。この態度は、一七九〇年代の奴隷貿易に関する議論を含む社会改革に対する典型的な見方であった。一七九三年の対仏戦争の開始に続き、イギリス政府は社会改革運動をより強硬に制圧する。

一七九五年十二月、ピットはすべての改革運動を抑圧する二つの法令を制定した。一つは君主制に対する批判を禁止した「反逆陰謀法」であり、いま一つは公的会合の規模を制限する「扇動的会合法」である。奴隷貿易廃止運動が直面した困難はこの政治的思潮に起因し、その活動は厳しい統制下におかれた。一七九一年のサン・ドミンゴにおける奴隷反乱に続き、政府の改革運動に関する抑圧状況はさらに悪化した。この社会的状況の中、奴隷反乱の主導者であるトゥーサン・ルーヴェルトゥールは投獄され獄死したが、ハイチは一八〇四年に最終的に独立する。この事件により、ヨーロッパ人は、自由と権利を主張することは高い犠牲を払うことを悟り、また奴隷の解放が彼らにとって果たして賢明であるかということを疑問視するようになった。この見方においてピットの改革運動規制法案は正当であると言い得た。奴隷制度支持者は、特に一七九三年のルイ十六世の処刑後、奴隷貿易廃止運動と政治的急進主義をしばしば関係付けた。反奴隷貿易廃止運動の立場をとるイギリス人ジャーナリスト、ウィリアム・コベットは、一八〇二年六月十二日付け「政治の要約」(『政治的記録』)において、奴隷は「残忍でいまわしい人種」と強調した。[13] 彼はまたフランス革命の先導者に対しても、彼らが西インド諸島植民地を含むすべての国民に自由を与え結果的にフランスとその植民地全体に「破滅と荒廃を広げた」と非難する。[14] ジャーナリスティックではあれこの急進的な批評的姿勢は、保守反動というよりヨーロッパ社会の根強い白人優勢意識とそれを脅かすすべての改革的思想を危険とする過敏な反応を代弁する論点である。ウィルバフォースとトマス・クラークスンは一七九二年の匿名のパンフレットにおいて「英国のジャコバン主義者、ウィルバフォース派、クーパー派、ペイン派、クラークスン派」として引き合いに出され、ジャコバン主義者として批判された。[15] これらの事件によりそれまで奴隷貿易廃止運動を支えてきた人々はその活動においてより慎重にならざるを得なかった。

二

コールリッジは一七八〇年代から一八三〇年代までのイギリスにおける奴隷貿易廃止論争において複雑な反応を示す。ブリストルにおける反奴隷貿易についての講演(一七九五年)ではコールリッジは奴隷貿易廃止に関し最も先鋭である。当時ブリストルは有数の奴隷貿易港でありイギリスのみならずヨーロッパにおける奴隷貿易支持運動の最前線基地であった。奴隷貿易反対の講演は危険であったがそれを無視する熱意があった。論調も具体的で強いものである。

ヨーロッパ人によって九百万人の奴隷が消費された……入手した一千万人のうち少なくとも百万人は殺される……誘拐者と殺人者は誰だ？[16]

このポレミックスにおいてコールリッジは奴隷貿易を是とする論理にも言及しそれに対する反論を用意する。コールリッジの要約になる奴隷貿易賛成の主張は以下の通りである。（一）奴隷貿易廃止は無益だ。なぜならば、たとえイギリスが奴隷制度を終結させたとしても、他国がそうしないだろう。（二）アフリカ人は彼らの故郷よりもプランテーションにおいての方がより幸福である。（三）［奴隷貿易廃止により］国家歳入が多大に被害を被る。（四）奴隷貿易廃止が実現すれば［植民者の］財産権が侵食される。（五）現時点は［奴隷貿易廃止の］適切な時ではない。

これらの意見に対するコールリッジの反論。（一）誰かが主導権を握り、奴隷制度を根絶することを開始するべきである。（二）奴隷は彼らの故郷でこそ幸福である。なぜならば、彼らの家族は彼らの国において繁栄することが観察されたからだ。（三）奴隷と奴隷船船員の高い死亡率のために、奴隷貿易は利益があるというよりむしろ不経済な貿易である。（四）奴隷貿易廃止の法律はプランテーションの不動産権とそれに付随するすべてのものには手をつけてはならない。（五）奴隷貿易を廃止することは、植民地を所有する他のヨーロッパ諸国に対するイギリスの政治的武器としての利点がある。[17] 以上である。しかし微妙な点もある。賛成論の第四点と第五点に対する（四）、（五）の反論は奴隷商人の既得権利に対しある程度慎重でありそれを一部は認める態度を示す。

これは全面否定を避ける技術的譲歩というべきものである。コールリッジの反論は、以上から解釈する限り、明らかに白人優越主義と国家主義的立場を内包することがわかる。即ち、正確に言えば、コールリッジの主張には、イギリス国民が奴隷に対し、「人間の権利」を説くことができる優先権を持つという前提がある。

黒人に人間の権利を説き、またこれらの権利を強く主張するという武器を彼ら［奴隷］に備え付けるために、我々は二、三人の冒険心のある士官達を［植民地に］送りこむことによって、経済的であると同様に、より効果的にそこ［植民地］における戦いを展開することができる。(18)

コールリッジが論じたのは、奴隷貿易廃止運動におけるイギリスのフランスに対する道徳的優先である。フランスは当時西インド諸島及びアメリカにおいて強力な伝道活動を行っており、さらに、政治的勢力として、イギリスのような植民地主義を促進していた。

コールリッジは、「フランスへ寄せるオード」（一七九八年）と同時期発表の「孤独にあっての不安」の両者において国家主義的反奴隷貿易批評の姿勢を明確に示す。フランスの帝国主義的侵略行為に対する詩人の道徳的義憤（モラル・インディグネイション）は、フランスの政治的感受性が奴隷制度容認のエトスと同一であることに対する抗議である。コールリッジはフランスを「天を嘲る」「不義で盲目な」者と呼び批判する。(19)詩人のフランスに対する失望は明らかに二つの要素を含む。即ち、人間平等と自由の実現の可能性を持つフランスに対する失望と、権力政治とキリスト教文化の名のもとに社会組織としての奴隷制度を含む差別を許容するその帝国主義的感覚に対する失望である。コールリッジの政治的感覚においては権力志向の政策は国に道徳的優位性を与えることはできない。即ち、国家主義的立場は第一に道徳的であり、故にコールリッジにとって反奴隷制度運動はその国の道徳的優位性を証明することであり、奴隷制度是認の論理は道徳的な堕落を意味する。この観点において祖国イギリスに対しても、その国民が「良心がありながらまじめではなく、自身の悪徳を敢えて見ようともしない」と批判する。[20] コールリッジはイギリス奴隷貿易の事実を示すことによってその植民地主義に警告を発する——

私の同国人よ、我々は前進し遠い地の部族に奴隷制度と苦痛を、そしてさらに遠方の地には我々の悪徳をもたらした。その濃い汚れは人間のすべて即ち、人間の肉体と魂をゆっくりと殺す地獄だ！[21]

詩人はイギリスの奴隷商人の行為を彼らの肉体と魂を汚す「悪徳」であると鋭く批判する。コールリッジは、奴隷貿易を許容するイギリス帝国主義政策の道徳的堕落の局面を認めるべきであることを一方では認識する。コールリッジにとり、イギリスの奴隷商人の行為は彼ら自身と奴隷の人間的尊厳を破壊するものであり、それはフランスのスイス侵攻と同様の意味を示した。

コールリッジの奴隷貿易廃止運動に関する態度は一八〇八年頃からある変化を示す。彼はイギリス奴隷貿易廃止協会の一員であるトマス・プリングルスとの対話（一八三三年六月）において、奴隷貿易廃止主義者を「血迷って」いるとさえ批判する。

私は、植民者の黒人に対する権利について激しく抗議するというあなた方の血迷った実践を全く非難します。黒人は依然アフリカにいる彼らの同朋の状況を強制的に思い出させられるべきであり、また、彼らを神の恵みの中においた摂理に対し感謝することを教えられるべきです。[22]

例えばイギリス植民地の奴隷は彼らの故郷に住まうよりも幸福であるというこの主張は、一七九五年の講演の論点と明確に矛盾する(第二点等)。この変化の意味は何であるのか。コールリッジの転向、即ち奴隷制度を是とする主張は明確な反対の立場表明の時点からおよそ十三年経過している。さらにこの傾向はさらに二十年間以上継続する。この間コールリッジの文学的社会的状況の推移がありそれは奴隷問題に対しても影響を与える状況も含むと考えることができる。その最も顕著な要素は、奴隷問題に関する影響に注目する限りでは、コールリッジの人類学的理論に対する接触とキリスト教伝道主義に対する共感があると考えられる。コールリッジの反奴隷制度観念からの明確な離脱は一八二〇年代から強まり、一八三三年にはその傾向は最高点に達することが観察される。彼の変化に影響を与えた要因として、コールリッジが十八世紀末からヨーロッパにおいて出版された多様な人種理論に精通していたという事実と、明らかに、フランス革命以後の社会的状況に対する反応が考えられる。

ヨーロッパにおける人種理論は一七七〇年代から一八四〇年代にかけて集中的に発表される。解剖学者、外科医、哲学者、自然学者たちがそれぞれの専門的立場から、人種の起源あるいは人相学や医学的特徴あるいは人種の歴史と分布等について疑似科学的な見解を提示した。その中には二つの主流学説がある。一つは、人間は単一の種類であり、その多様な人種は気候や環境の違いによって元来の種が変化した結果発生したものだとする人類単一起源論であり、他は、人種の違いを個別の起源によるとする人類多元論である。重要なことは、両方の学説において、黒人の人種的劣性が共通に論じられたことである。その中で、単一起源論を支持するイギリスの内科医で人類学者のジェイムズ・プリチャードは『人間の肉体的歴史に関する研究』(一八一三年)において、ヨーロッパ人と「野蛮な部族」の違いは彼らが住んでいる社会の階層によると主張する。

人類は異なった階層に分けられ、高いクラス［の人種］は文明化されたヨーロッパの共同体の、より良い社会的秩序を持つ同じ環境に非常に多く存在する。野蛮な部族はすべてが完全に黒人である。［彼らは］非常に色が黒く、その多くが羊毛状の髪をもつ。[23]

他の人種理論においても、白い肌は文明社会を示すという論調を等しく示し、この事実は黒人をその肌の色によって非文明的であると判断する偏見を助長した。

コールリッジは一七九八年から一七九九年にかけてのゲッティンゲン滞在中ドイツ人の生理学者であり解剖学者のヨハン・フリードリヒ・ブルーメンバッハに出会う。その人柄と著作『人類の自然発生的多様性』（一七七五年）[24]はコールリッジに重要な影響を与える。ブルーメンバッハは彼の単一起源論に従い人類を五つの種類に分ける。即ち、白人種系、モンゴル系、エチオピア系、アメリカ系、そしてマレー系である。彼は人類の起源は白人種系であり、他の人種は気候と環境に従ってエチオピア人とモンゴル人を二対極として白人種から「堕落」していったと定義づける。この学説の影響について、コールリッジはトマス・プールへの手紙において「ブルーメンバッハの講演より楽しいものは思いつくことができません。そして会話においては、彼はまさに一番興味深い人です」[25]と述べその理論に対する共感を暗示している。この理論の最も素朴な有色人種の劣等性をコールリッジは自らの道徳的人間観との葛藤も明らかに示すことなく受け入れたと推測される。したがって奴隷制度の存在をある程度正当化し得るだけではなく奴隷に対する文明的優越性は十分に科学的根拠に基づくという確信を得たと考えられる。

コールリッジの人種観に影響を与えたいま一人はカントである。カントの理論もまた、人種の発展における環境要因の効果について述べたものである。カントの人種理論を明らかにする『人種の違いについて』

(一七七五年)の主要な論点は、気候条件による人種の違いの発生と人種の起源としての白人種の位置付けであり、ブルーメンバッハと変わるところはない。両者の類似は偶然ではない。同工異曲の人種理論は一七七〇年代のドイツにおいてこのほか多数の「理論家」によって広範囲に発表された。この理論以外の発想は十九世紀前半までヨーロッパにおいては見出されていなかったことによる。カントの人種理論はフランスの人類学者、ジョルジュ・ルイ・レクレルク・バッフォン伯の理論を基礎とする。バッフォンは、『自然界の歴史』(一七九四—一八〇四年)[26]において、人類は「物理的、環境的要因に従って変化、もしくは堕落[27]」したと論じる。一八二七年の『テーブルトーク』においてコールリッジが示した人種理論の図式は単純かつ不正確であるにせよ白人優位の人種理論をコールリッジも素朴に受け入れていたことを証明する。

1
Caucasian or European
2 Malay　=2 American
3 Negro　=3 Mongolian=Asiatic[28]

コールリッジが奴隷解放に対してより慎重な態度を取るに至ったいま一つの要因は、奴隷解放がもたらす社会秩序の変化に対する不安である。コールリッジはフランス革命に続く一連の事件を通して、理想主義の崩壊を経験する。フランス革命の大義である自由と平等に対する期待は絶望と恐怖に変化した。コールリッジはフランス革命に対する失望のために一七九〇年代の自身の理想主義的感性を修正せざるを得ない。彼はその仮想の敵に対し、「最大の敵に、私の数少ない書物の中に少しでも無宗教、不道徳、もしくはジャコバン主義に対する傾向のものがあれば見せてみよ」と挑むことで自分のジャコバン派の評判を打ち消そうとした。[29] さらに社会改革運動に対するかつての熱意もみずから批判する(「私の小さな世界はそれ自身の軌道上にその革命の方向を描いたが、私は全体的な渦の一共有者であった[30]」)。さらに、かつての社会的信念を「空気で建てられた城」と呼び、「若い頃の熱意」で出来た気球に過ぎないと続ける。[31] この自己批判は、コールリッジが、社会的秩序の改革という概念から心理的かつ観念的距離を保とうとしていることを示す。彼は社会的階層の底辺で長期間虐げられてきた黒人が解放されることで生じ得る社会的混乱の可能性を恐れた。コールリッジにとって奴隷は基本的には野蛮であり、彼らが自由と平等の概念を獲得した時、文明社会に同化することに困難を感じ反乱などが生じる可能性を懸念していた。この懸念は奴隷のキリスト教化の必要性を主張することとしても表明される。奴隷の文明化は奴隷貿易賛否両論に見られるいわば共通の了解事項である。黒人(奴隷)の文明化即ちキリスト教化の必要性に対する疑念はいかなる人種理論の論点にも奴隷制度反対論にも見出すことはない。この理解はアフリカの伝道活動とヨーロッパの反奴隷貿易運動に共有された「共通の信念[32]」であった。しかしながら伝道活動と反奴隷貿易運動との間には当初は明確な区別が存在したことは事実である。即ち、奴隷貿易廃止主義者は奴隷貿易と奴隷制度組織を停止することに専心したが、伝道師達はそうではなかった。

奴隷貿易廃止運動は奴隷貿易の廃止のみを目的としながら奴隷制度を非難した。伝道社会は奴隷制度を非難しなかった。彼らは奴隷制度を神の神秘的な仕業の明示とみなした。[33]

現実的局面において奴隷貿易廃止主義者と伝道師は、奴隷にキリスト教の枠組みの中で生きる機会を与えることは彼らの利益であることに同意している。実際に多くの奴隷貿易廃止主義者は、イギリス植民地の伝道師として活動したクエーカー教徒やバプティスト教徒等の非国教徒であった。一方、伝道活動に長年反対していたイギリス国教会も最終的に一八一三年にイギリス植民地における奴隷に対するイギリス国教会教義の説教を許可する。イギリス国教会司祭ジェイムズ・ラムゼイは、奴隷制度の正当性に対し異議を唱えながらも、奴隷に対するキリスト教教育の必要性を強調した。特に彼はもしヨーロッパの植民者が「キリスト教の無限の力と完璧な妥当性」を奴隷に教示するならば黒人はより知的になるであろうと論じる。(34) ラムゼイは他方、黒人はその野蛮性を理由として生来奴隷身分が適しているとする奴隷制度擁護論の基本的前提に対しては異議を唱えている。従ってキリスト教伝道による黒人の教化により奴隷問題が解決するという単純な展開ではない。一見矛盾を含む論理の組合せは、十八世紀ヨーロッパの人種理論に影響された奴隷貿易廃止論争にしばしば見られ、少なくとも奴隷制廃止が無謀であるという論理は認められない歴史的変化を証明する。奴隷の文明化の基本的必要性について奴隷制度賛成派のウィリアム・ベックフォード・ジュニアも『ジャマイカにおける黒人の状況に対する意見書』（一七八八年）において、奴隷はキリスト教により教育されるべきであり、この段階において奴隷制度論が改めて問題になり得ることを示唆する。エドマンド・バークは、反奴隷貿易論である「黒人の規準の概要」において、奴隷は「宗教、道徳、そして学問(35)」において文明化されるべきだと主張し、このステップを奴隷制度廃止の必要条件として認める。

コールリッジは、一八〇八年『奴隷貿易廃止に関する歴史』（トマス・クラークスン）の書評において奴隷のキリスト教化に関する観点を明確に示す。(36) コールリッジの基本的姿勢は奴隷貿易の本質的な悪について主張するものであるが、他方でアフリカ人の文明化が重要であるとする。

実力以上に見せる［ヨーロッパ人の］特権は、このような各地の［貿易の］交易所の周りに住みつくようなアフリカ人部族に対しまさに保持されるべきである。より高い名誉は我々の言語を学び、我々の文明の所産の技術を知ったような［アフリカ人の］定住者の個人に与えられるべきである。(37)

アフリカ人はヨーロッパの文明を学ぶべきであるとするこのコールリッジの主張は、彼の最初の奴隷貿易廃止の主張と明白に異なるが、これは非人道的ではないにせよ人種差別主義的思想ではなかった。むしろ伝道主義の力に対する信頼を示したものであるが、この観点はキリスト教を絶対とする意味で限界のある観点である。これは白人の絶対優越性からスタートし同じ論点に帰着するブルーメンバッハ等の人種理論の理論の限界でもあったといえる。

三

コールリッジの奴隷貿易に対する批判は第一に、イギリス国民に不名誉をもたらす「悪徳」としての社会的不正に対する抗議であった。コールリッジはまた宗教的な意味での奴隷制度反対論者であった。即ち、ユニテリアン派教徒としてのその反奴隷貿易の態度は、奴隷貿易廃止を主張する他の宗教的運動とも一致した。クエーカー教徒やユニテリアン派教徒あるいは理神論者は奴隷貿易廃止運動に積極的であった。その理由は、奴隷貿易を社会的悪徳として非難することは十八世紀後半における非国教徒に政治的嘆願の最大の機会を与えたからである。この意味でコールリッジは、彼の反奴隷制度の議論に対する政治的社会的反応と、人道主義的感性によるイギリス人の精神の啓蒙を期待した。しかし奴隷と白人の間の平等確立は非現実的であった。この見通しに対するコールリッジの意識は、十八世紀後半の人道主義の観念的影響から生じたといえる。この時期のイギリス人の精神と彼らの社会を支えていたのは、キリスト教倫理と政治的社会的組織における本質的な秩序感覚であった。奴隷解放法が一八三三年にイギリス議会を通過した時、人間平等に関する問題は再びイギリス国内での議論の中心となる。平等主義に対する理論的な懸念は別として、人々は感情的に、白人と黒人の間の真の平等の実現は現実離れしているばかりでなく望ましくないと感じた。彼らの懸念は多くの理由から成り立っていた。即ち、その大半は、有色人種に対する差別的な人種理論の影響、政治的失策に対する知識、社会改革に潜む矛盾、フランス革命後の幻滅等の再現などである。一七九五年から一八三三年にかけてのコールリッジの奴隷貿易廃止運動に関する態度の変化は基本的にこの懸念と関係すると見ることができる。

イギリスのロマンティシズムは全体的に奴隷制度に関する同様の文学的感性を共有した。即ち、囚われの身と解放の主題である。鬱屈した自由と平等に対する感覚は、文学的主題の抑圧された状況を表現する重要な概念だった。例えば、「四つのゾア」(一八〇四年)におけるウィリアム・ブレイクは奴隷を「製粉所で粉を引く、鎖で繋がれた囚人」と表現する。[38]「囚われの身と自由」[39]の間の葛藤は、その芸術的義務として人間の抑圧された精神の解放を表現することに腐心するロマン派の詩人にとって重要な主題である。即ち詩人の役割は人間を抑圧された状態から自由の精神へと導くことである。シェリーの「解放されたプロメテウス」(一八二〇年)の主題は、人間の奴隷的状態における精神的抑圧と解放の意味を問うものである。エイジアはデモゴーゴンに、奴隷的支配の弁証法的論理について問う。「宣言せよ。誰が彼の主人か。彼もまた奴隷か」[40]と。比喩的であるとないを問わずロマン派文学における基本的人間関係は、男と女、富者と貧者、賢者と愚者、主人と奴隷等の権力関係の緊張を内包する性質を持つ。この緊張関係における絶え間ない葛藤は実際ロマン派文学の主題の創造的エネルギーを支えたものである。

十八世紀後半から、十九世紀初頭にかけてのイギリスの反奴隷制度に関する言説において、奴隷の平等が現実的意味ではほとんど不可能であると証明された時、平等主義観点の限界が明らかになった。奴隷貿易は一八〇七年に廃止されたが、イギリスにおいては社会組織としての奴隷制度は続き一八一〇年以降も反奴隷制度論争を経験する。十六世紀よりイギリス社会は奴隷制度を認め、十八世紀後半の人種理論は人種的差別を認めた。奴隷制度を一方では「必要悪」[41]であると認める観念的弱点については、歴史的社会的に圧倒的に認められた黒人に対する人種偏見を考慮に入れれば特に論じる価値はない。他方、トマス・クラークスンやジョン・ニュートンのような奴隷貿易廃止主義者による黒人の文明化論の主張は、奴隷制度を受容したイギリス社会の妥協的傾向に対抗するものとしてすでに存在したことは認識する必要がある。反奴隷制度論理の道徳的限界は、正確には、観念的欠陥というより歴史的必然であるという他はない。

注

（1）Thomas Paine, *The Rights of Man*, ed. Christopher Bigsby (1915; London: J. M. Dent, 1993) 144.

（2）Seymour Drescher, *Capitalism and Antislavery* (London: Macmillan, 1986) 52.

（3）John Locke, *Two Treatises of Government* (London: n.p., 1690) 242.

（4）William Fox, "An Address to the People of Great Britain" (1791) in Peter J. Kitson and Debbie Lee, gen. eds. *Slavery, Abolition and Emancipation: Writings in the British Romantic Period*, 8 vols. vol. 2: *The Abolition Debate*, ed. Peter J. Kitson (London: Pickering & Chatto, 1999) 162.

（5）「この委員会の十二名の創始者のうち四分の三はクエーカー教徒で成立していた」(Drescher, 62)。

（6）Ernest Marshall Howse, *The Saints in Politics, the Clapham Sect and the Growth of Freedom* (1953; London: Allen and Unwin, 1971) 35.

(7) *The Parliamentary History of England* (London: T. C. Hansard, 1816) vol. 28, 69.

(8) 詳細は *The Parliamentary History of England*, vol. 28, 76-78.

(9) James Walvin, *Black Ivory* (1992; London: Fontana, 1993) 302.

(10) Edmund Burke, “Sketch of the Negro Code” (1792) in vol. 2: *The Abolition Debate*, ed. Peter J. Kitson, 177.

(11) Nicholas Roe, *Wordsworth and Coleridge: The Radical Years* (1988; Oxford: Clarendon, 2003) 83.

(12) Burke, *Reflections on Revolution in France*, ed. Conor Cruise O'brien (Hammondsworth: Penguin, 1986) 126.

(13) William Cobbett, “Summary of Politics” from *Political Register*, vol. 1 (12 June, 1802), in vol. 8: *Theories of Race*, ed. Peter J. Kitson, 268.

(14) Cobbett, “Slave Trade” from *Political Register*, vol. 1 (January–June, 1802) in vol. 2: *The Abolition Debate,* ed. Peter J. Kitson, 376.

(15) *A Very New PAMPHLET indeed! Being the TRUTH addressed to THE PEOPLE AT LARGE containing some strictures on the ENGLISH JACOBINS and THE EVIDENCE OF LORD MCCARTNEY, and others, before the HOUSE OF LORDS, respecting THE SLAVE TRADE* (London: n.p., 1792) 3-4.

(16) S. T. Coleridge, *The Watchman*, ed. Lewis Patton (London: Routledge, 1970) 137.

(17) Coleridge, “On the Slave Trade,” from *The Watchman*, 135.

(18) Coleridge, “On the Slave Trade,” 136.

(19) Coleridge, “France: An Ode,” (1798) *Poetical Works, Poems* (*Reading Text*), Part 1, ed. J. C. C. Mays (New Jersey: Princeton UP, 2001) l. 78.

(20) Coleridge, “Fears in Solitude,” *Poetical Works, Poems* (Reading Text), Part 1, ll. 159-60.

(21) Coleridge, “Fears in Solitude,” ll. 50-54.

(22) Coleridge, *Table Talk*, 2 vols. ed. Carl Woodring (New Jersey: Princeton UP, 1990) vol. 1, 386.

(23) James Cowles Prichard, *Researches into the Physical History of Man* (1813) in vol. 8: *Theories of Race*, ed.

Peter J. Kitson, 290-91.

(24) Johann Friedrich Blumenbach, "On the Natural Variety of Mankind" in *The Anthropological Treatises of Johann Friedrich Blumenbach*, trans. and ed. Thomas Bendyshe (London: The Anthropological Society, Longman, Green, Longman, Roberts & Green, 1865) 一七八一年に出版された第二版において、ブルーメンバッハは人種グループにマレー人種を加えた。第三版は大部分改訂され、「ブルーメンバッハのアンソロジーの完全版である」(vol. 8: *Theories of Race*, ed. Peter J. Kitson, 141)。

(25) Coleridge, *Collected Letters of Samuel Taylor Coleridge*, 2 vols. ed. Earl Leslie Griggs, vol. 1: 1785-1800. vol. 2: 1801-1806 (1956; Oxford: Clarendon, 2000) vol. 1, 494.

(26) George-Louis Leclerc Comte de Buffon, *A Natural History, General and Particular*, trans. W. Smellie 91 vols, 3rd edn. London: n.p., 1791 は一七七一年から一七七四年にかけてドイツ語に翻訳された (vol. 8: *Theories of Race*, ed. Peter J. Kitson, xiv)。

(27) Kitson, ed. vol. 8: *Theories of Race*, xiii.

(28) Coleridge, *Table Talk*, 2 vols. vol. 2, 55 (24th February, 1827).

(29) Coleridge, *The Friend*, 2 vols. ed. Barbara Rooke (London: Routledge, 1969) vol. 2, no. 2, 25.

(30) Coleridge, *The Friend*, vol. 2, no. 11, 146.

(31) Coleridge, *The Friend*, vol. 2, no. 11, 147.

(32) Mary Turner, *Slaves and Missionaries* (1982; Barbados: West Indies UP, 1998) 8.

(33) Turner, 8.

(34) James Ramsay, "An Essay on the Treatment and Conversion of African Slaves in the British Sugar Colonies" (1784), in vol. 2: *The Abolition Debate*, ed. Peter J. Kitson, 31.

(35) Burke, "Sketch of the Negro Code," 185.

(36) *The Edinburgh Review* (Edinburgh: D. Willson, 1808) vol. 12 (April 1808—July 1808) 353-79.

(37) *The Edinburgh Review*, vol. 12 (April 1808–July 1808) 377.

(38) William Blake, *The Complete Poems*, ed. Alicia Ostriker (Hammondsworth: Penguin, 1977) "The Four Zoas" (1804) 36: 9.

(39) Helen Thomas, *Romanticism and Slave Narratives* (Cambridge: Cambridge UP, 2000) 95.

(40) Percy Bysshe Shelley, *Poetical Works*, ed. Thomas Hutchinson (1971; Oxford: Oxford UP, 1991) "Prometheus Unbound" (1820) 2: 4, ll. 108-9.

(41) ブライアン・エドワーズは「自由会議におけるスピーチ」(一七八九年)においてイギリスの奴隷貿易の経済的必要性について論じた(Bryan Edwards, *A Speech delivered at a free Conference between the Honourable the Council and Assembly of Jamaica, held the 19th November, 1789, on the subject of Mr. Wilberforce's Propositions in the House of Commons concerning the Slave Trade* (1789) in vol. 2: *The Abolition Debate*, ed. Peter J. Kitson, 327-47)。

第三部

イェイツの仮面と道徳
——アイルランド独立運動と不動の規範

木原謙一

一

イェイツは「シングの死」と題した一連のエッセイの中で、「行動する人間にとって、文学のスタイルに相当するものは、道徳的要素である」と言う。[1] ここで言うスタイルというのはイェイツの言うところの〈仮面〉と同義である。というのもイェイツは別の箇所でこう言っているからだ——「スタイル、自己、これらは人為的に選択されるものであり、それゆえに仮面である」。[2] 芸術における意図的な身振り、人為的な自己像の提示である〈仮面〉と、人が従うべき行為の原理、あるいは正当な習慣を意味する〈道徳〉という概念は、一般にはあまり結びつかない。しかし、アイルランド独立運動という政治と文学が複雑に交差する激しい時代の動きの中で、独自の思想を構築したイェイツにとって、この二つは、表裏一体不可分の関係にある。道徳が人間の行動の規範であるように、仮面は芸術の美の規範であるからだ。両者は、芸術と現実の生という二つの相における、本質的に同じ不動の原理の異なった表現と考えられていたと見てよい。通常、芸術運動と政治活動や社会活動のような現実的な行動との間には一定の距離がある。しかし、イェイツを中心としたアイルランド文芸復興という文学運動は、一方で、ケルト民族の古い民話、神話に新しいアイルランドの想像的源泉を探る純粋に芸術的な活動でありながら、同時にそれは、民族のアイデンティティの探求という、極めて政治的な緊急の課題とも背中合わせになっていた。イェイツが詩人として世に出ることになったきっかけを作ったのはアイルランド独立運動活動家ジョン・オーリアリ(John O'Leary)であり、その出発点においてすでに、イェイツの文学は政治的な運動と直接に結びついていた。オーリアリとの出会いをきっかけに抱き始めた「アイルランドのために書く」というイェイツの強い信念は最晩年に至るまで揺らいだことがない。イェイツが文学、特に演劇から政治的要素を禁欲的に排除しようとしたのは、芸術至上主義的な観点からではない。それは、そうしなければ、一時代的で皮相的な大衆感情に流されて、時代と国家を超えた普遍的な芸術的価値を喪失してしまう危険性が強く存在したからである。彼が置かれていた政治と芸術の間の共闘と葛藤という緊張関係は、同時代のアイルランド作家にはほぼ共通した課題であったと言えよう。十九世紀末のアイルランドにおいて、文学を目指していた作家志望の若者たちへの青年アイルランド運動の影響は極めて強く、文学は、社会から完全に遊離した仙境の業ではあり得なかった。この時代に「アイルランドのために書く」ということは、意図的に距離を取らなければ、瞬時に扇動的なナショナリズムに飲み込まれてしまう現実的な行為であった。こうした大きな歴史的な動きを背景にして、あらゆる価値を一つの大義名分のもとに同化させてしまう愛国的憎悪に対し、繰り返し警告を発し、自らも時流に流されていないかを常に吟味する必要があった。道徳という言葉をイェイツが用いる場合には、通常の「人の道」というよりも限定されている。それは、「時代に流されない揺るがない行為の規範」であり、特に扇動的なナショナリズムに対する、不動の行動指針を意味している。したがって、イェイツが道徳という言葉を用いるのは、必ずと言ってよいほどアイルランド独立運動について語る文脈の中である。その場合、〈道徳〉は、大衆迎合的な芸術――イェイツの場合、それはリアリズム芸術を意味していることが多いのだが――に対して、揺るがない美の指針として掲げられた〈仮面〉という芸術上の規範と対をなしている。

二

イェイツが道徳的人間として、念頭においていた代表的な人物は、アイルランド独立運動の英雄ジョン・オーリアリ、J・M・シング、そしてレディー・グレゴリーの息子ロバート・グレゴリーである。本稿では、ロバート・グレゴリーを中心にして、イェイツの想定する道徳について考察するが、この概念が独立運動と深く絡んでいることから、まずは直接的に独立運動に関わっていたジョン・オーリアリについて説明することにしたい。

オーリアリは寛大かつ高潔な人であり、イェイツの英雄像の原型である――「美しく気高きもの、それはオーリアリの高貴な顔[3]」。オーリアリは学生の頃から徐々に独立運動に興味を持ち始め、一八四八年、彼の強い愛国心が引き起こした警察との衝突によって数週間投獄された。一八六三年、彼はフェニアン協会の政治機関誌『アイルランド国民』(*The Irish People*)の編集長となり英国打倒の記事を書いていく。一八六五年に逮捕され、懲役二十年の反逆罪の判決を受けるが、国外退去を条件に九年に減刑され、出獄後パリに住み、一八八五年ダブリンに帰ってくる。イェイツは刑期を終えてパリから帰国したばかりのオーリアリに出会い、その人柄に魅了された。彼はトマス・デイヴィス(Thomas Davis)の愛国的な詩集を紹介して、今アイルランドに必要なのは第一級の国民文学だと言った。彼の言葉はまだ若かったイェイツの詩人としての出発点となっている。

一九〇七年のオーリアリの死は、ロマンティックなアイルランドの死を象徴していた。オーリアリは多くのアイルランド独立運動を目指すナショナリストにとって、憂国の士を代表する者として映っていたであろうが、イェイツにあっては、彼のナショナリズムは古代アイルランドの復興を目指すロマン的民族主義として捉えられていた。「一九一三年九月」(“September, 1913”) の中のリフレインで詩人は繰り返す――「ロマンティックなアイルランドは死滅して／オーリアリとともに墓のなか」[4]。イェイツの持っていたオーリアリのイメージは、アイルランド独立運動の活動家というよりもケルト伝説の英雄クフーリンに、より近いものであったのである。現在のIRAの活動に見られるようなテロリズムにつながる復讐的憎悪に満ちたナショナリズムは、少なくともイェイツのオーリアリ像の中には微塵もない。イェイツは言う――「オーリアリがフェニアン運動に加わった時、その運動が成功する望みは持っていなかった。しかし、人々の道徳的性格にとって良いものであると信じていたからこそ参加したのだ」(傍点筆者)。またオーリアリにとっては、「道徳的記憶にとどめられた人間の行為の価値の方が、あるいはその行為において維持される精神の高まりの方が、その行為の直接的結果に勝ると思えたのだ」[5](傍点筆者)とも言う。この場合、オーリアリが道徳的であると言われているのは、彼が祖国独立のための崇高な目的に身を捧げたからではなく、目的によって正当化されずとも、独立運動における行為そのものが、それ自体自己充足的に意味を持っていたからである。このように言われるとき、もう一方の極に、国家的大義名分のもとに、独立運動に身を捧げるという生き方が強く意識されていることは言うまでもない。

イェイツはオーリアリの葬儀には意図的に出席しなかった。政治的なナショナリズムとロマン的祖国愛との間に差異を意識し続けたイェイツにとって、十九世紀末から二十世紀初頭のアイルランドの政治的状況は、そのような区分がもっとも困難な時期であったと言えよう。こうした中にあって、イェイツは詩人としてのポーズとしても過激なナショナリストとの間に、より一層意識的で明確な一線を画そうとしていた。イェイツは「政治的目的から解放された文学は鍋釜から逃れたミューズである」と言い[6]、オーリアリの葬儀への不参列についてはこう言っている――

オーリアリが逝ったとき、私はかつて彼と共に親しく仕事をした仲であったのだが、どうしても葬儀に参列する気になれなかった。というのも、彼が教えたものでも、私が共鳴したものでもないナショナリズムを信奉する人々が、彼の墓のまわりに集うのを見たくはなかったのだ。オーリアリは、その友人ジョン・テイラー同様、ロマン的なアイルランドの民族精神というものに属していた。私もライオネル・ジョンソンもそのロマン的民族精神に依って立ってきたのである。[7]

イェイツは、オーリアリの死で愛国的盛り上がりを見せているアイルランドを後にして、葬儀に参列する代わりに、グレゴリー夫人、ロバート・グレゴリーらと共にラヴェンナへの旅すなわち「ビザンティウムへの旅」に出た。つまり「ビザンティウムへの旅」という身振りは、オーリアリの葬儀参列拒否という身振りと一対になっているのである。イェイツが一九三二年から翌年にかけてのアメリカ講演でオーリアリのことについて準備していた原稿の削除部分には、ビザンティウムという象徴がオーリアリの英雄的な生き方と関連しているということがはっきりと示されてある。イェイツはオーリアリの気高い人生のスタイルについて言及し、続けてこう語る――「そしてスタイルは、それが人生においてであれ、文学においてであれ、過剰、すなわち利便性を超えた、心に響く何かから生まれてくるものだと私は思う。後期の詩では、私はそれをビザンティウムと呼んだ」[8]。イェイツにとってビザンティウムは、歴史上の東ローマ帝国の首都を意味するのではなく、中世初期アイルランドの最盛期の文化を意味しているのだが、このことについては別の所で詳しく述べたので、ここでは繰り返さない[9]。しかし、一言で言うなら、それは、彼の揺るがない芸術的スタイルすなわち〈仮面〉である。オーリアリの葬儀に参列する代わりに、詩人として、揺るがない芸術の規範、すなわちビザンティウムというスタイル（＝仮面）を身につけたことには、動乱の時代に揺るがない人生の規範、すなわち道徳をもってアイルランドの未来に指針を示した恩人の弔いとしての意味がある。

三

イェイツの親しい友人でもあり、後援者でもあったグレゴリー夫人の一人息子ロバート・グレゴリーは、第一次世界大戦の中で、飛行士として英空軍に所属していたが、一九一八年一月二十三日、北部イタリア戦線で戦死した。彼の戦死を悼んで、イェイツは四つの詩を書いた。「羊飼いと山羊飼い」（"Shepherd and Goatherd"）、「報復」（"Reprisals"）、「アイルランドの飛行士、死を予見する」（"An Irish Airman Foresees his Death"）、「ロバート・グレゴリー少佐を偲んで」（"In Memory of Major Robert Gregory"）である。イェイツは、「ロバート・グレゴリー少佐ほど、あらゆる面において完成された人間を知りません」と言っており[10]、「ロバート・グレゴリー少佐を偲んで」においては、十六世紀のルネサンス人サー・フィリップ・シドニーに譬えられている。『オブザーバー』紙に載せた追悼文においてイェイツは言う――

彼は多くの才能をもっていたため、彼が何であるのかわからない友人もいました。画家、古典研究家、絵画と現代文学の研究家、拳闘、馬術、飛行機の操縦にも巧み――戦功十字章とレジオン・ドヌール勲章を授けられました――と実にあらゆる面に優れておりました……[11]。

四つのエレジーのうちロバートの死の直後に書かれた「羊飼いと山羊飼い」と比較するならば[12]、彼の死は親しい者の死という個人的なレベルから、一人の英雄の象徴的な死としての意味を深めているのがわかる。特に国のために身を捧げる愛国的殉死の対極にあるものとして、ロバートの死が捉えられるところに注目したい。国家や大義名分のための自己犠牲としての死ではない、自己充足的な生を完成させるものとしての死である――

わかっている、いつの日か、どこか雲の上で
僕は死ぬことになるだろう
戦う相手を憎んでいるわけではない
守る側を愛しているわけでもない
僕の郷土はキルタータン・クロス
僕の同胞は貧しいキルタータンの人々
どんな最期を迎えても、彼らが損害を受けることはない
以前より幸福になるということもない
戦いを命じるのは、法律でもなければ、義務でもない
役人でも、歓呼する群衆でもない

孤独な歓びの衝動のみが
駆り立てたのだ
この雲間の動乱に
僕はすべてを計った、思いつくすべてを
これからの年月は呼吸の浪費
これまでの年月も呼吸の浪費
もし比べるならば——この生、この死と(13)

公式の記録では、ロバートはイタリア軍のパイロットによって誤って撃ち落とされたが、ここでは彼は劇化され、死を予見し、自らそれを引き受ける英雄として描かれる。おそらくこの詩よりも前に書かれた「報復」では、イギリスによる、アイルランドの独立運動への弾圧に対する憤りが前面に出ているが、本詩ではそのような展開や損害はロバートの生と死とはあたかも無縁であるかのようだ。ロバートはイギリス軍のために戦って戦死したにもかかわらず、英国警備隊らの弾圧によって故郷クール荘園は荒らされる。「報復」では、この点が強調されているのだが、本詩においては、そのイギリスの仕打ちは、生というものが本来的に有する苦悩へと位置づけられ、ロバートは、キルタータンの貧しい農民と生の苦悩を分かち合う同胞となる。孤独な雲間の飛行士であるロバートにとって、アイルランドの内戦も、彼がアイルランドにおいて、いわゆるアングロ・アイリッシュ系の支配階級《アセンダンシー》であるがゆえに、対イギリスとの関係においては複雑な立場にあることも、彼の行為に対して与えられる社会的評価も、完全に超越されている。通常エレジーではめずらしい、死者の一人称語りであり、生きる主体としての「私」が強く意識される形となっている。彼が生の規範とするのは、政治的正義や、法的な義務、アイルランド大衆の歓呼や罵倒など外的状況ではなく、自己の精神的規律、すなわちイェイツがいうところの〈道徳〉である。

ロバート・グレゴリーの自己充足的な生と死の対極には、明らかに一九一六年の復活祭蜂起に参加した人々の生と死が意識されている。この詩が書かれた当時、復活祭蜂起に始まるナショナリズム高揚の最中であり、イェイツは蜂起の中心人物の一人であった詩人パトリック・ピアス (Patrick Pearse) を扇動的ナショナリズムによって行動する象徴的人物と見なすようになっていた。生前から芸術論においても、独立運動に対する考え方においてもイェイツをアセンダンシーの一人として敵とみなすピアスは強く対立していたが、一九一六年復活祭蜂起までは、ピアスは取り立てて言及するまでもない、小さな存在であった。実際のところピアスの方がややヒステリックな調子で一方的にイェイツを攻撃していたのだが、復活祭蜂起において、祖国のために命を投げ出すという彼の英雄的な演出により、その存在は、ケルト神話の英雄クフーリンと結びつけられ、アイルランドを独立に導いた英雄としての不動の地位を獲得する。彼を批判することは民族と国家への裏切り行為のように見なされるようになっていく。一九一六年以降、イェイツがピアスを重要視するようになったのは、個人的な敵意からのものではなく、彼が過激なナショナリズムを象徴する存在であったからであろう。ピアスが復活祭蜂起を目前にして自らの死を予見して書いた、一人称語りの詩のスタイルは、実は「アイルランドの飛行士、死を予見する」に非常によく似ている。

僕は君の裸を見た
ああ、美の中の美よ
そして僕は目を閉じた

失敗を恐れて
……
僕は背を向けた
自ら描いた幻に
そして僕の前のこの道に
顔を向けた

そう僕は顔を向けた
僕の前のこの道に
目にするであろうこの行為に
そして迎えるこの死に[14]

愛する女性に背を向け、祖国救済のために死を選択する決意を詠った「決別」（"Renunciation"）というヒロイックな詩である。二つの詩が「死」（'death'）で終わっているというのは偶然ではあるまい。「呼吸の浪費」という表現も、ピアスのもう一つの代表的な詩「愚か者」（"The Fool"）の中の「私は神が与えたもうた日々を浪費した」というフレーズに呼応しているようである。[15] イェイツはピアスに対する愛国的評価がある程度冷めてきた一九三六年、ラジオ放送で、復活祭蜂起とピアスについて言及した。その際この民族的英雄について何ら明示的な批判を加えることはしなかったが、そうする代わりに、「まともな〈薔薇の木〉を育てるには、我々の赤い血しかない」という有名なピアスの言葉を題材にした詩「薔薇の木」に続けて「アイルランドの飛行士、死を予見する」を朗読した。このことからも、ロバートの死が意識的にピアスの死と対比されていることがわかる。問題は、この二つが同類として対比されているのか、それとも対照的な死として対比されているのかということである。イェイツが国民的英雄であるピアスについて語るときは常に注意深く、比喩的な表現で語るか、詩や劇の中で、意味を限定せずに言及するかどちらかであるので、間接的な表現に秘められたイェイツの痛烈な批判は通常読み取られることはない。しかし、イェイツはただの一度もピアスを称賛したことはないし、注意すれば、「ピアス的なもの」に対する徹底的な攻撃の姿勢は明白である。晩年のイェイツの創作活動は、ピアスの亡霊との戦いだと言っても過言ではない。このことはそれほど重要視されてこなかったが、ピアスの評価を間違えば、イェイツの晩年の多くの作品に込められた怒りを理解できない。ピアスへの怒りは、ピアス個人に向けられたものではなく、アイルランドにおけるすべてのピアス的なもの、すなわち過激な愛国主義とそれに伴う憎悪と精神の不毛性に向けられたものであるからだ。イェイツは放送の中でロバートの死について語り、彼がプロテスタント、アングロ・アイリッシュ（すなわちアセンダンシー）であったということに言及している。ピアスへの言及に続けてロバートのアセンダンシーとしての立場について語ったことの真意は明らかである。独立運動の急進派でカトリック教徒であったピアスは「一九一三年九月」（"September, 1913"）と題するエッセイの中で、イェイツやグレゴリー夫人らを一つのアセンダンシーのグループとして敵視しており、一人ひとりを昆虫に譬えて嘲笑した後に、全体のグループをトンボに譬え、「昆虫の中のトンボは、美しくも恐ろしい存在である。彼らは……動物の中の虎、諸国民の中のイギリス、支配者《アセンダンシー》なのだ」と痛烈に批判した。(16) これはちょうどヒュー・レーン（Hugh Lane）のコレクションをめぐって、イェイツにも「一九一三年九月」人のグループとカトリック中産階級の市民が衝突していた時期である。イェイツやグレゴリー夫

（"September, 1913"）と題する同名の諷刺詩があるが、これはピアスのエッセイよりも後に改題されたものだ。それは芸術にまったく理解を示さないアイルランドのカトリック中産階級の大衆に対する痛烈な批判となっている――「……おまえたちは何が必要なのか／脂ぎった現金箱をまさぐる以外に／小銭に小銭を重ねて／体を震わせ、祈りに祈りを重ねて／ついに骨の髄まで干からびた」[17]。そして各連はすでに述べた「ロマンティックなアイルランドは死に、オーリアリと共に墓の中」というリフレインで結ばれている。つまり、カトリック中産階級を支持層としたピアス的なナショナリズムとオーリアリに代表されるロマンティックなナショナリズムは、イェイツにあっては似て非なるもの、むしろ両極にあるものとして捉えられていることに注意したい。ピアスは母国アイルランドのために、死ぬことが分かっていながら蜂起を決行し殉死した。ロバートは、祖国のために戦うでもなく、「友情のために」むしろアイルランドの敵であるイギリスの軍隊に入隊し、飛行士として戦死した。一方の死は、「崇高」で揺るぎない目的に向けられており、もう一方は、気まぐれで、不確定な目的に基づいている。しかし、イェイツにとっての英雄的行為すなわち道徳的行為とは後者であって、前者ではない。イェイツは言う――

> 我々と、我々が道徳を共有する、いわば誓いによって結ばれた仲間たちは、敗北するかもしれないが、「善」の最終的な勝利を信じる者にとって、我々の不確定性の中により偉大な英雄的行為がある。道徳そのものの中にも……何か気まぐれなものがあるかもしれない。二度勲章を受けた後に死んだ若者は私にこう言った――「僕は友情のために入隊したんですよ[18]」。

「二度勲章を受けた後に死んだ若者」とは言うまでもなくロバート・グレゴリーのことである。「祖国のため」という揺るぎない大義と比較するなら、「友情のために」イギリス軍へ入隊したというロバートの行為は、恣意的であり不確定的であり、生命を賭けた選択としては軽すぎる。詩集『責任』の序としてつけられた二十三行の詩の中に読み込まれている「ビスキー湾で古ぼけた帽子を拾い出そうと甲板から海のなかに飛び込んだ」曾祖父ウィリアム・ミドルトンの行為同様、社会的には何の意味もない。しかし、実は、この「気まぐれ」にこそイェイツの求める生の主体性と、道徳性（＝英雄的スタイル）の根拠が潜んでいる。ピアス的な自己犠牲は、万人が納得する明確な目的に支えられており、その評価はすでに社会的に与えられている。一方、ロバートの行為は、それ自体の無意味性ゆえに、自己内部にその行為の揺るがない規範が求められる。この詩は他のロバート・グレゴリーのエレジーにはあまり主張されていないいくつかの特徴が見られる。すなわち、無目的性、生の歓喜、自己充足性、苦悩を含めた生をそれ自体として引き受ける意志である。ここで、イェイツが一九〇三年からの数年間目を悪くするほど読み込んでいたニーチェの実存主義哲学を思い出す必要があるだろう。本詩において描き出されているロバートの行為はニーチェが『道徳の系譜』で称賛する、〈君主の道徳〉に相当し、それは、存在の過剰からわき起こる歓喜によってのみ突き動かされる――「孤独な歓びの衝動のみが／駆り立てたのだ／この雲間の動乱に」。〈君主の道徳〉は、ある行為の目的ではなく、その行為自体が自己充足的に有する「気高さ」と「卑しさ」によって判断される。一方、ニーチェが言う〈奴隷の道徳〉は、弱者の強者に対する怨恨《ルサンチマン》と憎悪に根を持つがために、それ自体が自己充足的な衝動とはなりえず、何らかの目的に正当化されることで初めて意味を持つ。ニーチェはこの目的依存的、合目的的な価値基準を近代という時代の病根として糾弾する。ピアス的な祖国のために命を投げ出すという明確な目的に支えられた「利他的」な行為は、多くの人の愛国心に強く訴えるものではあるが、イェイツはそれよりも友情のために英国の軍隊に入隊したロバートの自己完結的で自己充足的な選択の中に完全な英雄的悲劇のあり方を読み取る。「不確定性の中により偉大な英雄的行為がある」からである。

イェイツはニーチェ哲学をロバートの死と結びつけることにより、彼の死が無意味である、まさにそのことの中に最高の意味を見いだす。ニーチェ的に言えば、近代精神は、生きる苦悩の拒否から始まり、それを強者への怨恨へと転換し、その〈恨み〉に目的を与えることで最終的には生を無意味化しニヒリズムへと到達したのであるが、イェイツはロバートに、この近代的無神論《ニヒリズム》の系譜を逆行させる。そしてロバートの死を根元的生の意味へと還元するのである。ここで、ピアス的な扇動的ナショナリズムとその合目的的な死との対比関係に注目すれば、これは「一九一三年九月」を引き継ぐ詩として読め、「ロマンティックなアイルランドは死に、オーリアリと共に墓の中」というリフレインが響いてくるはずだ。それはロバートを悼む哀歌ではなく、一方でロバートの英雄的生を讃え、もう一方でアイルランドの精神的な死を嘆く逆説のエレジーとして読めるはずである。

四

イェイツがアイルランドに対して語りかけるときの少々声高なトーン（例えば「ベン・ブルベンの麓」）は不自然な自己劇化と見られることもある。一人の詩人が国と民族の運命について語るという素振りが派手すぎないかという見解も理解できないわけではない。しかし、イェイツが語りかけているのは、人口約五〇〇万人という、国家というよりは、大きな村と言ったほうが妥当なアイルランドであるということを考える必要がある。すでに世界的にも知られていたイェイツの一つひとつの発言は、国を左右するのに十分な力を持っていたということは考慮する必要があるだろう。旧約の預言者が、イスラエルの歴史的苦悩の原因を軍事的弱さに求めず、ユダヤ民族の道徳的退廃に求めたように、イェイツが現代アイルランドの預言者を自負し、アイルランドの敗北の原因をその道徳性の欠如に求め嘆いたとしても、それは決して大げさな身振りではないはずだ。この場合の道徳性の欠如とは、内省的で自己充足的な生の完成を怠ることを意味する。イェイツは言う――

規《ディシプリン》律と劇場感覚とは関係がある。もし我々が、自分自身と異なるものとして自分を想像し、その第二の自己を装うことができなければ、他人から規律を与えられることになるかもしれないが、自分自身にたいして規律を課すことはできない。今ある規範の受動的容認とは区別される能動的美徳はそれゆえに舞台的であり、意識的に演劇的であり、仮面を身につけることである。(19)

アイルランド独立運動のような一民族全体を巻き込むような歴史的瞬間に立ち会った作家には、その時代に指針を示す責任がある。しかし、時代が激しく揺れ動くとき、「現実」を凝視することは困難を極める。ジョイスのように、文学運動の地方的偏狭性を避け、意図的にアイルランドから距離を取り、普遍的な視点から人間存在を極めるのも一つのスタンスであろうが、イェイツはあえて地方的偏狭性に身を置くことを自らの詩人としての〈責任〉として課した。アングロ・アイリッシュという不安定な足場に立ち、愛国的興奮と政治的な憎悪の渦中で、イェイツが人生に対しては〈道徳〉、文学に対しては〈仮面〉という不動の動点、現実の中にあって現実を客体化する視点、生を死の側から凝視する規範を確立しようとしたことには、十分に意味があるだろう。

注

(1) W. B. Yeats, *Autobiographies* (London: Macmillan, 1955) 561.
(2) *Autobiographies*, 461.
(3) W. B. Yeats, *The Poems*, ed. Richard J Finnerran (New York: Scribner, 1997) 309.
(4) *The Poems*, 107.
(5) W. B. Yeats, *Essays and Introductions* (London: Macmillan, 1961) 246-47.
(6) *Evening Telegraph*, 14 Feb. 1907.
(7) *Essays and Introductions*, 246.
(8) Curtis Bradford, "Yeats's Byzantium Poems: A Study of Their Development," *Yeats: A Collection of Critical Essays*, ed. John Unterecker (Englewood Cliffs, N.J.: Prentice-Hall, 1963) 96.
(9) 木原謙一『イェイツと仮面／死のパラドックス』(彩流社、二〇〇一年)第一章参照。
(10) W. B. Yeats, *Later Articles and Reviews: Uncollected Articles, Reviews, and Radio Broadcasts Written after 1900* (New York: Scribner, 2000) 153.
(11) *Later Articles and Reviews*, 153.
(12) 「羊飼いと山羊飼い」は一九一八年三月二十二日、「ロバート・グレゴリー少佐を偲んで」は同年六月十四日に書き上げられた。残りの二つの詩が書かれたのは一九一八年であるということだけがわかっている。
(13) *The Poems*, 135-36.
(14) Patric Pearse, "Renunciation," *Collected Works of Padraic H. Pearse: Plays, Stories, Poems* (Dublin, Cork, Belfast: The Phoenix Publishing, 1917) 324.
(15) Pearse, 334.
(16) Patric Pearse, *Political Writings and Speeches*, eds. Terence Brown and Brendan Kennelly (Dublin and

London: Maunsel & Roberts Limited, 1922) 165-67.

（17） *The Poems*, 107.

（18） W. B. Yeats, *Explorations* (London: Macmillan, 1962) 309.

（19） *Autobiographies*, 469.

カレドニア的相反と労働者の詩
――十九世紀スコットランド文学とデイヴィッドソンのバラッド詩

中島久代

十八世紀のスコットランド文学は、伝承バラッドの蒐集熱とバラッド模倣詩の創作熱の高まり、それに伴うロマンティシズムとゴシシズムの開花を見たが、十九世紀のスコットランド文学は十八世紀の満潮の後の退潮というのが通説である。しかし、十九世紀は実質的に退潮の時代だったのか。スコットランド詩人モーリス・リンゼイ（一九一八－）は、十九世紀の文人たちを「小さな巨人たち」と呼んで評価し、「その呼び名にもっともふさわしいのは、人となりは岩のごとく頑固、スコットランド人的闘志の持ち主ジョン・デイヴィッドソン（一八五七－一九〇九）」と述べている。[1] デイヴィッドソンは版権保持期間が終わった一九六〇年代から再評価が急速に高まった詩人である。以下、近年アイデンティティと意義を完全に確立しつつあるスコットランド文学の「無視された時代[2]」と言われる十九世紀の方向性を異なる二つの視点から検証し、二十世紀スコットランド文学への橋渡しとして貢献したデイヴィッドソンの初期の詩の位置付けについて論じる。

一　「精神分裂」から「カレドニア的相反」へ

スコットランド文学はイギリス文学史が確立して今日まで、主として政治的理由によってイギリスの中の一地方の文学として扱われてきた。しかし、スコットランド自体は一七〇七年にイングランドとの議会の合同がなされるまでは独立した王国であり、スコットランドの人々のアイデンティティは、三百年が経過した現在でもイギリス人ではなくてスコットランド人である。このことは、単なるプライドの矜持でも、なくした過去へのノスタルジーでもなく、現実なのである。異なる言語が生んだ異なる文化と歴史は、イギリス文学として一括りにはできない量と重みを持つ。しかし、スコットランドの大学でスコットランド文学と称する科目が大学のカリキュラムに確立したのは一九七〇年、わずかに約三十年前のことである。地方議会に大幅な決定権が与えられたのはつい数年前の一九九九年であり、これも教育と文学に関わるナショナリズムの復活に拍車をかけている。

エディンバラ大学のケアンズ・クレイグ教授の講義「現代スコットランド小説とスコットランド的想像力」は、この事情を踏まえて、スコットランド文学が抱える課題とその克服のための道しるべを解説した興味深いものであった(3)。クレイグ教授によれば、一九七〇年にグラスゴー大学でスコットランド文学の講座が始まったが、それ以前はスコットランド出身の作家といえばスコットを取り上げるのみであり、しかもスコットはイギリス人作家と認識されていた。また、イギリス史上の重要な法と出来事には先述した英蘇の一七〇七年の議会の合同は触れられず、したがって、スコットランドは存在しなかったに等しかった。スコットランドは文化的歴史も議会もなくしてしまっていたのである。スコットランド文化に与えられる形容詞は「死んでしまった」、「神経過敏の」、「精神分裂の」という類いであった。自国の文化が精神分裂状態に陥りイマジネーションの枯渇が起こったのは、十六世紀にジョン・ノックスが推進したスコットランドの宗教改革によるカルビニズムの支配のためであるという説は、クレイグ教授のみならず、スコットランドの大方の知識人の歴史観である。この自己分裂こそは、十九世紀から現在までのスコットランド小説がさまざまに描いてきたテーマである。自分が誰だか解らない症候群、無意識状態、成長につれて生じるアイデンティティ喪失の危機を描いた作品は、スティーブンソンの『ジーキル博士とハイド氏』（一八八六年）からアラスデア・グレイ（一九三四－　）の『ラナーク』（一九八一年）まで、枚挙にいとまがない。しかし、このアイデンティティをめぐる葛藤の中から、二十世紀初頭に世界に先駆けてヒュー・マクダーミッド（一八九二－一九七八）やミュリエル・スパーク（一九一八－　）などのポストモダニズムの作家たちを輩出したのもスコットランドである。彼らは単なるリアリズムの手法を打ち破り、現実を描写する独自の手法を確立した。実際、詩においては、スコットランドに限らず英詩全般に対してマクダーミッドの果たした貢献は多大である。方言を駆使することで英語では表現できない感情をうたった初期の抒情詩は、言語の実験の時代といわれた二十世紀初頭に新風を巻き起こし、スコティッシュ・ルネサンスを推進する力となった。マクダーミッドは「カレドニア的相反」[4]というスローガンをスコットランドのアイデンティティとして掲げ、詩にうたい、合理性尊重の対極にある相反するものの中にとどまる能力、いわば非合理的性質を逆説的に評価した。「精神分裂」から「カレドニア的相反」へ、スコットランド文学は価値基準をシフトすることによって評価を自ら高めるという歴史を創ったのである。

二　「分裂した人格」の系譜

スコットランド文学を括るキーワード「カレドニア的相反」へと繋がる「分裂した人格」を十九世紀の

斬新な方向性としてアピールしたのはカート・ウィティッグである。ウィティッグ論の特色は作家と創作された人物たちの持つ二面性、あるいは分裂した状況下での葛藤を綿密に分析するところにある[5]。

ウィティッグはスコットランド文人のアウトサイダー性を「分裂した人格」の一因と見る。十九世紀スコットランド文学の退潮の背景にあるものが、産業革命を発端とする未曾有の社会変革であるのは文学史の一致した見地であり、産業化、進歩、発展、解放を背景にしてスコットランド的であることの必要性も欲求も薄れ、文化都市エディンバラが誇る『エディンバラ・レビュー』や『ブラックウッド・マガジン』も同時に衰退傾向を辿った。文人たちはイギリス文学の中のアウトサイダーとしてイングランド文化に組み込まれてゆく。

スコットランドから主としてロンドンに移り住み「イングランド系スコットランド人」として括られる文人たち、トマス・フッド(一七九九―一八四五)、トマス・キャンベル(一七七七―一八四四)、ラドヤード・キプリング(一八六五―一九三六)、ウィリアム・アーチャー(一八五六―一九二四)、フランシス・トムソン(一八五九―一九〇七)らは、ドラマティックな抒情詩、劇的独白、大都会ロンドンを描くゴシシズムの手法によってイギリス的伝統を無視した個性的な作品を残したが、伝統の改革者とは呼ばれず、あくまでも伝統に属さないアウトサイダーと認識されていたことを、ウィティッグは強く主張する。

バイロン(一七八八―一八二四)自身と代表作『ドン・ジュアン』(一八一九―二四年)も然りである。第十カントでドン・ジュアンがうたう「生まれは半ばスコットランド人」という一言は、アウトサイダーの自覚でありスコティッシュ・アイデンティティの表明でもある。ウィティッグは、ドン・ジュアンのみならずバイロン個人の二面性として、他者から孤立し優越感を持つ孤高の性格と、社会の偏見でねじ曲げられてはいるが彼の持つ本来の善良性をクローズアップする。また、T・S・エリオットを借りて、アウトサイダー・バイロンのスコティッシュ・アイデンティティの在り処としての『ドン・ジュアン』の諷刺を、中世スコットランド詩人ウィリアム・ダンバー（一四六〇－一五一四頃）の諷刺精神と、十六世紀にスコットランドで流行した口論詩の伝統に探る。ジェイムズ四世に仕えた修道士であり宮廷詩人のダンバーの「詩人たちへの嘆き」（一五〇七年頃）は、強力な庇護者のもとでルネサンス気運を謳歌する時代にあって、死という容赦ない現実の前にひたすら恐れおののくダンバー自身の懊悩をうたい、衰えた肉体を自嘲し、現世の儚さを嘆く。これがセンチメンタルな抒情詩に終わらないのは、作品の後半に吐く「だから情けは無用」という台詞に見える冷ややかな諷刺にある。

ウィティッグ批評の特徴は、作品批評と人物批評が同じレベルでなされるところにある。この手法は主観的古典批評であろうが、彼の論を貫くナショナリズムの精神は、この混同を許すほどに揺るぎない。トマス・カーライル（一七九五－一八八一）についても然りである。カーライルのブラック・ユーモアは中世スコットランド詩人ジョン・バーバー（一三二〇?－九五）やロバート・ヘンリソン（一四三〇－一五〇〇頃）を継承したスコットランドの伝統であり、ブラック・ユーモアと真反対の人間的優しさに満ちた人柄、あるいは寡黙でありながら作品自体は議論づくめといった特徴に「分裂した人格」を見いだしている。デイヴィッドソンとジェイムズ・トムソン（一八三四－八二）については詩人の境涯と作品を完全にだぶらせ、都会の喧噪の中で自己との闘いの答えを模索する葛藤を「分裂した人格」と呼んでいる。

三　労働者詩人の時代

故郷グラスゴーとその歴史をこよなく愛する詩人エドウィン・モーガン（一九二〇－　）の見る十九世紀スコットランド文学は、ウィティッグのようにキーワードで時代を括ることをせず、混沌を混沌のままに受け入れ、かつ、社会変革の波を頭から被ったマイナーな労働者詩人たちにスコットとホッグからの脱却の過程を見いだす個性的なものである。[6] モーガンによれば、十九世紀スコットランド文学は序列化も分類もできない混沌の様を呈していたが、その原因として、ウィティッグと同じく、社会変革の結果としてのスコットランド文化をリードする人材や優れた批評の不在とエディンバラの文芸誌の衰退、そして文人たちのイングランドへの移住を挙げる。しかし、モーガンがウィティッグと異なるのは、スコットとホッグに一定の評価を与えた上で、なおかつそれは二十世紀へ向かう推進力にならなかったと論じている点である。スコットが得意とする長編物語詩は虚辞、クリシェ、レトリックの接木にすぎず、一行ごとの分析にはとうてい耐えうるものではないが、そのボリュームはストーリーにのめり込む読者には圧倒的な効果を与えるというのは、正鵠を射ていると思う。ホッグはスコットの共同のバラッド採集者であるが、スコットが持ち得なかった点として、「ありのままであること」への自信と、知識人から見れば少しもどかしい、しかしそれが故に魅力的な文体と、スコットと決定的に異なる要素としてのパロディの才能が高く評価されている。これらに加えて、ホッグにはゴシシズムの魅力を指摘したい。モーガンはバラッド詩「ファイフの魔女」（一八一三年）をグロテスクなユーモアを持つ方言詩と述べているが、そのグロテスクさは同じくホッグの「サー・デイヴィッド・グレイム」（一八〇七年）にすでに示されたゴシシズムと同質のものである。さらに、バイロンについてもウィティッグと同じ高い称賛を与えているが、スコットやホッグの伝統を継ぐ素質として、文体の性急さと無頓着さを挙げているのは愉快である。特に『ドン・ジュアン』の持つ脱線、トーンの変化、博覧強記こそスコットランド人であることの証明のようなものという口調には、「分裂した人格」あるいは「カレドニア的相反」の変奏が聞き取れる。

この前段を踏まえてモーガンの主張するポイントは、産業化と都市化の波に飲まれた荒廃の都市グラスゴーが輩出した今では無名の詩人たちこそ、十九世紀スコットランド文学を特色付け、二十世紀へと繋いだ存在であるという論にある。アレクサンダー・スミス（一八三〇―六七）は産業化によって変貌する都市のロマンチックかつモダニズム的な描写で記憶される詩人である。「グラスゴー」（一八五七年）は、グラスゴーの街を汚れた労働者たちが朝には満ち、夜には引く海に喩え、自身をその海の波として語る。

グラスゴーよ　わたしこそおまえの本当の息子
羊の鳴き声ものどかな
　朝日輝くところに住むのは無縁
さらさら流れる小川の散策も無縁
子ども時代の記憶には
　静かな谷も無縁
海鳴りとどろく海辺にかえて　わたしが聞くのは
通りを歩く人の満ち引き

疲れた波のように　うす汚れた労働者が
裏路地の嘆きのねぐらへと引いてゆく
　朝日が昇れば
労働者の波はまた溢れだし
弱々しい嘆きの声を長々と響かせて

夜にはまた　消えてゆく
日ごと夜ごとに　引いては満ちる嘆きの海
その波こそわたしなのだ　(九－二四)[7]

喪失したものを偲び、海の持つ抒情性を利用した嘆きの調子はアーノルドの「ドーヴァーの浜辺」(一八六七年)に似たロマンティシズムを喚起する。あるいは、同時代のジェイムズ・トムソンの「恐ろしき夜の都府」(一八七〇－七四年)の描く都市のゴシシズムを予感させる。ロマンティックな詩の題材はもはやロマンティックな自然や恋愛や人間ではない。およそロマンティシズムとはかけ離れた、産業化され、汚れ、人間の悲しみを吸って成長するモンスターとしての都市が逆説的にロマンティシズムを喚起する手法は、モダニズムの先駆と言ってよい。

無名の女性作家の果たした役割は、十九世紀の再評価とフェミニズム批評の隆盛によってスコットランド文学でもクローズアップされる傾向にあるが、ジャネット・ハミルトン(一七九五－一八七三)はそのような再評価される詩人のひとりである。工業都市ラナークに一生を送った靴屋の娘は、独学でミルトンなどの詩を学び、自由主義の信奉者であった。「われらの居場所」は田舎が都市化されてゆく様をスコットランド方言できびきびと描写している。出だしの部分を引用するが、方言を生かすため原語での引用をお許し願いたい。

A Hunner funnels bleezin', reekin',
Coal an' ironstane charrin', smeeking';

Navvies, miners, keepers, fillers,
　Peddlers, rollers, iron millers;
　　Reestit, reekit, ragged laddies,
Firemen, enginemen and Paddies;
Boatmen, banksmen, rough an' rattlin',
'Bout the wecht wi' colliers battlin',
Sweatin', swearin', fechtin', drinkin'...　(一–九)(8)

彼らマイナー詩人たちの上に、トムソンとデイヴィッドソンの花が咲く。トムソンの「恐ろしき夜の都府」もデイヴィッドソンの多くのバラッド詩も産業化社会の中の庶民の生活と葛藤を描き、自ら精神を病んだ代償にエリオットの注目を得たのである。(9)

モーガンの十九世紀論は、デイヴィッドソンのスコットランド的な粗野な性質の持つ斬新なパワーをヴィクトリア朝後期の文壇にもたらした貢献で締めくくられる。しかし、その荒々しいパワーこそは、時の大詩人イェイツには認めがたいものであった。イェイツはデイヴィッドソンのパワーを「藁が燃えるような暴力的なエネルギー、芸術には不必要なもの(10)」とあざ笑った。しかし、モダニズムの先駆としてのデイヴィッドソンの荒々しさは、イェイツの作品にも影響を与えたのである。

四　「ライマーズ・クラブ」が生んだもの

ライマーズ・クラブを舞台にしたイェイツとの確執は、デイヴィッドソンを語るには欠かせない。この時代、スコットランドのみならずアイルランドその他の地方から成功と名声を求めてロンドンに文人たちがたむろし、悲喜こもごものドラマを生んだのは文学史が伝える通りである。デイヴィッドソンはロンドンで詩人として身をたてるべくスコットランドを後にし、一八九〇年、最も著名な文人たちの社交クラブ、ライマーズ・クラブに参入した。元々はイェイツを中心としたロンドンに住むアイルランド出身の文人たちの作品披露と批評の場であり、イェイツの言う設立の趣旨は「純粋な相互批評のため」であった。[11] 祖国への郷愁が多分に混じったこのケルトの集団内に漂っていた、イェイツを含めた若さゆえのナルシシズムに次第に共感できなくなったことと、デイヴィッドソンがイェイツの詩劇『キャスリーン伯爵夫人』（一八九二年）に寄せた書評が気に入らなかったことをきっかけに、イェイツとデイヴィッドソンの確執は始まった。そのさなかにも、イェイツの共同編集者として『ウイークリー・レビュー』の編集に携わるが、この仕事は評価されず、デイヴィッドソンに失敗者の烙印を押す結果となった。

イェイツの標榜するケルト的黎明とデイヴィッドソンの荒々しいスコットランド人的気骨との確執が続く中、他方でイェイツはデイヴィッドソンの初の本格的な詩集『ミュージック・ホールで』（一八九一年）と『フリート街牧歌』（一九八三年）を「成功か失敗かは別として、時代の興味深い徴候であり、当代の生活と詩の極めて洗練された反応である」[12] と評価してもいる。伝統に縛られず、時代の生活と新しいテーマをうたうデイヴィッドソンのモダニズムを、イェイツは正しく見抜いていた。大詩人として生涯を終えたイェイツだが、「学童に交りて」（一九二六年）や「ビザンティンへの船旅」（一九二七年）やトム老人のシリーズで示した若さへの執着とそれを超越するための老いの狂気が示す頑なさは、デイヴィッドソンに対しては最後まで同じであった。一九三六年に編纂した『オックスフォード版現代詩集』にはデイヴィッドソンの作品は採録されていないが、その理由は「彼の詩は記憶に残っていないから」[13] というものであった。ひとりの詩人の頑なさがもうひとりの詩人の評価を死後五十年後まで延期させることになった。
イェイツのデイヴィッドソンへの態度は愛憎半ばするといった類いであり、その曖昧さを暴露する作品が「ビザンティンへの船旅」である。ケオプスことエジプト第四王朝のクフ王をうたったデイヴィッドソンの「ケオプス」（一八九一年）と、この作品を並べてみると、イェイツの表現や言葉遣いがかなりデイヴィッドソンに近いことが明らかになる。

「ケオプス」

すぐさま獣か鳥になろう
　今一度　人間の姿になるよりはましだから
魂は肉の中に埋没し
　強さも輝きも与えられはしないから　（二七―三〇）

　人間は　労働と睡眠の二つの死にあくせくし
時たま　生命を手にしては
　食らい　笑い　交わり　息つくひまもない
生きて死ぬうち　ひとつの世代は過ぎてゆく
　そして少しは考える――　そう　すばらしいことだ
個々の生命を尊くする

　世代という連続
これこそは　生命が続く現実から夢想された
永遠不滅の蜃気楼を　はるかに見遣る　（四六－五四）[14]

「ビザンティンへの船旅」

あの国は老人の居場所ではない
若者がお互いの腕の中で　鳥が木々の間で
――このやがて死ぬべきものどもが――歌をうたっているような場所
鮭ののぼる滝　鯖の群れなす海
魚も　獣も　鳥も　夏を盛りと讃えるのは
孕まれ　生まれ　死んでゆくもの　（一－六）

一度自然を出たからには
自然の素材で身体を創ることはすまい
ギリシャの細工師が仕上げた
金箔と金エナメルがけの細工物となり
皇帝の居眠りを覚すのだ　（二五－二九）[15]

ケオプスが語る人間というフレームの超越は、ビザンティンへ行こうとする老人の有限の世界からの脱出と酷似しており、両者とも日々の生活の営みを空しいものと片付ける。イェイツの作品の激しい調子、細工物の金の鳥を目指す自己矛盾、若さと生命への呪いは十分に個性的であるが、この類似がイェイツが嫌っていたスコットランド的荒々しさからの影響であるとすれば、一九三六年の時点でデイヴィッドソンの詩が記憶に残っていなかったという言葉は、逆にそれらがいかに意識下に強く存在していたかを語っている。

五　十九世紀のバラッド詩人たち

ウィティッグもモーガンも言及しなかった十九世紀のもうひとつの方向性は、この時代のバラッド模倣詩の隆盛である。英蘇を問わず、この時代には大量のバラッドの模倣詩が創作された。その背景や意義は他の機会に譲るとして、ここでは十九世紀のスコットランド詩人たちのバラッド詩を概観したい。彼らの模倣と逸脱が示すバラッドへのこだわりが、スコティッシュ・アイデンティティの一端を示すと思うからである。

アウトサイダーとして言及された詩人たちから始めよう。キャンベルの「ユーリン卿の娘」（一八〇九年）は、「ヤローの丘」などの複数の伝承バラッドのモチーフを縦横無尽に利用して、結婚を反対されて家を出るヒロインが行く手を急流に阻まれて溺死する悲劇をうたったもの。キャンベルの伝承バラッドの豊富な知識を示すとともに、個人が創作したバラッド特有のセンチメンタリズムが全面に打ち出されている。ホッグの「メアリーの亡霊」（一八二七年）は、伝承の「ウィリアムの亡霊」のパロディである。死んだ恋人の亡霊が枕元に現れるという内容をホッグは同時代の医学の発達と絡めて、ヒロインのメアリーの墓が暴かれ、遺体はばらばらにされて医師の手に渡った悲劇をうたう。パロディ化はそもそも伝承文学がもつ自発的批判能力であるが、フッドはその力を意図的に使ってパロディを強烈に敷衍した。キプリングは、これらの詩人よりももっと明確にスコットランドの伝統を意識したバラッド詩を書いている。「正直者トマスの最後の歌」（一八九三年）は伝承バラッド「うたびとトマス」からモチーフと人物を借りた作品であるが、実はトマスとは十三世紀のスコットランドに実在したと言われる予言者・詩人であり、中世ロマンスから現代にいたるまで、さまざまな形のトマス譚が残されている。「アーセルドウンのトマス」という中世ロマンスは、トマスが肉感的な妖精の女王の虜となる場面が圧巻である。スコットは「うたびとトマス」第三部（一八〇二―三年）において、圧倒的な威力を持つトマスの予言と彼がこの世を去るストーリーを描く。キーツは「つれなき麗しの美女」（一八一九年）において、妖精の女王の虜となった騎士に永遠の懊悩を語らせる。後にもふれるが、デイヴィッドソンの「うたびとトマス」（一八九一年）は、トマスがスコットランド王アレグザンダー三世の死を天変地異で予言するゴシック詩である。このようなトマスの系譜をキプリングは継承し、トマスに爵位を与えようとやってきた王が、トマスから真の人間性を諭されるストーリーを書いている。キプリングの創作したトマスは、王の与える財産には目もくれず、反対に、トマスの奏でるハープと歌は、昔の恋人、若い頃の希望、生命力に満ちていた時代を王に思い出させる。トマス像はキプリングに至って人間の奢りを諫め世俗の価値を否定する批判者となる。バイロンの「アルバのオスカー」（一八〇六年）は伝承の「二人の姉妹」や「二人の兄弟」にうたわれる兄弟姉妹殺しをテーマにしたものであり、スコットランド人気質としての脱線、トーンの変化、博覧強記とは異なるスコットランド文化の素朴な継承を示している。

もうひとり、十九世紀のバラッド詩人としてジョン・ライデン（一七七五―一八一一）がいる。「妖精の騎士」（一八〇一年）は妖精による呪詛とそこからの解放のテーマを伝承バラッド「タム・リン」に借りているが、ライデンの特徴は、十九世紀の他のバラッド詩に先駆けて心理描写を細密におこなっているところにある。この作品はM・G・ルイス編纂の『驚異の物語』（一八〇一年）におさめられており、ルイスがドイツから輸入したゴシック・ホラー・バラッドの傾向を端的に示している。

十九世紀後半から二十世紀にかけてもスコットランド詩人によるバラッド詩の系譜は継続する。アンドルー・ラング（一八四四―一九一二）の「死の橋」（一八七二年）は近親相姦のトーンに重ねて死者となった兄と妹がダンスする唐突さと状況説明の省略がゴシシズムを盛り上げている。トマスの系譜の最後は、キーツの鎧の騎士の百年後を描くエドウィン・ミュア（一八八七―一九五九）の「魅入られた騎士」（一九三七年）である。鎧は錆び、追憶にひたって横たわる騎士の傍らでは兵隊が通り過ぎ、農民は額に汗して働いている。百年の錆にまみれ忘却と格闘する鎧の騎士は、時と場所を超越し、現代人への呪詛ともなっている。

十九世紀は、無視された実り少ない時代ではない。十八世紀にスコットやホッグによってもたらされたスコットランド文学の満ち潮は、彼らが収集した伝承バラッドを模倣したバラッド詩の創作という形で継承された。バラッドは「分裂した人格」のみを示すのでもなく、労働者の詩に限定されるのでもなく、継承されたものは何かという視点から時代を見る貴重なツールなのである。

六　スコティッシュ・アイデンティティのカタログ――デイヴィッドソンのバラッド詩

デイヴィッドソンのバラッド詩が十九世紀スコットランド文学の方向性を総合的に体現していることをいくつかの作品から示して、本稿のまとめとする。

性的暴力をうたったと誤解されかねない初期の詩「アリス」（一八九一年）は、ヒロインのアリスがあわや暴漢に襲われるところを彼女の恋人によって救出され、ふたりはめでたく結ばれるという単純な物語だが、バラッド・スタンザに加えて、娘を象徴する純白と暴漢の異教徒の黒、ロマンスと暴力、あるいは自然描写と性的描写などの鮮やかなコントラストの技法と唐突な場面転換が、伝承からの素朴な模倣を示している。森の中で危機に瀕したアリスが美しい花と表現されるくだりは、デイヴィッドソンがたびたび主張する自然との肉体的合一をさりげなく示す。

欲情に顔青ざめて黙りこくり　異教徒たちは女の服を引き裂いた
　女は神に感謝した　長い髪があってよかったと
覆うものない白い裸体で　森の中に女は立った
　その様は　森に咲いた一輪の花　（一三―一六）

しかし、この詩の面白さは後半での伝承のパロディ化にある。このストーリーはアリスの危機一髪までを微に入り細に入り描写するが、これは「ロード・ランダル」や「エドワード」のダイアローグ形式の模倣である。ゆるやかな進行は真実暴露の結末で鮮烈なショックを与えるかわりに、まるでストリップショーのような効果を生む。しかも結末で明らかになるのは、アリスと恋人の目的は結局肉体の合一であったというバセティックなもの。形式と効果をパロディ化した遊びなのである。

「吟遊詩人」（一八九一年）も、ブロードサイド・バラッドの口上を取り入れ、素朴な自然描写と市場の喧噪のコントラスト、孤高の吟遊詩人と市井の庶民のコントラストを明快に描いたバラッド詩である。ここでのテーマは、市井の人々の虚栄を戒め、人間の真実を語ったために誰からも顧みられない孤高のヒーロー、アウトサイダーの誇りを描くことにある。生活に忙しい人間たちが集う市場で、世の中の退廃をうたう吟遊詩人に与えられるのは、称賛ではなく冷たい無視であった。

詩人はコートの襟をたて
喧噪の市場を後にした
曲芸師は人々をひきつけ
香具師はペニー硬貨の雨を浴び
免罪符売りは金で天国を叩き売る
市場の人間どもは　売りとばされてしまったのだ　（七五―八〇）

アウトサイダーというテーマは「うたびとトマス」でも繰り返される。スコットランド王の死を嵐としてトマスは予言したが、王の婚礼の当日、宴会から帰宅する伯爵は「これが嵐の日だって！／空にたなびく雲は／ふかふかのシルバーグレイ／鳥と見まごうこともなく／帆船はノルウェーへ」（七―一二）と予言がはずれたことを揶揄する。ところが、トマスが宴会に現れた亡霊と、これまでの天変地異を見なかったのかと語るその最中に、王が落馬したとの知らせが届く。軽蔑を露にしていた伯爵の顔色は一変し、「世継ぎは海の向こうで　まだ赤子／本当に　嵐に見舞われてしまった！」と叫んで物語は終わる。

都会に生きる貧しい労働者を誇り高きアウトサイダーとして描くのは「一週間で三十ボブ」（一八九四年）である。十九世紀の常套とも言える劇的独白のスタイルで語るのは、朝暗いうちから夜遅くまで土竜のように働いて得る週給三十シリングで、旅行鞄のサイズの部屋にタオル縫いの内職をする妻と幼い子どもたちを養う労働者である。置かれた窮状をモノローグで淡々と語りながら、しかし貧しい暮らしを託つでもなく窮状の責任を社会に転嫁するでもなく、語り手が語る核心は試練に立ち向かう勇気と自己分析と冷静な現実認識にある。スコットランド文学では、バーンズやマクダーミッドを代表として、酔いの仮面は現世から異次元へ飛翔する手段として使われるが、デイヴィッドソンの労働者はその伝統を拒み、素面のまままで運命と対峙する。

　ご覧の通り　週給三十ボブの店員で
でも　これが運命とはこれっぽっちも思っちゃいないんで
　星めぐりが悪いとか　運勢に裏切られたとかじゃないんです
上に立つのは　何かの力が働いたから
　下積みに甘んじるのも　悪い力が働いたまでのことでしょう
旦那　苦しいことにも向かってゆきます　野良犬じゃありません
　失敗したと思ってないから　おれを幸運と思ってくださいよ　（六―一二）

週に三十シリングで生きることとは、酒に溺れて自暴自棄にならなければ、人を自己分析へと向かわせるのだ。語り手は、自分の中の二面性、凶暴な悪魔と若気の至りで結婚したお人好しぶりを認識する。少し長い引用になるが、率直な語りに耳を傾けたい。

　妻と子を
入ったら出てゆく三十ボブで養うのは

　太鼓と笛にあわせて踊ることじゃありません
酒を飲むんじゃないのなら　誓って　考えようってもんです
　そして　人生の不思議に気付くんです

自分の心に分け入って出会うのは
　小声でうたう全能の悪魔
そいつは通りで　叫んだり口笛吹いたり
　通行人を　壁にぺったり押しつぶす
もし世界が　手に入るくらいのケーキなら
　そいつは　もっともっと平らげてしまうでしょう

でももうひとり　お人好しとも出会います
　そいつには　人生とはいつもひどい目に遭うこと
週給三十ボブで　嫁さんをもらおうと
　恋に落ちて　十代ではや女房持ち
三十ボブでこつこつやって　でもそれは運命じゃない
　海は鉢より深いってことくらい　わかってますから　（三八—五五）

悪魔が示す勇気とお人好しの弱さの矛盾、「分裂した人格」を成り立たせているのは週給三十シリングの現実であり、語り手はこの相反を自らの人生として引き受ける。

バラッドの様式の模倣、パロディ化、アウトサイダー的人物の創造、労働と庶民生活の活写、カレドニア的相反。こういったスコットランド文学の気質が、まるでカタログのように、デイヴィッドソンのバラッド詩にはちりばめられている。

注

（1）Maurice Lindsay, ed., “Introduction”, *John Davidson: A Selection of his Poems* (London: Hutchinson, 1961) 12.

（2）Douglas Gifford, et als., eds., *Scottish Literature: In English and Scots* (Edinburgh: Edinburgh UP, 2002) ii.

（3）Cairns Craig, “The Contemporary Scottish Novel and National Imagination” (Scottish Universities International Summer School, Univ. of Edinburgh, Aug. 1, 2002).

（4）Sir Thomas Norwich がこの言葉を最初に使い、マクダーミッドが踏襲した。G. G. Smith, *Scottish Literature: Character and Influence* (London: Macmillan, 1919) 1-4 参照。

（5）Kurt Wittig の論については *The Scottish Tradition in Literature* (1958; Edinburgh: Mercat, 1978) Chap. 8 “Backwash: The Nineteenth Century” 参照。

（6）Edwin Morgan の論については “Scottish Poetry in the Nineteenth Century”, *The History of Scottish Literature,* vol. 3; *Nineteenth Century*, ed. Douglas Gifford (Aberdeen: Aberdeen UP, 1988) 337-51 参照。

（7）作品の引用は *The Poetry of Scotland: Gaelic, Scots and English 1380-1980*, ed. Roderick Watson (Edinburgh: Edinburgh UP, 1995) による。

（8） 作品の引用は Janet Hamilton, "Oor Location", *The Gateway to Monklands*, www.monklands.com, March 31, 2004〈http://www.monklands.com/index.php〉による。

（9） T. S. Eliot, "Preface", *John Davidson: Selection of his Poems* 参照。

（10） Morgan, 349.

（11） W. B. Yeats, "The Rhymer's Club" (*Boston Pilot*, 23 Apr. 1892), cited in John Sloan, *John Davidson: First of the Moderns: A Literary Biography* (Oxford: Oxford UP, 1995) 58.

（12） Yeats, "The Rhymer's Club", cited in Sloan, 77.

（13） Yeats, *Autobiographies* (London: Macmillan, 1955) 318.

（14） デイヴィッドソンの作品の引用は Andrew Turnbull, ed., *The Poems of John Davidson*, 2 vols. (Edinburgh: Scottish Academic Press, 1973) による。

（15） 作品の引用は *W. B. Yeats: Collected Poems*, ed., Augustine Martin (1989; London: Vintage, 1992) による。

遺伝する病めるモラルと『一族再会』

山崎美穂子

エリオットがヴィヴィアン・ヘイウッドと知り合い、早急な結婚に踏み切った一九一五年頃、まだ病理や器質、性質、遺伝といったものが混在していて、ヴィヴィアンの母ローズは、娘が「背徳症」(moral insanity) を受け継いでいるのではないかと心配していた。[1]「背徳症」とは、J・C・プリチャードによって一八三五年に提唱された概念で、「自然な感情、情動、傾向、気質、習慣、道徳的素質、および自然な衝動の病的な倒錯にあり、知性ないしは認識と判断の能力のめだった障害や欠陥を伴わない、ことに精神病的な錯覚や幻覚を伴うことのない、狂気である」とされたが、後年、精神病質や犯罪性と結びつけて論じられるようになった。[2] ドナルド・J・チルズによれば、二十世紀初頭の優生学者たちは、「背徳症」の概念について、善と悪の区別をつける通常の能力を欠く自制心を働かせることのできない障害であり、遺伝的特質であるという論議を展開していた。[3] 精神障害女性の出産を遺伝的見地から問題視する当時の社会意識の広がる中、一九一三年には、イギリスで精神障害者の強制収容と性的隔離を容認した精神病法

(Mental Deficiency Act) が成立している。[4] そのためローズは、ヴィヴィアンがエリオットと出会う数ヵ月前に、一度は夫チャールズ・ヘイウッド氏から結婚への同意が与えられていたにもかかわらず、チャールズ・バックルと娘との婚約を解消させており、弟のモーリスは、母親がヴィヴィアンの「背徳症」を非常に気に病んでいたと述懐している。[5]

エリオット自身も先天性の二重ヘルニアを患っていたが、一九一五年オックスフォード大学に留学中、進化論や遺伝、突然変異、メンデルの法則についての講義を受けており、遺伝や進化論に強い関心を寄せていたようで、[6] 彼の描く粗野で類人猿にも譬えられるスウィーニー像は、外見的にもそしておそらくモラルの点でも退化の表象であると思われる。そしてまた「背徳症」が善悪の認識の欠落であるという言説は、エリオットが「ボードレール」（一九三〇年）で述べた次の一節を思い起こさせる。「我々が人間であるかぎり、我々がなすことは善であるか、悪であるか、そのどちらかでなければならない。我々は善、あるいは悪をなすからこそ、人間なのである。逆説的には、何もしないよりも、悪事をはたらく方がましなのだ。そうすることで少なくとも我々は存在している」。[7] 善悪の認識によって人間が人間たり得るというエリオットの見解からすると、「背徳症」は人間としての存在そのものを危うくするもので、'insanity' という言葉が示唆しているように、精神の病として憂慮されるべき問題であったであろう。本稿では、精神の病とモラルの問題が分かち難く結びついている『一族再会』をとりあげ、精神の病と遺伝との関連性について論じていく。

エリオットは『一族再会』を執筆するにあたって、イプセンの劇作にヒントを得ていたようであるが、[8] 特に『幽霊』とは、様々な点で興味深い相似点がある。『幽霊』では、息子オスヴァルが立派な慈善家として亡くなった父の記念像の除幕式に立ち会うために久しぶりに故郷に帰ってくるが、母親との再会によって意外な事実を知らされる。過去の父は母親の存在を顧みず、結婚後も放蕩を繰り返し、梅毒を病んでおり、その結果、息子オスヴァルは先天性の進行麻痺の脅威にさらされている。進行麻痺とは、梅毒スピロヘータが脳内に進入していき、様々な精神病の症状を引き起こし、最終的には人格全体が麻痺性痴呆に陥っていくというものである。[9] 父の行状を知らなかったオスヴァルは、医者から「親の罪は子が償いをさせられる」[10] と揶揄され、昂然と反駁するが、実のところは父の負の遺産を継承していた。彼には以前から麻痺を伴う精神異常の自覚症状があり、過去の醜聞を聞かされた後は、それが遺伝性の病によるものであると考えるようになる。そして、発症すれば廃人になってしまうという恐怖をずっと抱えていたオスヴァルは、母親にモルヒネでの安楽死を懇願する。劇は、異常を来したオスヴァルを前に、母親が苦悶する場面で幕が下りる。「親の罪は子が償いをさせられる」という言説は、聖書において「父祖は罪を犯したが、今は亡く／その咎をわたしたちが負わされている」（哀歌五章七）のように原罪以来、繰り返し表されるもので、皮肉として医者によって発せられているが、オスヴァルの哀れな行く末を的確に集約してもいる。

一方、『一族再会』においても、この言葉は、精神の病とそれまで触れられることのなかった「スキャンダル」（*CPP* 319）との関係を理解する手がかりとなる。この『一族再会』では、息子ハリーが母親エイミーの誕生日を機に、長らく離れていたウィッシュウッドに帰郷するが、一年前船上から妻が姿を消してしまったことで、自らが妻を船の甲板から突き落としたという考えにとりつかれている。ハリーは八年前、母親の反対を押し切って結婚し、故郷を離れたが、そのときから精神の変調を来し、外界との離脱感、および精神的麻痺と自己からの遊離の状態を経験してきた。妻の死後は、さらに自己の統一感を失い、感情の平板化が進み、行いに対する恐れもなく、ただ行為の繰り返しだけを感じていたという（*CPP* 330-31）。帰郷すればもとの状態に戻れるとハリーは期待していたが、彼を待ちかまえたのは得体の知れぬ「幽霊」

と、忘れていた少年時代の記憶であった。記憶をたどることで、彼は伏せられていた母と父の不和の原因を探ることになる。叔母のアガサは、ハリーの父も過去にその妻を殺害しようとしたが、アガサが止めたことでハリーが生まれたのだと明かす。その後、ハリーは一族の愛憎の中で育ち、妻から逃れるために殺害を思いつくが、それは過去に父が実行しようとして思い止まったそのまさに同じ行為であった。父から息子へと奇妙に受け継がれた殺害への思念をもたらした狂気から逃れるには、「幽霊」と見えた「天使」を追わなければならないとして、ハリーは再び故郷を離れるが、母親は生きる気力を失いこの世を去る。

父の残したハリーの精神への影響は、彼の幼いころまで遡ることができる。父親の不在によって、母親の関心はすべて息子たちに向けられるようになり、その結果、彼は幼くして母親に対して不合理な罪悪感や、挫折感を感じるようになる。

ハリー「……すべてのことにいつも母が引き合いに出されてきた。僕たちが子供で、まだ学校に通う前、何かを行う際の規則は単に母を喜ばせることだった。悪い行いはただ母につらく当たることだった。母を苦しめることは何でも間違っていて、母を幸せにすることは何でもよいことだった。だけどそれほど幸せだったこともなかった、と記憶しています。それで、何かをやる前から、もう失敗してしまったかのように僕たちはみんな感じていた。学校が休みになって帰ってきても、それは休暇じゃなくて、学期中の短い休みを除いてずっと会えなかった期間を母に埋め合わせする時間になっていた。そうやって僕たちと会うことは母をもっと不幸にしているだけのように見えたし、僕たちはよけいに罪の意識を味わった。……母は決して僕たちを罰したりしなかったけど、罪悪感を抱かせた。家庭で当然のことだとされていることは、教わることよりも子供にずっと強い印象を与えるのではないかと思うのです。(11)」

ハリーの抱いていた罪の意識は、帰郷するまで忘れ去られていたものだが、外界との断絶感、疎外感から抜け出し、もとの自分を取り戻そうとして過去を思い出すごとに、次第に明らかになってゆく。単純化された子供時代の思い出は架空のもので、そこでは母との息の詰まるような束縛の生活の記憶がハリーを待ち受けていた。母親を喜ばせることが、モラルの基準となっていた少年時代の経験は、ハリーが述べているように彼の人生に多大な影響を及ぼしており、父の不在も相まって、幼年期に形成されるであろう、基盤となる精神的なよりどころを欠いたままであったと考えられる。生前父から故意に遠ざけられ、別居した父の異国の地での死の知らせに勝ち誇った様子をみせる家の者たちに、感受性の強かったハリー少年は恐怖を覚え、すべての物事に母や周囲の人間の思惑を感じ取り、子供らしく自由を楽しむこともできずに成長する。やがて母の反対するような女性を妻にして八年前に家を離れているが、それは、母や周囲の人間があらかじめ設定した筋書きを嫌い、「罠」(*CPP* 319)から逃げ出し、自由を得るためであったはずである。

だが、侍従のダウニングによると、ハリーの妻は彼を片時も独りにしておこうとせず、常に目を離すことがなかった。妻との結婚がハリーにとってもう一つの束縛された生活にすぎなかったというのは、前述の彼の逃避の意図とは反している。それでは、なぜ「落ち着きのない、ぞっとする厚化粧の亡霊」(*CPP* 290)と母親によって評されるような女性とハリーは結婚し、世界中をあてもなく彷徨う旅を続けたのであろうか。その理由の一つは、その結婚自体が母から、そして過去の罪悪感からの逃避の手段であって、その先の見通しなど持ってはいなかったためである。自分を、母親から、親族から遠ざけ、ウィッシュウッドを離れる口実を与えてくれる女性との結婚を、ある意味で利用したということであろう。

しかし、この選択が彼の自由を再び奪い、その存在自体が厭わしいものになってしまったことは、皮肉以上のことを内包している。彼は、家を離れてから、常に何者かに見張られている気配を感じ、新しい生活を心おきなく楽しむことはなかった。そして、妻も母と同じく、自分を縛り付け、支配しようとする相手であったということは、逆説的ではあるが、母の支配から真に逃れようとしたというより、その支配から逃れようと画策したことに対して、無意識のうちに罪悪感を抱き、少年時代と変わらず、自ら罰として、同じようなもしくはそれ以上の拘束と苦痛を与える状況に自分を追いやったと考えられる。

そのような精神的圧迫を感じていた矢先、妻の突然の死という衝撃的な形で、ハリーの自由への願いは達成される。だが、妻の死を望むというモラルに反した欲望が叶えられることによって、さらに精神の均衡を失い、自分が妻を突き落としたという考えを生むことで、自らに罰を与えていると考えることができる。近親者の殺人を暗示する復讐の女神（エウメニデス）の存在や妻を突き落としたというハリー自身の告白は、彼の有罪を証明しているように見える。だが、彼の行為に対する現実感の欠如や心的苦痛を考慮すれば、この彼にとりついている考えは、強迫的想念であり、強迫性障害といった精神疾患にその原因を求めることも可能であろう。実際ハリーの言動には、強迫性障害によく見られる「汚れ」や「黴菌」に対する恐怖、および洗浄行為への言及が繰り返し現れており、「誰かを殺してしまった」といった受け容れがたい暴力的な行動を考えてしまう強迫的想念もまたこの病の特徴なのである。[12] よって、ハリーの経験してきた心的苦痛は、彼が後半「狂った精神」'insane mind'（*CPP* 334）と呼んでいるように、特定することは難しいにしても、何らかの精神疾患であり、エリオット自身が経験したような長期におよぶ精神的ストレスによって、精神の統合性、自律性を失う中で生み出された、理解しがたい奇怪な幻影としての「幽霊」がその本質であるとするのは、妥当であるように思われる。

だが、実態のない彼の幻覚であると思われた「幽霊」は、アガサ、メアリー、ダウニングという三人の他の劇中の人物たちにも認知されている。よって、その「幽霊」が全くの個人の病による幻覚であるとすることには不合理が生じてくる。舞台上に「幽霊」とされていた何者かが、復讐の女神として登場することで、ハリーの行く先々で潜んでいた「幽霊」を、単なる彼の幻想ではなく、共有すべき表象として捉えられなければならない状況が生まれるのである。となると、この復讐の女神の存在が、ハリーの無意識の内の罪悪感が生み出した幻覚以上の何を意味しているのかが問題となってくるが、厳密な意味でのギリシャ悲劇での血縁者の殺害ということに収斂させるのは難しい。よく引き合いに出される『オレステイア』三部作では、夫を殺したクリュタイメストラは女神からの制裁を受けることがないが、その母を父アガメムノンの仇として殺害した息子のオレステスは、気が狂ったまま、復讐の女神に追い立てられている。たとえ劇の終盤にハリーが家を出ることを決意したことが、エイミーの死を早めることになっているとしても、復讐の女神が舞台上に現れるのは、それよりも前のことであるし、その存在はウィッシュウッドに戻るずっと以前からダウニングに確認されており、ハリーにも感じ取られていたものである。ならば、復讐の女神の意義についてはより緩やかな枠組みで考えられるべきであろう。その際、復讐の女神が舞台上に現れた直後、同じ場所に進みより、無意識のうちに独白を行うアガサの台詞は、復讐の女神の誕生の経緯を知る手がかりになると考えられる。

アガサ「呪いは子供のようなもの、決められた月の相に従って、偶然の寝所で、ニワトコの木の下で、無意識のうちに生を受ける。呪いは子供のようなもの、形作られて実を結ぶ。無知の群れの中では偶然がはかりごとであり、はかりごとは偶然である。ああ、私の子供、私の呪い、汝は叶えられることになるであろう。」（CPP 336-37）

アガサはハリーにとって幼いときから心の平穏を与えてくれる人物であった（CPP 296）が、三十五年前エイミーの夫との出会いによって、情熱的なひとときを経験し、それ以降精神的苦悩を内部に抱えている。アガサはハリーの父親と心を通わすが、そのときエイミーはハリーを身籠っており、父親は自由になるために、その子供ともどもエイミーを殺害しようと思いつく。アガサにはその生まれる子供が自分の子供のように感じられ、父親を説得して妻殺しを思い止まらせているが、結局彼女はハリーの父親もその子供も手に入れることはできなかった。『オレステイア』で、クリュタイメストラが、その娘を犠牲にした夫に復讐を行い、オレステスに報いを受けた恨みを復讐の女神として残したように、ハリーの父親も、わが子と感じた赤子も得ることのなかった彼女の狂おしい想念が、無意識のうちに呪いとなり、復讐の女神を生み出したと考えることができる。

一方、劇の後半、ハリーは復讐の女神を、自分を精神的危機に追いつめるものとしてではなく、その行く先を導く「天使」（CPP 339）として認識するようになる。『オレステイア』において、復讐の女神が、アテナの取り成しで慈みの女神に変化していくように、『一族再会』では、ハリーが過去を知る過程で、復讐の女神に対してその認識を改めていくことになる。この女神の登場は、彼の心的変化を劇的に表現することを可能にしており、また一部の限られた人物のみが共感によって捉えることのできる心象として、常人では理解しがたい人間の精神の奥底を示唆するものとなっている。

ハリーは、ウィッシュウッドで現実感と落ち着きを少しずつ取り戻していくが、その治癒の方法を、自らを他者に語ることに見いだしているように思われる。他者とは共有できない苦しみがあるとして、帰郷当初は誰と話をするのも厭わしいという態度をハリーはとっていたが、過去の記憶や見えなかった「幽霊」を他者と共有していくことで、次第に外界とのつながりを取り戻していく。

ハリー「今なら僕が幽霊との闘いで傷を負っていたのがわかる。人間によるものじゃない、人は僕と同様に力を持っていない。実在すると思っていたものは幻で、現実は人目に付かない亡霊と思っていたものだった。この恐ろしい狂った精神の奥底よ。今僕は人前で生きていける。自由とは牢獄とは違った苦しみなのだ。」（*CPP* 334）

この他者との「語り」という方法には、精神分析にみられる治療者と患者といった関係性がみえてくるが、かつてエリオットをヴィヴィアンに紹介したセイヤー姉弟は、フロイトの治療を受けている。(13) エリオットも『荒地』執筆中、精神科医の治療を受けており、その精神の回復にあたり、他者との対話の必要性をよく知っていて、そのことがここにも反映されているのではないだろうか。

劇の終わりでも、ハリーが本当に妻を突き落としたのかどうかについては、はっきりとは明らかにされない。ハリーの登場間もなく語られた衝撃的な告白は、後半「おそらくただ彼女を突き落としたと空想していただけなんだ」（*CPP* 333）と調子を変え、曖昧になっていく。ただ、アガサが「あなたが償おうとしているのが、何の罪なのか、誰の罪なのか、また何故なのかわかっていなかったかもしれない。……あなたは不幸な一族の意識なのかもしれない」（*CPP* 333）と述べているように、彼の罪悪感は、ハリーの達成された欲望に対してだけ向けられるものではなく、他の、おそらく父親の実行されなかった妻殺しの謀《はかりごと》や、父が原因となったアガサや母の遺恨を含むものであるとされている。アガサの子供を持ちたいという欲望は、エイミーによって代わりに果たされたように、父親の妻の死への願望は、ハリーを通して達成されている。その不幸な連鎖を断ち切るために、ハリーはウィッシュウッドを去るが、その道程の先に呪いの浄化が示唆されて（*CPP* 350）、劇は幕を閉じる。

『一族再会』において、ハリーの精神的苦痛は、精神の病における症状を多岐にわたって反映しているが、エリオットは個人の病という狭義の意ではなく、困難であるけれども他者とも共有することのできる可能性を持った精神的苦痛として、象徴的な意味で用いている。呪いや、復讐の女神といった超自然的要素も、その象徴性を高める効果を上げている。劇中でハリーを治癒する立場に置かれるのは、エイミーの主治医のウォーバートンといった医者ではなく、精神の苦悩に感応する周囲の人間であり、人知を超えた力の存在である。父から息子へと受け継がれた病めるモラルは、その妻の死を願うが、その後さらなる精神的苦しみをもたらした。その苦痛から逃れることをやめ、その根本の原因を幼年期の記憶まで遡り、治癒への道を進むというのはまさに精神分析の手法であるが、そこにはエリオット自身の苦痛への理解を求める身振りが示されているようでもある。ヴィヴィアンの精神病院収容は一九三八年七月に行われたが、[14]それより数ヵ月前に『一族再会』の原稿が書かれ、大幅に改訂された後、一九三九年三月に上演された。[15]劇の終盤でハリーは、それしか方法がないとして突如出立を決意するが、年老いた母を意気消沈させ、生きる希望を失わせている。そして、アガサの「縁を絶つしかない」（*CPP* 337）という言葉の中に、エリオットの精神の回復への断固とした意志とともに、遺伝するとされた病めるモラルへの暗い展望が反響しているように思われるのである。

注

（1）Peter Ackroyd, *T. S. Eliot: A Life*（New York: Simon and Schuster, 1984）62.

（2）『精神医学大事典』（講談社、一九八四年）六九五。

（3）Donald J. Childs, *Modernism and Eugenics: Woolf, Eliot, Yeats, and the Culture of Degeneration*（Cambridge: Cambridge UP, 2001）102.

（4）Childs, 6.

（5）Carole Seymour-Jones, *Painted Shadow: The Life of Vivienne Eliot*（2001; London: Constable and Robinson, 2002）19-20.

（6）後に、エリオットは優生学の論説にも親しんでいたという。Robert Crawford, *The Savage and the City in the Work of T. S. Eliot*（1987; Oxford: Clarendon, 1990）68 および Childs, 76 を参照のこと。

（7）T. S. Eliot, *Selected Essays*, 3rd ed.（London: Faber, 1951）429.

（8）Ackroyd, 244.

（9）松本雅彦『精神病理学とは何だろうか』増補改訂版（星和書店、一九九六年）五六―五七。

（10）イプセン『幽霊』（岩波文庫、一九九六年）一〇四。

（11）Eliot, *The Complete Poems and Plays*（London: Faber, 1969）317-18. 以下、*CPP* と記して、本文中に頁数を示す。

（12）*Diagnostic and Statistical Manual of Mental Disorders*, 4th ed.（Washington, DC: American Psychiatric Association, 1994）417-23.

（13）Seymour-Jones, 403.

（14）Seymour-Jones, 557-58.

（15）Ackroyd, 244-45.

ウィリアム・モリスにおける道徳観についての一考察

虹林　慶

一

ウィリアム・モリス（William Morris）の現在の通俗的評価は主として工芸美術家、あるいは社会主義者としてのものではないだろうか。モリス・パターンと呼ばれる有名なカーテンや壁紙の模様は今だ商品価値を失っておらず、高級インテリアショップでは必ずと言ってよいほど複製等を販売している。実際、工芸美術史上、モリスは「アーツ・アンド・クラフツ運動」（Arts and Crafts Movement）の旗手としてしばしば言及されているし、モリスが設立において中心的役割を果たしたモリス・マーシャル・フォークナー商会という会社は大衆の工芸趣味に大きな影響を与えた。(1)さらには前ラファエル派運動に関与し、バーン＝ジョーンズ（Edward Burne-Jones）、ダンテ・ガブリエル・ロセッティ（Dante Gabriel Rossetti）らと親交を結んだ人物として想起されることもあるだろう。モリスの妻、ジェーン・バーデンはロセッティの作品を始めとして、前ラファエル派のアイコンとなっている。

社会主義者としてのモリスの評価はどうであろうか。モリスが公的に社会主義者となったのは一八八三年に社会民主連盟（Social Democratic Federation）に加入してからと言える。当時の社会主義思想はいわゆる「空想的社会主義」であって、マルクスを読んでいたモリスと雖もその影響はまぬがれていない。モリスは社会主義擁護の論文、パンフレット、講演などを多く発表している。しかし、現在モリスが社会主義者として認知されているのは、主に最大の散文作品『ユートピアだより』（*News from Nowhere*, 1891）によってではないだろうか。この作品は英文学史において必ず言及されているが、しばしば「社会主義宣伝」の作品と紹介されている。理想の未来社会を描いた物語は、まさに「空想的社会主義」を体現したものになっていると言えるのかもしれない。

しかし文学者としてのモリスは現在、ほとんど正当な評価を受けていないように思える。先の『ユートピアだより』を除いては、モリスの詩や散文を書店で目にすることはないようだ。[2] 英文学史を扱った書籍においても詩や散文は言及されていないか、されていても参考程度である。あからさまに「失敗」と断言しているものさえある。しかし、モリスが最もエネルギーを注いだものの一つは明らかに詩と散文の執筆であって、それは工芸や社会思想の活動に妨げられることなく続いた。当時、モリスの詩に対する評価は高く、テニスンが一八九二年に没した際には、桂冠詩人の職を打診されたほどである。同時代の技巧派詩人スウィンバーン（Algernon Charles Swinburne）もモリスの長編詩を絶賛している。

ただ、モリスの散文ロマンスは総じて不評であった。[3] 例外を除いて、当時の雑誌での批評もあくまでファンタジーとしてのものであり、正統な文学的評価を与えていない。基本的にこの評価は現在まで変わっていないように思われる。[4] 実際に筆者はイギリスの（モリスの専門以外の）英文学者達と近年（二〇〇四年）話しをしたが、モリスのロマンスを読んでいる人は殆どいなかった。

以上のような現在の状況を踏まえた上で、この小論ではモリス文学の再評価を試みたい。モリスの工芸美術家、社会主義思想家としての評価はすでに確立している。文学者としての評価がそれに劣らぬものであることを示すための一つの足がかりと考えたい。さらに、モリス文学の真骨頂は生前に高い評価を受けていた詩ではなく、むしろ後期のロマンスにあることを検証する。また、その特質がモリスの道徳的感覚にあることを、詩とロマンスを比較分析することで考察する。加えて、詩からロマンスへと到るモリスの文学形式の変遷は文学的理想を表現において託す必然的プロセスであったことを示したい。

二

文学者としてのモリスのキャリアは極めて多彩であると同時に、ドラマティックに二つに大別して見ることができる。一八五〇年代から六〇年代にかけての活動は主に詩人としてのものであり、まず、『ギネヴィアの抗弁』（*The Defence of Guenevere and Other Poems*, 1858）を発表。さらに、『イアソンの生涯』（*The Life and Death of Jason*, 1867）、『地上の楽園』（*The Earthly Paradise*, 1868-70）を著した。これが大きく一つ目の活動時期である。

もう一つの活動時期との間に特筆すべき事項がある。それは、六〇年代後半から七〇年代にかけての北欧、とくにアイスランド文学への傾倒である。一八六八年、モリスはアイスランド言語学者マグナソン（Eiríkr Magnússon）と知り合い、同年アイスランド・サーガの共訳を開始。一八七一年にアイスランドに渡航する（一八七三年に再び渡航）。このアイスランドへの興味は、『グレッティス・サーガ』（*Grettis Saga: The Story of Grettir the Strong*, 1869）（共訳）、『ヴォルサング・サーガ』（*Völsung Saga*, 1870）（共訳）、『三つの北欧恋愛物語』（*Three Northern Love Stories* (1875)（共訳）、『ヴォルサング家のジグルド』（*Sigurd the Völsung*, 1876)（創作）などとなって結実する。

この北欧神話へのただならぬ興味を境にモリスの文学的興味は社会主義への傾倒とも相まって後半の活動時期に大きく方向転換する。社会主義についてのパンフレットや論文が多く執筆される一方で、ロマンスが創作されるようになる。[5]『山々の麓』（*The Roots of the Mountains*, 1890）、『輝ける平原の物語』（*The Story of the Glittering Plain*, 1890）、『世界のかなたの森』（*The Wood beyond the World*, 1894）、『チャイルド・クリストファー』（*Child Christopher*, 1895）、『世界のはての泉』（*The Well at the World's End*, 1896）、『不思議の島々の湖』（*The Water of the Wondrous Isles*, 1897）、と続き、晩年に創作された『サンダリング・フラッド』（*The Sundering Flood*, 1898）で終わる。この一連の執筆活動を「おとぎ話を書いた」という一言で終わらせることができるであろうか。

モリスの文学形式の変遷で明らかに分かることは、詩からロマンスへと到る過程で北欧神話が大きく影響していることである。[6]また社会主義運動への参加も転換期に含まれている。多くの批評家は創作対象の変遷と社会主義への傾倒との相関関係を指摘している。確かに前ラファエル主義的な詩と『ユートピアだより』を比較するなら、それは正しい指摘と言えるだろう。それと同時にロマンスを詩からの「後退」として捉える批評も存在する。モリスは文学的成長を詩からロマンスへの転換において果たせなかったのだろうか。詩とロマンスについて分析を行い、それぞれの特徴を捉えることで検証してみたい。

三

モリスの詩作品で最も評判が高いのは、意外にも最初の作品である『ギネヴィアの抗弁』である。ここではまず、本のタイトルにもなっている詩、「ギネヴィアの抗弁」を取り上げる。アーサー王伝説からモチーフを取ったこの作品は、処刑されようとしているギネヴィアが自己弁護をする場面を描いている。非常に興味深いのは、不貞の妻であるギネヴィアに対するモリスの姿勢である。

モリスのギネヴィアの「抗弁」は、決して倫理的根拠に基づいたものではない。ギネヴィアは初めから大きな焦点であるランスロットとの不義を否定するつもりはなく、むしろランスロットとの恋愛関係を積極的に肯定している。ギネヴィアが抗弁する必要があるのは、サー・ガウェインのギネヴィアについての誤った報告についてなのである。従って、ギネヴィアは本来議論されるべき不義密通から別のものへと巧妙に議論をすり替えているのである。ギネヴィアの独白は極めて現代的な個人的主観に基づき、自分の感情面の真実とサー・ガウェインの表面的倫理観とを対比し、後者を偽り者と弾劾するのである。そしてどこまでも感情に素直に、救出に現れるランスロットに歓喜の表情を浮かべるのである。(7)

ここでのギネヴィアの道徳的感覚とはどのようなものであろうか。あるいは、モリスが伝えようとしている、ドラマティックな瞬間は芸術的にどのように理解できるのか。なにより強調されるのは、処刑場に立ち尽くし、涙のうちに熱弁をふるうギネヴィアの姿である。三角関係の倫理問題などとは無関係に思いのたけを雄弁に語るギネヴィアの美しい姿をモリスは描こうとしているのだ。

Though still she stood right up, and never shrunk,
But spoke on bravely, glorious lady fair!(8)
彼女はまっすぐに立ち、決してひるむことなく、
勇敢にもしゃべり続けた。美しくも燦然たる貴婦人よ！

ギネヴィアの自己弁護は理不尽極まりないにもかかわらず、その動作と表情の美しさとそれを描くのに巧みに用いられた、淀みなく続くテルツァ・リーマ（*terza rima*）風の韻律と相まって、読むものを不思議と納得させる力を持っている。このような語りの妙には、ブラウニングの影響（劇的独白）を考えることができるであろうし、また耽美主義的な要素は仲間であったロセッティの詩を想起させる。いずれにせよ「ギネヴィアの抗弁」における感覚は多分に唯美主義的あるいは芸術至上主義的と言える。

このような感覚は前ラファエル派に深く関与したモリスの詩には当たり前と思えるかもしれない。しかしながら、一方でアーサー王伝説がテニスンにとって重要なモチーフであったことを考慮に入れると意義深い。テニスンは『王の牧歌』全一二巻（*Idylls of the King*, 1859-70）においてアーサー王伝説を全面的に用い、愛国心高揚の詩を書いた。保守的で禁欲的（あるいは王党派の、国家主義的）なテニスンに対して、モリスは現代的かつ官能的である。堅苦しく説教がましいテニスンの調子に対して、モリスはあたかも倫理観を無視したかのような感さえある。(9) 一つには政治的思想から、モリスの詩が全体主義的傾向とは反対の個人主義的傾向を有していたことが挙げられる。もう一つは、当世の詩風を牛耳っていたテニスンへの懐疑心もあったであろう。モリスがテニスンの詩を批判し、それをテニスンが許さなかったことは有名な話である。

『ギネヴィアの抗弁』には美的場面の描写に集中し、道徳的判断を停止せざるをえない詩が他にもある。「金の翼」（"Golden Wings"）や「洪水の中の干し草」（"The Haystack in the Floods"）などがその代表的なものである。後者においては繰り広げられる残虐な行為とヒロイン、ジャンヌの儚げで不敵な矛盾に満ちた姿とのコントラストが非常に際立っている。ヒロインは敵の妾となることを甘んずるより、死を覚悟で自己のアイデンティティ確保を重視する。その結果、恋人の死と自身の処刑とを決定させてしまう。その際に浮かべるヒロインの皮肉な笑みは、凄まじくも美しいものとして描かれる。

She shook her head and gazed awhile
At her cold hands with a rueful smile,
As though this thing had made her mad.[10]
彼女は頭を振ってしばらく自分の冷たい手を
悲しげな微笑を浮かべ、眺めていた。
あたかもこれが彼女の気を触れさせてしまったかのように。

ヒロインのニヒリスティックな諦観とも言うべき言行は、ロセッティの「祝福された乙女」（“The Blessed Damozel”）などを凌ぐ残忍さを呈している。

このようなモリスの詩における芸術至上主義的な傾向は、作者自身のマニフェストにおいても窺い知ることができる。有名な『地上の楽園』への「序文」（“Apology”）では、詩を完全に社会的政治的な影響力から切り離し、「なぐさめ」として提供することをはっきりと述べている。[11]この言説を文字通り、モリスの厭世観として取るかどうかの問題は別としても、作者が意識する『地上の楽園』の役割は自ずと芸術至上主義的なものと判じられる。プロローグとして書かれた物語詩「さまようものたち」（“The Wanderers”）の力点は、「地上の楽園」への憧憬が人工的「楽園」の出現を通して、いかに落胆と悲嘆に変化するかといった、内的世界に置かれている。語り手の様々な体験における、喜怒哀楽と心象風景はモノローグという芸術形式と同一化している。楽園探しは寓意ではなく、そのものが芸術的意味を有している。そして読者は語り手の追憶の中に耽り、追体験をするのだ。モリス最大の詩を『地上の楽園』とするならば、それは実に象徴的にモリスの詩作態度を集約したものと言えるだろう。

四

ロマンス作品の特徴としては、(一) 擬古体で書かれている、(二) 中世もしくは中世的世界を背景としている、(三) 冒険および恋物語である、(四) 空想的要素を持っていることが多い、(五) ある王国（あるいはコミュニティ）の危機と繁栄を描く、などが挙げられる。一言で言うなら、モリスにとっての理想社会とそれを実現するための過程が理想的主人公達によって理想的背景において展開される物語と言ってもよいかも知れない。ロマンス作品はこのように一見ファンタジーとしての要素をすべて持っているため、前述の後退論を肯定しているように見えるかもしれない。

なぜモリスはロマンスを書き、小説を書かなかったのか。この形式についての問題はこの場で議論することは不可能である。しかし、次の点だけを確認しておきたい。まず、ロマンスのスタイルが擬古的で、舞台背景が中世風であることから、自ら理想と考えた中世に対するオマージュであったこと（同じようにモリスは、ケルムスコット・プレスの設立と装飾本の出版で中世文化に敬意を表している）が考えられる。次にモリスは意図的に小説という形式を避けていたように思える。例えばジョージ・エリオットの小説に対して、モリスは尊敬を払いこそすれ、距離を置いていた。ここに歴然とモリスの考える文学の役割とエリオットによる実践とに差異が推察されるのではないか。そう考えると、モリスのロマンス執筆は極めて戦略的なものだと解釈することができる。すなわち、小説を書かずにロマンスを書いたのは、モリス流の時代に対するプロテストではないか。モリスは意識的に時代に逆行するようなスタイルやジャンル、さらには形式やテーマを選んだことが窺える。単に「逃避的傾向」という言葉に集約できない、モリスなりの文学上の反骨精神と信念とがロマンスには息づいている。

先に挙げたロマンスに見られる共通した特徴の、(三)冒険および恋物語である、(四)空想的要素、についてもう少し分析すると以下のようなことが分かる。一、ヒーローは必ず封建社会の長となる定めである。二、冒険終了後、ヒーローはほぼ必ず故郷に戻る。三、ヒロインはヒーローの冒険達成に重要な役割を果たす。四、コミュニティの発展や改善がもたらされる。五、空想的要素は副次的なものであって、登場人物たちの成長やプロットに決定的な影響を与えるものではない。これらの特徴は伝統保持、自己実現、社会改革、自律性などの観念にまとめられるかもしれない。そして不可避的にモリスの社会主義的思想(伝統建築の保存、個人主義、社会主義政治など)を想起させるといえるだろう。いずれにせよ、舞台設定やプロットにおいてロマンスが一つのパターンを有していることは明らかである。

ロマンスの共通点は物語の構造だけにとどまらない。登場人物も相互に類似しており、殆ど同一人物のヴァリエーションとして見ることができるほどである。例えば『世界の果ての泉』のヒーロー、ラルフと『世界のかなたの森』のヒーロー、ウォルターの行動原理(冒険への憧憬と理想の愛の追求)と忍耐強くも悠長な性格とはほぼ同様と言える。またこの二人とヒロイン達(のちの妻)との関係も酷似しており、つねに女性からの助けを(プロット上必然的にだけでなく、積極的に)必要としている。強さと弱さの両面において互いに類似しているのである。このように、モリスのロマンスは舞台設定、プロット、登場人物の性格付けにおいて同一の原型(archetype)を有しているといえるのではないだろうか。さらに言えば、モリスのロマンスにおける目的の一つは、この「原型」を呈示することではないだろうか。その原型とは何か。

その原型は、一つには因果律とは言えないだろうか。モリスのロマンスのプロットは冒険譚と恋物語である。そしてこのプロットとヒーロー（ヒロイン）の性格付けは深く結びついている。因果応報とも積善余慶とも言える、言動と結末との一致が見られる。すべてのロマンスはハッピーエンドで終わり、ヒーローの冒険は成功し、ヒロインとの恋愛は成就し、ヒーローは理想的封建社会を築きあげる。端的に言えば、ある「原型」を体現するキャラクターの活躍する物語だから幸福な結末にならざるを得ない、とモリスは主張しているようにさえ見える。つまりモリスは人間の道徳的行為と現象とが不可避に結びついている世界を描写しているのだ。これは複雑な人間模様を多彩に表現することを可能とした小説が隆盛を誇っていた時代に、非常に奇異で稀有なことだといえる。エリオットやハーディーの例を挙げるまでもなく、現象界と心理界の乖離がはっきりと文学上認識されている時代に、モリスのロマンスは前時代的な特徴を有しているとさえ言えるかもしれない。さらに寓話的とも見えるし、ファンタジー文学と定義される特徴を持っていると言えるかもしれない。[12] しかし、寓話でないと言えるのは、ヒーローやヒロインは最初からある「原型」を有しているのではなくて、彼らの成長がそれを形成するからである。また、ファンタジー文学よりも広がりを持っているのは、その形成においてモリスの深い思想が反映されているからである。

ヒーロー達の成長は冒険によって完成する。それは象徴的に「欠けているもの」の探求である。例えば、『世界のかなたの森』への冒険については、女専制君主が君臨する魔法の世界が焦点ではなく、ウォルターが不貞の妻の代わりに真の配偶者を得ることが意義深いことなのだ。同じように、『世界のはての泉』においても、不老不死の泉への探求はいわば象徴的なもので、ラルフがウルスラ (Ursula) という理想の相手を発見していく過程が重要なのである。[13] そしていずれも男女間の恋愛関係を核として平等かつ友好的な人間関係を構築することで、最終的には冒険の結実として理想的封建社会を確立する。このように冒険について言えることは、一、魔法や超自然的要素はほとんど重要ではないこと、二、冒険という英雄的行為と同等かそれ以上に恋愛成就がヒーローの成長にとって重要であること、三、理想的封建社会は以上のような成長を遂げた人間が個人主義的な友好関係を持って臨む際に成立すること、などである。テキストのなかにあらわれるキーワードはまさにloveとfellowshipであって、モリスの社会主義的思想がある程度反映されていると言えよう。ロマンスのヒーロー（ヒロイン）は愛と仲間意識の発展を体現している「原型」であり、その物語自体も理想社会が形成される過程を表した「原型」と言えるのかも知れない。

このような、個人的恋愛関係の完成が社会的調和を生み出すという考え方は極めてロマン主義的なものと言える。ロマン主義時代の文学は個人の感受性の拡大と共有が理想社会を創出すると説いた。(14)またモリスが自己確立と完成において恋愛成就を補完的力として強調している点は、プラトン的な理想恋愛の効果を想起させる。さらにそのような人格的完成者が理想政治を行うという点についても、プラトンの「哲人王」を連想させる。このように個人が社会形成に決定的な影響を与えるという主張は、非常にロマン主義的であるといえると同時に、ある一つの問題を投げかけている。それは個人主義と社会主義との整合性である。モリスのロマンスの世界ではすべてがヒーロー（ヒロイン）個人の判断にまかされており、その道徳的判断が社会の発展を左右している。確かにヒーロー（ヒロイン）は「原型」としてのキャラクターであるが、同時に極めて恣意性の高い、自律的行動原理にも拠っているのである。(15)

五

たとえロマンスの世界が或る「原型」に属しているとしても、自己実現は特にその道徳面において、恣意的な社会的関係の構築に拠っている。同様に、社会関係の完成こそ自己実現に他ならないのであって、それには道徳的自己認識が不可欠なのである。モリスは、これには核となる伴侶の獲得が、すなわち真の愛の獲得が肝要であるとする。[16] 仲間意識が強調されていても、ヒーローの成長に影響を与えるのは常に恋愛関係である。従って、ヒーローの冒険はすなわち愛の探求といっても過言ではない。

『輝ける平原の話』ではホールブライズが略奪された婚約者を奪回すべく冒険に出かけ、「平原」の国に着く。その国の王は王女を結婚相手として差し出す。空想の中だけでのみ彼を慕う王女の愛は虚偽であるとし、申し出を断ったホールブライズは婚約者の跡を追い、最後には一族郎党に歓待される。『チャイルド・クリストファー』では互いの素性を知らぬまま強制的に結婚させられたクリストファーとゴールディリンドが、艱難と社会的身分の障害を乗り越え、純愛関係を成立させた後に王位と領土を取り戻す。

『世界のはての泉』におけるラルフとウルスラの泉探求は恋愛関係の段階的発展とパラレルに進行する。そして、二人が夫婦の契りを交わした後に泉を発見する。これは同時に、ラルフが死んだ前恋人との思い出を乗り越え、ウルスラを真の伴侶として再発見する過程ともなっている。ここではっきりと区別されているのは、前恋人との恋愛は極めて幻想的なものであって、ウルスラとの関係は現実性を伴った、精神的かつ肉体的恋愛だということである。

純愛と性愛との区別について、最もはっきりした形で扱っているのが『世界のかなたの森』である。ウォルターは自分が見た幻影を追って女専制君主の君臨する魔法の国に至り、囚人となっていた乙女と共に脱出し、不貞の妻の代わりに妻として迎える。ウォルターの試練は女専制君主の色仕掛けに耐え、乙女との純愛を貫徹することである。ウォルターは女専制君主と肉体関係は持つものの、魂までは占拠させることがない。ただし、乙女との恋愛は、肉体的関係と婚姻関係を同時に成立させることで成就する。

以上のように、モリスの描く恋愛成就の過程は精神的だけでなく、肉体的なものも必要条件としている。

ロマンスにおいてモリスは現実に即した理想形を提案しているのだ。そしてヒーローは恋愛成就によって、完全な自己認識と自己確立を実現している。ヒーローの寛大な心、公平無私な姿勢、共感する能力、こういった道徳的側面の発展は恋愛関係の発展とパラレルに置かれている。逆に言えば虚偽の愛、あるいは性愛は不完全なもので、自己実現の危機を招くことが暗示されている。[17]

このように見ると、プロットとキャラクターの「原型」は磐石ではなく、ダイナミックな感情面の動きが成立させていることが分かる。そして感情が理性と融合し、理想的バランスを実現しているのがロマンスのヒーロー（ヒロイン）達であり、彼らが建設する理想社会なのである。物語のなかでの個々の場面におけるヒーロー（ヒロイン）のドラマティックな言動は、すべて道徳的成長へと至るプロセスとしての役割を担っているのである。[18]

六

モリスの文学における道徳的感覚の変遷は以上のように明瞭である。詩における芸術至上主義から、ロマンスにおけるロマン主義的理想主義へと発展しているのである。一見、ロマンスにおける道徳的感覚は古臭く、保守的で紋切り型に見えるかもしれない。反面、詩は現代的に感じられる。しかし、モリスが最も適当な表現形式を手に入れたという意味において、ロマンスは確実に詩から文学的発展を遂げている。詩、ロマンス、どちらにも共通して言えることは、人間に対する深い共感である。ロマンスにあって詩にないもの、それは道徳的成長のもたらす、発展する世界のヴィジョンである。ロマンスにおける個々人の感情面の道徳的成長がさらに大きな枠組みへと確実に発展してゆく様は、なによりも雄弁にモリスの理想を語る。モリスにとって芸術は芸術のためだけのものではなくして、人間の、そして社会自体の表現なのであり、彼自身それを実生活でも実行しようとしたのである。社会と芸術との融合が理想的に実現したロマンスの世界を自らの芸術表現形式の完成形としてモリスは見ていたのではないか。

〈参考文献〉

Peter Faulkner, ed. *William Morris: The Critical Heritage* (London: Routledge, 1973).

Peter Faulkner, ed. *William Morris: Selected Poems* (Manchester: Carcanet, 1992).

William Morris. *The Collected Works of William Morris*. 24 vols. (London: Longmans Green, 1910-15)

David G. Riede, "Morris, Modernism, and Romance." *ELH*. vol. 51 (Spring, 1984) 85-106.

Elizabeth Strode, "The Crisis of The Earthly Paradise: Morris and Keats." *Victorian Poetry*, 1975 (13): 71-81.

ポール・トムソン『ウィリアム・モリスの全仕事』白石和也訳（岩崎美術社、一九九四年）

小野二郎『ウィリアム・モリス研究』小野二郎著作集1（晶文社、一九八六年）

注

（1）やがてアール・ヌーボーなどの運動に波及していく。日本にもこの運動は影響を与えた。柳宗悦を中心とする「民芸運動」はその現れの一つである。

（2）「ウィリアム・モリス・コレクション」（晶文社）が近年編まれたのは吉報である。

（3）ショー（George Bernard Shaw）はモリスのロマンスを前ラファエル主義への後退と位置づけた。しかし、イェイツ（W. B. Yeats）などは高く評価している。

（4）現在モリスの散文をペーパーバックで安価に提供している出版社（Inkling Books）は、「トールキン（J. R. Tolkien）

とルイス（C. S. Lewis）に影響を与えた作品」というキャッチフレーズを用いている。

（5）モリスの初期のロマンス（*The Hollow Land* など）も存在するが、それはいずれも後期ロマンスと比較すると完成度とスケールにおいて劣っている。

（6）北欧神話のほかにも、モリスはチョーサーなどの中世文学にも多大な関心があり、後にチョーサー作品をケルムスコット出版社より装飾本で出版している。また、ギリシャ・ローマ文学にも造詣が深く、ヴェルギリウスの『アエネイス』を一八七五年に、ホメロスの『オデュッセウス』を一八八七年に翻訳出版している。

（7）当該箇所をあげておく。今後の引用はすべて以下の出典からとする。*The Collected Works of William Morris*, 24 vols. (London : Longmans Green, 1910-15).

Her cheek grew crimson, as the headlong speed
Of the roan charger drew all men to see,
The knight who came was Launcelot at good need.（二九三―九五行）

その頬は赤らんだ。そのときまさにまっしぐらに
栗毛の馬がやってきて、人々の目を奪った。
やってきたのは駆けつけたランスロット。

（8）五五―五六行。

（9）例えば、『王の牧歌』中の"Guenevere"では、王妃は死んだアーサーに対する悔恨の日々を送り、罪の意識にとらわれており、ランスロットとの関係は事実上破局している。一方、モリス作の"King Arthur's Tomb"でのギネヴィアはアーサー王の墓前で最後までランスロットとの断ち切りがたい関係について逡巡苦悩する。過去の思い出もアーサー王よりもランスロットとのものが想起される。

（10）一六二―六四行。

（11）モリスは自分を「至福のうつろな島をこしらえようとするもの」として逃避主義と取られかねないコメントを最終連で述べている。以下原文。"Who strive to build a shadowy isle of bliss / Midmost the beating of the steely sea,

/ Where tossed about all hearts of men must be."（三八－四〇行）

（12）モリスは、*The Spectator* による、『世界のかなたの森』についての批評について反論し、明確に寓意性を否定している。

（13）探求の象徴性については、ここでは議論できない。しかし、一例を挙げておく。たとえば『世界のはての泉』はアーサー王伝説の「聖杯探求」に負うところが大きい。ギャラハドが聖杯ではなく、聖杯探求によって清浄とした境地に至ったように、ラルフは「泉」探求によって理想的人物に成長する。アーサー王伝説がキリスト教的要素を受け入れているのに対して、モリスは世俗版を創造していると言える。

（14）最も典型的な例はP・B・シェリーの『イスラムの叛乱』（*The Revolt of Islam*, 1818）である。ヒーローとヒロインであるラオンとシスナの理想的恋愛関係は次第に理想政治思想を伝播し、蜂起をうながす。しかし最終的には専制君主の妖計によって叛乱は失敗し、二人は処刑される。

（15）例えば、『世界のはての泉』でラルフが最初の恋人（The Lady of Abundance）を救出する際の、逡巡と判断がその後のラルフの冒険を決定付けている。

（16）この愛が道徳面において社会的関係を構築するという考えは、再びシェリーの『詩の弁護』（*The Defence of Poetry*）のなかの次の一文を彷彿とさせる。"The great secret of morals is love, or a going out of our own nature, and an identification of ourselves with the beautiful which exists in thought, action, or person not our own. A man, to be greatly good, must imagine intensely and comprehensively; he must put himself in the place of another and of many others; the pains and pleasures of his species must become his own." Donald H. Reiman and Sharon B. Powers, eds., *Shelley's Poetry and Prose* (New York: W. W. Norton, 1977) 488.

（17）『世界のはての泉』でのラルフが神々しく成長した姿は、「泉」のためではなく、ウルスラとの恋愛のためであることは明白である。

（18）参考までに『世界のかなたの森』の中で永遠の愛と喜びのために艱難を耐えるよう、乙女（the maiden）が説得する場面を挙げておく。

"But if thou be nought changed, and the oath yet holds, then, when a little while hath passed, may we thrust all evil and guile and grief behind us, and long joy shall lie before us, and long life, and all honour in death: if only thou wilt do as I bid thee, O my dear, and my friend, and my first friend!"
He looked on her, and his breast heaved up as all the sweetness of her kind love took hold on him, and his face changed, and the tears filled his eyes and ran over, and rained down before her, and he stretched out his hand toward her.（*The Wood beyond the World*, Chapter 16, 61-62)

「もしお互いの心が変わっておらず、誓いも守られているなら、もう少しの辛抱で悪と妖計と悲しみは過去のものとして捨て去られ、長く続く楽しみが待っているのです。長い人生が、そして死しても残る名誉が。ただあなたに私が命ずるままに動いてもらったら、おお、いとしい人よ、友よ、わたしの初めての友よ！」

彼女を見て、彼女の優しくも甘い愛を一杯に感じて、彼の心ははちきれんばかりになった。顔が崩れ、涙が目に溜まり、やがて溢れ、彼女の前に滴り落ちた。そして彼は彼女に手を伸ばした。

第四部

ラブ・ストーリーの復権に向けて
――『贖罪』における「物語」と道徳

高本孝子

イアン・マキューアンの『贖罪』（二〇〇一年）は、彼のこれまでの作品中で最高傑作であるとの呼び声が高いが、この作品は彼のもう一つの代表作『愛の続き』（一九九七年）と同じく、物語行為をテーマとしている。

『愛の続き』において、マキューアンは、一人ひとりの人間が目の前の現実を材料としてそれぞれに自分なりの「物語」を構築し、それによって現実を理解しようとする欲求を持っていることを示した。たとえば、被愛妄想患者ジェッド・パリーのストーカー行為に悩む主人公ジョー・ローズは、これをスリラー話の出来事として受け取るのだが、それを聞いた恋人のクラリッサ・メロンは笑い話に仕立ててしまう。また、子供を救おうとして気球から墜落したジョン・ローガンの死を、周囲の人々は美談として称えるが、妻のジーンは不倫の罪に対する因果応報の話にしてしまう。このように、誰もが物語行為を通じて自分の経験したことを理解しようとするのであり、物語行為は経験の認識の仕方そのものを決定づける重要な役割を担っているのだ。さらに、マキューアンによれば、そのようにして創られた「物語」のうち、どれか一つが正しくて他はすべて間違っている、ということはない。どれもそれなりに正しいのであり、誰が見ても客観的な唯一無二の現実というものは存在せず、あるのはただ、互いに拮抗しあう複数の主観的な現実なのである。(1)

さて、『贖罪』は『愛の続き』の延長線上にあり、物語行為による現実構築というテーマに関し、さらに一歩踏み込んで、物語行為による現実構築を道徳的観点から捉えている。また、物語行為の最も洗練された形態は小説であるが、『贖罪』はメタフィクションや間テキスト性をふんだんに取り入れることによって、小説という文学ジャンルそのものについても、道徳的観点から考察を行っている。よって本論では、『贖罪』における物語行為、および、メタフィクションと間テキスト性の要素について分析を行い、この作品のテーマを明らかにしたい。

一

三五〇ページほどのこの小説は、四つのパートから成っている。パート一は一九三五年のある酷暑の日の出来事を追ったもので、この日、十三歳の少女ブライオニー・タリスは勘違いから無実の男を誤って告発してしまう。続くパート二は、五年後の一九四〇年、罪に陥れられ、第二次世界大戦に出征したロビー・ターナーがダンケルクへと撤退していく様子、パート三は、パート二と同時期、見習い看護婦となったブライオニーが傷病兵の手当てにあたる様子、そして、最後のパート「ロンドン、一九九九」は後年小説家となったブライオニーの七十七歳の誕生日の出来事を描いている。この最後のパートにはメタフィクション的趣向が含まれていて、実はこの作品自体がブライオニーによって書かれた小説だったという種明かしがなされるのである。

パート一において、ブライオニーは二年前から物語を書き始めた小説家志望の女の子という設定になっており、人間の持つ物語衝動が、彼女を通してデフォルメされた形で表されている。注目すべきは、彼女においては物語創作と現実に秩序を与えようとする衝動とが、分かちがたく結びついていることである。彼女は「世界をきちんと整理する欲望」、「整頓への情熱」を持った人間であり、彼女が好んで物語を書くのも、自分が創り出す世界を因果応報の原則に従わせ、それによって己の「秩序に対する愛情」を満足させたいからである。(2)

だが、彼女のこの秩序統制欲求は、パート一に描かれたこの日、徹底的に挫かれてしまう。たとえば、ロンドンの銀行に勤めている兄リーオンの帰省を歓迎する出し物として『アラベラの試練』という劇を書き上げたものの、脇役を務めてもらうつもりでいた従姉のローラから、言葉巧みに主役のアラベラ役を奪われてしまう。また、ローラの双子の弟ピエロとジャクソンはセリフの棒読みに終始し、ブライオニーがいくら指導しても全く上達しない。彼女にとってフィクションを書くことは現実をコントロールする手段であったが、劇は小説とは異なり、上演に際しては他人が介在するために、何もかもが自分の思うように動くというわけにはいかないのだ。

さらに、二階の窓から不可思議な光景を目にし、ブライオニーの秩序統制欲求は一層脅かされることになる。噴水池のそばに立っていた姉のセシーリアが、幼なじみのロビーの目の前でいきなり下着姿になって池に潜ったのだ。実は割れた花瓶の破片を取るためだったのだが、事情を知らないブライオニーは、理解を超えたこの情景を目撃した時に、小説の目的についての天啓を受けることとなる。それは、小説の目的とは因果応報の教訓を教えることではなく、異なる人間の心理を描写することだけなのだ、というものである（四〇）。

この啓示への開眼は、小説家としてのブライオニーの成長を示すものとして捉えてよいだろう。だがまた一方で、自分の経験する現実をコントロールすることもできなければ、その中に何らの意味も見いだせないことに対し、彼女が無意識のうちに苛立っているという事実も見逃してはならない。その徴候は、イラクサをローラたちに見立てて打ちすえる行動にも表れているし、群をなして踊るように飛んでいる昆虫が、その意味するものを自分に知らせまいとしているのだ、と受け取るところにも表れている。彼女は意味の解釈者としての自分の存在を否定しようとするものに挑む決意をする。そして、この決意が彼女を誤った「物語」へと導くことになるのだ。

ロビーがセシーリアへの手紙を持ってきたのは、ブライオニーが右記の決意を胸に秘め、何かが起きるのを待ちかまえていた時であった。その手紙には露骨な性表現を用いた愛の告白が走り書きされてあった。ロビーはこの書き損じの手紙を清書した手紙とまちがえて持ってきたのであり、しかも、うかつにもそれをブライオニーにことづけてしまう。そして、その手紙は、物語行為によって崩れかけた現実を構築し直す絶好の機会を彼女に与えることとなったのだった――「物語がなければばならない、というのが子供っぽすぎる言い分だとはどうしても思えなかった。この物語の中心となる男はみんなに好かれているが、ヒロインただひとりだけは疑いを持ち、ついには彼が悪の権化だと証明してみせるのである」（一一五）。

ローラから「偏執狂」という言葉を教えてもらったブライオニーは、頭の中でロビーを「偏執狂」の極悪人に仕立てた「物語」を紡ぎ始める。そして、図書室でロビーとセシーリアが抱き合っているのを見た時には、ロビーが姉をレイプしようとしていたのだと解釈する。このとき彼女にとってすべての辻褄があい、彼女の「物語」が完成したのだ。

いったん完成したこの「物語」は、従姉のローラのレイプ事件を目撃した時のブライオニーの判断を誤らせる決定的な要因となる。家出したピエロとジャクソンを探しに出かけたローラがレイプされてしまい、レイプ犯が逃げ去る姿をたまたま目撃したブライオニーは、同じ背格好だったというだけで、それがロビーだと思いこんでしまう。ロビーがレイプ犯だということは「真実」だ、なぜなら、それは自分がつくりあげた物語にぴったりと当てはまり、「調和美」を生むからである、というわけだ——「ブライオニーの証言の真実性を保証するのは、その均整のとれた内容であり、それが常識に基づいているという事実だった」（二六九）。この後に彼女が「正確に、自分の見たままを」（一七二）語りはじめた、というくだりはアイロニーに満ちている。

ここまでの経緯を見ると、ブライオニーの中で「物語」の一貫性が視覚による判断に優先しているのは明らかだ。自分が創った「物語」に基づく現実に入り込んでしまった彼女には、犯人がロビーではないかもしれないという可能性は微塵も思い浮かばないのである。だが、実は真犯人は、兄リーオンが連れてきた友人ポール・マーシャルだったのだ。結局、ブライオニーの告発を受けたロビーは刑務所に送られ、彼の無実を信じるセシーリアはタリス家の者たちがロビーを見捨てたことに憤って家を出る。

このように、パート一はブライオニーの物語行為衝動がもたらす罪を中心に描いているのだが、実はこのような物語行為の危険性、その際に、特に個々の人間の知覚による判断の誤りやすさ、それに基づいて創られる「物語」の危うさは、ブライオニー以外の作中人物についても書き込まれている。たとえば、セシーリアはレイプ犯人を使用人ハードマンの息子ダニーだと思いこむ。それは、彼が最近自分やローラに性的関心を示すようになってきたことや、彼の社会的地位が低いことからくる彼女の思いこみである。ロビーもまた、将来自分が医者になったときを思い描いて、あれこれと物語を紡ぎ、それが実現するとばかり思い込む。また、先入観やあやふやな情報によっていろいろな思い込みをする危険性は、たとえば遠くの人影を見て、セシーリアが「あれは使用人のハードマンだ」と思い込んだり、ロビーが「あれはブライオニーだ」と思い込んだりする場面などにも表れている。

このように見てくると、不完全な認識や先入観に基づいて物語行為を行い、現実に意味を与えようとする本能的な欲求が人間に備わっている以上、ブライオニーが犯した罪は、人間ならば誰にでも犯す可能性があるということを、マキューアンは間接的に読者に伝えようとしていることがわかる。(3)

二

ここまでの分析に限って見てみると、『贖罪』は物語行為を否定的に捉え、その問題点を指摘した作品だという印象を与えるが、ことはそれほど単純ではない。マキューアンは、『時間のなかの子供』（一九八七年）以降、『黒い犬』（一九九二年）、『愛の続き』など、どの作品においても、どれか特定の価値観や物の見方だけを肯定し、後をすべて否定してしまうということはせず、複数の価値観・物の見方が相克する状況に、むしろ積極的な意義を見いだそうとしてきた。この作品も例外ではない。物語行為における一貫性の追求についても、その否定的な側面のみを取り上げているのではないのだ。そのことは、パート三に明らかである。

事件から五年後（一九四〇年）を扱ったパート三において、罪を償いたい気持ちから見習い看護婦として働くブライオニーは、自分が目撃した噴水池での出来事を小説にし、それを『ホライズン』に投稿する。それは自分が犯した罪には一切触れず、そのエピソードのみをヴァージニア・ウルフばりの印象主義的文体で描写したものであった。噴水池での出来事を目撃した瞬間に小説の目的に目覚めた彼女は、その後も小説の習作を続け、やがてウルフの作風に心酔するようになったのである。彼女の投稿小説に対して主任編集者シリル・コノリー（実在の人物）からコメントが送られてくるが、その中でコノリーは、目撃者の少女がその後何らかの形で二人の人生に介入することになるという筋書きを発展させるべきではなかったのか、筋書きらしい筋書きがなく、光の描写などに終始するこの小説には「物語の背骨が欠けている」（三一四）、と指摘する。経緯を全く知らないコノリーのこのコメントは、あくまで小説の内容に対する批評であった。だが、ブライオニーには、この言葉が彼女の生き方そのものに対する批評として重く響く。

あの短い小説のごまかしはまさしく自分の人生のごまかしなのだ。自分が直面したくないと思ったことはすべて小説からも抜け落ちていた――あの小説にはそれこそが必要だったというのに。さて、今はどうすべきか？　自分に欠けているのは物語の背骨ではない。精神の背骨なのだ。（三二〇）

ここで注目すべきことは、物語と実人生が重ね合わされていることである。ブライオニーは自分の創った「物語」の一貫性を優先させたために罪を犯したが、今度は逆に、物語の不完全さ、一貫性の欠如が、自分の罪を世間から隠匿しようとしている彼女を告発し、罪を認めることによって道徳的義務を果たすよう、強く迫るのである。そして、そのことを悟ったブライオニーは、物語に一貫性を持たせ、ロビーを冤罪に陥れた過程を小説に組み入れることによって、犯した罪に真っ向から向き合おうと決意する。

ここで、自分の人生を物語ることについての、心理学者マーク・フリーマンの次の言は参考になるだろう。

決して誇張ではなく、物語られた人生はそのまま吟味された人生であると言える。なぜなら、物語られた人生において、人々は日々の出来事の流れから一歩外へと踏み出し、自分の存在を強く意識するようになるからだ。この考え方に沿って言えば、自伝的語りは、何がいつ、どのように起こったのか、そしてそれらの出来事をどう筋書き立てるか、という問題だけではなく、どう生きるべきか、そして、その人生は良い人生かどうか、という問題をも抱えるのである。[4]

つまり、「物語られた人生」が「吟味された人生」である以上、「良い物語」を創るためには「良い人生」を生きなければならないのであり、それゆえに、ブライオニーは罪から逃れようとしていては、いつまでたっても「良い物語」を書けないというわけだ。この点において、物語行為は自分自身の道徳性を見つめ直す契機となるのである。

ここで、前節の分析結果と考え合わせると、物語行為は結局、両刃の剣だと言うことができよう。つまり、物語に一貫性を持たせようとする試みは、人に誤った認識を持たせ、その結果反道徳的な行為へと誘い込んでしまうこともあるが、一方で、良い「物語」を創るべく、良い人生を生きるよう、道徳的に人を導くという役割も果たすのだ。

三

第一、二節では、物語行為による現実構築およびその道徳的意味が『贖罪』においてどうドラマ化されているかという点について分析を行ったわけだが、物語行為に関連して、この小説にはもう一つ注目すべき点がある。それは、この小説がさまざまな文学作品を下敷きとしていることである。「フィクションについての小説」と評されたように、ジェイン・オースティンやヴァージニア・ウルフの諸作品、アーネスト・ヘミングウェー（『誰がために鐘は鳴る』）、E・M・フォースター（『インドへの道』）、D・H・ロレンス（『チャタレー夫人の恋人』）など多数の作品が下敷きにされており、また、テキスト自体の中でも数々の文学作品が言及されている。(5)

このような間テキスト性について、ローリス・テイツはマキューアンが過去の作品と戯れているのだ、と述べているが、果たしてそれだけであろうか。(6) 小説を物語行為の究極の形態であるとみなした上で、前節までの分析をもとにして考えると、過去のいろいろな文学作品をパスティーシュ的に取り入れたのには、間接的なやり方でそれらの作品とこの小説のちがいを浮かび上がらせ、それによって、小説という文学ジャンルについての歴史的な考察を織り込むためではないだろうか。すなわち、物語行為を道徳という観点から考察する際に、通時的な視野を取り入れることによって、考察にいっそうの奥行きを与えようとしたのではないかと思われる。

そこで本節では、この小説の下敷きにされている主な作家や作品のうち、特に道徳観において現代との違いを表しているものを、その時代順に取り出して検討を加え、それらを取り入れたことの意味について探りたい。

まず、作者のマキューアン自身も明言しているように、ブライオニーの人物造形はオースティンの『ノーサンガー・アビー』の主人公キャサリン・モーランドをモデルにしており、『贖罪』のエピグラフはこの小説の一節から取られている。ヘンリー・ティルニーがキャサリンを諫めて、自分たちが住んでいる国・時代、そして自分たちがイギリス人であり、キリスト教徒であることを考えるならば、殺人などという「極悪非道な行為」が横行するわけがないではないか、と述べているくだりである。

オースティンがこのセリフを額面通りに受け取るべきものとして書いたこと、何の皮肉もこめていないことは言うまでもないだろう。確かにオースティンが生きた時代、特にオースティンが属していた上流社会においては、「文明社会に生きている、キリスト教徒たるイギリス人」が殺人など犯すわけがないということは、当たり前のことだったのだ。だが、私たちはどうかと言うと、すでに二つの世界大戦を経験し、今なお戦火の絶えることない現代に生きている。しかも、『贖罪』のパート二とパート三は、ロビーとブライオニーの目を通して読者に戦争の恐ろしさを肌で感じさせ、エピグラフの「そのような残虐行為」が実際に日常茶飯事のように行われていることを痛感させる内容である。ゆえに『贖罪』の読者たる現代人の私たちにとって、エピグラフの台詞はアイロニカルな響きしか持てないのだ。人間の徳性を信頼できる時代はもう終わったのだということを私たちは思い知ることになる。

一方、ブライオニーの住むタリス家の邸宅は、同じくオースティンの『マンスフィールド・パーク』を連想させ、そこに住むバートラム家の中で家族の精神的支柱となるサー・トマスと、怠惰で無能なレイディ・バートラムはタリス夫妻の人物像につながるものがある。そして、家庭劇を上演しようとするブライオニーの試みも、『マンスフィールド・パーク』の中の同様のエピソードを想起させる。しかしながら、『マンスフィールド・パーク』において、サー・トマスが家族の危機に際して駆けつけ、マンスフィールド・パークの道徳的崩壊を最後の最後でくい止めるのに対し、タリス氏はローラのレイプ事件の夜、とうとう家に帰り着くことができない。そもそも、彼が家を空けがちであるのは、ロンドンに愛人がいるという不道徳な理由からなのだ。

タリス家の邸宅も、外見こそ重厚であるが、マンスフィールド・パークのように、そこに住む人々に安定感を与えるものではなく、すべてが偽物・まがい物からできていることが、折に触れ言及される。これらのことは、ブライオニーの生きる時代には、良くも悪くもオースティンの時代の家父長的権威によって支えられていた伝統的な道徳観念は崩壊してしまっていることを象徴している。つまり、『贖罪』はオースティンの作品を下敷きにすることによって、オースティンの時代と現代との隔たりを浮き彫りにしていると言える。

一方、『贖罪』にはロマン主義に対するアンチテーゼ的な要素も見られる。セシーリアとロビーはケンブリッジ大学で文学を修め、「自由」を無条件に肯定する態度を身につける。セシーリアが、野の花を活ける際に何とかして無秩序な乱れた感じを持たせようと苦心したりするところにも、そういった価値観が見受けられるのだが、そういった反理性を徳とする価値観は修正を迫られることになる。たとえば、戦場で敗走兵士たちの混乱ぶりを見たロビーは、何とかそこに秩序を見いだそうと必死になる。そのとき彼は、「自由奔放な精神」のみを尊重したケンブリッジ大学の「詩人」教授たちのことを、「集団として生きのびることについて」何も知らなかったのだ、と思う（二六四）。このように、詩人たち、とりわけロマン派の詩人たちが「自由」を無条件に賛美する道徳観も、この作品において問い直されているのである。

最後に、ヴァージニア・ウルフについて見てみよう。ウルフは、ブライオニーの理想とする小説家として作品中にも直接言及されるが、それ以外にも、明らかにウルフの文体を模倣したと思われる箇所がある。パート一の中の、ブライオニーの母親すなわちタリス夫人の視点から書かれたセクションがそれである。ここでは夫人の心中に次から次へと浮かぶ想念が意識の流れ的手法によって描かれており、ウルフの作品中のダロウェー夫人やラムジー夫人を想起させる。

しかし、彼女らとタリス夫人の間には決定的な違いがある。ヒリス・ミラーが指摘しているように、ウルフは『ダロウェー夫人』や『燈台へ』において、人間の心が深いところでつながっていることを表そうとした。このことについてウルフは、「つながっているトンネル」という比喩を用いて説明している。(7) だが、『贖罪』の世界においてはそのようなトンネルは存在しないのだ。

エミリーは常時苦しめられている偏頭痛のために、第六感のようなものが発達し、それによって家族のことをすべて把握していると思い込んでいる――「偏頭痛、母性愛、それに何時間もぶっつづけにベッドでじっとしていることが多かった長い年月のために、そうした感覚からは第六感が抽出され、触手のような意識が寝室の暗がりからひそかに伸びて、誰にも見えない全知の存在として邸内を動き回れるようになっていた」（六六）。確かに彼女が物音や人の声などからする推測はほぼ他の章の記述と一致している。しかし、彼女はローラの嬌声らしきものを聞いたときに、一緒にいたポールのことを、子供たちのお相手をしてくれる良い人だと思い込むのだが、実はこのときすでに、ポールはローラに対して強姦まがいのことを行っていたのである。

このように、不完全な認識しか持ち得ないのにもかかわらず、自分が正しく現実を認識していると思い込むことの危険性が、この作品においては幾度も強調されるのであり、その点が、人間の心が深いところでつながっていると考えるウルフの作品との決定的な違いだと言えよう。

その他にも、『贖罪』においては数多くの作品への言及が見られ、ブライオニーの小説家としての成長のプロットにかぶさる形で、文学、特に小説の変遷が、現代との対比という形で示されている。これを要するに、過去の文学作品を下敷きにした目的とは、結局のところ、現代という時代を文学で表そうとするならば、オースティンでもロマン派詩人たちでもウルフでもない、新しい作家、新しい文学が必要である、そう訴えるためであるように思われる。社会のあり方、またそこに住む個々人のあり方が変化すれば、当然のことながら、それらを映し出す小説のあり方も変わっていかなければならないのだ。

コノリーの指摘により、己の罪と対峙すべきことを悟ったブライオニーは、その後何度もこの小説を書き直し、その中で自分の罪を告白する。そして、七十七歳になって最後に脱稿した原稿（つまり、この小説そのもの）において初めて、ブライオニーはロビーと姉をこの世で結ばせる。だが、これはフィクションであった。実はロビーはダンケルクで敗血症のため、セシーリアはロンドンで空襲にあって、それぞれ死亡していたのである。

四

姉とロビーのハッピーエンドは、奇しくも彼女が十三歳のときに書いた『アラベラの試練』と同じようなものである。『アラベラの試練』は、主人公アラベラが悪人に苦難を味わわされるものの、最後に医者に変装した王子と結婚するという筋書きで、因果応報の原則に則った「単純な道徳的教訓を含んだ劇」（四一）であったのだが、それと同じように、セシーリアも、恋人の冤罪事件にもめげず、ついに医者に変装した王子ならぬ医者志望の幼なじみロビーと幸福な結婚をするからだ。

ブライオニーは、同じ結末にたどり着いたことについて、「結局のところ、あの寸劇を書いて以来、自分は大して進んでいないのではないかという気もする。というか、巨大な回り道をして出発点に戻ってきたようなものなのだ」（三七〇）と思うのだが、果たしてブライオニーは、小説家として結局出発地点に戻ったただけなのだろうか。ロビーとセシーリアの戦死という事実を描き込んだリアリズム小説を放棄して、ご都合主義的な因果応報に則って絵空事を描いた小説に舞い戻っただけなのだろうか。

問題は、事実から逸脱させたフィクションから成るハッピーエンドの結末をどう捉えるかにある。ここで、「事実」と「フィクション」に関するポストモダン思想家リンダ・ハッチオンの見解が参考になるだろう。従来、事実を記した「歴史」とフィクションを記した「小説」とははっきりと区別されていた。だが、彼女は「歴史」のテキスト性に注目し、事実とフィクションの境界線は従来考えられていたほど明確なものではないとする。つまり、過去の出来事は確かに存在したのだが、記録として残らなければ存在しなかったも同然であり、テキストを与えられて初めて本当の意味で存在することができる。その意味において、歴史は人間の構築物である。そして、人間の構築物であるがゆえに、同じく人間の構築物であるフィクションと歴史とは、従来考えられていたほど隔たりのあるものではなく、その区別は曖昧模糊としている、と言うのである(8)。

ここで、フィクションを小説に取り入れたことについてのブライオニーの見解を見ると、ハッチオンの論の延長線上にあることがわかる。「わたしが死んで、マーシャル夫妻が死んで、小説がついに刊行されたときには、わたしたちは、わたしの創作のなかでだけ生きつづけるのだ。(中略)どの出来事が、あるいはどの登場人物が小説という目的のためにゆがめて提示されたのだろう、などと気に病む人間はいまいで」(三七一)。結局、当事者亡き後に残るのは、フィクションであれ、事実であれ、記録されたものだけなのである。記録されたものが事実なのかフィクションなのか、それは後生の人々の与り知らないことなのであり、したがって、過去に書かれたフィクションが事実へと格上げされている可能性がある以上、現在書かれる文書が同様に未来には事実へと格上げされてもいいではないか、と言うわけだ。

確かに『贖罪』のパート一からパート三までを表面的に見ると、不遇を託つヒロインが最後には最愛の男性と結ばれハッピーエンドを迎えるというプロットを持つ点において、『アラベラの試練』に似ている。だが、小説家としてのブライオニーが、出発したのと同じ場所に戻ってきたのではないことは今や明らかであろう。一九九九年に彼女が完成させた作品は、歴史が構築物であるという認識、客観的な現実が存在しないという認識など、ポストモダン的要素を持つ、きわめて現代的な小説なのだ。

五

では、ブライオニーが「物語」に一貫性を持たせるために、結末部分にフィクションを持ち込んだことの道徳的意義はどこにあるのだろうか。十三歳のときに彼女が犯した罪からも明らかなように、「物語」の一貫性を追求することには危険も伴うはずである。

この点に関して、先にも触れたフリーマンは興味深い指摘をしている。彼は語りに関して「現実（reality）」と「フィクション（fiction）」、「真実（truth）」と「虚偽（falsity）」、「正確さ（accuracy）」と「歪曲（distortion）」（一二〇）という概念を見直す必要があると言う。つまり、ある出来事が自分を取り巻く状況の中でどういう意味を持っているのかということは、その出来事が過去のことにならなければわからないのであるから、もし「現実」が或る時、或る場所で起こったことをその場で書いたものだと言うのであれば、その「現実」は必ずしも「真実」を描いたものにはならない。逆に、過去の出来事が現在に対して持つ意味を正しく伝えようとすれば、若干の脚色を免れることができず、そのために語りが事実から逸脱してしまった結果、「フィクション」という範疇に入れられてしまうかもしれない。

これらのことを考えれば、「真実」というのは必ずしも事実を生のまま書くことではなく、むしろ「フィクション」の方が「真実」により近づくことができる。そして、彼は「真実を語るという責務は、認識に関わるだけでなく、道徳にも関わるのだ」と述べている。(9) つまり、事実であるかフィクションであるかということよりも、過去の出来事に意味を持たせる「物語」、つまり、「物語」として一貫性を持つもの、しかも、「真実」を語る物語こそが、道徳にかなう「良い」物語だというわけだ。この彼の言に先ほどのハッチオンの論を併せて考えると、事実とフィクションとの境界が消失しつつある現代において、フィクションの物語である小説が「真実」を語ることの道徳的責務は、過去の時代と比べてはるかに重大なものになっていると言える。

だが、ここで問題なのは、フリーマンが「真実」とは何かという説明を一切与えていないことである。「真実」が何かを見極めないことには、やみくもに「物語」に一貫性を求めるあまり、十三歳時のブライオニーのように、道徳に悖る行為に走ってしまう危険は消えないであろう。「物語」が語るべき「真実」とは何か。『贖罪』はこの点についても答えを用意しているようだ。

七十七歳になったブライオニーは、『贖罪』の結末において、実際には死んでいるセシーリアとロビーを生きて結ばせた。これは、見方によっては、事実に反して二人を生かしておくことで、自分の罪を軽く見せることにより、罪から逃れようとしているのだ、と受け取ることもできるであろう。『贖罪』は果たして「真実」を伝えているのだろうか。この点についてのブライオニーの意見として、次のようなことが述べてある。

ふたりが二度と会わなかったこと、愛が成就しなかったことを信じたい人間などいるだろうか？　陰鬱きわまるリアリズムの信奉者でもないかぎり、誰がそんなことを信じたいだろうか？
（中略）わたしは思いたい――恋人たちを生きのびさせて結びつけたことは、弱さやごまかしではなく、最後の善行であり、忘却と絶望への抵抗であるのだと。（三七〇－七一）

この言葉はそのまま本当の作者であるマキューアン自身の言葉であると考えてよいだろう。というのも、実はマキューアンは二〇〇二年九月十一日の同時多発テロの翌日に、いち早く『ガーディアン』紙にエッセイを掲載し、その中で、上の引用を響かせるようなことを述べているからだ。彼はテロで死亡した女性が死ぬ直前に携帯電話で夫に「愛しているわ」というメッセージを残したという話に触れ、その際に、上の引用と同じく「忘却」という言葉を用いている――「愛と、それから忘却だけがあった。彼女らが殺人者たちに対抗して突きつけることができたのは、ただ愛だけだったのだ[10]」。

ここに込められているのは、理不尽にも瞬時にして命を奪われてしまった女性に対する深い同情、そして、人間の生命・幸福を容赦なく踏みにじる巨大な悪に対抗できるのは、ただ「愛」しかないのだという悲壮な覚悟である。この文章は『贖罪』の印象的な一文――「ひとつの罪があった。けれども恋人たちもいた」（三七〇）――をも想起させる。

小説が伝えるべき「真実」が何なのかについての、この小説のメッセージは、もはや明白であろう。マキューアンは、『贖罪』についてのインタビューの中で、ラブ・ストーリーを書きたかった、と述べている。現代に生きる私たちはアイロニーと自己言及で自分自身を覆い尽くしてしまったがゆえに、十九世紀の小説が当然のようにテーマとしていた恋愛を取り上げて、ただ単にラブ・ストーリーを語る、ということはもうできなくなってしまったのだろうか、その点を探りたかったというのだ[11]。

純愛という、下手をすればアナクロニズムに陥りがちなテーマに敢えて彼が挑んだのは、異性間の愛を含め、お互いを愛し合うことこそが人間の追い求めるべき「真実」であると強く確信していたからであろう。マキューアンは、歴史とフィクションのテキスト性に注目するポストモダン思想に立脚して、「物語」に新しい道徳的意義を付与し、さらに、「物語」が語るべき真実、すなわち「愛」を訴えるために、ブライオニーを通して、十九世紀の愛の物語を語り直し、現代のための新しい「愛」の「物語」を私たちに語ってみせたのである。

（本稿は日本英文学会九州支部第五十六回大会での口頭発表に加筆修正を施したものである。）

注

（1） 高本孝子「*Enduring Love*: 相対化された『物語』」『九州英文学研究』一九、二〇〇二年、五五―六八。

（2） Ian McEwan, *Atonement* (2001; London: Vintage, 2002) 4, 7. 以下、この版からの引用はすべて括弧内に頁数のみを記す。なお、日本語訳については、小山太一訳『贖罪』（新潮社、二〇〇三年）を使わせていただいた。

（3） マキューアンは、『贖罪』のテーマの一つは「知覚がもたらす問題」であると言っている。Ian McEwan, Interview, by Ramona Koval, online Internet, 2 June 2003.

（4） Mark Freeman, "Rethinking the Fictive, Reclaiming the Real: Autobiography, Narrative Time, and the Burden of Truth," *Narrative and Consciousness*. ed. Gary D. Fireman et al. (Oxford: Oxford UP, 2003) 127.

（5） Geoff Dyer, "Who's Afraid of Influence?" rev. of *Atonement*, by Ian McEwan, *The Guardian*, 22 Sept. 2001, online, Internet, 23 July 2004; Jeff Giles, "A Novel of [Bad] manners," rev. of *Atonement*, by Ian McEwan, *Newsweek* vol. 139, Issue 11, 18 Mar. 2002, 62-63.

（6） Laurice Taitz, *Sunday Times* (South Africa) 18 November 2001, online, Internet, 23 July 2004.

（7） J. Hillis Miller, *Fiction and Repetition* (Cambridge, MA: Harvard UP, 1982) 189.

（8） Linda Hutcheon, *A Poetics of Postmodernism* (1988; London: Routledge, 1996).

（9） Freeman, 127.

（10） Ian McEwan, "Only love and then oblivion. Love was all they had to set against their murderers," *The Guardian*, 15 Sept. 2001, online, Internet, 23 July 2004.

（11） Ian McEwan, Interview, By Elise Vogel, online, Internet, 18 Aug. 2003.

『眺めのいい部屋』における異教の神々の誘い

田中雅子

E・M・フォースター（一八七九―一九七〇）の小説では、トリリングが指摘するように、生と死、光と闇、豊穣と不毛、勇気と世間体、知性と愚かさ、という形で善悪を検討する際に、すべての対象と距離を置く喜劇的手法を用いるために、例えばシャーロットやビーブ牧師のように、その善悪の判断が反転され相対化され、最終的結論が保留されることが多い[1]。しかし、この絶対的価値判断を拒む姿勢こそ、モラルに対する現実――善と悪は分かちがたいこと――を真摯に受け入れ検討し続けている証である。『眺めのいい部屋』（一九〇八年）では、英国の中産階級の形式主義や不毛性に対し、イタリアの輝く自然が情熱や豊穣や自由を与える善として価値を置かれている。だが、このイタリア的なものは同時に、死、暴力、血、性欲などと表裏一体に描かれている。光と闇が入り混じる道徳的曖昧さの例として、シニョーリア広場の輝く塔をルーシーの性的憧憬と結び付ける指摘もある[2]。こうしたイタリア的なものが、特に異教の神々やフィレンツェのルネッサンス美術の描写に顕著に見られるのは、「土地の持つ歴史と、歴史に培われた人間の営み、そしてそこから生まれた風土と人間の係わり[3]」の総体、すなわち「土地の霊」と交感することが彼の創作の原点であったことと、人間の内奥の自然を組織的に抑圧するキリスト教に代わる「神聖な力[4]」あるいは彼の真の「宗教[5]」を提示するためだと考えられる。ルーシーがエマソン的価値――真実と愛に基づいた男女対等な人間関係[6]――に目覚めるまで、異教的世界は、写真、彫像、イタリア人、花、水、本など様々な形で彼女に誘いかけてくる[7]。本稿は、「土地の霊」たるギリシャ神話の神々や英雄達が、性的欲望を受け入れること、女性も自分の意志で大きなことを達成できることを、死を見ての生、血や暴力と性、というモチーフで訴えかけてくる際の情景描写に注目し、シニョーリア広場、フィエゾレ、聖なる湖が互いにエコーしあうために、どのように神話世界が導入されているかを考察するものである。

まず、ルーシーがシニョーリア広場で殺人事件に遭遇する場面から始める。この雨の日、シャペロンのシャーロットに置いていかれたルーシーは宿でピアノを弾いている。シャーロットの中産階級的因習に抑圧され気持ちが混乱しがちなルーシーも、演奏に入ると「お行儀の良さやもったいぶることもなく[8]」、日常生活から「苦もなく天上界へと飛翔できる」(二九)。彼女はベートーヴェンを「勝利の側に立って弾くのが好き」(二九)であり、かつて英国でその勝利の鎚が振り下ろされるのを聴いたビーブ牧師は、彼女の演奏に秘められた情熱を見抜き、次のように言っていた。「もしハニーチャーチ嬢があの演奏のように生きるなら、とても刺激的なものになるでしょう」(三一)。一方、大らかで率直だが、中産階級の礼儀作法や社交に余念のない彼女の母親は、「何事にも興奮するのは好まない」(三一)と、演奏に夢中になる娘の感情的高ぶりに釘を刺していた。周りからこのように見られていた彼女の演奏に迸る情熱の性質を、より明確にするのが次の描写だ。

真の演奏者のように、彼女は鍵盤の感触だけで陶酔していた。鍵盤は、彼女の指を愛撫する指であった。音だけでなくその感触によって、彼女は自分の欲望に行きつくのだった。（三〇）

ここで強調されているのは、愛撫という官能的な比喩で描写された感触という肉体的行為に酔いしれる姿である。そのような演奏を通して行き着く欲望は、フィンケルスタインも指摘しているが、[9] セクシュアルなものと考えられる。良家の子女としてその純潔・処女性を大事に守られ、[10] 貞節な良妻賢母となるべく育てられてきたからこそ、無いものであるかのように抑圧されている性の欲望が、彼女の精神が唯一自由になる空間である演奏に流れ出てくると解釈できる。彼女はピアノを弾くことで自分の肉体、それも官能的なものに反応する性欲の備わった肉体を、無意識のうちに楽しんでいるのである。彼女が自分の欲求を意識し、性に目覚めながらも、シャーロットに代表されるヴィクトリア朝的道徳観、すなわち肉体性の蔑視や淑女としての体裁や形式主義などに支配され、肉体的欲望や本心を否定するがゆえに自己を見失っていく危険が、トリリングが言うところの道徳的リアリズムとして追求されていく。[11]

「演奏して、自分の欲しいものがはっきりとわかった」ルーシーは、淑女らしくないと思いつつも「何か大きいものを求めて」外出する（三九）。ここには、性欲とは異なる渇望が見られる。この「何か大きいもの」とは、当時のジェンダー問題に対するルーシーなりの不満をみたす希望であることが次の引用から推測できる。

なぜ、たいていの大きいものは淑女らしくないのだろう？　……淑女の務めは自分が成し遂げるのではなく、他の人が成し遂げるようにすること。淑女は機転と清純な評判によって多くのことを間接的に成し遂げる。……しかし悲しいかな！　淑女は堕落する。中世的淑女の心にも奇妙な欲望が湧いてきている。荒々しい風、広大なパノラマ、広がる緑の海に、彼女も魅了されるのだ。彼女も気づいたのだ。この世の王国がいかに富と美と戦いに満たされているか！　この世界は輝く地殻をもち、その中心には炎があり、退いていく天空に向かって回転している。男たちは、女たちがそう駆り立てるのだと明言し、地表のいたるところを楽しげに動き回り、他の男たちと楽しく出会う。楽しいのは、彼らが男だからではなく、生きているからなのだ。このショーが終わる前に、彼女も「永遠の女性」という神々しい肩書きを捨て、儚い束の間の自分としてそこに行きたいのだ。（三九－四〇）

ここでは、男性は外の現実的、実際的な広い世界で勇敢に戦いつつ仕事をする一方、女性は家庭を守り、また男性に守られることが美徳である男性中心の社会的役割の強制に対して、女性が不満を持っている様が描かれており、フィンケルスタインによれば[12]、すでに存在しないはずの中世的女性を用いて描写すること、またその強制を肯定する中産階級の男性のナラティヴを用いることで、その滑稽な馬鹿ばかしさが際立つようになっている。「新しい女性たち[13]」が社会的性差による女性の行動の制限の不当性を指摘し、女性の選挙権獲得運動を求めている時代に、いまだに中世的なシャーロットに支配されているルーシーは内心不満を感じている。この語りの直後、「特に反抗的になっていた」（四〇）ルーシーが求める「大きなもの」とは、自分からは退けられているが輝いて見える外の現実世界であり、男性たちの謳歌する自由な行動と考えられる。

このように、ルーシーは自分の性的欲望と女性としての自由への欲求をともに明確には意識しないまま、また当然満たされぬまま、反抗的な気分で一人外出するのである。自分一人で行動することへの自意識は、初日にエマソン親子との部屋交換においてシャーロットに誘導されたこと、また前日にサンタ・クローチェ教会でラビッシュに置き去りにされたことをエマソン親子に嘆くと、「一人で来てなぜいけない?」(二一)と言われたことも原因であろう。さらに、周りで保護する大人たちに振り回されるばかりで、自分の意思で行動していないことが指摘されたこともあるだろう。

昨夜のことから判断すれば、貴女は混乱する傾向がある。自分自身を出しなさい。自分でもわからない思いを、心の奥から引っ張り出し、日のあたるところに広げ、その意味を理解するのです。ジョージを理解することであなた自身を理解するようになるかもしれません。(二六)

後にエマソン氏はフィエゾレで肉体の愛を弁護するので、この「思い」には率直な本心というだけでなく、無意識の領域にある情熱、本能、性欲なども含まれているのだが、ルーシーには全く通じていない。しかし、翌日彼女がシニョーリア広場へ行く途中で買う美術品の写真には、彼女のなかのセクシュアルなものへの関心が見受けられるのである。

彼女が最初に買うボッティチェリの『ヴィーナスの誕生』は、ヌードという「残念な瑕」(四〇)のせいでシャーロットが買わせなかったものだ。この絵はヘシオドス『神統記』の伝えるヴィーナスの誕生を描いている。すなわち、天ウラノスが愛欲にみちて大地ガイアに覆い被さった時、息子クロノスの鉄鎌によって切り落とされた陰部が海を漂ううちに白い泡が湧き、その中から生まれたヴィーナスが島(地上)に上がろうとする場面である。青い細波の中に恥じらいつつも裸で立つ彼女の左には、愛の西風ゼフュロスとニンフのクロリスがほとんど裸で官能的に絡み合い、愛の象徴である赤い薔薇の花を撒き散らしている。

右側の地上では季節のニンフが衣装を捧げて待っている。ヴィーナスが愛欲と血腥さにまみれた出自をもち、裸であること、官能の愛を体現する男女がいること、この絵をシャーロットが遠ざけ、ルーシーが求めたことは、ルーシーの性の目覚めの暗示に他ならない。

さて、ヴィーナスの出自はギリシャ神話の血腥さという観点から、この後シニョーリア広場で目にする彫像との共通点があるとも言えるが、より着目したいのはこの絵の構図そのものがルーシーの状況を暗示している点だ。それはフィエゾレでジョージからキスされる場面を連想させる。ゼフュロスとクロリスには、人目を憚らず戯れあい「人間の中の春」(六三)を謳歌するイタリア人の御者パエトンとその恋人ペルセポネの姿が重なる。パエトンに導かれルーシーが落ちた窪地は一面にスミレが咲き乱れ、まるで飛沫をあげる水の中のようである。

彼女の足元から地面は急に傾斜し、下に広がる眺めには、スミレが小川になり流れになり滝になって流れ落ち、斜面を青色で潤し、木々の根元に渦を巻き、窪地では池となり、青い泡が吹き出して草を覆っていた。しかし、こんなにたくさん咲いていたのはこの時だけだ。この台地は水源であった。始まりの源であった。そこから、美が地上を潤すために迸り出るのだ。(六七―六八)

「まるで天から落ちてきた者のよう」なルーシーの「顔に輝く喜びを見、彼女のドレスに花が青い波になって打ち寄せるのを見た」(六八)ジョージは彼女にキスをする。地上の美の始まりと描写された青い水流のようなスミレの中に立つルーシーは、まさに青い細波に立つ天の娘ヴィーナスと重ねあわされる。言葉もなくキスを受ける様子は愛と美の女神にふさわしい。そして、右手でヴィーナスに衣装を着せようとしているニンフは、宿で「すっかり服を着る前に窓から身を乗り出した」(一五)ルーシーに小言を言っていたシャーロットが、その愛の場面に入り込んで遮る姿を想起させる。

この他に彼女が買った美術品の写真も多分に示唆的である。シャーロットに禁じられた『イドリーノ』『アポクシュメノス』は古代ギリシャの端整な若い男性の裸の立像であるし、ミケランジェロの『システィナ礼拝堂のフレスコ画』には筋肉質の裸の男性が無数に溢れている。ルーシーがジョージのことを「システィナ礼拝堂の天井で見たことがある」(二四)と思い、彼の「健康的で筋肉質な」(二四)肉体を意識していた後のことなので、特にジョージがきっかけとなる男性の肉体への興味が示されていると考えられる。ジョルジョーネの『テンペスタ』は、稲光が走り嵐の気配がする中、草の上で乳飲み児を抱える母親が裸である点がシャーロット的には「瑕」と言えよう。これらは露な肉体への関心を示すものだが、一方でシャーロットの監視下でも買える、宗教的なものも買っている。

ジオットの『聖ヨハネの昇天』は、サンタ・クローチェ教会でジョージに案内してもらったフレスコ画だ。洗礼者ヨハネが死後に復活し、墓から天に昇っていく場面である。この絵の前で、イーガー牧師が「魂の気高さという点でジオットを崇拝する」(二二)ように、またこの教会が「ルネサンスという汚染以前に、中世の熱情溢れる信仰心によって建てられたことを思い出すように」(二二)と解説していた時に、エマソン氏が大声で次のように率直で現実的な異論を口にする。

信仰によって建てられたなんてよく言えたもんだ！　単に職人たちが正当な賃金をもらえなかっただけじゃないか！　そのフレスコ画にしたって、何の真実も見えんな。あの青色の服の太った男を見てみろ、私と同じくらい重いはずだが、風船みたいに空に向かって飛び出している。(二三)

この発言は、彼が「神の名の下に互いを憎み合わせることになるあらゆる迷信と無知から解放して」(二五)、すなわち無宗教で息子を教育し、洗礼をさせなかったことに基づいている。ジョージが十二歳でチフスにかかった時に、これは洗礼を受けなかったことへの「神の裁き」(一九七)なのだとイーガー牧師が母親に吹き込んだため、次に病気になった母親は罪悪感を植え付けられたまま亡くなったのであった。この大きな犠牲を払った秘められた過去ゆえに、エマソン親子は、自分たちはこの絵のように「昇天することもなく我々を生んでくれた大地に安らかに眠るのだ」(二三)と真剣に語り合うのである。ジョージの洗礼の問題は「水浴」という形で繰り返し現れる。洗礼者の絵はイーガー牧師好みの絵ではあるが、ルーシーがこの絵の写真を買うのは、その絵をエマソン親子と一緒に見て変わった意見を聞かされた影響のためと考えられるし、同時に、ジョージがフィエゾレで彼女の目には泳ぐ人に見えることや、「聖なる湖」で水浴する時に居合わせることの伏線と考えられる。

フラ・アンジェリコの『聖母マリアの戴冠』では、金色に輝く画面中央で聖母マリアがキリストから冠を授けられている。天国で大勢の聖人たちの注目を浴び祝福されるマリアは、ここでは何かを成し遂げた女性としてルーシーの憧れを吸い寄せているのではないだろうか。さらに、聖母マリアの「母」という性質がルーシーには備わっていることを示す効果もある。同じ意味において、母親をマリアのように愛していたと言われるグイド・レニの聖母画と、アンドレア・デラ・ロッビアの幼子のレリーフの写真は選ばれている。前日、ルーシーはサンタ・クローチェ教会へ行く途中でラビッシュとイギリスの話ばかりして目の前のフィレンツェを楽しむことを忘れていた。その時に出合ったのが捨子養育院のアーケードに埋め込まれたロッビアのメダイヨンだったのだ。

恍惚となるような一瞬のうちに、イタリアが現れた。アヌンツィアータ広場に立った彼女に生き生きとしたテラコッタ像が見えた。安っぽい複製が出ても、その神聖な赤ん坊たちの新鮮さを消すことはないだろう。そこに彼らは立ち、慈愛の衣から輝く手足を突き出し、天空を表す円盤を背に、力強い白い腕を伸ばしていた。今までにこれほど美しいものを見たことがない、とルーシーは思った。（二八）

十数個のメダイヨンの赤ん坊はそれぞれ姿勢も表情も違い、男児はほぼ裸、女児の胸はすでに膨らんでいて肉感的ですらある。不遇な孤児たちも等しく聖母マリアの慈愛を受け、一人ひとりが力強く立っている姿をイタリアの美しさとして感動するルーシーには、母の慈愛という素質があるようだ。

このことを強めるのは、彼女がサンタ・クローチェ教会で転びそうになったイタリア人の子供を助けるために飛び出す場面だ。国家経営のためには君主は道徳や宗教にとらわれてはならないとしたマキャベリの墓を、聖水をかけあっていた子供たちが聖人の墓と間違えて触っているうちに、聖人の墓に躓いて泣き出す。駆け寄ったエマスン氏はルーシーとともに子供の世話をするが、子供は外で遊ぶべきだとか、教会は子供を痛めつけ冷たく恐ろしいなどと英語で言っているので子供は泣き止まない。すると、お祈りをしていたイタリア人女性が「母親だけがもつどこか神秘的な力で」（二二）子供を立ち上がらせる。お互いに言葉はわからないが、この聖母のような女性とエマスン氏は心で理解しあう。ルーシーがとっさに本能的に子供を助けようとしたこと、また聖母の慈愛のような行為をともに見たこと、これらはルーシーが結婚して母親になることが自然なことである、という保証のようである。この場面に居合わせたからこそ、ジョットよりロッビアの赤ん坊の方が好きと言うルーシーに対して、エマスン氏は次のように言う。「一人の赤ん坊は聖人一ダースの価値があるからね。私の赤ん坊は天国全体の価値があるが、見たところ、あいつは地獄に生きている」(二五)。「あいつはイタリアに休暇に来て、あんなふうに振る舞っている。遊んでいたはずなのに、墓石に躓いて泣き出したあの子供のようだ」(二六)。直感的に子供に手を差し伸べたルーシーならば、ジョージを愛し救うこともできるのではないかとエマスン氏は考えたのだ。この確信は、ルーシーが淑女としての体面を守るために周囲と自分の気持ちを偽り、誰とも結婚しない決心をしたことに対し、「貴女はジョージを愛している」(二〇一)、「貴女は結婚しなければならない、そうしないと、あなたの人生は無駄なものになってしまう」(二〇二)と言って、彼女が独身を通す意味がないこと、幸せな結婚生活こそふさわしいことを力説する場面にもつながっていると思われる。

しかし、ルーシーはこれらの写真を買っても「自由の門はまだ開かれていないようだ」(四〇)と感じ、満足できない自分を意識する。「この世はきっと美しいものでいっぱいなのに。私もそれに出合えたらいいのに」(四〇)と自分には自由も「何か大きなもの」も閉ざされ、ピアノへの没頭も母から嫌がられていることへの不満を感じつつシニョーリア広場へ入る。

「私には何も起こらない」と思いながら彼女はシニョーリア広場に入った。その驚くべき光景も今や見慣れており、ぼんやりと見ていた。壮大な広場は影に包まれていた。太陽が出るのが遅く、陽は射してこなかった。薄明かりの中、ネプチューン像はすでに夢幻のようで、半ば神で半ば亡霊のようだった。彼の噴水は夢の中のように、縁でともにのらくらしている人間とサテュロスたちに水飛沫をはね上げていた。ロッジア・デイ・ランツィは洞窟への三つの入り口のように見えた。その中には影のような不死の神々が大勢住んでいて、人間がやって来ては出ていくのを見下ろしていた。非現実的な時間だった。未知のものが現実的になる時間だった。(四〇―四一)

人生の傍観者のような諦めを感じつつ彼女が見ていると、見慣れていたはずの神々の彫像が、見知らぬ非現実的世界のものに見える。人間とサテュロス像の境が曖昧になり、彫像たちの世界、ギリシャ神話の世界が彼女の周りに現れる。洞窟のような入り口から彫像の下にやってくる人間たちは、あたかも冥界にやってきた死人であるかのようだ。というのも、ロッジアの暴力的で血腥い彫像たちが冥界の属性を暗示しているからだ。チェッリーニのペルセウス像（全裸）は、右手に剣、左手に切り落としたメデューサの首を掲げ、その屍を踏みつけている。ドナテッロのユディト像（旧約聖書の英雄的女性なので着衣）は敵将ホロフェルネスの寝首を掻く瞬間で、背後から左手で頭をつかみあげて跨り、右手で剣を振り上げている。ジョバンニ・ダ・ボローニャのヘラクレス像（全裸）は、左手で半身半馬のケンタウロスの上半身を反り返らせ組み敷き、右手で棍棒を振り上げている。戦で死んだパトロクロスの遺体を抱えるメネラウスの古代ギリシャの像（全裸）もある。敵将に恋されるも、捕えられた夫を救うため剣や毒を持って奔走するトゥスネルダ像（着衣）は胸をはだけている。ピオ・フェドのポリュクセネ像（半裸）は、恋人アキレウスの亡霊の生贄として彼の墓に捧げられるために略奪される場面で、剣を振り上げたギリシャ兵（全裸）から抱えられ、足元には死体と取りすがる女性が絡み合っている。さらに、ジョバンニ・ダ・ボローニャのサビニ女の略奪は、嫁不足のローマ人がサビニ男を踏みつけサビニ女を奪い去る場面で、全裸の三人が絡み合っている。これらの裸像は暴力的な死の場所にセクシュアルな要素を多分に加えている。そして略奪というモチーフは、冥界の王ハデスがペルセポネを妻にするために略奪したこととも共通する。肉体的愛が死にも至る暴力を引き起こしたり、血腥い死の中に官能的な美が見られたりする、剣と血と暴力と死、裸の肉体と性が溢れる冥界のような場所で、現実と非現実の境が曖昧になる瞬間、ルーシーは異教的冥界から誘われているといえる。ここは、死を現実のものと考えたこともない、ゆえに生のことも、性のことも切実に意識することのないルーシーに、その瞬間を目撃させるために象徴的に用意された冥界なのである。死者の国と生の世界との境で、彫像達と同じように、ルーシーにも「何か大きなこと」が起きる。

胸を軽く打たれたイタリア人が顔をしかめ、「ルーシーの方へ関心がある様子でかがみこんできた。まるで彼女に大事なメッセージがあるかのように。それを伝えるために、彼が唇を開くと、そこから一筋の赤い流れが出てきて、ひげの生えた顎から滴っていた」（四一）。彼女への大事なメッセージとして流された鮮血は、被害者が今まさに冥界へ連れて行かれる瞬間であり、同時に今までそれが体内で巡っていた時には確かに生きていたということをルーシーの視覚に鮮明に印象づけている。血を流していない彼女は確かに今生きているが、その生と死との境は、五リラの金を巡る小競り合いから非常にあっけなく破れたように、紙一重のものである。死にゆくイタリア人は、生きていること自体が同時に死の可能性をはらんでいること、現実的世界のすぐ隣に冥界が口を広げて待っていることを伝える土地の霊の役割を与えられている。滴る血が彼女の買った写真に付き、ジョージが子供のように動揺し川に捨てる話は、死を目撃したことで生という現実を実感し、写真という擬似現実を捨てるという意味がある。(14) あるいは、ヴィーナスが生まれた海まで流されることは、ルーシーも自然に帰る、すなわち心を清めて新しい生、情熱的な生を手に入れることを示唆する解釈もある。(15) 更に私は、冥界に攫われたペルセポネが柘榴の赤い実を六粒食べたために半年は地下に留まることになる話を思い起こす。ハデスが彼女を引き止めるために食べさせる柘榴は八つ裂きにされたディオニュソスの血から生まれたものであった。柘榴の赤い実と血との連想から、ジョージの行為は、死の王から引き止められないように鮮血の滴った絵を地中海へと流し去ろうとしているかのように思われる。

ジョージはこの生死の境を越える場面を見て、また倒れるルーシーを抱いたことで、彼女を生きている一人の女性としてしっかり見つめる。無より生まれ無に帰す人間の小さく儚い人生を肯定できず、「物事がうまく調和しない」（二六）と虚無的な地獄で悩んでいた彼は、かつてルーシーに「何か越しに微笑んで」（六）いたが、今腕に抱いた彼女への眼差しは「何か越しではなかった」（四一）。お互いの肉体に直接触れることで、生と性を意識させられた時、二人の間の障壁のようなものが一瞬消えたのだ。以後彼は「何か大変なことが起こったんだ。僕は混乱せずにそれに向かい合わなくては。それは、単に一人の男が死んだということだけじゃないんだ」（四三）と言って、この象徴的瞬間の意味を適切に悟り、生にも性にも率直に向き合うようになる。ルーシーは、彼の言う「僕は生きたいと思うだろう」（四五）の真意を理解していないが、縛られた乙女の裸から目をそらす騎士の絵[16]、ジョン・エヴェレット・ミレイの『遍歴の騎士』（二三七）のような中世的礼儀を期待することから、セクシュアルな肉体をもつ男女としての自覚と関心が芽生えていること、しかし中産階級的道徳観でそれを直視できないでいることがわかる。翌日、広場でエマソン氏の妻の秘密をめぐりイーガー牧師と口論するが遠出の約束を断れず、「自分がどう思うのかも、どうしたいのかもわからない」と混乱し、懐かしい我が家を「何をしても許されるけど、自分には何も起こらない場所」として思い出すところ（五六）に、彼女のジレンマが表れている。それを広場の彫像と関係付けるのが次の語りだ。

厳格な広場を和らげていた彫像たちは、子供時代の無垢や、輝かしい若者の混乱ではなく、成熟した者が意識的に達成したものを仄めかしていた。ペルセウスとユディト、ヘラクレスとトゥスネルダ、彼らは何かを成し遂げるか、何かに苦しんでいた。彼らは不死の者たちだが、その不死は何かを経験してから得たもので、それ以前ではなかった。自然の僻地だけでなく、ここでも、英雄は女神に出会い、英雄

的女性は神に出会うのかもしれない。(五七)

大きな何かを成し遂げて、祭られ、そして相応しい相手を見つけているかのように見える裸像たちは、ルーシーの抑圧された願望を対照的に体現している。そして、彼女が真の自分の願望を見つめさえすれば、その仲間入りができる、何かを成し遂げられると誘いかける役割を持っていると考えられる。

次のフィエゾレでの二人の肉体的接触の場面も、ギリシャ神話的世界に導かれるように用意されている。太陽神の子パエトンと春の女神ペルセポネの名前で語られるイタリア人の恋人達の御者台での愛の戯れを「ルーシーは衝動的にうらやましいと思った」(六一)。厳格な中世キリスト教の世界やサヴォナローラ[17]を信奉するイーガー牧師に馬車から降ろされたペルセポネは、なぜかルーシーにとりなしを訴えかける。「一瞬ふたりの少女は見つめ合った」(六二)。春、再生、豊穣、繁殖を司る女神の名を冠する少女とルーシーには通じ合うものがあるような描写だ。さらにペルセポネの担う性質が春の生命力、性愛の力であることの意味合いをエマソン氏が強調する。

自然の中の春と人間の中の春に何の違いがあると言うんだ? だのに我々は片方を賛美し、もう一方を淫らだと非難し、同じ法則がどちらにも永遠に働きかけることを恥じている。(六二)

人間の肉体美や肉体的な愛を、異教的な堕落として排除しようとする偏狭な道徳観が疑問視されている。この地上的肉体と肉体的愛の肯定は、ルネッサンスの人間至上主義における人間性、人間の肉体の肯定と通じている。ルネッサンス美術の中の裸の神々や英雄達は彼の意見を補強するものである。

ルーシーがジョージと出会う場面も神話的である。パエトンに導かれる途中、川と金色の草原と丘の眺めが黄金時代のように広がる「その瞬間、足元の地面が崩れ落ち、彼女は森から落ちた」(六七)。そこに前述の斜面を覆うスミレの流れが現れる。落ちる場面は、ペルセポネの略奪——ペルセポネがスミレを摘んでいると、目の前の大地が割れ、冥界の王ハデスに地下へと連れ去られ妻にさせられる——を想起させるように描かれている。ただし、太陽の子が導くため、スミレの流れは光に溢れ、冥界の暗さはない。ここでの神話は、ハデスが抱く強引でセクシュアルな愛欲の対象としてのペルセポネ、また、冬の間冥界にいた彼女が地上に戻れる春に生命力が復活するということに焦点を当てている。「地獄に生きていた」ジョージは、殺人事件以来すでに生と性にめざめて、ペルセポネの美しい春の世界に出てきている。ミルトンの『失楽園』[18]では官能的愛の象徴として、スミレがアダムとイヴの愛の褥に敷き詰められていたことも考えると、溢れるスミレの流れは、突然唇を奪うジョージの愛が肉欲的情熱に基づき、それをルーシーの身体は無言で受け入れていること、すなわち、二人の性が共鳴し生を謳歌していることが示されるに相応しい背景であると考えられる。前に見たヴィーナスとしてのルーシーと、ペルセポネとしてのルーシーが重なる異教的空間となっている。さらに、「パエトンだけが、五日前にルーシーが死にかけた男の唇から受け取ったメッセージを解き明かすことができた。人生の半分を墓場で過ごすペルセポネもまた解き明かすことが出来た」(六九—七〇)という語りが、死を意識しての生と性の目覚めという主題によって、このスミレの水流を冥界としてのシニョーリア広場にオーバーラップさせる。そして、これらの二箇所の象徴的場面と響きあうように設定されているのが次の「聖なる湖」である。

まず、中世的な禁欲主義、騎士道精神を体現するセシルと、「聖なる湖」で交わす滑稽なキスが、ジョージとの情熱的なキスを対照的に思い出させるという点で、この水場はスミレの流れとつながっていることが暗示される。ルーシーが「スミレの流れの淵に泳ぐ人のように立っている」（六八）ジョージを「英雄達、あるいは神々」（七二）のように見つめたように、セシルは「池の淵に立ったルーシーを」見て「緑の世界から突然咲き出でた葉のない輝く花」（一〇七）のように思う。また、スミレの中でのキスはシャーロットに見つかってさえぎられたように、少女時代、ここで水浴びをしたルーシーは、シャーロットに見つかって大騒ぎになっていた。[19] この相似のような前置きが、この水辺にも神話的な力が及ぶことを示唆する。

フレディが「若者の落雷のような不意打ち」（一二六）で、初対面のジョージを水浴びに誘うと、ジョージは素直に応じ、ビーブ牧師も同行する。松葉が積もった滑りやすい斜面――ルーシーが落ちたスミレの流れの地形を思わせる――を下ると、「聖なる湖」は緑の草地の中で澄み渡り、青い空を映している。「雨のために、水は、周りを縁取る草から溢れ出し、美しいエメラルドの小道のように見え、中央の水溜りへと足を誘惑していた」（一二九）。蒼天を映した水面が草から溢れ出ている光景には、やはり、スミレの流れの官能的な美の描写がエコーしている。ジョージは「自分がまるで彫像であり、その池が泡立った石鹸水のバケツであるかのように、無頓着に聖なる池に入った。筋肉を使う必要があった。きれいにする必要があった」（一二九―三〇）。水の溢れた所にミケランジェロの彫像のように立っていたジョージの足元の斜面が崩れ落ち、池に落ちる場面も、ルーシーが足を滑らせスミレの流れに落ちて天からの女神のように見えたこと、また流れの側に立っていたジョージがルーシーには神や英雄に見えたことを思い出させる。そして彼らは「『神々の黄昏』のニンフのように」（一三〇）泳ぎまわり、水を掛け合い、じゃれあい、駆け回る。肉体美を誇る彫像のように全裸で激しく水飛沫をあげ、無我夢中で駆け回る若者達の姿は、シニョーリア広場のネプチューンの噴水にもいたサテュロスたちの森での祝祭のようだ。「水、空、常緑樹、風、それらには季節でさえ触れられない、きっとそれらは人間の侵入できないところにあるのだ」（一三〇）と描かれる場所に入ってきた彼らは、人間から異教の神々に変身しているかのようだ。

彼らの水浴びのために特別に現れた神話的世界は、翌朝にはいつもの大きさまで水が退き「その輝きを失っていた。それは血とくつろいだ意志への呼びかけであり、束の間の祝福であり、その作用は消えることなく、神聖であり、魔法であり、若さのための束の間の聖杯であった」（一二三）。ここでは、美しく力強い生身の血と肉をもつ生物としての人間、禁欲主義や自意識といった緊張から自由な人間、彼らを祝福するために異教的神話の輝きが束の間現れたことが、あえてキリスト教の語彙で語られている。この理由は、異教の神々のような水浴びをジョージに楽しませることで、異教の神々が彼に洗礼に代わるものを授けるためと考えられる。キリスト教社会では「神聖」とされる洗礼、聖体拝領を受けていなくても、生命力溢れる若者として力強く身体を動かせることで、異教の神々、あるいは地上的美を肯定するルネッサンスが彼に祝福を与えたのだと。かつて、スミレの流れの側で泳ぐ人のように見えたという描写（六八）は、この異教的洗礼の意味合いをキスシーンにもエコーさせ、ジョージが異教の神々に祝福されていることを示すためのものであったと考えられる。異教の神々や彼の裸の肉体は、「罪深い人間は知恵を持ち、裸でいることを恥じるようになった」というキリスト教的罪悪感からの自由をルーシーに見せ、特に女性の精神的軛《くびき》となっている中産階級的道徳観と精神的に戦うことを促そうとしている。それゆえに、エマソン親子の考えるエデンの園には、自分の肉体を恥じぬ者が入れること、男女が対等な仲間になれたとき初めて入れることが語られているのである（一二六）。しかし、シニョーリア広場の彫像のように、自分でも「何か大きいこと」がしたいルーシーは、「主従関係」（一五四）しか理解できないセシルの側で、「愛する男のそばで対等であること」（一一〇）や「仲間同士の関係」（一五四）を望みながらも、それを阻む形式主義や中世的騎士道精神――女性は男性に守られるべき存在という考え方――ではなく、それらに抑圧されたジョージへの本当の思いと戦うようになってしまう。戦う女性像に憧れながら、対象を誤って戦っているのだ。

水浴び中のルーシーが見つかったように、彼らもルーシー、ハニーチャーチ夫人、セシルに見つかる。女性を導かねばならないと思っているセシルの前で、ルーシーはパラソルで見えないよう気を遣い、こわばってはいるが無関心な表情を努めて淑女らしく振る舞う。ズボンだけはいて「こんにちは」と現れたジョージは「裸足で、胸をはだけて、陰になった森を背景に、光り輝き、魅力的だった」(一三三)。異教的牧神がルーシーを生と性の世界へ誘っているかのような再会場面を、彼女は戦場のように回想する。「文明の大敗走の中で、上着とカラーとブーツの大軍が日のあたる地面の上に負傷して横たわっている中で、彼女とジョージが会うなんて、誰が予言できたろうか?」(一三四)。以後、彼女が戦うジョージとの過去の秘密や、それを葬るための嘘が亡霊という比喩で現れる。「亡霊たちが暗闇に集まり始めた。あまりにたくさんの亡霊が辺りにいた。最初の亡霊——頬に残った唇の感触——はずっと前に確かに埋葬されていた。山の上でかつて一人の男が彼女にキスをしたということは、彼女にとって何でもないことになるはずだった。しかし、それはいまや亡霊の子孫達を生みだしていた。ハリス氏、バートレットの手紙、ビーブ牧師のスミレの記憶、これらがセシルの目の前で次から次へと彼女に必ずとり憑くのだった」(一三九)。彼らのキスが描写されたラビッシュの小説『ロッジアの下で』の本は「じっと横たわり、朝の太陽に愛撫され、その愛撫に応えるかのように、表紙を少しだけ持ち上げるのであった」(一四八)。この官能的な描写は、その本が通俗的なロマンス小説であることを揶揄する意味もあるが、この本を朗読するセシルの傍らで、もう少しで自分の膝にもたれてきそうなジョージの頭を見ながら「それを撫でたいとは思わなかったが、撫でたがっている自分自身がみえた」(一五八)ルーシーを、ペルセポネ達が再び情熱的な肉体的愛へ誘いに亡霊のように現れていると解釈できる。その影響で彼女はジョージから情熱的に二度目のキスを奪われるからだ。

それでもなお、「慣習や世間が認めない感情を押し殺すのがうまくなった」(一六一)ルーシーは、ジョージが自分にとって何でもない存在であると「暗闇から偽りの鎧を巧妙に作り出し」、「戦いの準備をした」(一六一)。ジョージの愛を退け、彼の言葉を使ってセシルとの婚約を破棄し、「男性ではなく自由を望む」女性の一員になろうと決意するが、それは「行き暮れた者の大軍」に加わることであり、「自分の内なる敵に屈して」「情熱と真実に背いた」、また「エロスとパラス・アテナに背いた」ことであると語られている(一七四)。彼女が男性に負けまいと行う戦いは、「一種の戦争として旅行し、完全武装して」(一九〇)臨むアラン姉妹のギリシャ行きに便乗して逃げ出す計画にまで発展するが、エマソン氏が「物事の終わりにとても近いところにいて、その深淵に近づきながらも威厳があるようだった。その深淵について彼が行った解釈と、彼を取り囲む聖書が行った解釈は別のものだが。自分が横切ってきたでこぼこ道に対して寛大であるように見えた」ために、ルーシーは「男女間の使い古されたものではなく、若者が年寄りに対してみせるような騎士道精神」に目覚めて勇敢に真実を話す(二〇〇)。これを機に、ルーシーは「身体と心で(二〇一)ジョージを愛していること、「愛は身体そのものではないが、身体からのものである」(二〇二)こと、皆の信頼のためにジョージとは結婚できないと言いながら、皆を偽っていることをエマソン氏から指摘される。絶望するも、自分を理解してくれる聖人のような表情のエマソン氏を見て、彼女は復活する。この先彼女は、愛や快楽以上のもの、すなわち真実のために戦わねばならず、「暖かさを必要とする戦いに冷えたままで行かねばならない」(二〇四)。しかし、「重要な戦いはイタリアと彼の父と妻によって戦われた」(二〇六)とあるように、彼女が漸く最初の希望をかなえたことがジョージの視点から語られる。あの彫像たちのように、女性であろうと、彼女もまた何かに苦しみ、戦い、成し遂げたのだ。「僕は君を腕の中に抱きしめている時でさえ君自身の考えを持っていて欲しい」（一六七）と言うジョージに抱かれている彼女は、肉体的愛情を抑圧せずに、また精神的主従関係からも解放されている。こうして勝利を得た彼らは、「情熱が報いられ、愛が達成された」と告げる（二〇九）パエトンの歌と地中海へ雪を押し流すアルノ川の轟きで包まれる。春に復活をとげた女神ペルセポネの祝福を受けているようである。

シニョーリア広場には冥界の死と生と性、フィエゾレには春の生と性とわずかな冥界の死の影、「聖なる湖」には生と性というふうに変化しながらも重なり合う特徴があった。これらの水場を彫像や写真や神話的地形が互いに連想を生むように結びつけ、ジョージに異教的洗礼を授け、ルーシーを愛の女神や春の女神に変身させ、性の受容と男女の対等な関係への目覚めを促そうとした。男性に守られるだけの人生から、自ら戦い、苦しみ、成し遂げるという道を選ぶまでに、混乱と自己欺瞞の戦いが空しく繰り広げられたのだが、その苦しみを経たがゆえに、彼女の情熱的な肉体からの愛情が、死を意識しての生、あるいは死後の復活のように待ち望まれる輝かしい勝利に感じられるのである。

注

（1）Lionel Trilling, "E. M. Forster," *Kenyon Review*, 4 (1942) rpt. in *E. M. Forster Critical Assessments*, vol. 2, ed. J. H. Stape (Robertsbridge, East Sussex: Helm Information, 1998) 126-28.

（2）John Sayers Martin, *E. M. Forster: The endless journey* (London: Cambridge UP, 1976) 107.

（3）筒井均『E・M・フォースターと「土地の霊」』（英宝社、一九八三年）六。

（4）Eugene Webb, "Self and Cosmos: Religion as Strategy and Exploration in the Novels of E. M. Forster," *Soundings*, 59, (1976) rpt. in *E. M. Forster Critical Assessments*, vol. 4, 334.

(5) 彼の宗教とは芸術に対する信仰を意味し、別の名ではヒューマニズムとも呼ぶ。Wilfred Stone, *The Cave and the Mountain: A study of E. M. Forster* (Stanford: Stanford UP, 1966) 18-19.

(6) 男女平等を受け入れるエマソン氏の政治的態度が、モラルに対する感受性のレベルを高めている。John Lucas, "Wagner and Forster: *Parsifal* and *A Room with a View*," *ELH*, 33 (1966) rpt. in *E. M. Forster Critical Assessments*, vol. 3, 170-71.

(7) 旅行中に創作のインスピレーションを受けて書いた『パニックの物語』("The Story of a Panic")、『コロヌスからの道』("The Road from Colonus")、『エンペドクルス館』("Albergo Empedocle")など初期短編へのディオニュソス信仰などギリシャ神話の世界観の浸透が論じられたものとして次を参照。Frederick C. Crews, *E. M. Forster: The Perils of Humanism* (Princeton: Princeton UP, 1962) 124-30.

(8) E. M. Forster, *A Room with a View*, ed. Oliver Stallybrass, The Abinger Edition 3 (London: Edward Arnold, 1977) 29. 以下、本書からの引用文はその直後に括弧内の数字で頁数のみを記す。

(9) Bonnie Blumenthal Finkelstein, *Forster's Women: eternal differences* (Pennsylvania: Columbia UP, 1972) 76-77.

(10) 性的に成熟した新しい女性が小説に現れてくる中でのシャーロットの役割を処女性の保護者と指摘。Daniel R. Schwarz, "The Originality of E. M. Forster," *Modern Fiction Studies*, 29 (1983) rpt. in *E. M. Forster Critical Assessments*, vol. 4, 382.

(11) 道徳的リアリズムとは、道徳的生活を送ることとの矛盾や逆説や危険に関心を持つことであるとする。Trilling, 125.

(12) Finkelstein, 68.

(13) 語り手の皮肉やハニーチャーチ夫人の非難に見られる、女流小説家のラビッシュや選挙権運動に熱心な「新しい女性たち」への当時の社会的反応と問題については次を参照。Yoshi Kenmotsu, *Moral Dilemmas of the Middle Classes in E. M. Forster's Novels* (Tokyo: Eichosha, 2003) 63, 73.

(14) Martin, 95.

(15) Frederick P. W. McDowell, *E. M. Forster*, Revised Edition (Boston: Twayne Publishers, 1982) 20.

(16) このモチーフの代表であるペルセウスとアンドロメダの神話は、既述のペルセウス像の台座にも彫られている。

(17) 神の罰を強調した説教で一四九〇年代後半フィレンツェの実権を握った修道僧で、ルネッサンスの異教的性質を卑猥な罪悪として、裸体像・絵画・書物などを没収しシニョーリア広場に積み上げて焼却させた。異教の墓場となった「聖なる」場所で、彼もまた火刑にされる。高階秀爾『ルネッサンスの光と闇』(中央公論社、一九八七年)一七一四五参照。

(18) ジョン・ミルトン、平井正穂訳『失楽園』下(岩波書店、一九八一年)一四二。「二人の褥は、/群がり咲いていた三色菫や菫や不凋花や風信子の花床であり、/柔らかく新鮮そのものの如き母なる大地の膝であった」(九巻、一〇三九－四一行)。

(19) 水浴び中に裸を見られて大騒ぎになるというモチーフは、アルテミスとアクタイオン、またゼウスとレダやエウロペーなどギリシャ神話では性的場面としてよく見られる。

道徳的な枠組みと視覚表現
――『ダーバヴィル家のテス』の女性像

松田雅子

はじめに

トーマス・ハーディの代表作である *Tess of the d'Urbervilles*（一八九一年）には、'A Pure Woman Faithfully Presented by Thomas Hardy' という副題がつけられている。ヒロインを擁護する「清純な女」という語り手の言葉は、次のような二つの意味に解釈することができる。(1)

ヴィクトリア朝では性道徳のダブル・スタンダードが認められていたので、女性たちは「家庭の天使」と「街の女」に使い分けられ、それぞれの役割は中産階級と労働者階級の女性たちに割り当てられていた。作品では、籠絡されて私生児を産み、最後には殺人を犯して処刑されるヒロインを「清純な女」として弁護し、性の二重規範に異議を唱えているとするのが、第一の解釈である。もうひとつは、この副題によってハーディが彼自身の理想の女性像を追求しているとする視点である。

第一の点に関しては、買売春と道徳改革が公の議論の中心にあったという社会の趨勢が、その背景として考えられる。[2] さらに、ロマンティック・ラブに基づく新しい結婚観が労働者階級を中心に広がっていったことも、性道徳が変化していくきっかけとなっただろう。愛と性を一致させる結婚観は、十九世紀末に労働者階級から社会全体に広がっていったと家族史家のショーターは指摘している。[3] この作品では、中産階級の「家庭の天使」という「文化的構築物」を拒否し、労働者階級の表す「身体性」の復権がなされているといえる。

第二の観点については、性的な魅力を持つ理想の女性像の創造があげられる。作品では、性を人間の行動の根底にあるものとしてとらえているが、男性の語り手によって、女性の肉体美が視覚的に入念に描写される。このことは、小説が若い女性の道徳的涵養をめざしたグランディズムから離れていこうとする姿勢を示している。テスの人物造型を通して、精神的には子供のように清純で従順、肉体的には大人のセクシーな女性が理想像として提示され、二極化されていた女性像が一人の女性の中に統合されている。しかし新しい女性像は、個人としての主体性が重んじられるよりも、性的な視線の対象としてその存在意義があるというところに、新たな問題を孕んでいる。本論では、以上の二つの観点から作品を分析していきたい。

一　ダブル・スタンダードに抗議する

一八五九年にダーウィンの『種の起源』が書かれ、キリスト教の信仰に対して懐疑の目が向けられるようになると、世界観のよりどころとして、個人の道徳的な義務ということが声高に言われるようになった。性道徳に関しては、中産階級では自らの私有財産を血統が確かな子孫に相続させるために、女性に貞淑な良妻賢母であることを求めた。資本主義の生存競争も激化し、道徳を守る砦として、家庭と家庭の女主人である女性の持つ癒し機能や養育機能がとくに強調されたのである。

しかし体面重視の一方で、男性は婚姻外での性を認められ、買売春が盛んであったことも周知の事実である。作品では理想的な女性の典型として描かれるテスが、この二重規範の犠牲になり、その不当さが糾弾されていく。

テスの人物造型の過程で明らかになることは、自然のなかで働くテスを理想像とすることが、女性たちの身体性の回復という次元を持っていることである。当時の中産階級の女性たちは、コルセットによる「モードの鋳型」に身体を合わせることを要求されていた。[4] このような人工的に作り上げられたセクシーさではなく、女性の自然な身体的魅力が追求されているといえる。作品では野外での労働、その中での性的な心情などを描くことで、女性の肉体的な解放がなされている。

（一）　自然と文明

この小説の背景となっているのは、イングランドの南、ウェセックス（ドーセットシャー）の農村生活である。作品の変わらない魅力のひとつとして、田園風景やそこでの生活の描写があげられる。文学的伝統として、都会の喧騒を避け上流人が田園で遊ぶ牧歌という形式はあるけれども、出版当時は現実には、労働自体や、動物や自然に近いということはそれだけでさげすまれていた。しかし、道徳の遵守や体面の保持でがんじがらめになった、中産階級の都市生活ではなく、農業や牧畜という農村の労働者の生活や、彼らの娯楽や習俗を描いた描写は、現代ではむしろ新鮮に感じられる。自然のリズムに従って労働し、季節が深まるにつれて、主人公たちの感情生活も豊かに実ってくる、その実感が自然の推移とその中での生活の描出にこめられている。また、ジッグ・パーティや縁日などの晴れの日と労働の日々のコントラスト、ダンスや音楽のもたらす陶酔感、恋愛感情の高まりなどの描写が、身体性に訴えることによって心理的にも読者を高揚させる力を持っている。

トールボットヘイズの農場での生活について、次のような語り手のコメントがあり、その牧歌性には読者もうなずける。

彼らの位置は、あらゆる社会的階層のなかで、おそらくもっとも幸福なものであった。貧窮とは、一線を画してその上にあり、そしてまた、世間の慣わしに自然の感情を締めつけられ、空疎な流行に追い立てられてついに足りることを知らぬ状態のはじまる一線よりは、下だった。(九七九)

エンジェルはエミンスターの牧師の息子という相当な家柄の出身であるが、キリスト教への懐疑心が芽生え、牧師になる道を断念し、本国あるいは植民地で農園経営者となる将来計画を立てた。そして、その修行として農業技術習得の過程で、

思いがけず、彼は戸外の生活を、……それ自体のため、またそれがもたらしてくれるもののために、好むようになった。……彼は、しだいに古い連想から遠ざかり、人生と人間性のなかに何か新しいものを見た。……さまざまな自然現象——それぞれに独特の気分をもつ季節、朝方と夕方、真昼時、そして夜、さまざまな異なった気質の風、樹木、川や霧、影、沈黙、無生物の声——と親しく交わるようになった。(九六九)(5)

彼は田園の生活の中で癒され、労働者たちに対し自然と一体になった、自由闊達なゆたかな存在感を感じる。野外で働く乳搾りの娘たちは野生の動物への連想を誘っている。このことは進化論が出された当時では、より類人猿に近いものとして否定的なイメージにとらえられたかもしれないが[6]、現在では、適切な比喩であるといえよう。

一方、中産階級の女性たちは、クリノリンの入ったスカートをはき、ウエストをコルセットで締め上げるという「身体拘束ファッション」に身をやつしていた。しかし、そのために気分が悪くなり、身体的変型をもたらすこともあったという自然と懸け離れた生活を強いられていた。そのうえに、「家庭の天使」というイデオロギー的要請により性的な感情の発露も禁じられ、肉体的な自然はまったく省みられなかったという状態だったのである。

さらに田園の中での生活を重ねた結果、エンジェルは純然たる中産階級人として疑問も抱かずに生活している兄たちに対して、違和感を感じるようになる。

……兄たちは人生というものを、じっさい現にそれを人が生きているものとして、とらえても、言い表わしえてもいないのだ、……自分たちとその仲間たちの浮かんでいる静かな、穏やかな流れの外には、様ざまな力が複雑に渦巻いていることを正しく認識してはいなかった。（二〇〇八）

中産階級の道徳だけでは把握できない人生の全体像をつかんでいるという自信が、労働の生活のなかで生まれてきたのである。

（二）　家系に対するこだわり

この作品全体を通じて、没落した旧家という概念が頻出する。小説の冒頭でテスの父、ジョン・ダービフィールドは牧師のトリンガムによって、彼はノルマンの征服の時代にさかのぼる由緒正しい家柄ダーバヴィル家の末裔であることを知らされる。この家系についての発見が、テスとアレックとの出会いをもたらし、旧ダーバヴィル家の屋敷でエンジェルとテスが新婚初夜をすごしたその悲劇的な顚末の背景となり、殺人にまつわる公式馬車伝説などと結びつき、ゴシック小説的な雰囲気をもりあげるという効果を持つ。

マーロットのあたりには、没落した旧家と称される人々が大勢いて、家系の浮き沈みが激しいとされている。また、反対にアレックの家族のように、金貸し業で成功し、貴族へと成り上がっていくものもあり、彼らは現在経済力を持っている階級の代表である。これらの叙述は、ヴィクトリア朝の固定した身分制度が、いかに変遷を重ねてきた結果であるかを表そうとしており、決して不動のものではないという語り手の階級観が強調されている。

ハーディ家も登場しているが、その没落については作家は別のところで、ドーセットのハーディ家は社会的な活力を使い果たし、没落の一途をたどっていると述べ、[7]ダーバヴィル家にハーディ家の運命を重ねているところが見受けられる。当時、社会とはひとつの巨大な生命体であり、生物と同じく、誕生から成熟、そして死に至るコースをたどるものだという社会進化論が展開されたが、それに共通するものがある。[8]

さらに階級の構成員の資質については、次のように述べられている。

教養ある中産階級から、その（エンジェルの交際の）ははは最近、農村社会へと広がっていたが、この体験から彼（エンジェル）は、ある社会層の善良で賢明な女と、べつの社会層の善良で賢明な女の差違は、同一社会層ないしは階級内の、善良な女と性悪な女、賢い女と愚かな女の差違に較べると、本質的にいかに僅かばかりのものであるかを教えられていたのだ。（一〇一三）（括弧内の説明は筆者による）

このように、没落した家系に関するエピソードは、階級間の実質的な平等を示唆している。この作品は階級に対してアンビヴァレントな感情はあるものの、ブルジョワの価値観にチャレンジしようとして、階級間の境界線が曖昧にされている。

（二）　ロマンティック・ラブ　イデオロギーの浸透

牧場での共同生活の中で、「溌剌としたういういしい自然の愛娘」（九七一）と形容されるテスの自然な美しさがエンジェルの心をとらえる。生命力にあふれたテスの姿は次のように描かれている。

おのずと活力のようなものが、樹々の梢に樹液が上がってゆくように、彼女のなかにも湧き上がってきた。それはいったん阻まれても新たに沸き立って、希望と、そしていかんともしがたい、生の歓びへの本能をもたらす、尽きることを知らない若さだった。（九五二）

このような描写は、人間における自然の強調、それは'appetite for joy'すなわちリビドーを人間を突き動かすものとしてとらえる人間観へと導かれていく。また、女性たちの恋愛感情や性的な欲望も直截的に描かれる。

……今はそれぞれが皆、性という名の一つの有機体の一部分にすぎなかった。……まぎれもなくそれが存在して、彼女たちに死にたいほどの恍惚の喜びを与えている……（九九六）

労働者階級の間では、中産階級と違って、家族として受け継いでいく資産がないので、結婚においてリネージよりも個人の感情、すなわちロマンティック・ラブが重視されていく。ショーターは性愛を中心にすえた「ロマンティック・ラブによる対等な結婚」のなかに自己実現を見出そうとするイデオロギーが一八五〇―一九一四年の間に労働者階級から社会全体へ広まっていったと分析している。[9] 作品の結婚観も、おそらく家柄から個人へと結婚における関心事が移りつつある時代の様相を映しているのである。

作品中にもショーターの論を裏付ける個所がいくつかある。メアリアンはスティクルフォードのある酪農場の親方との有望な結婚話を、愛情が感じられないからといって断っている。エンジェルもテスについて、「テスを愛するのは、テスその人を愛するからであった。その魂、心、その実質ゆえであって、酪農場での腕前だとか、教えられる者としての資質、そしてむろんのこと彼女の素朴で形式的な信仰表明のためではなかった」（一〇一三）と、個人主義にもとづくロマンティック・ラブによる結婚の信奉者であることを示している。

（四）ヴィクトリア朝の性道徳――ダブル・スタンダードへの反発

性道徳のダブル・スタンダードは、女性だけに貞節を求め、男性には売春や放蕩をやむをえないものとして認める立場である。テスはうまくいけばアレックと結婚できるかもしれないという両親の期待を背負って、ストーク・ダーバヴィル家へ働きに出かけ、アレックから無理に関係を迫られる。アレックはこの時点ではテスと正式に結婚しようという気持ちはまったくなく、家事使用人相手に恋愛遊戯を試みただけだった。

後日の出産に関してテスはアレックに何も知らせず、また援助を求めてもいない。このことは、みずからの性を商品化することに対する抗議という意味を持ち、テスの純粋さが強調されている。援助を受けることは、愛人としての自己の立場を認めることになるからである。この点は実際的ではないにせよ、二重規範に対する抗議が示されている。また、自分の過ちは棚に上げて、テスの過去に拘泥するエンジェルにたいしても、贖罪のために「何の権利も主張せず、彼の判断こそあらゆる点で正しいものとし、その前で押し黙って頭を垂れ」（二一八一）るだけである。

このようにテスは二重規範の理不尽さを証明するために、性格造型上、清純さを強調されすぎた結果、自滅的なヒロインとなっていく。「一度犠牲になると死ぬまで犠牲者だ」（二一七二）と彼女は不平をもらす。美しい女性が凌辱され、そのために結婚の幸福も瞬時に崩れ、殺人事件を犯し処刑されるというプロットは、高貴な人物の死という悲劇の型を踏襲しているのかもしれないが、繰り返される悲劇のプロットには、リアリズムを超え、センセーショナルで、サディスティックなストーリーに対する好みを示しているようである。『オフィーリア』（一八五二年）というミレイの絵や、ワッツの『溺死』（一八五〇年）のような過剰にパセティックな情緒を掻き立てる絵画に通じる時代の好みがあり、二重規範に対する抗議にしても論理的な展開ではなく、感情に訴える手法がとられている。

二　理想の女性像

前述のように、'Pure Woman' の持つ、第二の意味として、この作品ではテスの中に理想の女性像を創造しようとする語り手の意気込みが感じられる。二極化し分裂していた女性像をテスというヒロインの中に統合しているが、ここではまず、精神的な面と肉体的な面から、テスがどのように描かれているか見てみよう。

（一） 精 神 性

テスの性格としては、'pure' が強調されていて、利己的なところはまったくないといっていいほどである。控えめな娘、純真なテス、糸遊のように感じやすい、ほんとにやさしい、善良な、ふたごころのないテスなどの表現には 'pure' の持つイメージがぴったり当てはまる。Word Smith（Oxford UP）というコンコーダンサーを使って、作品中の 'pure' の単語使用例をあげてみると次のような例が見られる。

PURE（26 entries）

1 were alike among them. Some approached **pure** blanching; some had a bluish
2 who are true, and honest, and just, and **pure**, and lovely, and of good report
3 and virtuous goes without question?" "**Pure** and virtuous, of course, she is."
4 stood on a basis approximating to one of **pure** reason, even if initiated by
5 its bitterness." And that she is **pure** and virtuous goes without
8 country-house built for enjoyment **pure** and simple, with not an acre
10 and who had believed in her as **pure**! With an instinct as to
11 to add," he said, "that for a **pure** and saintly woman you will not

12 I have seen her, Angel. Since she is **pure** and chaste she would have
13 trustworthy as his song is breezy and **pure**, gets his authority for speaking
14 mouth thin. She looked absolutely **pure**. Nature, in her fantastic
15 of the landscape; a field woman **pure** and simple, in winter guise;
16 the d'Urbervilles A **Pure** Woman Faithfully Presented
17 "She is so good and simple and **pure**. O, Angel— I wish you would
18 think that a young woman equally **pure** and virtuous as Miss Chant, but
21 pectedness of things. Nothing so **pure**, so sweet, so virginal as Tess
23 the village had to be kept **pure**. So on this, the first Lady-Day
24 Froom waters were clear as the **pure** River of Life shown to the Evangelist

作品中、'The Pure Drop' というパブの名前を除くと、'pure' という語は十八回の使用である。Honest, just, lovely, of good report, virtuous, simple, saintly, chaste, sweet, virginal などとともに使用され、望ましい女性の美徳としてあげられている。このような特質は「家庭の天使」とまったく一致する性質で、セクシュアリティを持った新しい女性像が造型されているとはいっても、精神面は「家庭の天使」像をそのまま踏襲している。

　さらにエンジェルに対するテスの恋愛感情は、ロマンティック・ラブに傾倒しているが、対等な人格に基づくというより、きわめて宗教的な傾向があるのが特徴である。夫を非常に尊敬し、その指導を熱烈に求めている。「家庭の天使」は道徳的な面で、夫の粗野で動物的なところを浄化するとされていたが[10]、テスの場合はまったくの夫唱婦随である。

*彼はじつに神のように映った。仕込まれたわけではなかったが天性あか抜けている彼女の本来的性格が、彼がうしろだてとなって指導してくれることを切望する（一〇二九）

*夫に対する偶像崇拝（一〇六一）

*彼の言葉に、それがまるで神の言葉ででもあるかのように、しがみついていたことか！（一一八二）

*彼にたいする彼女のゆるぎない献身的な愛情ときたら、……（彼女は）使徒のキリスト教的愛そのもの（一〇八七）

神、偶像、神の言葉、使徒のキリスト教的愛といった言葉から、夫に対する態度は、宗教的崇拝の域に達している。キリスト教信仰がすたれたあとに、恋愛が信仰に取って代わろうとしているのだろうか。

ここではテスが農民、エンジェルが中産階級出身なので、それぞれの階級的特性を示した結果、女性は肉体的自然の美を表し、男性は精神性、指導性を表すという伝統的な区分に分かれている。この区分は、男性/女性、精神/身体、文化/自然という対立を通じて明確化されてきた。ここで、語り手は階級の障壁を乗り越えようとして、あらたにジェンダーという壁を持ち出してきている。ハーディは階級に対して拒否の姿勢を示し、対案としてロマンティック・ラブによる対等な結婚という新しい男女観を示したものの、家父長的な女性観に依然として縛られている。

この作品では、テス自身には主体的に行動する自由は与えられていない。彼女はあくまでも従順であり、エンジェルが間違った判断を下す時も彼の言葉に従うしか、選択の余地がない。このような理想的な性格造型については、イーグルトンが『クラリッサの凌辱』について述べている見解が参考になる。[11]

クラリッサの徳は、たしかに、とうていありそうもないその理想的性格ゆえに、リアリズムの範疇から逸脱している。だが、それは、公式の道徳イデオロギーに対する深刻なパロディとみるべきものだ。かくして、これ以上は持ちこたえられないぎりぎりの極限までつきつめられたその道徳的イデオロギーは、このとき、みずからの腐敗した現実のありようを露呈しはじめる。

「清純な女性」というイデオロギーが、社会的実践のなかでなんら有効性をもちえず、テスがつねに挫折し生きのびることができないのは、たしかにパロディといえよう。階級とジェンダーの間にある権力の差によって、エンジェルは容易にテスを所有しコントロールし、図らずも殺人へと追いつめる。センセーショナルな効果をねらった結末で、この女性性イデオロギーは、限界を露わにしているといえるだろう。

(二)　肉 体 性

テスが読者に強いインパクトを与えるのは、入念に描かれたその肉体的な魅力である。彼女は女性美の典型として表現されている。

彼女はもはや乳搾り女ではなく、幻となってたち現れた女性のエッセンス――女性全体が一つの典型的なかたちにまで凝縮された姿――だった。(九八〇)

しかも、性的な魅力にあふれていて、アレックは「男心を惑わせる素敵なテス、このいとしい、罪深いバビロンの魔女」(二一六四)と呼びかけるほどである。そのように魅惑的なテスの描写のなかで目につくのは、口や唇に対するオブセッションとも言えるような語り手のまなざしである。

その真っ赤な口の中が、まるで蛇の口のように彼の眼をとらえた。……女の魂が他のいついかなる時にもまして肉化する瞬間であり、最も精神的な美が肉のかたちをとって表われ出で、そして性が外に表われ示される瞬間だ。(二〇一七)

真っ赤な口のなか、蛇の口という表現は、女性の性のメタファーであり、男性の欲望を反映している。さらに、テスは男性の欲望に十分に反応していくセクシュアリティを持っている。アレックが苺をテスの口に入れようとしたのに対して、彼女は嫌がりながらも唇を開いて受け入れるが、佐野はテスが「拒絶をしながら一方で喜びつつ〈男〉を受け入れてゆく姿」と論じている。[12]

テスの性格は生来情熱的な人間であり、エンジェルの抱擁に「唇はほころび、ほとんど恍惚の叫びに似た声を漏らして、一瞬の喜びにひたり」と、性愛そのもののような描写がなされている。このように、テスは容貌がセクシーであるばかりでなく、その性的な感受性が豊かに開花していることが暗示される。このような点も、雑誌連載を断られた、グランディズムに抵触する点である。

(三) 問題点

ここでは女性を描写する視点と物語の構造という点から、新しい女性像の持つ問題点を考えてみたい。

ハーディはその作家的特質として、視覚的表現にすぐれた作家だと言われている。[13] 前述のような、とくにテスの美しさや肉体性をクローズアップする場面は、さながら映画のシーンを見るかのようである。

テスは気づかないうちに、語り手やエンジェル、アレックなど男性の視線によって観察されており、窃視したそのイメージに対し「どんなに情熱のとぼしい若者でも、彼女の赤い上唇のその中央がわずかにせり上がっている様は、心を乱し、おぼれさせ、心狂わんばかりにさせるのに充分だった」（九九九）とか、彼女の姿は「女の魂が肉化する瞬間」を表すという性的ファンタジーが盛り上げられている。「女性の身体は、自然、無意識、物質、神話などに次々と関連づけられて、意味を生み出す想像上の場として機能する。しかし、その仕組みのなかで女は決して自分だけで意味を作り出すことはできない[14]」との分析があるが、テスの身体はまさにそのように使われている。

しかし、「女の身体の存在と声の不在というフェティッシュ[15]」によって進展する二人の恋愛は、意思の疎通を欠き、結婚後の思いがけない断絶をもたらす。

（テス）　あなたの愛していらっしゃるのは、この現実のあたしじゃないのに！　……あたしがそうもなり得たかもしれない、って人なのよ！（一〇六一）

（エンジェル）　きみの姿かたちをした別の女さ（一〇七五）

エンジェルはロマンティック・ラブによる結婚の形に憧れながら、セクシュアリティのファンタジーにのめりこみすぎていたのである。

ところで、ヴィクトリア朝の画家ハントは、「性的な素材を公的に表現するならば、性的快楽を規律ある道徳的なシナリオのなかにおさめる話法によって、視線がコントロールされなければならない。視線が視覚のためだけのファンタジーを謳歌する自由は許されない[16]」と考えていた。この作品でも、ダブル・スタンダードに対する抗議という道徳的なシナリオのなかで、窃視したテスに対する欲望の視線をコントロールしながら、ヒロインを性愛の対象としているかのような語り手は[17]、物語を進めていく。彼は、アレックとエンジェルという二人の分身による、崇拝、誘惑、レイプ、犠牲、処刑というサディスティックな行動を物語る。こうして、語り手は女神として創造した女性像を完全に所有するのである。

この作品の視覚的描写のなかで印象に残るシーンは、次のようなものがある。一、アレックに凌辱される御猟林でのテス、二、子どもを抱えて野良仕事に出始めたテス、三、女性のエッセンスを表すテス、四、性が外部に現れる瞬間のテス、五、夢遊病にかかったエンジェルに抱きかかえられて棺に横たえられるテス、六、天井のハート型の赤いしみが急速に広がってアレックが殺されたことがわかる場面、七、ストーンヘンジで太陽神のいけにえになるテスなどである。このような印象的なシーンでセンセーショナルな感情に彩られた女性の魅力的な図像をクローズアップし、それらを時には少々無理があるストーリーでつなぎ合わせて、小説全体を作り上げている。そういう点で、マルビーのいう映画の進行ときわめてよく似ている[18]。主流の映画は女性のクローズアップとストーリーの流れをうまく組み合わせている。女性の印象的な画像は聴衆を喜ばせるが、ストーリーの展開をさえぎるので、これを物語の一貫性の中に組み込んでいく必要があると述べている。

さらに、ポロックの論によれば、十九世紀のなかばに登場した、新構造をなす視覚表現の中核に女性像があり、写真及び映画と発展するなかで視覚的イメージとしての女こそが自然であるという考えが浸透した。それまで上流の男性が熱心に美を追求した時代も長かったが、一八三〇年頃に変化が起き、女性と美しさが結びつけられたとされている。[19] 複製技術時代になり、視線による所有を図像によって誰もが簡単に実現できるようになったことなどが、その原因としてあげられるだろう。この作品では写真、映画という映像表現に移っていく前の段階として、テスの女性像は言語によって、リアルな映像以上に性的なファンタジーを盛り込まれている。

エンジェルの求愛期間は、「みずみずしい女に対する美的、感覚的、異教的な喜び」(一〇〇六)に満たされていたけれども、ハーディは性、恋について、その幸福が長続きせず、「愛は近接において生き、接触によって死ぬ[20]」と記し、恋愛感情に基づく結婚の幸福がありえないことを示唆している。この作品においても、最後にエンジェルと再会を果たし、逃避行をするテスは次のようにいう。

今の、あたしへのお気持ちが長つづきしないんじゃないか、と心配なの。今のお気持ちが消えた後までも、生きていたくはないわ。生きていない方がまし。あたしを軽蔑なさる時がきたら、全然そんなこと知らなくてすむように、死んでお墓に入れられた方がましだわ(一二一八)

一方エンジェルは、「生きていくことのおぞましさ」(九七四)という憂鬱感に悩み、テスは「立派な教育も受け、衣食住にもこと欠かない青年が、なぜ生きてあることを不幸と思うのか、その理由が判らなかった」(九七五)と不思議に思う。このように、作品に頻出するメランコリーな人生観を反映し、また審美的効果という点から、ヒロインの処刑という悲劇的な美学を示すクライマックスは初めから構想されていたように思われる。

各局面でも、プリンスの死、アレックによる凌辱、子どもの死、エンジェルとの結婚の破綻、アレックの殺害など、つねに小さな悲劇が繰り返されていく。語り手はテスに満腔の同情を示しながらも、着実にサディスティックに彼女を追いつめていく。たしかに、楽園はたちまちのうちに失われるものであるという憂愁は、読者も幾分共有してはいるものの、作品は次第にリアリズムの領域からはなれ、ゴシック小説の様相を呈する。ダーバヴィル家の公式馬車伝説や不思議な衣装のバラッドの歌詞が用いられ、あたかも必然性があるかのような雰囲気のみが醸し出される。作者の悲劇的な世界観が物語化されているが、客観性を求める読者には説得力が充分とはいえない。

処刑の前に、テスはエンジェルに自分の代わりに妹のライザルーと結婚してくれと頼む。物語の最後にハッピーエンディングに類似する何かが必要だったのだろうと思うけれども、同時にテスは交換可能な人物であったことが思い知らされる。ここでは重要なのはヒロインが表象するものであり、彼女自身は重要ではないのである[21]。たとえ、テスが苦難によって精神的な成長を遂げたにしても、やはり無垢な処女である妹の方が、テスの一番良いところだけを持っているのである。

まとめ

この作品においてハーディは中産階級の性道徳に対抗し、これに取って代わるセクシュアリティを持った女性と、ロマンティック・ラブによる結婚観を提示しようとした。しかし、ジェンダーの不平等は依然として残り、それによってヒロインが押しつぶされてしまう結果になる。ここでは「楽しもうとする持ち前の意志と、楽しませまいとする環境の意志」が争い、性、恋の幸福は長続きせず、恋愛感情に基づく結婚の幸福は困難であるという作家の持論が物語化されている。テスは見ることを満足させる美しい図像として表現され、二重規範への抵抗という道徳的なシナリオのなかで、語り手の理想の女性美をイメージした視覚表現が展開される。見ることによって、図像が窃視され所有されるという映像表現に先駆けた描写がなされているので、全体として道徳的なメッセージよりも、審美的なインパクトの方が大きいといえる。

注

（1）Peter Widdowson, ed., "Introduction," *Tess of the d'Urbervilles* (New Casebooks) (Basingstoke: Macmillan, 1993), 15-16.

（2）J. Weeks, *Sexuality* (Chichester: Tavistock, 1986), 35.

（3）Edward Shorter, *The Making of the Modern Family* (New York: Basic Books, 1975), 245-54.

（4）西村美保「ヴィクトリア朝における女性の衣服と身体――コルセットをめぐって――」『病いと身体の英米文学』玉井暲・仙葉豊編（英宝社、二〇〇四年）二一一―二一二。

（5）日本語訳と該当の頁数は、「ダーバヴィル家のテス」井出弘之訳『集英社ギャラリー［世界の文学］3　イギリスII』（集英社、一九九〇年）による。

（6）Cynthia Eagle Russett, *Sexual Science: The Victorian Construction of Womanhood* (Cambridge, MA: Harvard UP, 1989), 13-14.

（7）Florence Emily Hardy, *The Life of Thomas Hardy, 1840-1928* (1962; London: Macmillan, 1986), 214-15.

（8）Russett, 5.

（9）Shorter, 248.

（10）川本静子「『新しい女』の『新しさ』」川本静子・北条文緒編『ヒロインの時代』（国書刊行会、一九八九年）一八。

（11）Terry Eagleton, *The Rape of Clarissa: Writing, Sexuality, and Class Struggle in Samuel Richardson* (Oxford: Blackwell, 1982). テリー・イーグルトン『クラリッサの凌辱』大橋洋一訳（岩波書店、一九八七年）一四〇。

(12) 佐野晃『ハーディ――開いた精神の軌跡』(冬樹社、一九八一年)一七八。

(13) Widdowson, 1.

(14) Mary Jacobus et al., eds., *Body Politics: Women and the Discourses of Science* (New York: Routledge, 1990). メアリー・ジャコーバス他編『ボディー・ポリティクス――女と科学言説』田間泰子他訳(世界思想社、二〇〇三年)一一。

(15) Griselda Pollock, *Vision and Difference* (London: Routledge, 1988), 159.

(16) Pollock, 130.

(17) 川本静子『〈新しい女たち〉の世紀末』(みすず書房、一九九九年)二三九。

(18) Laura Mulvey, "Visual Pleasure and Narrative Cinema," *Visual culture: the reader*, Jessica Evans and Stuart Hall, eds., (London: Sage Publications, 1999) 381-89, originally in *Screen: The Journal of the Society for Education in Film and Television*, vol. 16, no. 3 (1975) 6-18.

(19) Pollock, 121.

(20) Florence Emily Hardy, 220.

(21) Bud Boetticher, in Mulvey, 384.

フウイヌムの美徳とヤフーの悪徳
――『ガリヴァ旅行記』における「人間性」について

山内暁彦

序

ガリヴァは帰国後家族と再会するのであるが、彼らに対して「憎悪と嫌悪と軽侮の念」を持つのみで、人間らしい情愛のこもった再会のシーンはなかった[1]。代わりにガリヴァは二頭の馬を飼い、その馬たちと「毎日少なくとも四時間」話し合って過ごすのであった(第十一章、二九〇)。人間を嫌い馬を友とした理由は、彼が書いた(という設定になっている)『ガリヴァ旅行記』の最後の航海記である「フウイヌム国への渡航記」に明瞭に述べられている通り、フウイヌムへの心酔とヤフーへの嫌悪であるが、ガリヴァの最後の状態が余りにも常軌を逸しているように見えるために諷刺の構造としてフウイヌムを称揚しヤフーを貶めるという作者スウィフトの意図が破綻してしまっているという問題が生じてしまっている。もし仮にガリヴァが最後の航海から帰ってきた後、誰もが納得するような有徳の士となっていたならば、彼に多大な影響を与えたと思しきフウイヌムの持つ性向は全面的に肯定され、同様にヤフーの性向もまた全面的に否定されるべきものとしてとらえられることになったであろう。ヤフーの性向に関しては、一般的な判断の基準に照らして全く受け入れられるべきものではないので、問題は比較的単純であるのに対し、フウイヌムに関しては、彼らの性向を良しとする一般的な判断基準は存在しない。従ってフウイヌムを称揚しようという意図がスウィフトにあったとすれば、彼は何らかの方策をもうける必要があったはずである。その一つはガリヴァのフウイヌムに対する判断であり、もう一つはその判断に基づく彼の行動であると考えられる。ガリヴァの判断は常に一定であって何の留保もなくフウイヌムを称讃していると言って良い。これに対して彼の行動の方はと言えば、先に述べたように、帰国後の姿を見る限りにおいて我々に疑問を抱かせる体のものなのであると言わざるを得ない。これは一体どういうことなのだろうか。本論では、「フウイヌム国への渡航記」における作者スウィフトの意図を推測しつつ、フウイヌム、ヤフー、ガリヴァの三者の関わりを通じて、フウイヌムとヤフーの持つ人間性／非人間性の様態を中心に、諷刺という形式の抱える問題点について考察したい。

一

フウイヌムはおよそ非人間的である。いくつか例を挙げると、彼らは「あらゆる美徳を好むという先天的な性質を生来与えられている」。従って「いやしくも理性的な動物に悪が存在するということは到底考えることも見当もつかない」。「友愛」と「博愛」が二大美徳であり、これらは種族全体に向かって満遍なく注がれている。夫婦が雄と雌一頭ずつの子を産むともうそれ以上産まない。夫婦の間には嫉妬や惑溺や喧嘩や不平などの入り込むすきは全くない（第八章、二六七－六九）。以上の例からはフウイヌムの生は非人間的であるだけでなく人間の抱きがちな理想を無理に具現化させたものであるという印象を受ける。理想を目指す余り捨象されてしまったものの影が残像のように我々の目に見えてしまっている。

人間があらゆる美徳を好むということが望ましいことであるのは事実である。だが実際には人間はあらゆる悪徳をも好むものであるのだ。いわば人間性の持つ善と悪の両方の面の片方を捨て去った後に残されたのがフウイヌムの持つ性質であるのだ。「友愛」と「博愛」も確かに望ましい徳目である。しかし実際には人間の愛情はまず身近な家族、親族へ最大限のものが注がれ、対象との距離が増すにつれて反比例的に薄くなっていくものだろう。仮に一個人の持つ愛情の総量が一定であれば、それが及ぶ範囲が広ければ広い程一人の相手に与えられる愛情の分量は少なくなってしまうのではないか、親子や夫婦の間に濃い愛情はないのではないか、という疑いが生じてくる。種族全体に満遍なく注がれる愛情は「博愛」でなく「薄愛」ということになりかねない。夫婦が二頭より多くの子は産まないということは彼らの愛情の薄さからも説明ができることだろう。二頭の内一頭が欠けることがあると他の夫婦が余分に一頭産むというから、フウイヌムの社会は人口の管理が完全に行われていることになる。また、男女の産み分けも実現している節がある。男女比を含めた人口の統制は人類全体の願望の一つであるだろうが、史上これが実現したためしはないし今後も恐らくないであろう。それはやはり人間性に反することであるからだ。ここでもまたフウイヌムの社会の持つ非現実性、非人間性が国家レベルで現れている。

家族のレベルでも同様だ。例えば、フウイヌムの一家の食事の情景はあたかもモアの『ユートピア』で描かれた共同食堂の風景そのものである。そこにあることを許容されたものは、礼儀作法の名を借りた外面的な静けさと秩序だけだ。ガリヴァによってフウイヌムたちの食事の様子は以下のように紹介されている。「いくつかの部分に仕切られた飼葉桶が部屋の中央に円形に並べられ、それの周りに彼らは……腰をおろしていた。一番まん中には大きな飼葉棚があり、それぞれの飼葉桶の仕切りにぴったり対応していた。

そんなわけで雄馬も雌馬も自分専用の桶から自分の乾草や自分の牛乳煮込みの燕麦を行儀良く整然と食べることができた」(第二章、二三一)。一見するとフウイヌムの食事は上品で落ち着きのあるもののようだが、反面そこには何の楽しさもないようである。各自は自分の取り分を黙々と食べる。一座の中心には飼料を分別する大きな棚が置かれているから、正面に座った馬はその陰に隠されてしまって、お互いの会話もままならないだろう。自分の取り分がきちんと分けられているのは良いことのようにも思われるが、大勢が一つの桶で鼻を突き合わせるようにして食事をする際に見られるであろうダイナミックな生の陽気さと騒がしさはここには全くないことになる。却って養分摂取を強制されているような無気味な雰囲気がその場を支配しているようではないだろうか。

フウイヌムの生活を全体として見た場合もこのような印象を拭うことができない。「無気味さ」が彼らの社会全体を覆っていると言うことができるだろう。ただしこの解釈は作品の表面に現れているものから直接得られるものであるとは言えない。『旅行記』全体がガリヴァの筆を通しての紹介という形式を取っている以上、ガリヴァがフウイヌムを称讃するという態度を崩さない限りにおいて、彼によって伝えられるフウイヌムの社会の姿は批判的な書かれ方で記述されるはずもない。フウイヌムを批判的にとらえようとする態度はひとえに我々読者の判断に由来するものでしかないということには留意しておかねばならないだろう。ただし、こうした読みを誘発する要因が作品に仕掛けられているのではないかと考えることは大いに可能である。するとその仕掛けはスウィフトの意図したものなのかどうなのかが問われることになってくるだろう。スウィフトはフウイヌムを肯定的なものとして描こうとしたのか、否定的なものとして提示しようとしたのか、あるいはそのどちらでもないのか。性急な結論付けはまだせずにおきたいが、どうやら、ヤフーを忌むべきものとして単純に切り捨てるのと同じような形では、フウイヌムを単純に賛美することだけはできそうにない。

　ガリヴァからすれば称讃すべきフウイヌムの高い徳性に留保を付け、彼らは理想ではないのだという判断を下すことによって、我々はガリヴァの最後の姿を救済することができるかも知れない。仮にフウイヌムが完全無欠な存在であって、なおかつ彼らに心酔し薫陶を受けたと称するガリヴァが常軌を逸した奇怪な人物に成り下がってしまったとすると、その責めはもっぱらガリヴァの無能さが負うことになってしまうだろう。ガリヴァと同じ人間として、読者はガリヴァの無能さを認めたくはないであろうから、そこに何か他の理由を求めることになる。では、ガリヴァは外見も馬の姿をしていないが、同様に内面的に馬になることなど到底できないはずであるから、ガリヴァの失敗は仕方のないことである、とは考えられないだろうか。この作品では外形における人と馬との差異はかなり詳細に扱われていて、作中でも滑稽な部分となっているのに対し、内面ないし頭脳、精神の面では、人と馬とは相互に取り替えのきく大差のないものとして扱われている。ガリヴァは馬と会話する際、あたかも外国人と会話をしているかのように振る舞うことからも、このことは明らかだろう。基本的な設定として馬と人間の精神は両者の間に差は設けられていないのである。従って、ガリヴァが内面的に馬のようになりきれないことの理由として双方の精神の差を持ち出すということは正当ではないことになってしまう。この点に関しては、ヤフーを顧みてみることでフウイヌムの内面が人間と大差がないように設定されていることがより一層よく分かるだろう。ヤフーは恐らく人類とあまり変わらない脳を持っているはずであるのに、その性情は一般の人類とは大きく異なっている。一方、馬は人とは全く異なる脳を持っているはずであるのだが、その内面は人と全く変わらない。よく考えてみるとこの基本設定には非常な無理があるはずなのだ。しかし、我々が不自然さを感じることはない。これはスウィフトの技量によるものなのであろう。いずれにせよ、フウイヌムになりきれなかったガリヴァを救済する方策として最も単純なのは、フウイヌムは間違っていると断じてしまうことだ。間違った手本に気に入られず、また同一化することもできなかった愚かなガリヴァは、哀れむべき気の毒な存在となるであろう。正しいとは言えない手本を師と仰いだこと自体はガリヴァの失敗であったとは言え、これは決して責められることではない。事の成りゆき上避けられぬことであったのだ、と。

理想であるとは限らないとしてフウイヌムを貶めることの持つもう一つの意味は、読者本人の救済にある。フウイヌムのような生活がもし正しいものであり我々は皆それを目指さなければならないとしたらどうだろう。これほど窮屈な制約は他にはないとさえ思えるのではないだろうか。フウイヌムの生活は無味乾燥だ、むしろヤフー的な生の謳歌こそ望ましいのだ、と言えたらこれほど幸せなことはないだろう。しかし我々は理性のある人間であるべきだということに、現実においても、またこの作品の中でもなっているから、それはなかなか言うを憚ることである。だから少し譲歩して、フウイヌムは完全ではないし、彼らのような生活はご免被りたいものだ、という程度のことは言っても良かろうというわけだ。フウイヌムを受け入れないことで読者はガリヴァとも一線を画し、彼の陥った狂気からも距離を置くことができるのである。

二

先に、ヤフーは全く受け入れられないと述べた。その理由を確認しておこう。「第四渡航記」でのスウィフトの諷刺の主な攻撃対象はフウイヌムでなくヤフーである。あるいはもっと正確に言えば、ヤフーの姿を通じて我々読者の眼前に展開される、人類が抱える種々の様相の悪徳である。ヤフーの性質についてガリヴァはフウイヌムの主人からいろいろと聞かされるだけでなく、自らもヤフーたちを直接観察することによって彼らの醜悪さを身をもって知る。ガリヴァの報告によって読者も彼と同じ認識を持つことになるであろう。ヤフーとはガリヴァにとっても我々にとっても初見の印象からして禍々しいものであった。ガリヴァは述べる。「これほど醜悪な動物を見たことも、またこれほど強い嫌悪感を抱いた動物を見たこともなかった」（第一章、二二三―二二四）。こうしたイメージは「第四渡航記」全体を通じて変わることはない。それどころか、悪いイメージはますます増強されていくばかりである。ある面ではヤフーにも見るべきところはある、というような記述は皆無である。現実には、何らかの新種の動物を観察しその外見や性質を知った際には、どんな生き物にも優れた点を見出すことは可能であるはずなので、ヤフーが徹頭徹尾悪の権化のようにしてのみ描かれていることはかなり不自然なことのように思われる。しかしこの不自然さには理由がある。ヤフーはとにかく人間が持つと想定されるありとあらゆる悪徳を集めて作ったものであるからだ。そこには作者スウィフトの作為があるのだ。従って、ヤフーの中に人間性の良い面を見つけだせなくても、それは何ら問題ではないのである。

ところが一方フウイヌムに関しては、これとはかなり事情が異なっている。フウイヌムは人間の持つ良い性質だけを集めて作ったものであるにしても、人間の善性をすべて網羅してあるというわけではない。従って、フウイヌムには不可避的に欠陥が備わってしまうのである。善性のすべてを備えているわけではないというだけでなく、先にも述べたように、それぞれの徳性を個別に捉えた際も、彼らの徳性はそれ自体としてきちんと評価されず、その逆に、「彼らは人間的ではない」などという判断を容易に招いてしまいがちなのである。ヤフーとフウイヌムを比較した場合、評価の仕方における相違は上記のように説明することができると思われる。

更に言えば、この件は悪徳と美徳の本来持っている性質の違いにまで遡って考えることもできるであろう。スウィフトは『桶物語』の中でこう述べている。「健康は一個しかなく常に変わらないが、病気は無数にあり新しいのが日々付け加わる。ちょうどそのように、人類の有する徳は指で数えるくらいしかないが、愚行悪徳は無数で時と共に積み重なって増えていく」[2]。ヤフーについてはこうした無数で多種多様な悪徳がその素材になっているのに対し、フウイヌムの美徳はいろいろと挙げられていてもその数は限られており、また頂点を極めたものとはどうやら言えないものから成っているようなのだ。創造物としてのダイナミックさの度合いで判断すれば、フウイヌムはヤフーの足下にも及ばないことになるであろう。だからと言って、スウィフトが悪徳を賛美しようとしていたとここで述べるつもりはない。彼の意図は数々の悪徳を備えたヤフーの姿を赤裸々に描くことを通じて人類に反省を促し、自らの生を改めるきっかけを提供することであると一応考えられるからである。ただ、結果としてヤフーの姿が相当強烈なものになってしまったことが、悪の礼讃ではないかという解釈を生む原因の一つになり得るのだと思われる。そこから、作品を人類に対する冒瀆であると考える立場まではあと一歩である。十八、九世紀的な規範によれば、このような解釈はそれなりに意味があったに違いないが、我々は二十一世紀的な規準によってスウィフトの作品をもっと幅広い視点でとらえているということはここで言うまでもないことだろう。作者の意図としてはヤフーを悪い見本として創造したにもかかわらず、結果として彼らに一種の魅力のようなものが備わってしまったとしても、それは作者の責任ではないとも言えよう。

フウイヌムに一定以上の魅力を感じられない現代の読者が、あえてヤフーの方にそれを見出そうと試みても、それは何ら不自然な態度ではない。我々も試みにここでヤフーたちをこれまでとは逆の視点で眺めてみよう。ヤフーのすべてを扱うことはできないから、最も読者の印象に残るであろうシーンを二つ取り上げてみる。その第一は、ガリヴァが水浴をしている最中に欲情した雌のヤフーに襲われる場面だ。「堤の陰に立っていた一匹の雌のヤフーが一部始終をたまたま見ていた。そして……欲情に燃えて、全速力で駆けて来て、私が水浴をしている場所から五ヤードと離れていないところに飛び込んできた。……雌のヤフーは実に嫌らしい恰好で私に抱きついてきた」（第八章、二六六―六七）。この雌ヤフーの行為はガリヴァにとって迷惑なものだっただけでなく、彼がヤフーの一員であるに過ぎないことを証明した点でフウイヌム国におけるガリヴァの位置を具体的に示す重要性を持っていると言うことができる。今の我々の関心はそこにはなく、ヤフーの行為そのものをどうプラスに評価するかということであるが、これは存外単純なことのようだ。つまりそれは女性の積極さということに尽きる。性愛において女性から行動を起こすということは、歴史的に見れば男性中心の社会において決して正常なことではなかった。十八世紀当時においても恐らくこのような女性は、その行動がこのヤフーほど直接的でなかったとしても糾弾されたことであろう。しかし、現代においては、国家的、民族的、文化的な差異は相当残っているとしても、人類全体としてみた場合、性愛の場面において女性から男性に働きかけるということに対しては寛容になってきたと言えるだろう。そして、男女の差の解消が望ましいことであると考える者にとっては、この積極的な雌ヤフーは非難されるものではなく、むしろ称讃されるべきものではないだろうか。雌ヤフー抱きつき事件の場面は、上述のように、現代という女性の地位向上の時代の読み方を当てはめれば、ある程度積極的な意味を付加することの可能な部分の一つであると言える。

あるいはまた、ガリヴァがフウイヌムの島に上陸してすぐ後にヤフーの群れに取り囲まれ糞尿を浴びせかけられる場面についてはどうだろうか。ガリヴァの立場に立ってこの場面を考えると、悪辣な動物に囲まれてしまい、ひどい窮地に立たされてしまったという思いを持つところである。ここではヤフーたちの凶暴さと不潔さが大いに強調されている。ところがここで視点をヤフーの側に置いてみるとどうだろうか。

自分たちのテリトリーに何の断わりもなく侵入してきた異分子たるガリヴァに向かってヤフーたちが一致協力して立ち向かっている図には見えないだろうか。そして、彼らの乏しい知恵を絞ってか、あるいは本能的にか、敵ガリヴァの恐らく最も苦手とする糞尿で果敢に攻撃を仕掛けていくのである。自分たちとは似て非なる奇怪な侵入者に対して自らを防衛するために彼らは全力を尽くしているのだ。この戦いは一頭のフウイヌムの出現によって中断させられてしまうが、もしそれがなかったら大勢のヤフーの鋭い牙と爪が必ずやガリヴァを駆逐しおおせたことだろう。以上のように、視点をヤフーの側に置き換えて考えてみると、この作品は全く新しい様相を呈し始める。たとえこの試みが我々の恣意的な作為、即ち、奇を衒った誤読の試みであるにせよ、いかようにでも都合の良い読みをすることが可能であることは示すことができたのではないだろうか。

三

フウイヌムが気に入らないからと言ってヤフーを誉めようとする態度は我々のものであってガリヴァのものではない。ガリヴァにとってはヤフーは悪徳の塊でしかない。更にここで忘れてならないのは、ヤフーは実はそれだけで独立した生物ではないということである。彼らの存在理由は人間と対比されることにこそあるのだ。ガリヴァにとってヤフーと人間とが別の存在であったのなら、あまり問題は起こらないであろう。しかし彼の見方はそうではない。ヤフーは即ち人間そのものであるのだ。彼はフウイヌムの主人に故国の人類について説明をする際に、「我々のところのヤフーは、云々」という言い方をよくする。これは人類を見知らず、ヤフーしか見たことのないフウイヌムに対してその理解を助け、話を単純化するというガリヴァの配慮によるものであり、更には人類はヤフーに他ならないという等式がガリヴァとフウイヌムに共有されているという事情が背景にある。ヤフーの姿を常に人類の姿と重ね合わすように読者も仕向けられているのである。ヤフーのする特定の行為や性癖で人間の方にそれと対応するものを見出すことができないようなものは皆無である。例えば、ヤフーは木の汁を吸って酩酊するのであるが、ここでは飲酒の弊害が明示的に諷刺されているのであるし、ヤフーが光る石を好んで掘り出そうとするのは、宝石や貴金属に対する人間の偏愛と執着心を揶揄していることが明らかである。だが、その逆に人間の持つ諸悪がすべてヤフーの生態に反映されているかと言えば、そういうわけではないようである。例えば、第七章末尾で言及されている「不自然な情欲」がそうであって、ガリヴァがこの点に関してフウイヌムからの糾弾を免れたのは、人間には日常茶飯事であるとされる行為がヤフーには見出せないものであったためである。こうしてみると、ヤフーの属性は、ことごとく人間性の中に包含されるものであるということになる。この作品でヤフーの醜悪さが糾弾されているとするとそれはすべて人類に向けられていることになる。諷刺の対象はヤフーであると同時に人類そのものでもある、ということは、こうした事情によると考えられる。否、むしろ、「第四渡航記」での諷刺の中心と考えるべきなのは、フウイヌムがヤフーの生態についてガリヴァに語ったり、ガリヴァ自身がヤフーを観察してその生態を記述した部分ではない。むしろ、人間のことを知りたいという主人の要求にガリヴァが答える形で、ヨーロッパや英国の人間（フウイヌムにとってはヤフーと同じ種類の生物）についてガリヴァが語る箇所こそがその中心である、と言うべきだろう。そこでは、先に述べたように、彼は人間を「ヤフー」と称するのであるが、「第四渡航記」の冒頭で自分とヤフーとの類似をあくまでも認めようとしない態度をとっていたガリヴァが、説明の必要上、人間を表す際に「ヤフー」という語を用いるのにつれて、名称のみならず内実もまた人間はヤフーそのものに他ならないという考えを抱くに至ったかのように見える。

第四章の後半から始まるガリヴァの身の上話は、第五章から第六章にかけて人類に関する解説へと展開していく。そこで語られる内容は実に多様だ。戦争の原因、法律や裁判官、弁護士、金銭のもたらす浪費の欲、飲酒の弊害、医者の害、首相や貴族の実態などが次々に取り上げられる。『ガリヴァ旅行記』全体を通じて見た場合、再度現れる題材についても、その諷刺の激しさは前回よりも格段に増しているようだ。このことにより、それらは単なる二番煎じではない、新たな興味を持って味わうことのできるものとなっている。第四章の冒頭で挙げられた戦争については「第二渡航記」でも取り上げられていて、ガリヴァと国王との対談の中心的な話題になっていた。更に「第三渡航記」でもラピュタによる下界の鎮定とそれに対する反乱という深刻な話題があった。また、「第一渡航記」でリリパットは隣国とまさに戦争状態にあった。戦争は『ガリヴァ旅行記』の大きなテーマの一つであるといっても過言でないだろう。そしてこの主題は「第四渡航記」で最終的な扱いをされるのである。

フウイヌムはあまり言葉を多く知らないので平易な言葉で説明しなければならないという制約が設けられているがために、ガリヴァは諸々の事情を単純化して述べる必要に迫られる。このことから生じる効果により、語られている内容は深刻なものであるにもかかわらず、ガリヴァの表現は印象がどこか滑稽なものとなっていくのである。「意見の相違が元で何百万という人命が失われることもある。例えば、果たして「肉」が「パン」になるのか「パン」が「肉」になるのか」。あるいは、「戦争を始める場合、時には敵があまりにも強すぎるというので、また、時には敵があまりにも弱すぎるというので、そうするのだ」。とりわけ滑稽なのは、「隣国の都市ないし領土が、こちらの領土を恰好良く整然とまとまったものにするような都合の良い位置にある場合には、それがどんなに親密な同盟国であっても、隣国に対して戦端を開いても正当なこととされている」という記述である（第五章、二四六）。国家はあたかも囲碁か何かのゲームのような感覚で戦争を始めるのだと言わんばかりである。領土問題の抱える理不尽さを糾弾するために、格下げの技法がここでは用いられていると言えるだろう。近代ヨーロッパ諸国の領土拡張の動きも、現代の大国の世界戦略も、ガリヴァと同じ用語で記述できることだろう。ガリヴァの説明は終始このような調子で進むが、それにちょうど良いタイミングでフウイヌムの主人は質問を挟む。それにガリヴァが答えるというふうにして二人の対談は進んでいき、人間の悪習がことごとく明らかにされるのである。

この対談をすることを通じて、人類に対するガリヴァの見方は大きく変化したのではないかと想像される。人類について包み隠さずに語ることを通じて、彼は新たな視点でヤフーたる人類を見ることを学ぶ。しかしながらその内実は、人間が持っているはずの徳性を一切含まず、悪しき性質のみに限定されてしまっているということが注目に値する点である。こうして人類の嫌悪者になったガリヴァにとって、自らの存在自体が危殆に瀕することになる。その結果、眼前のフウイヌムを理想化してとらえることになったとしても、これは当然のことではないだろうか。ただ、ガリヴァにとって不幸だったのは、彼の理想とするフウイヌムがどうやらそれほどまでに十全な被造物ではなかったという点である。フウイヌムは突き詰めて考えれば人間と同じ精神を持っていながら、そのマイナスの部分をすべて捨て去った後に残った残滓に過ぎないものであるからだ。ガリヴァは作品の結末近くでいみじくも述懐している。「ここには私の体を台なしにする医者も、私の財産を潰してしまう弁護士もいなかった。雇われて私の言行を監視したり私に対して言い掛かりをでっち上げる密告者もいなかった。ここには冷笑者も糾弾者も、陰口をきく者も揶揄し追剝ぎも……人殺しも強盗も学者もいなかった」（第十章、二七六－七七）。フウイヌムの世界にないもののリストはまだまだ続く。こうした記述にはスウィフトの個人的な願望が滲み出ているし、スウィフトならずとも、誰しもがこの中の大多数はないにこしたことのない者どもであると感じることであろう。だが、それらが全くない世界は極めて単一的で無味乾燥なものとならざるを得ないということもまた事実だ。そしてこれこそガリヴァの良しとしたフウイヌムの社会のあり方なのである。

フウイヌムの世界はガリヴァにとっての理想であることは明らかだが、作者スウィフトはガリヴァに対して過酷な運命を用意することによって自らの創造した主人公を突き放すと共に、フウイヌムの社会の善を相対化する。フウイヌムはガリヴァを放逐するのだが、その最大の理由は、彼がヤフーどもをそそのかし、社会に害をなす虞れがあるということであった。これはガリヴァにとっては全く思いもよらぬ仕打ちであったに違いない。しかしながら、「第四渡航記」の全体を読み通した後では、このフウイヌムの判断は、さすがに彼らが理性的な生物を標榜しているだけのことはある、何の異論も出る余地のない正当な判断であると言わざるを得ない。そして放逐された後、心ならずも故国イギリスの土を踏み我が家に帰ったガリヴァは、一方では旅行記の執筆を進めつつおのれの家族とは容易に打ち解けることはないという矛盾した態度を取ることになるのである。ガリヴァにとって人類はヤフーであるに過ぎないはずであるから旅行記の執筆をしてそれを公刊することは全く無意味な行為であるはずなのだ。もっとも、もし彼がこれをしなかったら『ガリヴァ旅行記』そのものが存在しなくなってしまうから、彼は執筆をしないわけにはいかないのであるけれども。この作品で一人称の語りがその形式として選択されてある以上、これはやむを得ないことである。『桶物語』では第三者的な語り手ないし書き手が、ピーター、マーティン、ジャックの三兄弟の寓話を語るのであるが、このような形式が本作品でも取られていたならば、ガリヴァの抱えることになった矛盾は回避されたことであろう。しかし、全知の語り手がガリヴァに代わって作品を記述するという形式がとられていたならば、恐らく作品全体の印象は随分違ったものになってしまったことだろう。ガリヴァが身をもって味わったフウイヌムの「美徳」もヤフーの「悪徳」も、主人との対談におけるガリヴァの直接的な表現で表された人間に対する諷刺の意図とその迫力など、すべてが間接的なものになってしまうため、スウィフトの諷刺の強烈さや衝撃は失われてしまうのではないかとさえ想像される。やはり『ガリヴァ旅行記』は今ある形でなければならないということだろう。ただしこの形式を取っていることの難点は、ガリヴァ一人に役割が過重に与えられているということだ。彼は、物語の主人公、その書き手ないし語り手、諷刺の実行者、そして諷刺の対象のすべてを兼ねなければならない。その大変な重荷をガリヴァはよく背負いおおせたと言っては誉め過ぎだろうか。

結び

本論では、『ガリヴァ旅行記』の抱える最も複雑な問題点の一つである、フウイヌム、ヤフー、ガリヴァの三者の関わりに着目し、ある程度問題を単純化して論じてきた。スウィフトにフウイヌムを称讃する意図があったという前提を立て、作品の結末のガリヴァの姿が常軌を逸しているとの理由から、それが上手く表現されていないとした。その間の事情を、読者による読解の方向性ないしは読者の嗜好によって説明を求めるという方針で、いろいろと考察してきた。複雑な作品をこのように単純な読み方で読むのは、ある意味で間違った態度であるかも知れないが、敢えてこのような態度を取ったのは、文学、とりわけ諷刺の文学は、本来単純なものであるべきではないかと考えるからだ。余りにも煩雑な議論をし、その隘路に入り込んでしまうより、そのような態度で現に目の前にある作品に臨んだ方が、結局は得るものが多いのではないかと考えるからだ。もっとも、スウィフトにフウイヌムを称讃する意図など始めからなかったかも知れないし、作品の結末のガリヴァの姿は、人間としては常軌を逸しているかもしれないが、それはフウイヌムに身も心も成りきったからだと言えなくもない。また、読解の方向性ないしは読者の嗜好など、時代と環境によって変化する不確かなものであることも事実だろう。本論は、『ガリヴァ旅行記』という難解な諷刺文学作品の一つの素朴な解釈例であるということを最後に付け加えておきたい。

注

（1）『ガリヴァ旅行記』第四篇「フウイヌム国への渡航記」第十一章、二八九。『ガリヴァ旅行記』からの引用は、*Gulliver's Travels*, vol. 11 of *the Prose Writings of Jonathan Swift*, ed. Herbert Davis (Oxford: Basil Blackwell, 1965) により、章と頁を本文中の括弧内に記す。

（2）『桶物語』「緒言」、三〇。*A Tale of a Tub*, vol. I of *the Prose Writings of Jonathan Swift*, ed. Herbert Davis (Oxford: Basil Blackwell, 1957) 30.

ジェイン・オースティン
――永遠を想う道徳律

村田美和子

ジェイン・オースティンの完成された六作品を読み返してみると、冷静さと喜劇性を失わずに、笑ったり愛したり、企んだり落胆したり、雑事をこなしたりする人々を見つめる作家の視線を感じる。継ぎ接ぎ細工の思想、無謀な挑戦、自己の誇示、浅薄な陶酔や悲嘆、羨望や憎悪といったもので作家の目が曇らされることはない。オースティンが近親者や当時の皇太子の図書館長に宛てて書いた手紙類を読めば、自分の知っている現実の日常世界を描き語ることを自己の本分として疑わず、借り物の思想や力量を超えた無謀な試みに創作の手を染めようとしなかった点が窺える。しかし、それは決して、作家が人間世界のありきたりの価値観や権威、あるいは閉鎖的な宗教に安住していることを示すものでないことは、彼女の描くキャラクターの豊かさを見ても分かる。人々の行動の規範となるべき牧師一つとっても、魅力ある牧師候補から世俗的な牧師まで豊かに描き分けている。完成された最後の作品『説得』では、作家は、最終的にヒロイン、アンを親達の世界――それまで描いてきたなじみ深いイギリス南部の田舎の地主社会――から離れた、独力で未来を切り開く人々の活躍する世界へと踏み出させているが、アンは年長者の説得に従った若き日の自分の慎重さを「人間の努力をさげすみ、神の恵みを信じないとりこし苦労」[1]だったと、時代の変化の中においても、自己と人間の運命を支配する目に見えない秩序の存在を信じ冷静に振り返っている。晩年に書かれた未完の作品『サンディトン』においては、作家は新興の海岸保養地を舞台に、時代と社会への諷刺を前面に出しながらこれまでとは趣の異なる作品を展開しているが、視点人物でおそらくヒロインとなっていくであろうシャーロットに作家が与えている最も強力な資質は「観察眼」であり、彼女は新しい風潮に対して不安におののいたり、あるいは不確かな情熱に駆られ無防備に身を投げ出し理性を失うような態度は見せていない点は、作者自身の人生に対峙する態度と共通するようにも思える。

雑多で激動の人間世界を冷静に見つめ、時に諷刺的に時に寛容に淡々と語る、このようなオースティンの視点を表現するものとして、detachment という言葉はよく用いられるものである。大島一彦氏は、著書『ジェイン・オースティン』の中で、オースティンと彼女を写実の泰斗と評した漱石とを並べ称して、detachment を「則天去私」と訳してもよいのではないか、という興味深い指摘をしている。[2] ごく普通の日常の物語を描きながらオースティン文学が叡智の文学と称され、[3] 古くならない普遍的な価値観を提示しているのは、作家が人間に付与された善き資質を物語の中で探求し、そして、その視線の深淵あるいは彼方には、個を超越した永遠なるものの存在が感じられるからではないだろうか。ヴァージニア・ウルフはこう述べている。「十五歳にして彼女（オースティン）は他の人々に対して殆ど幻想を抱くことなく、まして自分自身に対して決して幻想を抱くことはなかった。彼女の書くものはすべて牧師館に向かってではなく、宇宙との関連に向かって仕上げられた」[4]。

C・S・ルイスは、*Selected Literary Essays* の中で、オースティンを「ドクター・ジョンソンの娘」[5]

と呼び「道徳的、もしくは宗教的揺るぎない核のみが良質の喜劇を生むように自分には思われる」[6]として、「道徳的信念や宗教的真剣さがオースティン芸術の本質」[7]だと看破している。道徳と宗教による"hard core"、ある意味究極的な支柱が内面に存在するからこそ、作家は人間世界のいかなる価値観も絶対視はせず、自己（人間）中心主義、偏愛、狂気、暴走等といったものから自由であり、公平かつルイスの言う「快活な中庸」[8]を保ち得ているのではないか。

オースティンが最晩年に姪のファニーに宛てて書いた手紙の中に「小説とヒロインについて――完璧な人物像などというものは私を辟易させ不快にします」という記述がある。[9]溌剌とした才気と快活さを持ったエリザベス・ベネットも、成熟した女性の魅力を湛えたアン・エリオットも、地味な性格で、読者の好き嫌いが分かれているファニー・プライスも、いずれのヒロインも作者は愛情を込めて、人間に与えられた上質な素質を生き生きと大切に描く一方で、完全無欠の人間などいない、そのような謙虚にして誠実な存在認識をオースティンは常に内面に持っていたのであろう。それはヒロイン達が到達する自己認識の性質にも反映されている。『高慢と偏見』のエリザベスは「この世の中で本当に愛せる人間なんてほとんどいないと思うの。まして、ああ、立派だと思う人なんて、いよいよいないわ。世間というものを知れば知るほど、嫌になってしまうのよ」[10]と述べるが、世間に対して幻想を抱かず、虚偽、外観に惑わされず、真実を見る知性と勇気を感じさせる言葉は作家自身を思わせる。一方で、エリザベスは自己と自身の大切な人に対しては、オースティンの他のヒロイン達と同様無知で盲目な部分があり、自己覚醒と反省を経て知情意を備えた尊敬すべき男性との真実の愛情に目覚める。mortal な人間はそもそも不完全な存在なのだと弁える理性が作家の人間把握の中核に常にあり、良質の喜劇的描写を生む一方で、作家はそういった謙虚な人間理解によってのみ達成される人間の尊厳というものを小説の中で希求している。たとえどんなに魅力的で優秀な人物でも、自己を絶対化し神の座につけてしまうと、周りの者を苦しめ世界を地獄に変える恐れすらあることを作家は識っている。エマ・ウッドハウスやメアリ・クロフォードの誤謬や罪もそれで、自我を超えたより高い価値観に導かれ自己を省みるという特性を持った者によってのみ個々の人間の尊厳が守られ、作品の喜劇性が保たれていることはオースティン作品の特質である。G・K・チェスタトンは、「彼女(オースティン)は自分でわかっていることがはっきりとわかっていた。健全な信仰の持ち主と同様である。そして彼女は、自分にわからないことはただわからないとした。健全な不可知論者と同じことである」(11)と、その著書『ヴィクトリア朝の英文学』の中で正鵠を射た意見を述べている。そのような健全な信仰心と謙虚な存在認識によって護られる人間の尊厳。それは大いなる存在の摂理によって人間に授与された愛であり、義の精神であることが、彼女の残した言葉や物語には現れているように思う。

美しさや体格のよさ、資産、優秀さ、人間の願望といった被造物の価値基準の枠内で人間を測る限り、個々人の尊厳は絶対的に守られることはない。人々はより有利な条件、才芸を自分のものにしようと計算し、嫉妬し、自我中心、闘争に陥る可能性があるからだ。オースティンの小説の中で、自惚れ、自己欺瞞、自我中心に陥る人物が最も手厳しく批判され、自己憐憫の感情も抑制されているのは、それらが自己と他人のかけがえのない尊厳を不公平で不完全な価値基準で曇らせ脅かすからで、作家自身の創作態度にも、そのような客観的で公平な観察眼は生きている。『高慢と偏見』のような機知に富んだ魅力的な小説を書いた後ですら、オースティンは姉に宛てた手紙の中で「この作品は少しばかり軽すぎ、明るすぎるし、輝きすぎています――陰影が足りません――ところどころに長い章を入れて引き伸ばせばよかったのです――物語など全く関係なくてもいいのです」(12)と、半ばふざけ半分の調子ではあるものの自己の作品を相対化する視点を示し、実際にこの時点で、道徳と正しい信念を根本に据え、物静かなヒロインと聖職に就こうとする若者を中心にした次なる物語を構想している。また彼女は、『マンスフィールド・パーク』と『エマ』に関して、読者の感想を集めて書きとめた『感想文集』を残しているそうだが、そこには賛辞のみならず無作法な発言もそのまま書きとめ反論も言い訳もなされていないそうで[13]、家族を喜ばせるために内輪で物を書いていた時分から、実際に本を出版しても、周囲の反応を楽しんで冷静に考察する客観的な態度はまさにオースティンの本質なのだと思う。

ヒロインの自己認識についてもう少し見てみれば、『説得』のアンと『マンスフィールド・パーク』のファニーは、自己欺瞞と覚醒を経る他のヒロイン達とは違い、「自らは誤りを犯さない」が自己を取り巻く世界の中で何の重きも置かれていない「孤立したヒロイン」である点で共通する、とルイスは指摘している[14]。孤独なヒロイン、アンは愛と義の人である。家族、親友の理解に恵まれず若くして愛を失ったアンは、物語の冒頭ではやつれて若さを失っており、「人間の努力を冒瀆し、神の摂理を疑う、行き過ぎた慎重さ」を省みている。しかし、彼女は年長の友人の説得に従い若き日の愛を諦めたのは自らの義務感からであったとして、そのような義の感情は人間にとって間違ったものではなく、むしろ「女性の美点[15]」の一つであると自己認識する。読書家で日々詩を夢中になって読んでいる若きベンウィック大佐には「道徳的並びに宗教的な忍耐についての最も高い教えや、最も強く訴える模範によって、読む者の心を覚醒し堅固にする最上のモラリストの作品や最も優れた書簡集、苦難にあった立派な人物の回顧録[16]」を理性的に薦め、自身の愛の苦しみを超克し得るよすがとなる、より高い精神を普遍的に示唆している。しかし、アンは悟り澄ましてこのようなことを述べているのではなく、「自分も実行できないことについて滔々と述べたのではないか」と自身の言葉を振り返り、今現在の自己の苦悩も暴露している。アンがさらに広く強い愛の精神で自我を克服するのは物語のもう少し後である。知人宅で居合わせたハーヴィル大佐と語り合っている間に、話題が男女の性質の違いや愛に及ぶ。アンは、「こんな言い方をしていいのか分からないが」と断った上で、「(この世に)目標がある限り、愛する女が生きている限り」善い感情と堅忍の精神を持てる男性と違い、女性のもう一つの特権は「愛する人がこの世にいなくなっても、希望がなくなっても、いつまでも愛し続けること」[17]だとして、この世の対象に左右されずに厳として存在する愛の感情そのものについて語る。自らのウェントワースに対する誠実な心情を思わず交えながらも、自身の愛の感情は、人の世の定めよりももっと自由で広くて永遠なるものにも通じる人間の精神の奥に潜む特質なのだと、アンはこの言葉を発しながら自己の内奥を見つめているようだ。人間世界を超えて、永遠の分け前にあずかる愛と義の精神。「初めに、神は天地を創造された」[18]と『創世記』第一章第一節にはあるが、無から天地を創造した神の智恵なるものが一体どのようなものであるか、どこから来たものなのかは人間には分からない。しかし、アンのこの愛の言葉は、新約の方の『コリントの信徒への手紙一』第十三章を思い出させる。

もう一人の孤独なヒロイン、ファニーの登場する『マンスフィールド・パーク』の執筆が始まったのは、オースティンがチョートンに移った一八一一年のことである。遊行地バースでの生活からようやく新居で落ち着いた生活を始めた彼女をとりまく周囲は、しかし、いささか騒がしかったようでもある。家庭では、フランス革命で夫を失い、後にオースティンの兄ヘンリーの妻となった従姉イライザがフランス人社交界をオースティンに紹介したり[19]、世間では、摂政皇太子を始め王室、貴族達の倫理原則や婚姻の神聖さを無視した乱交が国家の不利益とみなされていたような時代風潮であり、そのような外国、都会の喧騒は田舎に住んでいても作家の耳に届いていたと思われる。「今度は全く違う主題で何かを――聖職授与について書いてみようと思う」[20]と『高慢と偏見』を書いた後に姉に宛てた手紙の中でオースティンは述べているが、その次なる作品『マンスフィールド・パーク』は、扱う世界や作家の人物判断は他の作品と大きくかけ離れてはおらず、むしろ彼女の作品を読み込んでいる読者には共通点の多いものだが、主題と手法、人物描写に象徴的な広がりを盛り込んだものとなっている。「これまで活字に登場したことのある人物の中で一番愉快な人物[21]」、「自分以外に誰からもあまり好かれそうもないヒロイン[22]」と、この作品の前後二作のヒロインに関して作家が近親者に述べたことはよく知られているが、『マンスフィールド・パーク』では、人間、キャラクターを超えた摂理、そこから導き出される倫理、あるいは人としての分のようなものに焦点を当てようと作家が試みていることが、姉への手紙の中に漏らした本音からも作品世界からも読み取れる。ヒロイン、ファニーや牧師職を選ぶエドマンドの性格の内気さ、精彩のなさにのみ注意を向け作品の成否について論議を尽くしても、それは最終的には人の好みの範疇を出ないのではないかと思われる[23]。内なる自己に目を向けないまま自身を偽る俗物、愚かな人物に比べれば、ユーモアや寛容の精神が練磨されていない、生真面目で面白みのない性格だというような欠点は、作家にとって人間性の重大な欠陥ではないはずだ。「完璧な人間」などこの世にいないのであるから、ファニーのような「無味乾燥[24]」に思われるかもしれない人間もまた、作家にとっては「愛し子[25]」であるに違いない。ファニーとエドマンドが結ばれる結末は、メアリの誘惑、魅力が現実味を帯びているのより真実味がないわけではない。それはファニーの美徳に対して作家が当然のように、あるいは物語を貫く理論上かろうじて与えた報酬ではなく、信仰、秩序の希求を物語の中で表しているようなものであろう。最終章に現れる作家の語りがそのことを表している。身の程を弁えるよう他の子供達とは区別して育てた養女のファニーが、バートラム家の次男エドマンドと結婚し、バートラム卿にとってもマンスフィールドにとっても実の娘以上に大切な存在になったことに関して、語りは「時の流れというものは、人間の計画したことと最終的な決定との間に、決まってこのような相違を作り出し、当事者達に教訓を与え、周りの者達を楽しませるのである[26]」と、自然の配剤が人間の計画の裏をかき、在るべき調和をもたらす様を述べる。人の力を超えた「時」の作用により歴史は作られることがあり、そこに人間が見出し得るものは教訓であり、「慰め」[27]であるという作家の思想が現れている。G・H・タッカーは、「オースティンはキリスト教徒としての基本的な信仰に根ざした確たる信条を、小説の中に静かに注意深く吹き込む機会を見失うことはなかった」[28]と述べているが、オースティンの作品や手紙の中でごくたまに出てくる「摂理」、「時」、「神」というような言葉は、個人の尊厳や自由を時に拘束し制限することもある家族、社会、国家、あるいは排他的で熱狂的で道徳家ぶったところを彼女が苦手とした低教会派の教義[29]のような狭い範囲の価値観ではなく、より大きな存在を表しており、オースティンは人間の能力の及ばないことに関しては謙虚に受け容れる信仰と、「中庸」を得た精神で観照し語っている。それは、大いなる時の流れや自然のなりゆきを最終的に信じ、行雲流水、自由気侭に生きるのがよいという存在認識では勿論ない。『マンスフィールド・パーク』の象徴的なシーンを取り上げて、もう少し作家の存在認識を見てみることにする。

この小説は全三巻から成っており、十八章までの第一巻は、バートラム家の長女マライアの婚約者であるラッシワースの領地を訪れるサザトン訪問とバートラム家における素人芝居をめぐって、主要人物達の性格と運命を象徴的に暗示している。サザトンを実際に訪問する前から、その領地全域の改造が、ラッシワース氏やノリス夫人、その道に才能があると目されているヘンリーらの間で話題となる。improvementは当時の流行で、ラッシワース氏の改良熱は『サンディトン』ではより劇化され、開発熱に取り付かれたパーカー氏の中にそのまま受け継がれているようにも思える。一方でファニーは、並木道、長年の風雪に耐えた屋敷、最近廃止されるまで朝夕行われていた家族礼拝の習慣といった自然や家族の者達の歴史、価値ある伝統に愛着を持つ精神を持っていることが対照的に示されている。エドマンドも、自分ならば徹底的に改良家の手に任せるのではなく、自身の技量の範囲で地道に庭園改善に携わるだろうという分を弁えた考えを述べている。サザトン訪問に同行するのは、マライアとラッシワースの婚約を自分の手柄としているノリス夫人、マライア、ジュリア姉妹、ヘンリー、メアリ兄妹、エドマンド、ファニーの七名であるが、浮気者ヘンリーがバートラム姉妹を夢中にさせ愚鈍なラッシワース氏が無視されている様、メアリが都会風に洗練された魅力でエドマンドの心を惹きつけている様を、控えめで体力も弱いファニーは独り観察している。この印象的なエピソード全体において、ファニーとエドマンド以外の者達は、皆世俗的な自己の欲望の達成に夢中になり周囲の状況が見えなくなっており、正しい信念を持っているエドマンドもまた、メアリの本質を見抜けず恋に目が曇らされてしまう。私欲がなく、また周囲の者から距離を置かれているファニーのみが公正に人々の動静を見つめ、ラッシワースにも礼を尽くし、気の滅入る出来事に耐え、自分なりの楽しみや慰めをこの訪問から見出そうと努めていることが分かる。一方のグループが自我中心、かつ自分達の目論見や計画を裏付ける規則や原則がないのに反して、ファニーには感謝の気持ちと義務感があり、自然や伝統のように、自身の生きている現在にとどまらず過去から未来へ続いているより広い価値観や存在に想いを馳せ、畏怖し、尊敬の気持ちを抱く謙虚な精神があることが対照されている。

もう一つの重要な出来事が、マンスフィールドの主不在の間に起こる芝居騒動である。本物の演技ならば遠くまでも観劇に行くというエドマンドと、芝居というものを一度観てみたいと内心思うファニーであるが、バートラム卿に対する礼節の気持ちからも、また芝居の内容から見ても自分達には不適切で不謹慎だと思われるこの素人芝居に反対する。一家の財政建て直しのため植民地で困難な仕事に携わっている家長への配慮を忘れ、部屋を大改造し、友人、大工、画家等見知らぬ人々を屋敷に出入りさせようとしているにもかかわらず、良い芸術や演劇への関心も、家庭における規律も思いやりも、すべてが中途半端で好い加減なものしかなく、あるのは虚構の世界に解放されようとする虚栄心と利己的な欲望であることを、最終的に芝居に出ないファニーのみが冷静に見抜いている。家長がいない状態は若者を自由にするのではなく、むしろ各々の嫉妬や不平不満、願望が渦巻き、家庭の規律や秩序は骨抜き状態となる。「ある状況の下で自分と戦わない人は、別の状況の下でも気を散らす対象物を見つけるものです[30]」というのはエドマンドの言葉であるが、家長不在の間の余興の中で自由という名の放縦を味わった者達の実生活での不義が、物語の後半で発覚する。必要なのは「高度な自制心」、「他人に対する思い遣り」、「自身の心を識ること」、「正邪の理念」という「教育の本質的な部分」で[31]、それらは、「積極的な信念[32]」により実施されてこそ機能することを作者は識っており、バートラム卿も物語の最後で自身の教育の失敗を悟る。家庭や社会が衆愚の寄り合いにならないためには、理念や法、そしてその試行錯誤の実施こそが必要だとオースティンは認識しており、それは川の流れのままに、風任せに生きればよいという思想とは異なる。理念や信条を持ち個々の人間の尊厳を守りぬくことの難しさを、オースティンはこれらのシーンで象徴的に描いている。

第二巻は、バートラム卿の帰還、マライアの結婚、ヘンリー・クロフォードのファニーへの求婚、そしてエドマンドの聖職叙任を巡って展開するが、この作品を貫くテーマは、第一巻の牧師に対するエドマンドの発言の中に現れている。被造物たる人間と創造者、その間を執り成す牧師の役割についてエドマンドはこう述べる。「牧師の仕事は、個々の、もしくは全体としての人類にとって、この世の生活においても永遠なるものの面においても、最も大切なもののすべてを引き受けているのです。――宗教と道徳と、さらにその二つの所産である風俗を守る役割があるのです[33]」。しかし、現世での有利な結婚や社交界といった人事にしか興味のないメアリは、エドマンドの精神が解らず、彼の尊厳を汚す言行を繰り返す。信条を持つ者と持たない者との間のドラマが第二巻では展開される。

最後の第三巻では、ファニーがポーツマスの実家に里帰りしている間に事件が起こる。ヘンリーとマライアの失踪、次女のジュリアとイエイツの駆け落ち、エドマンドの動静、すべてファニーは手紙によって知ることとなる。生まれ故郷に里帰りしたファニーは、オースティン小説ではお馴染みの期待外れの気持ちを味わうことになる。そこには彼女が期待していた親兄弟の純粋で深い愛情やきめ細やかな気配りはなく、騒音と無作法と無秩序で薄汚れた雰囲気が存在するのみで、オースティンは血の繋がりや家族を絶対視することもなく、貧しさゆえに人間の尊厳を保つ余裕がない現実を感傷を排して描いている。ファニーはここでも自分自身が弟妹の役に立てるという義務と慰めを徐々に発見し、自身の存在意義と役割を見出そうと努める。しかし、作家が敢えてここでポーツマスの生家の現実を描き、また孤独で臆病で身体的にひ弱なファニーをヒロインにした理由は、そのような人間でも自由に生きることが出来るマンスフィールドの「平和と静けさ[34]」が人間精神にもたらす恵みを、他のどのような価値よりも一段高く認めている証拠であろう。ファニーは、マンスフィールドで自分の部屋だと認められた「東の部屋[35]」の居心地の良い静寂の中で、激情を沈め、運命に耐え、自己を客観視し、慰めを見出し、そして「心の中のすぐれた導き手[36]」の声に耳を傾けることで、つらいことも多い現実にも、自己にも打ち勝ってきたのである。マンスフィールドの自然も、ファニーに人間と自然を取り巻く不思議や摂理を想わせる。灌木の茂みをそぞろ歩きながら、ファニーは時の働きと人間の心の変化、人間の存在そのものの不思議に感じ入る。「私達人間の存在そのものが、どのみち奇跡のようなものであることは確かですけど、思い出したり忘れたりすることが出来る力というのは、殊の外謎だという気がします[37]」。これは「健全な信仰の人であり不可知論者であった」オースティンの言葉であるのかもしれない。自分達の教えこそが正しいのだという厳格な福音主義的思想に作家が疑問を抱いていたことは姉に宛てた手紙等にも現れているが[38]、オースティンにとって信仰とは、人間を超えた人間の与り知らぬ、より広大な世界を統治し、自然や人間を存在せしめている摂理の不思議を謙虚に瞑想することであり、その態度は熱狂的でも悲劇的でもなく、ルイスの指摘するように中道を行くものであったのだろう。ファニーが自然を賛美するのは感情的に詠嘆しているのではなく、その背後に在る存在の掟のようなものを謙虚に知ろうと努め、感じ入っているのである。「同じ大地と同じ太陽が存在の第一の法則と原則によって相異なる植物を育むということは何という驚きなんでしょう」[39]。東の部屋で心の導き手の声を聞きながら、常緑樹を賛美しながら、永遠なるものを想う時、ファニー自身の尊厳はその分け前にあずかり、世俗の苦しみも誘惑も乗り越えられ慰めは得られる。作家は世俗や人事にのみ過度の関心を持つ人々を存在の深淵の上で眺め、笑い、摂理に気付かせようとし、読者を「教え、且つ楽しませ」ようとするのである。

人間は、人間の与り知らぬ目に見えぬ存在の法則と原則に integrate されているという信仰、究極のモラルをオースティンは持っており、その道徳律が最終的にあるからこそ、作家は人間の作った価値観を偶像崇拝することもなく、単なる相対主義に陥ることもなく、自己や他人を距離を置いて客観的に観ることが出来る。それは、人生の重要な局面においても変わらない。オースティンの作品世界ではあまり大事件は起こらないが、家族、親戚、友人の多かった実生活では、人の誕生や死を彼女は身近で数多く経験している。人が生まれ、存在し、死ぬという当たり前のことほど不思議で、ある意味人間の力の及ばないものはないのかもしれない。オースティンが自身を含め人の死に直面した際に書き残した手紙類には、この世において友人、家族の情愛に恵まれたことに対する深い感謝や慰めの気持ち、残される者への思い遣り、全能なる神の摂理に対する信頼と畏怖の気持ちが、感傷を排した生き生きと含蓄のある言葉で綴られている。自身が重病の床に臥している際に、兄エドワードと親友のアン・シャープに宛てた手紙では、この世における最大の祝福であり慰めである愛と義の精神に恵まれ、自己を省み続け、摂理を探求するオースティンの謙虚な精神に触れることが出来る。

「愛するエドワードよ、神の祝福のあらんことを。あなたがもし万一病気になられた時、あなたも私と同じように優しく看取られますよう、あなたを気遣い、同情に満ちた友の慰めが私同様あなたの傍らにありますよう、そして、これらの友の愛に値するという意識の下に御自身があられることで……あらゆる祝福の中でも最大の祝福をお持ちになりますように。私自身に関してはそう思えないのです。[40]」

「神の摂理が私を呼び戻され、その御前に呼ばれる時、現在の私よりも相応しい状態でいられますように。[41]」

どこまでも自己欺瞞とは無縁の言葉に、永遠普遍に向けられた作家のモラルの存在を感じる。

注

（1）R. W. Chapman, ed., *The Novels of Jane Austen*, vol. V, *Northanger Abbey and Persuasion* (Oxford: Oxford UP, 1923-54) 30.

（2）大島一彦『ジェイン・オースティン』（中公新書、一九九七年）七。

（3）Deirdre Le Faye, ed., *Jane Austen's Letters* (Oxford: Oxford UP, 1995) no. 109, p. 280 のオースティン自身が姪に宛てた手紙の中にも、「機知も叡智には適わないものです。結局は叡智が笑うことになるのです」というコメントがある。

（4）Virginia Woolf, "Jane Austen," *The Common Reader* (London: Hogarth, 1951) 171.

（5）C. S. Lewis, "A Note on Jane Austen," *Selected Literary Essays* (Cambridge: Cambridge UP, 1969) 186.

（6）Lewis, 185.

（7）Lewis, 185.

（8）Lewis, 185.

（9）*Letters*, no. 155, p. 335.

（10）Donald J. Gray, ed., *Pride and Prejudice* (New York: Norton, 1966) 93-94.

（11）G・K・チェスタトン『ヴィクトリア朝の英文学』安西徹雄訳（G・K・チェスタトン著作集第八巻、春秋社、一九七九年）九六。

（12）*Letters*, no. 80, p. 203.

（13）クレア・トマリン『ジェイン・オースティン伝』矢倉尚子訳（白水社、一九九九年）三一二。

（14）Lewis, 179.

（15）*Persuasion*, 246.

（16）*Persuasion*, 101.

（17）*Persuasion*, 235.

（18）『聖書』（新共同訳）（日本聖書教会、一九九七年）。

（19）トマリン、三〇〇。

（20）*Letters*, no. 79, p. 202.

（21）*Letters*, no. 79, p. 201.

（22）J. E. Austen-Leigh, *A Memoir of Jane Austen* (Oxford: Oxford UP, 1926) 157.

（23）Reginald Farrer, "Jane Austen's *Gran Rifiuto*" (1917); Kingsley Amis, "What Became of Jane Austen?"

(1957) *Sense and Sensibility, Pride and Prejudice, and Mansfield Park* (Casebook Series), ed. B. C. Southam (Basingstoke: Macmillan, 1976) において、ファラーもエイミスも、ファニーの性格をそれぞれ「気取り屋の偽善者」、「寛容さと謙虚さに欠ける」等々批判し、作品の出来や作家の道徳感覚に対しても厳しい意見を述べている。

(24) Lewis, 182.

(25) *Letters*, no. 79, p. 201 にてオースティンは *Pride and Prejudice* を "my own darling Child" と呼んでいる。

(26) R.W. Chapman, ed., *The Novels of Jane Austen*, vol. Ⅲ, *Mansfield Park* (Oxford: Oxford UP, 1943-82) 472.

(27) *Mansfield Park*, 472-73.

(28) G. H. Tucker, "Jane Austen and Religion," *Jane Austen the Woman* (New York: St. Martin's, 1994) 212.

(29) 英国国教会の高教会派の家庭で育ったオースティンが、当時、庶民の間で勢力を伸ばしていた低教会派の偏狭で熱狂的な部分に共感していなかったことは、Tucker の前掲書でも触れられている。

(30) *Mansfield Park*, 88.

(31) *Mansfield Park*, 91.

(32) *Mansfield Park*, 463.

(33) *Mansfield Park*, 92.

(34) *Mansfield Park*, 391.

(35) *Mansfield Park*, 151.

(36) *Mansfield Park*, 412.

(37) *Mansfield Park*, 209.

(38) *Letters*, no. 66, p. 170.

(39) *Mansfield Park*, 209.

(40) *Letters*, no. 160, p. 342.

(41) *Letters*, no. 159, p. 341.

チャールズ・ディケンズ『大いなる遺産』における主人公の自己と罪

鵜飼信光

チャールズ・ディケンズの『大いなる遺産』(一八六〇―六一年)で、主人公ピップに次いで重要な人物は、エイベル・マグウィッチという囚人である。彼は自称紳士コムペイソンに弱みを握られその手下として悪事をはたらくが、やがて二人とも逮捕される。裁判では紳士の外見をしたコムペイソンがマグウィッチに悪の道に引き入れられたのだと訴えて同情を引き、本当は主犯だった彼が懲役七年、マグウィッチは懲役十四年の判決を下され、共にテムズ川に浮かべられた監獄代わりの囚人船へ送られる。二人は一度脱獄して捕らえられるが、その時にもマグウィッチだけがオーストラリアへの終身の追放の判決を受ける。追放された地で彼はやがて自由を手に入れ、商売でまれに見る成功を収める。彼は成功しても質素な暮らしを続け、その代わりに、脱獄したとき忠実に食料を届けてくれた幼児をロンドンで紳士に仕立て上げることに生き甲斐を見出す。彼は自分が紳士でないことで不当な扱いを受けた恨みを、一人の幼児を紳士に育て上げることではらそうとする。『大いなる遺産』はマグウィッチにそのように復讐の道具にされたピップの回想録という形式をとっている。

『大いなる遺産』のもう一人の重要人物は、老齢の富豪ミス・ハヴィシャムである。彼女には父の後妻の生んだ弟がいたが、彼は放蕩者で姉に不当な恨みを抱く。偶然にもその弟の悪事の連れはコムペイソンで、弟は彼を姉に接近させて婚約に至らせ、結婚式の当日に別れの手紙を姉に送らせる。ミス・ハヴィシャムは中止になった結婚式の日以来、ウェディング・ドレスを着たまま日光を遮断した部屋で暮らす。弟はマグウィッチがコムペイソンと知り合った頃、姉の亡霊が現れたと言って狂乱状態に陥りながら死ぬ。ミス・ハヴィシャムは自分のように男に騙される運命から救うつもりで幼女エステラを引き取る。しかし、エステラが美しい大人に成長しそうだと分かると、ミス・ハヴィシャムは彼女に非情さを教え込み男性に復讐するための道具にしてしまう。ピップはエステラに魅惑され、ミス・ハヴィシャムの復讐の犠牲者の一人として苦しむことになる。

これら二人の主要人物は、復讐への執念と、ピップやエステラという被造物への依存とで共通している。二人が依存する被造物は広い意味では分身と捉えられるが、この作品における分身による代理的復讐という問題については既に、モイナハンの非常に優れた研究がある。[1]私のこの小論は、モイナハンの解明した問題の考察をさらに進め、ピップの復讐の底の深さと、この作品の描く自己像の特異さを明らかにしようとするものである。私の考察では、他者を道具として従属させることや他者への援助も広義の被造物化と捉え、また、手下やパートナーも分身の概念に含めて、被造物化、分身の主題の作中での広がりを見てゆこうと思う。考察の手始めには、ピップとマグウィッチの出会いにおいて既に、被造物化と分身の主題が描き込まれていることを以下に確認したい。

ピップとマグウィッチの出会いは、マグウィッチの復讐心がきっかけとなっている。同じ囚人船の中で長い間コムペイソンから隔てられていたマグウィッチはついに彼の背後に接近し、いよいよ積年の恨みをはらそうとしたところを監視人に捕らえられる。しかし、罰として閉じ込められた船倉に弱い部分があり、そこから彼は脱獄する。そうして沼地に建つ教会の墓地で彼はピップを見つけ、家から食料を盗んで翌朝届けるよう命令する。二人のその出会いで注目されるのは、以前はコムペイソンの手下だったマグウィッチが、今度はピップを悪事の手下にすることである。ピップはその窃盗の代行によって深い罪悪感を植え付けられ、後に人生を一変させるマグウィッチとの絆を身に帯びる。

ずっと後、オーストラリアから戻ったマグウィッチは、ピップの親友ハーバートにピップが彼を紳士にするだろうことを請け合う。ピップは既にハーバートに秘密の援助を始めていたが、それをマグウィッチに打ち明けていたとは想像しにくい。コムペイソンに従属する広義の被造物であったマグウィッチは、援助によってピップを被造物化したのだが、それ故にか、被造物であるピップが今度はハーバートを被造物化するのを当然と考えるようである。ハーバートは後に、ピップの援助のおかげで共同経営者になった商社にピップを雇って援助する。作品はそうした被造物化の連鎖を描く。マグウィッチがピップを紳士に育て上げる被造物化は他より際立って大きいが、その大きな被造物化へと至る二人の関係の発端にも、マグウィッチがピップを窃盗の代行者とする小さな被造物化がなされている。

マグウィッチはピップを服従させようとする時、彼は子供の内臓を食べたがる若者を隠れたところに従えていて、ピップが命令に背いたらその若者が彼に代わってピップの腹を切り裂くのだと脅す。コムペイソンの手下として虐げられていたマグウィッチは、奇妙にも今度は自分が手下を操る架空の能力を誇ろうとする。

「それに、お前はおれが一人だと思っているかもしれんが、おれは一人じゃないんだ。おれには隠れている若者がついていて、そいつに比べたらおれは天使みたいなもんだ。その若者はおれの話す言葉を聞いていてな、その若者は子供をつかまえてその心臓や肝を手に入れるための奴だけの特別な秘密の方法を持っているんだ。子供がその若者から隠れようとしてもできないこった。子供が戸に鍵をかけて、ベッドで暖かくして、ひっくるまって頭まで布団をかぶって気持ちよくて安全だと思っても、その若者はそっと、そっと子供へ這い寄ってきて、子供の腹を引き裂くのさ。今だっておれは、その若者がお前を傷つけようとするのをやめさせるのにえらい苦労をしてんだよ。」[2]（一）

子供がどんなに自分は安全だと思っていてもひそかに這い寄って子供を手にかけるこの若者のイメージは、犯罪性、忘恩、尾行者など、ピップが避けようとしているものに思いがけないところで忍び寄られる彼の後の人生を象徴するものとしても重要である。また、復讐がとても可能と思えない時にそれを果たすマグウィッチの若者の能力は、ピップが今後時折見せる不可解な復讐の能力に似てもいる。

ピップとマグウィッチは、共通点によっても分身性を強調される。ピップは早くに両親を亡くしその顔も覚えていないが、マグウィッチも孤児で自分が生まれた場所を知らない。ピップは二十歳以上年上の姉に養われているが、彼に親切なのは姉の夫で鍛冶工のジョー・ガージャリーだけで、姉は彼を虐待し、ジョー以外の大人は彼が生まれつき邪悪で恩知らずだと事あるごとに責める。それと同じように、マグウィッチは飢えて盗みをはたらいては投獄されるうちに、監獄を訪れる慈善家たちの前でも特別に性悪で一生監獄で暮らすだろうと言われる。さらに重要な共通点は、二人とも自己認識の始まりが犯罪と結びついていることである。マグウィッチは「おれが自分自身というものに初めて気がついたのは、エセックスで、生きるために蕪を盗んでいる時だった」（二五九）と回想する。ピップも自己を含め物事の何が何であるかの印象を初めて得たのが、マグウィッチと出会った夕べであったことを次のように述べる。

物事の何が何であるか（the identity of things）の私の最初の最も鮮明で広大な印象は、夕暮れに近いある記憶すべきじめじめと寒い午後に得られたように私には思われる。そのような時に私は次のことをはっきりと理解した。このイラクサの生い茂った荒涼とした場所が教会の墓地であることを。この教区の故人フィリップ・ピリップならびにその妻ジョージアナが死んで埋葬されたことを。その幼い子供たちアレクサンダー、バーソロミュー、エイブラハム、トービアス、ロージャー（Alexander, Bartholomew, Abraham, Tobias, Roger）も死んで埋葬されたことを。教会の墓地の向こうの堤防や塚や門が横切っていて、牛がそこで散らばって草を食んでいる暗い平らな荒野が沼地であることを。その向こうの低い鉛色の線が川であることを。そこから風が押し寄せてくる風の荒々しいねぐらが海であることを。そして、それのすべてがこわくなり泣き始めている震えの小さな束がピップであることを。（九―一〇）

姉をのぞいて五人の兄がすべて死んでしまっていることについて、ピップは自分だけが不当に生きているという罪悪感を抱いたとは述べない。しかし、列挙される兄の名前は頭文字か最初の二文字をつなげるとabator（相続地不法占有者）という法律用語となる。ピップは墓に記された兄たちの名前にまで地上に生きていることを非難されているかのようである。しかも、周囲の事物は彼を脅かし、その恐怖の仕上げのようにマグウィッチが墓の間から飛び出す。そうして彼自身、自己認識の端緒が盗みであったマグウィッチは、ピップの自己認識の端緒をも盗みと結びつけるのである。

二

マグウィッチとの出会いの日の翌朝、ピップは食料の届け先近くに囚人服を着た別人を見かけ、例の若者と勘違いしておびえる。その男はコムペイソンで、マグウィッチが発見した脱獄方法を利用して囚人船から沼地へ逃れ出てきていたのだった。コムペイソンは手下なしでは子供も殴り損なうほど非力で、濃い霧の中へあわてて去る。マグウィッチはピップから頰に傷のあるその男のことを聞くと、彼を追うために食事もそこそこにピップに届けさせたヤスリで足かせをつなぐ鎖を切りにかかる。その日の夕方、ジョーの家へ手錠の修理を頼みに来た兵士たちについてジョーとピップも脱獄囚の捕り物を見に行くと、マグウィッチがコムペイソンと格闘しているところを発見される。マグウィッチは自分の見つけた脱出方法でコムペイソンが自由を得るのに我慢できなくて彼を捕らえて突き出そうとしたのだと言う。マグウィッチの復讐心は、たとえ自分の脱獄の機会をふいにしてもコムペイソンの脱獄を阻止しようというほどに激しい。

ピップはマグウィッチのそうした復讐への執念を事情も分からないまま目撃する。ピップ自身は後の人生で復讐心を自覚することはまれである。それでいて、彼はマグウィッチ、ミス・ハヴィシャムという壮絶な復讐者に劣らず復讐と深いところで関わっている。彼の特徴は意図しないのに思いがけず復讐が実現すること、しかも、その復讐の実現に全く気づかないか、気づいた時にはそれについて罪悪感を抱くことである。囚人、監獄など犯罪と関わりのあるものに彼は人生の折々につきまとわれるが、自分自身の不可解な復讐の能力もまた、いつまでも醒めない悪夢のように彼を苦しめ続ける。

ピップの思いがけない復讐は、マグウィッチに食料を届けた日のクリスマスの宴席で、ジョーの叔父でピップを非難するパムブルチュックがブランデーを飲んだ時にも起きる。ピップはマグウィッチにブランデーも届けようと別の瓶に移し、元の瓶には水を足しておいた。ブランデーを一気に飲み干したパムブルチュックは急に咳き込んで外へ飛び出す。ピップはその時の思いを「どうやって私がそれをしたかは分からないが、何らかの仕方で私が彼を殺してしまったことには疑いがなかった」(二八)と述べる。やがてパムブルチュックが「タール」と苦しげに言ったので、ピップは普段姉に薬として飲まされているタール水を誤ってブランデーに足してしまったのだと知る。

ピップはこのようにパムブルチュックに図らずもタール水入りのブランデーを飲ませて意趣返しができてしまう。その復讐の実現は、一時的ではあれ、殺人を犯したという恐怖に彼を陥れ、前日以来の罪悪感を増幅する。彼は前夜、自分が行おうとする食料の窃盗について子供であるが故に一層激しい良心の呵責に苦しめられていた。彼は眠られない床で、強要されたら恐怖のせいでひそかに何をするか分からない自分自身を恐れる。自分が自分自身を恐れるという自己の多重化と符合するように、彼はマグウィッチに食料を届けた後に帰宅して姉の前に姿を見せた時を「私と私の良心が姿を見せた時(when I and my conscience showed ourselves)」と述べ、「私」を「私たち」と捉える。犯罪の代行者という絆でマグウィッチと結びつけられ他者と二人で一組の存在となったピップは、彼自身の自己も二人の人間でできているかのようになる。ピップの自己は外部の存在と合体して一つの統合体を作り、また自体も複数の存在の統合体であったりする。他と束ねられ、自らも異質なものの束であるかのような自己の様態がそこには描かれている。

ピップの母は彼の誕生直後に亡くなったらしく、姉は彼を哺乳瓶で育てる。姉はそのことで恩着せがましい態度をとるが、彼は「哺乳瓶で」育てるの言い回し by hand を「手で殴りつけながら」と解釈するしかないように感じる。とても感謝できるような育てられ方はされていないのに、彼はクリスマスの宴席で、姉やパムブルチュック、教会の事務員ウォプスルなどの客に、恩知らずだと口々に言われる。彼はマグウィッチと別れて帰宅した時も巡査が彼を逮捕しに待っていると思い込んでいたほど罪悪感に捕らわれていた。その上宴席の大人たちに生来の邪悪さを言われ、自分の盗みが今にも露見しそうな恐怖もあって半狂乱になっていた彼は、兵士たちが修理を頼みに来た手錠も彼にかけるためのものだと間違える。

ジョーの省略しない名はジョーゼフであり、ジョー夫人の名は五十八章にジョージアナ・マリアとある。ヨセフとマリアの名を持つ夫婦の子供のような立場にあるピップは、キリストの誕生を祝うクリスマスの宴席で、あたかも人類の罪のすべてを背負わされるように悪人視される。ピップはクリスマスの前日、自覚された自己の誕生日というべき日に、マグウィッチによって罪と結びつけられる。囚人船へ護送される前にマグウィッチがジョーに鍛冶屋から食料を盗んだと言ってくれたので、ピップは窃盗の疑いをかけられずにすむ。しかし、彼はマグウィッチとの出来事をジョーに打ち明けられなかったことを長く気に病む。そして、罪悪感を引き起こす復讐の能力も彼は依然として持ち続ける。

ピップの復讐の能力は一年後、ミス・ハヴィシャムの屋敷を訪れて帰った時に再び発揮される。ミス・ハヴィシャムは屋敷に男の子を遊びに来させることを望み、その人選を賃借人のパムブルチュックに頼む。それで彼はピップを連れて行ったのだが、彼はミス・ハヴィシャムに面会したことがない。彼女の様子を彼もジョー夫人も知りたくて仕方がなく、帰宅したピップを質問ぜめにする。ピップはミス・ハヴィシャムの奇怪な様子を話すのは彼女に悪い気がして黙っているが、手荒に質問されているうちに、彼女の風貌や屋敷でしたことについて全くのでたらめが口をついてすらすらと出てくる。好奇心でうずうずしているその二人に嘘を信じさせることで、ピップは普段の迫害者に格好の復讐を果たしたのだが、彼は自分が途方もない嘘をそのように易々とついたことに恐怖を感じる。

部屋の中の馬車で旗や剣を振って楽しく遊んだというピップの嘘の内容は、実際にはミス・ハヴィシャムの奇怪さに気圧《お》されて遊ぶどころではなく、同じくらいの歳のエステラに侮辱されたことの代償とも考えられるが、ミス・ハヴィシャムの屋敷が訪問者に嘘をつく能力を与えるらしいことも描かれている。ピップは十ヵ月ほど一日おきに屋敷へ来させられた後、ミス・ハヴィシャムにジョーと徒弟契約を結ぶように言われる。一週間後ジョーがピップと一緒に屋敷に呼ばれ、ピップの奉仕の報酬として二十五ギニーを与えられるが、ジョーはその日いつになく易々と嘘をつき、その二十五ギニーはミス・ハヴィシャムがジョー夫人にと言って渡したものだと述べて夫人を上機嫌にする。「満足館」という意味の名のその屋敷サティス・ハウスは、ピップに貧しい身分への不満を初めて抱かせ、自分自身に恥を感じずにすんでいたという意味での楽園から彼を追放するが、知恵を与える禁断の木の実のようにその屋敷は、ピップとジョーに嘘をつく能力を与える。

そうしてピップは自分の嘘に罪悪感を覚えるが、一週間後サティス・ハウスを再訪した時に、彼の復讐の能力はまた発揮される。その日はミス・ハヴィシャムの誕生日で、遺産を狙う彼女の親戚が集まっていた。後にピップの親友になるハーバートも呼ばれて初めて来ていたのだが、彼はピップに取っ組み合いをしようと言い出す。ハーバートは理由もなしに喧嘩をするのは変だからと、ピップの胸に頭突きを食らわせ、ピップはその復讐として喧嘩を始める。ピップは強そうなハーバートを恐れていたが、瞬く間に彼を打ち倒してしまう。彼は今回もまた思わぬほど容易に復讐を成就させたが、相手に怪我をさせたことで逮捕されるのではという罪悪感に襲われる。

三

ピップがマグウィッチに食料を届けた日、ジョー夫人はクリスマスの宴席の準備で忙しく、教会へは「代理的に（vicariously）」（一三）行くことに、つまり、ジョーとピップが行くことになる。『大いなる遺産』の中で「代理的に」という語が現れるのはここだけだが、モイナハンが指摘するように、ピップの姉への復讐がジョーの鍛冶場の日雇い職人オーリックを通して代理的に行われるなど、代理という概念は作中で重要な位置を占めている。代理的な復讐の主題は、たとえば、亡父の復讐を代理的に行うハムレットを役者になったウォプスルが演じるエピソードによっても描き込まれているが、オーリックがジョー夫人を殴打する日の彼と彼女の悶着にも、代理的復讐の一例がある。

ミス・ハヴィシャムはジョーを呼んだ時、ピップにもう来なくていいと告げたが、ピップはエステラにもう一度会いたく、ミス・ハヴィシャムへのご機嫌伺いという口実で、ジョーに半日の休暇をもらってサティス・ハウスを訪れる。ピップが出かけようとした時、オーリックが自分も半日の休暇がほしいとごね出しジョーは同意するが、ジョー夫人がジョーの寛大さを愚かだと責める。するとオーリックが彼女をののしり始める。彼女は普段はジョーを馬鹿にしきっているのに、この時は夫の面前で侮辱を受けることを嘆いてジョーに復讐を求め、彼は仕方なくオーリックを投げ飛ばし、おとなしくさせる。彼女はヒステリーの発作で気絶する前に、代理的な復讐が成就するのを見届ける。

ジョー夫人はその日の夜、ピップが町からまだ帰らず、ジョーも村の酒場に行って留守にしていた間に、何者かに後頭部と背骨を殴られ言語機能もほとんど失う重傷を負う。ピップはその日、サティス・ハウスを出た後、偶然会ったウォプスルに連れられてパムブルチュックの家へ行き、ウォプスルがジョージ・リロの戯曲『ロンドンの商人、あるいはジョージ・バーンウェルの生涯』を朗読するのにつきあわされていた。朗読の間、ウォプスルとパムブルチュックによって、ピップは親方から金を奪い、叔父を殺し、絞首刑となる徒弟バーンウェルとしつこく同等視されていた。そのためピップは次のように述べる。

私の頭はジョージ・バーンウェルのことで一杯であったため、私の姉の襲撃に私が何か手を貸したに違いないこと、あるいはいずれにしても、彼女に恩義のあることをよく知られた彼女の近親者である私が他の誰よりも容疑の合法的な対象であることを、最初信じたい気になった。(九六)

ジョー夫人のそばにはヤスリで切られた囚人の足かせが転がっていて、ピップは自分が図らずも襲撃のための武器を提供してしまったように考え、恐怖に襲われる。ピップはマグウィッチとの出来事をジョーに打ち明けるべきか悩むが、その秘密は自分の切り離せない一部になってしまっている気がして、胸に秘めたままにする。

ピップはこのように何者かの手によって姉に思いがけなく復讐ができてしまい、そのことで罪悪感を覚える。それがリロの戯曲の罪人と同一視されたことの一時的な残像という以上の意味を持つことは、ずっと後、真犯人オーリックのピップへの奇妙な責任転嫁によって強調される。マグウィッチの国外脱出計画の決行の二日前、ピップは郷里の沼地の水門小屋へ何者かに呼び出され、オーリックに梯子に縛り付けられる。オーリックはこれから殺そうとするピップに「お前の姉のがみがみ女を殺したのはお前だったのだ」と言う。ピップは「悪党、それはお前だ」と言うが、オーリックは次のように言い返す。

「本当にそれはお前の仕業なんだ――本当にそれはお前を通して行われたのだ」と彼は銃を拾い上げ、銃床で我々の間の空を殴るようにしながら言い返した。「おれはあの女を後ろから不意に襲った、今夜お前を襲ったようにな。おれ様はあの女をやっつけてやったよ！　おれはあの女を死んだものと思ってそのまんまにしたが、もし石灰窯がお前の近くにあるようにあの女の近くにもあったなら、あいつは生き返りゃしなかったんだ。しかしな、それをやったのは年上のオーリック様じゃなくてお前だったのだ。お前は贔屓にされて、あの方は威張られて叩かれた。年上のオーリック様が威張られて叩かれるだと、よう？　さあ、お前はそれの償いをするんだ。お前がそれをやったんだ。さあ、お前はそれの償いをするんだ。」（三一七）

オーリックのこの主張は理不尽であるが、類似した型の他の部分での繰り返しを考え合わせると、オーリックは彼の主張どおりピップの姉への復讐を代理的に実現しているという解釈が浮き上がってくる。類似の型が最もはっきりしている例としては、水門小屋ではハーバートたちがピップを助けに踏み込んで、逃亡したオーリックが、少し後、パムブルチュックの家へ強盗に押し入るという出来事がある。その時、彼はピップを非難し恩着せがましい嘘を吹聴したパムブルチュックの口に雑誌を詰め込んで、ピップの復讐をまさしく代理的に行うのである。

　分身の主題は、ジョー夫人の襲撃のあった夜、囚人船から二人の囚人が脱獄していたことでも描き込まれていると思われる。その二人の脱獄囚と同じように、ピップとオーリックは半日の休暇を取って、いわば鍛冶屋という牢獄から脱走した。脱獄囚の一人は再び拘束されたが、それと同じようにピップは日常に戻り、逃走中のもう一人のようにオーリックはジョー夫人の襲撃によって日常の規範から引き返しがたく逸脱した。二人の脱獄囚は、支配者と服従者という広義の分身同士だったコムペイソンとマグウィッチを想起させる。また、その夜オーリックは町をうろついていてアリバイがある程度あり、彼がいつジョー夫人を襲撃できたのかはっきりしない。その不明瞭さはジョー夫人を殴り倒したと言うオーリック自身も、逃走中の囚人という分身によって犯行を行ったかのような不気味さをかもし出している。

ジョー夫人は襲撃の後わずかながら回復すると、奇妙なことに毎日オーリックを呼び寄せ歓心を買おうとする。彼女の彼へのこの不可解な恭順は、復讐された者が復讐者に許しを乞うという復讐の十全な成就の強調になっている。ジョー夫人は死の直前にはジョーに許しを乞い最後にピップの名を口にする。彼女は懲らしめられ悔悟した者の典型のように振る舞う。

それと類似した型は、ミス・ハヴィシャムがピップに最後には許しを乞うことにも見られる。彼女は最初にピップを呼び寄せた日、エステラに彼とトランプ遊びをさせようとする。エステラは「この少年とですって！　だって、彼は下品な労働者の少年ですよ！」と言うが、ミス・ハヴィシャムは「そうかい？でもお前は彼の心を張り裂けさせることができるよ」（五一）と答える。彼女はエステラを通して復讐を加える男性の一人としてピップを最初から呼び寄せたのだが、彼女はピップの境遇が変化した後もずっと彼を苦しめ続ける。

ピップはジョーの徒弟になって四年目、サティス・ハウスに出入りする弁護士ジャガースから、彼がピップと名のり続け、すぐロンドンへ出て紳士となる準備をし、遺産の贈り手を詮索しないという条件で莫大な遺産相続の見込みを得ると告げられる。ピップは遺産の贈り手がミス・ハヴィシャムであり、自分がエステラの結婚相手に予定されていると思い込む。ミス・ハヴィシャムはピップの心をエステラにつなぎ止めることと、親類を嫉妬で苦しめることのために、彼の誤解を助長する態度をとる。彼女にはピップをエステラと結婚させるつもりはなく、エステラはドラムルというピップも知る無価値な男と婚約する。ピップは自分の遺産相続の真相を知った後、ミス・ハヴィシャムがとってきた態度をなじるが、彼女は彼が願望に促され自分で罠に陥ったのだと開き直る。しかし、ピップが去り際にエステラに熱烈な愛を打ち明けるのを見て彼女は彼への仕打ちを悔い、後日彼を呼んでハーバートへの彼の援助の代行を申し出るなどして許しを乞う。

その場面でミス・ハヴィシャムはピップの足元にくずおれ、手帳の自分の名の下に自分を許すと書いてほしいと懇願する。彼は「私は今そう書くことができます。これまでひどい誤解がありました。私の人生は盲目で感謝知らずなものでした。私自身許しと導きをあまりに多く必要としているので、あなたに苦々しい態度をとることなどできません」（二九七）と答えるが、彼女を許すと彼が実際に書いたかは明らかでない。部屋を出た後、ピップはミス・ハヴィシャムが首を吊っている幻覚を見て心配になり戻る。偶然にも彼が扉を開けたとたん、彼女の服に暖炉の火が燃え移る。そして、彼は自らも火傷を負いながら彼女を助けるのだが、モイナハンが着目しているように、二人はその時、敵同士のように格闘する。

私は二着のコートを脱ぎ、彼女と取っ組み合って投げ倒しそれらのコートで彼女を覆った。そして同じ目的でテーブルから大きな布を引きずり取り、それとともにテーブルの真ん中にあった腐敗の山とそこに隠れていた醜いものどもを引きずり落とした。私たちは床の上でやけになった敵同士のように格闘していた。私が彼女をしっかり覆えば覆うほど、彼女はより激しく叫んで、身体を解き放とうとした。私はこのことが起きたのを、私が感じたり考えたり、私がしたと知っていたことからではなく結果から知った。……私は彼女をまるで逃げるかもしれない囚人のように全力で無理矢理まだ押さえつけていた。私は彼女が誰なのか、私たちがなぜ格闘するのか、彼女が燃えていたのか火が消えたのか知っていたかすら疑わしい。（二九九－三〇〇）

ピップはテーブルクロスを取ってミス・ハヴィシャムを包むためとはいえ、彼女が恨みの象徴として二十年以上もそのままにしてきた結婚式の宴席のケーキなどを破壊する。ピップは彼女の救助という目的の自覚も失って、長年の迫害者であった彼女とまるでマグウィッチとコムペイソンのように格闘する。ピップの命がけの救助は奇妙に復讐じみた様相を帯びる。そして、その復讐の完全な成就を象徴するように、大火傷を負ったミス・ハヴィシャムは彼の許しを求める譫言をつぶやき続ける。

エステラもまたピップを長年苦しめてきたが、これもモイナハンが指摘するように、彼女の夫ドラムルが彼女を虐待し続けたことを以って、彼女へのピップの復讐が代理的に果たされたと考えられる。ドラムルはやがて落馬事故で死ぬが、作品の結末でピップと再会したエステラは、ディケンズが最初に校正刷りにさせた原稿でも、それを読んだ同業の友人の忠告を容れて新たに書いた原稿でも、ピップの彼女へのかつての愛情を理解したことを示す。彼女は彼の愛を受け入れなかったことを悔い、いわば懲罰を受け改悛した者となっている。

オーリックもドラムルも、ピップの分身とは一見考えにくい。しかし、いつも嫌そうに仕事場へ現れるオーリックは、鍛冶屋の仕事に不満なピップの内面を直截に体現した存在であるとも言え、モイナハンが指摘するように、ピップがビディーと少し親しくすれば彼も彼女に気のある態度を示してつきまとい、サティス・ハウスの門番になったり、その後上京したりして、ピップの欲望の対象の場を追って移動し続ける。ピップの教師の生徒で准男爵の次男ドラムルも、ピップはその愚鈍さと横柄さを蛇蝎のごとく嫌うが、彼はピップの内面の虚栄心などの醜さの体現者でもあり、彼もまたエステラを欲望の対象とする。ともにピップの分身であるオーリックとドラムルの共通性は二人のどちらもがピップの背後をのろのろとついてくる癖でも強調されている。

ピップはオーリックとも、ドラムルとも憎悪し合い、オーリックはピップを殺そうとすらする。そのように反発し合う存在でさえ、本人たちの知らないうちに分身同士になっていることに、この作品の描く自己像の特異さの一つがある。回想録を書くピップはオーリックとドラムルへの軽蔑と反感を訴え、二人と分身の関係にあるとの自覚は微塵もない。そのような自己の暗黒面へのピップの無自覚さは、次節に見るように、今度こそ忘恩から脱したと思っている彼が、彼の人生を狂わせたマグウィッチに復讐と厄介払いを無意識のうちに実現していることでも描かれている。

四

ロンドンへ出たピップは、ジャガースから生活費を渡されながら、ミス・ハヴィシャムのただ一人の無欲な親類マシュー・ポケットの私塾に住み込んで暮らす。その私塾はハンマースミスにあり、ロンドンの学校にも通うことにしたピップはポケットの息子ハーバートの下宿を共同で借りる。この頃エステラが大陸での教育を終えて帰国し、ミス・ハヴィシャムのリッチモンドに住む旧友の家に寄宿し、求愛者に囲まれて暮らす。優美さを増したエステラにピップは彼女との距離が縮まらないのを感ずるが、その印象は星と関連する彼女の名前だけでなく、二人が住むロンドン郊外の地名でも表現されている。ハンマースミス(Hammersmith)は鍛冶工を含めハンマーを使う職人のことで、リッチモンド(Richmond)は仏語のRichemont(すばらしい山)が原義であるものの、richとmonde(人々、社会)の複合語を仮に作ればそれとの語呂合わせとなる。ピップはエステラの住む家へよく出入りするが、鍛冶屋に住んでいた頃と同じように、上京後も彼女から隔てられたままである。

ピップが記述するロンドンは首都の壮麗さとは無縁で、彼とハーバートの下宿の建物はとりわけ陰惨である。上京するエステラを待っている時に監獄を見学することになったり、サティス・ハウスを訪れるために乗った馬車の背後の席に護送される二人の囚人に座られたりして、ピップは犯罪的なものにつきまとわれる。彼は勉学には励むものの、ジャガースが予言したとおり、浪費癖から借金を膨らませる。サティス・ハウスへ時々帰るエステラに付き添って帰郷しても、彼はジョーの家には寄らないという忘恩に陥る。姉の葬儀のため上京後初めてジョーの家を訪れた時、彼は忘恩を反省するが、結局以前と同じになる。ピップはせめてもの善行としてハーバートをひそかに援助するため、貿易商クラリカーに資本金を提供し、ハーバートを彼の共同経営者にする計画を進める。そうしてピップが二十三歳になり、ハーバートがクラリカー商会の出張で留守にしていたある嵐の晩、自分が作り上げた紳士を見るために帰国したマグウィッチが彼の下宿を訪れる。

マグウィッチが遺産の贈り手だと知ったピップは、ミス・ハヴィシャムによって自分がエステラの結婚相手として予定されていたのではないことに苦悩する。そして、どんな恐ろしい罪を犯したか分からないマグウィッチのために、ジョーを捨ててしまったことを彼は悔やむ。マグウィッチは帰国が露見すれば死刑なので、ピップは自分が彼をかくまうことに失敗し彼の「殺人者」となることをひどく恐れる。翌日ピップはマグウィッチのために近所に部屋を借り変装用の服も買ってくるが、何を着せても囚人らしさがにじみ出てくるマグウィッチに彼は激しい嫌悪感を改めて抱く。その後ハーバートが帰り、マグウィッチの来歴を二人で聞く。ピップはマグウィッチと絶縁するつもりだったが、国内では絶望したマグウィッチがつかまる恐れがあるので、彼の国外脱出をまず図ることになる。やがてジャガースの事務員ウェミックが追跡者の気配を察知し、マグウィッチはハーバートの婚約者クララの家に移される。その家はテムズ川に面していて、ピップは毎日ボートの練習をし、脱出の日マグウィッチを迎えにボートを漕ぎ出しても怪しまれないようにする。

この間、ピップが芝居を見ていた時、彼の背後にコムペイソンがいたことをウォプスルが教えてくれる。マグウィッチが最初に来た晩も、階段に寝そべっている人物がいたりして心配の種があった。また、ピップはジャガースの家政婦がエステラの母であると直感し、情報を集めてそれを確かめ、エステラの父がマグウィッチであることも突き止める。マグウィッチが殺人などの重罪を犯したわけではないことを知り、彼が落ち着いておとなしくなってきたことで、ピップの彼への嫌悪感は薄らいできていたが、彼がエステラの父であることも分かって、ピップは彼に強い愛情を抱く。しかし、いよいよ決行された脱出の計画は、外国行きの汽船に拾ってもらおうとしたところで物陰から追っ手が現れ失敗に終わる。マグウィッチは追っ手の舟にいたコムペイソンにつかみかかり、コムペイソンがのけぞったために二人とも組み合ったまま川に落ちる。コムペイソンはそのまま溺死し、マグウィッチは汽船の竜骨で胸を打って重傷を負う。マグウィッチには死刑の判決が下るが、彼は日ごとに衰弱し、刑の執行以前に病院でピップに看取られながら死ぬ。

ピップのマグウィッチへの感情は、このように激しい嫌悪感から強い愛情へと変化してきており、彼はマグウィッチに自分のために尽くしてくれた恩人だけを見たとも述べる。しかし、マグウィッチへの感情をそのように変化させながらも、最初の彼への嫌悪感の中で固めた決意、すなわち彼からは今後一切金銭を受け取らず、早晩絶縁するという決意をピップが最後まで変えない点は注目されるべきである。ピップはマグウィッチへの最初の嫌悪感を深いところで最後まで持ち続けるのである。脱出決行の前から、ウェミックがマグウィッチの動産を確保するよう警告していたが、ピップはそれを無視し、マグウィッチの財産は国に没収される。ピップはマグウィッチを失望させないため、彼がマグウィッチの死後も彼の財産で紳士として生活してゆけると誤解させておくが、ピップ自身は自分の選択を悔いない。

ピップのその選択は、確かに今後は自力で人生を切り開こうという殊勝なものではある。それは死刑囚からも手に入れられるだけの金品は譲り受けようとするウェミックや、溺死者から衣類を集めるテムズ川下流の宿屋の使い走りの行為のおぞましさと対比されてもいる。しかし、ピップはそのように忌むべき行為と同類のことをすることになっても、死刑になるかもしれないマグウィッチの財産を事前に確保しておくことが、彼の恩義に真に報いることであったと考えられる。犯罪者から財産を得ることのおぞましさを避けることで、ピップはその人物への忘恩という別のおぞましさに陥っている。

マグウィッチの死後帰郷した時、ピップはパムブルチュックに彼の没落は恩人への忘恩のせいだと横柄に非難される。パムブルチュックは理不尽にもその恩人を自分のつもりで言っているが、恩人をマグウィッチに置き換えれば、ピップはその非難のとおり忘恩のせいで財産を失っている。ピップに復讐されたジョー夫人、ミス・ハヴィシャム、エステラがそろって恭順の態度をとる中で、パムブルチュックだけが復讐された後もピップを非難し続けるのには意味がありうる。幼い頃パムブルチュックに恩知らずと決めつけられていたピップは、その非難どおりにジョーに対し忘恩の徒となり果てた。そして、その非難はマグウィッチの場合にも当てはまる。パムブルチュックの非難を不当なものだと憤りつつ、ピップがその非難のとおりになってゆくという奇妙な傾向は、作品の終わりまで持続するのである。

ピップにとってのマグウィッチの存在を考える上で今一つ重要と思われるのは、クララの境遇である。彼女の唯一の係累である父は二階で寝たきりになっていて、金と食料を枕元に置いて娘を酷使する。痛風でありながらそれに悪い酒や肉ばかり摂るこの父親は先が長くないと予想されてはいるが、彼が死なない限り彼女はハーバートと結婚できない。彼女のこの境遇は、若者の自由を束縛する年長者の死がひたすら待ち望まれている点で、ピップにとってマグウィッチの死が待ち望まれる状況と重ね合わされていると考えられる。

ピップがマグウィッチの死を望んだのは、彼に絞首刑という残酷な死に方を免れさせるためである。ピップの意識の表面ではそれはあくまでもマグウィッチへの思いやりだが、次のような面もある。マグウィッチがロンドンの下宿に現れた時、ピップは彼をかくまうことに失敗して彼が死刑になり、自分が彼の「殺人者」になることにおびえた。しかし、逃亡計画の失敗によってマグウィッチが負傷して死ぬことは、ピップに彼の殺人者となる罪悪感は与えないらしい。マグウィッチが絞首刑の執行以前に死ぬことは、ピップをそうした罪悪感から解放する面がある。ピップは病院へ面会に入る時、マグウィッチを安楽死させるための薬物を持っていないことを身体検査で自ら確認してもらったりする。ピップは自分が手を貸して彼の殺人者となることやその疑いをとりわけ避けようとする。

また、病死にしろ刑死にしろ、マグウィッチの死はピップが嫌悪感を持続させ絶縁を望んでいたマグウィッチからの解放をついにもたらしてくれる。クララの父があまり遅過ぎにならないうちに死んだように、マグウィッチも遅過ぎにならずに死ぬ。ピップは決してそうとは意識しないが、マグウィッチの死によってピップは重荷からの解放を得る。クララとハーバートに実現した厄介払いは類似によって、ピップが意識することなしに彼の身にもそうした厄介払いが実現していることを浮き出させている。

ピップが無意識のうちにマグウィッチに対し厄介払いや復讐を実現していることは、ピップがオーリックに殺されかかる水門小屋での出来事を通じても描かれている。その出来事をピップがオーリックと対決し、その汚らわしい分身との絆から浄化されるものとして考えるのは誤りだと思われる。そうではなしに、ピップはその出来事によってオーリックとさらに緊密な絆で結びつけられるのである。

オーリックは「何者かが害を及ぼせばそれと同じだけの仕返しができる人間として」(一八〇)、つまり、賊に復讐のできる人物として推奨されてサティス・ハウスの門番におさまっていたのを、ピップがジャガースに好ましくない人物だと進言したため首になる。そして、ロンドンに出てコムペイソンと知り合い手下となっていたのだが、彼は自分が仕えるコムペイソンの優秀さを言うのに「五十の筆跡を使い分けられる」(三二八)ことを例として挙げる。彼はコムペイソンがマグウィッチの帰国を察知していて、マグウィッチはコムペイソンに気をつけたほうがいいと言う時にも、コムペイソンが「五十の筆跡を使い分けられる」(三二九)ことを再度強調する。

オーリックがピップの前でコムペイソンの偽筆の能力を二度も強調することは、ピップたちがマグウィッチの国外脱出を、日を指定するウェミックの手紙のみに基づいて決行しようとしていることと関連すると思われる。ピップは手紙を受け取った後、ウェミックに会って決行を確かめていない。もしピップがウェミックのものと思っている手紙がコムペイソンの偽筆になる手紙であったとしたら、ピップはコムペイソンの罠に陥ることになる。脱出が失敗に終わった後、ウェミックはコムペイソンが監獄にいる部下に自分がその頃留守になると偽の情報を流し、彼にそれが伝わるようにしたらしいと言い訳する。したがって彼の手紙は偽筆でなかったことが後に判明するのではあるが、コムペイソンの偽筆の能力をオーリックが強調するのは、その時点ではウェミックの手紙が偽筆である可能性を示唆する。そのことは、ピップがその可能性に気づきつつ、マグウィッチの脱出計画の失敗を無意識のうちに望んで、ウェミックの手紙が本物であることの確認をしなかったのだという解釈を生みうる。

ウェミックの手紙が偽筆である可能性にまでピップの気が回らなかったことは、もちろん不自然ではない。しかし、オーリックが二度もコムペイソンの偽筆の能力を言い、マグウィッチに関し警告することは何らかの意味の存在を感じさせる。ピップは翌日寝込んで決行予定日の前日を不安のうちに過ごすが、その記述の中に次のような一節がある。

私は自分自身を説得して次のように思い込ませてしまった。すなわち、彼がつかまってしまったことを自分が知っていること、恐れや予感以上の何かが心にのしかかっていたこと、その事実が起こってしまい、私がそのことの神秘的な知識を得ているということを。(三二一―三二二)

ピップは決行当日の失敗ではなく、前日の今既にマグウィッチがつかまってしまっていることを恐れているのではあるが、「恐れや予感以上の何かが心にのしかかっていた」ことは、オーリックがコムペイソンの偽筆の能力を強調したことと関連するように思われる。

ピップはオーリックに殺されかけ、姉の襲撃の犯人もオーリックだと知ったにもかかわらず、彼を警察に告発しない。マグウィッチの脱出決行の前後の時期であれば無理もないことではあるが、彼はその後もずっとオーリックを告発しない。オーリックはパムブルチュック宅に強盗に入り投獄されたという情報を最後に、宙に消えてしまったようになる。それはモイナハンが指摘するように、ピップの陰の欲望の体現者であるオーリックは欲望の成就とともに消えてゆくことを表していると考えることができる。しかし、ピップがオーリックをいつまでも告発しないことは、彼が姉の襲撃での共犯性を無意識のうちに受け入れていることの表れであるとも考えられる。ピップはオーリックが姉の襲撃者だったと分かったことをハーバートやジョーに話した様子がない。ピップはマグウィッチのための盗みを長く秘密にしたように、姉の襲撃の真相も秘密にし続ける。

オーリックが冥土の土産にピップに聞かせた話には、マグウィッチがピップを最初に訪ねた晩にオーリックが跡をつけてきていたことなど、新たな情報もあった。オーリックはコムペイソンの一味の中でロンドンに帰還したマグウィッチの最初の目撃者となって、マグウィッチの安全を脅かす。彼はピップの姉への復讐を代行したように、今度はピップの人生を狂わせたマグウィッチを死刑に至らせる助けをする。そして、ピップは彼自身もマグウィッチへの復讐を望んでいるかのように、コムペイソンの偽筆の能力など、新たな不安材料をハーバートと相談せず、水門小屋でオーリックが明かしたことについて沈黙してしまう。意識の表面において、ピップはマグウィッチへの反感を克服し、彼の国外脱出に全身全霊を傾ける。しかし、どんなに子供が自分は安全だと思っていても必ず忍び寄ってきて子供を捕らえるとかつてマグウィッチがピップを脅した青年のように、忘恩と復讐は、彼がそれらから全く免れていると思っている時に、彼を捕らえるのである。

五

マグウィッチが病死した後、ピップは重病になり、ジョーの介抱を受け、幼年期のようにジョーに保護される幸福を味わう。しかし、ピップが回復するにつれジョーはよそよそしくなり、やがて置手紙と、借金を肩代わりした領収書を残して去る。ピップは数ヵ月前からビディーと結婚し、将来の進路も彼女に決めてもらうという考えを温めていたが、彼女と結婚すればジョーとの隔たりは消えるだろうとも考え、彼女に求婚しに帰郷する。しかし、偶然にもその日はジョーとビディーの結婚式で、それを知ったピップはもしもビディーと結婚したいという考えを以前にジョーに打ち明けていたら、ジョーはビディーとの結婚を断念して彼女をピップに譲ってしまっただろうことを想像し、結婚の希望をジョーに打ち明けなかったことを感謝する。そうして郷里に居場所を失い、ビディーに進路の決定を頼ることも許されなくなり、ピップはかねてからのハーバートの誘いに応じてクラリカー商会に入社し、やがてクララと結婚したハーバートの家庭に居候して外地で長い期間を過ごす。

十一年後ピップは初めて帰国し、ジョーの家でピップと名づけられたジョー夫妻の子供を見出す。ディケンズの最初の案では、ピップがその小ピップとロンドンを歩いている時に医師と再婚したエステラと出会い、彼女が小ピップをピップの子供と勘違いするところで小説は終わる。その案はピップとエステラのロマンスの可能性を示唆する現行の結末に変更されたが、ピップが別の女性と幸福な家庭を築いているとエステラが誤解する最初の案の方が、ピップがかつての迫害者に対し最後には優位に立つという型を一貫して踏襲している。そして、それが読者の期待を考慮する以前のディケンズの案でもあった。

ピップがそうしてエステラに再会した三十歳代の半ばにこの回想録を執筆したのには、自己の弁護や正当化という隠れた目的があったと考えられる。ピップとしては、幼年期に犯罪者と絆を持ってしまい、大人たちに非難されたとおりの忘恩に陥ったものの、マグウィッチへの反感を克服して恩義を重んじる人間となり、勤勉に働くようにもなったという物語を回想録で訴えたいのだと思われる。しかし、ディケンズはピップが書いたつもりの物語とは矛盾して、ピップが逃れえたと思い込むものに最後まで捕らわれ続けるという物語を作り上げているようである。ピップは基本的に善良ではあるけれども、社会的な上昇欲にとりつかれ、ジョーへの忘恩に陥り、また、迫害者に復讐を果たす陰の自己を持っている。そのようなピップの自己の二面性をディケンズは描こうとしているのだと考えられる。人が二様の自己を持ちうることは、ウェミックを通して典型的に描かれているが、彼が職場での非情な自己と自宅での温和な自己を使い分けているのと対照的に、ピップの場合、望まないのにもう一つの陰の自己がまつわりついてくるのが特徴である。

しかし、ピップを通して描かれているのは、単に自己が対照的な二つのものの束でありうるということにとどまらない。幼年期の盗みの秘密をピップが自己の一部のように感じ、パムブルチュックたちの予言もピップの内部に入り込んでしまった観があるように、外部の異質なものが、暴力的に自己の一部になってしまう様子も描かれていることとの一つである。そのことは、エステラがピップの自己の切り離せない一部になってしまうことを通してさらに如実に描かれている。エステラに初めて会ったピップは、貧しさを軽蔑する彼女に同化して社会的な上昇欲の虜となり、苦痛ばかり彼に与える彼女を愛することを止められなくなる。

結婚前のエステラに別れを告げる時、ピップは次のように言う。

「あなたは私の存在の一部、私自身の一部です。粗野で下品な少年としてここへ最初に来て、その時既にあなたは私の哀れな心を傷つけましたが、その時から私が読むものの一行一行にあなたはいました。その時以来私が見るすべての光景にあなたはいました──川や船の帆、沼地や雲、光にも闇にも、風にも森にも海にも通りにもです。」（二七二）

熱烈な愛を訴えるこの一節は、マグウィッチがオーストラリアでの生活でピップの顔をしばしば目の前に見たという次の一節と似通っている。

「おれが羊飼いとして雇われて一人ぼっちで小屋にいて、羊の顔ばっかり見ていて男や女の顔がどんなだったか半分忘れかけていた時、おれはお前の顔を見たんだ。小屋で昼飯や夕飯を食べている時、よくおれはナイフを取り落として言ったものさ。『ほらあの少年がまた、おれが食べたり飲んだりしていた時のようにおれを見ている！』おれは霧のかかった沼地でお前を見た時と同じくらいはっきりと、何度も何度もあちらでお前を見たんだ」（二四一）

マグウィッチはピップを被造物とすることで、自己の一部に取り入れてしまっていると言えるが、右の二つの箇所の類似は、一見異質に見えるマグウィッチとピップ、ピップとエステラとの関係が、他者が自己の一部と化す点で共通していることを浮き彫りにする。

被造物化による他者の自己への吸収は、ミス・ハヴィシャムがエステラを復讐の道具として育て上げただけでなく、自己の一部として従属させた彼女に依存していることにも表れている。ミス・ハヴィシャムは、エステラが彼女の自己の一部となっていて単なる復讐の道具ではないからこそ、エステラが一度だけ反抗的な態度を示した時、ひどく苦悩するのである。被造物化による他者の自己への吸収は、バルザックの『幻滅』を例に挙げながらエーリッヒ・フロムが『自由からの逃走』で考察していることだが[3]、それについてはミス・ハヴィシャムとエステラ、マグウィッチとピップの関係も『幻滅』からの例に劣らぬ好例でありうる。フロムがそこで考察する片方が暴虐で他方がそれに苦しんでいるのに関係の解消されない夫婦についても、『大いなる遺産』はジョー夫妻や、ジョーの両親などの好例を提供しうる。

エステラは一度ミス・ハヴィシャムに反抗するものの、ミス・ハヴィシャムが押し付けた非情な人格をむしろ進んで自己の一部としているようである。彼女はミス・ハヴィシャムの策略をめぐらす親類にも苦しめられ、彼らが馬鹿を見る様子に復讐の喜びを味わったりするが、ミス・ハヴィシャムにゆがんだ教育をされた恨みについては、その教育の徹底的な成果となって自分自身を苦しめることでそれをはらそうとしているかのようである。エステラはいわば自分自身の敵となっているのだが、それは理性に反してエステラを愛し続けたピップも同じである。「自分自身の敵」とはミス・ハヴィシャムの親類が正直なマシュー・ポケットについて言った言葉だが、それは捨て去ればよい復讐心によって自らを苦しめたミス・ハヴィシャムにも当てはまる。ピップもエステラも、また復讐が自己の一部と化した観のあるミス・ハヴィシャムも、外部のものが自己の一部となり、たとえそれが自己を苦しめてもそれを切り離すことができなくなることの表現となっている。

＊

『大いなる遺産』で描かれる自己は、内面において異質なものの束であったり、外部の異質なものや人物と束ねられて一つとなったりする。この作品の描く自己像のさらに特異な点は、自己がこの世に幾つも分散して存在するということである。オーリックもドラムルも、ピップは二人を憎悪するものの、ピップの内面の醜い部分の強調された体現者であり、彼の陰の欲望を代理的に実現する。自己の散在というイメージは、マグウィッチに初めて会って帰ったピップにジョー夫人が言う「お前が五十人のピップであろうと彼が五百人のガージャリーであろうとお前をその隅から引き出してみせるよ」（二四）という言葉にも表れている。あるいは、初めて上京する時、停車場までジョーに送ってもらわなかったことについて良心の呵責に苦しむピップは、ジョーとそっくりの顔の人物と馬車が何度もすれ違うような気がする。マグウィッチが下宿へ現れた晩、ピップはそれ以前にマグウィッチと似た人物と何度も通りですれ違い、その似た人物の増加によって彼の接近を警告されていたように思う。

通常の感覚において、人は世の中に散在するものではなく、テムズ川で捕らえられたマグウィッチはこの世にただ一人で、彼がマグウィッチであると証言する者が現れて、裁判にかけられる。オーリックに姉を襲撃したのはお前だと言われても、ピップは通常の感覚にのっとって、それを否定することができる。しかし、『大いなる遺産』はそのような通常の感覚がほころび、通用しなくなってしまった悪夢のような世界を描く。悪夢のようでありながら、それが現実の世界の実相であることを、ディケンズは訴えようとしているのであろう。

『大いなる遺産』では、人が共同で物事に当たる姿が何度か出てくる。ジャガースは被告のパートナーとして共同で裁判に対処するのが生業であり、それ故にか仕事の一つひとつの後に石鹸で手から依頼人の汚れを洗い落とそうとする。パムブルチュックは将来の紳士ピップに稼業への出資を仰ぎ、共同経営者になってもらおうとする。あさましくも以前とは態度を一変させたパムブルチュックに初めのうちピップは抱くべき反感を抱かないが、穀物種業に結局は出資しない。しかし、後にピップはクラリカーに資本金を与えてハーバートに共同経営者の地位を確保してやる。ピップ自身も彼らの商会に入社した後、昇進して三人目の共同経営者となる。共同経営者という絆は、ピップとマグウィッチの絆とは一見異質ではあるが、パートナーという他者との関係を結ぶ点で共通する。コムペイソンやマグウィッチのような犯罪者に限らず、人は他者とパートナーとしての関係を築こうとする。作品はそのように個人の自己が他者の自己と束となって生きてゆく様子を描く。

マグウィッチの死後、重病になったピップは「私は家の壁のレンガの一つになっていて、そのくせ建物を建てる職人が私をはめこんだ目のくらむ高い場所から解放してくれるよう嘆願していた」という幻想や、

「私は深淵の上を押し進み回転する巨大なエンジンの鋼鉄の梁になっていて、そのくせそのエンジンを止めて私の部分をハンマーでたたいて外してくれるよう私自身が懇願するのだった」(三四三)という幻想になされる。それらの幻想は、最初は窃盗の代行者として、後には社会への復讐の道具としてマグウィッチと絆を結ばされ、大人たちの予言も自己の一部となったように実現してゆくピップの苦悩をよく反映している。それらはまた、他者や組織の網目に絡めとられて生きている人間のあり様を映してもいるだろう。

ピップが無意識のうちにマグウィッチの死を望み、国外脱出を失敗させようとすらすることは先に見たが、それは恩人を殺すだろうという大人たちの予言の実現であるとともに、人生を狂わせた迫害者への復讐の成就でもある。ピップの復讐の能力は大人たちの予言には含まれていない。ピップは自分をからかった仕立屋の小僧や、憎悪するオーリックには職を首になるよう働きかけて進んで復讐を行おうとするが、姉やミス・ハヴィシャム、マグウィッチ、エステラに意識の表面で復讐心を抱くことはない。ピップの復讐心は彼の自己の陰の部分に巣くう願望で、彼はその陰の自己から逃れようとする。しかし、サティス・ハウスの門の前でピップがふと後ろを向いた間に門番のオーリックが背後に迫っていたように、ピップがそれから逃れようとする犯罪性や陰の自己は知らないうちに彼の表の自己の背後に忍び寄る。

ジョーが鍛冶場でハンマーを打つ時に調子付けに歌う鍛冶屋の守護神の小唄「老クレム様」は、日光を遮断した部屋をぐるぐる回りながらピップとエステラ、ミス・ハヴィシャムが低い声でつぶやくように歌い続けると、「ぶったたけ、ぶったたけ」という無邪気な歌詞も復讐の対象を殴打したいという渇望を表すような凄味を帯びる。そして、その歌詞どおり、オーリックはジョー夫人の後頭部をぶったたいてピップの陰の自己の復讐心を代理的に満たす。マグウィッチに出会った日、帰宅したピップは脱獄囚や彼との約束などが「復讐する石炭」となって彼の前に盛り上がるように感じる。「復讐する石炭」はローゼンバーグが注釈するように（一四）、新約聖書ロマ人への書の十二章十九節から二十一節に言及するものだが、その節は「復讐するは我にあり」と神が人間に復讐を禁じる箇所である。しかし、ピップは神ではなく彼自身が「復讐するは我にあり」と言うかのように、不可解なほどの復讐の能力を発揮してゆく。

　復讐の放棄と迫害の甘受はキリストの教えでもあるが、ヨセフとマリアの子供のような立場のピップはキリストのその教えと正反対の復讐心を陰の自己の内に潜在させる。ピップはキリストが人類の罪を代理的に背負った点でキリストと類似するかのように、復讐心、忘恩、浪費癖などを身に帯びる。

　ピップは息を引き取ったマグウィッチのベッドの傍らで、ルカ伝十八章十節から十三節に言及しながら「おお主よ、罪人である彼にお慈悲を！」と言う。ルカ伝の言及された箇所は、寺院へ来たパリサイ人が自分の行いの正しさを列挙して神に祈ったのに対し、そばにいた収税人は目を天に向けようともせず、ただ胸をたたいて「神よ罪人である私にお慈悲を」とだけ言ったことを描いている。収税人の言葉の「私」を「彼」に換え、自ら罪を身に帯びていながらこのように祈るピップをパリサイ人のようであると考えることもできる。しかし、『大いなる遺産』はむしろ、罪から自分は脱したと信じながらなお罪深い陰の自己にまつわりつかれているピップの姿を描き、そのように内在化した罪を自己から切り離せない存在である人間に対する慈悲を、ピップのその祈りを通して神に求めるのだと私には思われる。

注

（1）Julian Moynahan, "The Hero's Guilt: The Case of *Great Expectations*", *Essays in Criticism*, vol. 10 (1960) 60-79.

（2）『大いなる遺産』からの引用は Charles Dickens, *Great Expectations*, ed. Edgar Rosenberg (New York: Norton,

1999）によって訳出し、そのページを括弧内に示す。

（3） Erich Fromm, *Escape from Freedom*（1941; New York: Holt, Rinehart and Winston, 1961）159-160.

『ロモラ』における道徳的葛藤と女性像

池　園　宏

一

ジョージ・エリオットが道徳的な作家であるという評価は、広く確立されていると言ってよい。ディヴィッド・セシルは、「人間性の道徳的側面に傾注したことが、ジョージ・エリオット独自の栄光の主因であり、英文学に対する彼女の貴重かつ無類な貢献の核心である」[1]と主張する。一八六三年に出版された『ロモラ』は、十五世紀末のイタリアフィレンツェを舞台とするエリオット初の歴史小説である。この作品は知性や観念的要素が先行し過ぎるため、また作者自身も認めるように主人公ロモラの人物像に理想化の傾向が見られるため[2]、一個の芸術作品としての評価は必ずしも高いものとは言えない。しかしそれらが事実であればなおのこと、この作品には彼女の持つ倫理性や道徳性がとりわけ色濃く投影されていると考えられる。ヘンリー・ジェイムズは、「彼女のどの小説よりも、この小説は彼女の道徳意識から、膨大な量の文学的研究に巡らされた道徳意識から発展したものだ[3]」と述べている。

エリオットは他の作品と同様に、主人公ロモラの前に複雑な人間関係とそれにより生じる困難な状況を構築し、彼女に様々な道徳的選択を迫る。ロモラに課される選択は複数あるが、それを端的に集約するのは「服従の神聖 (the sacredness of obedience)」と「反逆の神聖 (the sacredness of rebellion)」[4]のどちらを選ぶか、という内的葛藤の場面であると言える。これらの言葉が直接的に指すのは、教皇側と対立するドメニコ派修道士サヴォナローラの宗教的苦悩だが、一方で作者は彼とロモラの葛藤が同質のものだと説明する。[5]この場面のロモラの葛藤は、夫ティートの利己的性質に耐えられなくなったことで前面化し、もはや抑制不能となった彼女の反逆心は夫のもとを去る決意を固める。だがここで着目したいのは、この服従か反逆かというロモラの選択は、実際にはティートのみならずその他の主要な人物に対しても展開されているという点である。本論では、服従と反逆というロモラの精神的葛藤の問題を中心に据え、特に父子関係並びに男女関係のあり方に焦点を当てて考察を進めていく。様々な苦悩の末に子が父親を、そして女性が男性を超越、脱却するというモチーフが小説中に展開されていることに着眼し、この作品におけるエリオットの道徳的主題を検証したい。

二

ロモラの人生に関して注目すべき特徴は、導き手や教示者となる人物が周囲に絶えず存在し、その多くが父親像 (father figure) を担っているという点である。ロモラにとっての父親像は、実父バルドを筆頭にして様々な形で提示されている。バルドは自らのギリシャ古典研究を娘に手伝わせることで学問的指導を施し、ロモラもまた父の仕事に絶対の敬意を抱いている。サヴォナローラは、ティートから逃避しようとしたロモラに対してフィレンツェに留まるよう説得して以来、文字通りロモラの「精神的な父」[6]と化し、彼女にとって「導きと力の源」（五七三）となる。また、ロモラの名付け親であるベルナルドはバルドの死後も彼女を後見し、「我が子よ」「私はお前の父だ」（五三五）と呼びかけている。更には、ロモラとの関係が希薄なバルダサッレですら、養父である自分を見捨てたティートと結婚した彼女に対して「あなたは私の娘となっていただろうに！」（五三〇）と発言し、父子関係のモチーフの存在を浮かび上がらせる。小説中には、これらの父親像に対して従順な姿勢であろうと努めるロモラの真摯な様子が繰り返し描写されている。この従順さの原因は、「父の書物以外の世界に関してはいかにも女の子らしく単純で無知な状態」（一〇四）にある彼女の不安と精神的脆弱さにある。

しかしながら、小説中には父親に反抗する子のパターンが並行して描かれており、これらは従順なロモラの将来的な反逆行為を予兆する。例えば、バルドの息子ディーノはキリスト教に帰依することにより、異教徒である父から永遠に離反する。ティートは生き別れとなった養父バルダサッレを見放し、奴隷の境遇で再び目の前に現れた彼を狂人呼ばわりする。バルダサッレから事の真相を聞かされたロモラは、ディーノとティートがともに父親を見捨てた事実をオーバーラップさせている。また、ロモラとの結婚によりバルドの息子となったティートは、自らの学問研究を継承してほしいという義父の望みを裏切り、彼の蔵書を売却する。これら一連の背反行為に関して、ジリアン・ビアはこの小説が「父親を解体し裏切る行為に満ちている」[7]と述べているが、後述するようにこの指摘はロモラの生き方にも当てはまる。

ロモラの反逆のあり方について考察する前に、彼女が服従か反逆かの選択を直接的に意識したティートとの関係について考えてみたい。ティートは先に述べたような父親像を担っているわけではない。しかし、豊かな学識を持ち多方面に秀でた彼は、ロモラにとってやはり導き手の一人としての資質を持つ。ティートと父親的存在の人物たちとに共通するのは、ロモラを精神的に支配する権威的立場にあり、彼女もその権威に従おうと努めることで両者の関係が成立しているという点である。「既に確立された掟の価値を新たに決定せねばならず、あるいはどの権威を受け入れるかを決定せねばならないが故に、ロモラの選択は困難なものである[8]」というキャロル・ロビンソンの指摘は、ロモラの反逆の至難さと価値を明確に示している。権威の行使によりロモラを服従させる最たる例はサヴォナローラであろう。その性質を表す言葉として、小説中には三度「権力を愛する(power-loving)」(二七二)(五七六)(六一五)という形容句が用いられている。圧倒的な影響力を受けたロモラにとって、サヴォナローラの道徳的な力は「彼女が従う唯一の権威(authority)」(五四〇)と化す。ティートの場合も同じく強い権力志向を持っていることが強調されている。一方でフィレンツェにおける政治的成功を求める彼は、家庭内においては「支配(mastery)しようとする夫としての決意」(四八九)を持ち、「私はお前の支配者(master)だ」(四八三)と言い放つ人物である。これに対して、ロモラは自己の「劣性(inferiority)」(三〇九)を自らに納得させ、「自分の性質を夫の性質に従わせる(subdue)」(三一三)努力をする場面が繰り返される。ここで確認しておきたいのは、ロモラに優越する人物には父親的存在のみならず、夫という同世代の男性も含まれるという点である。つまり、ロモラの潜在的な反逆の対象は、父親像を含め広く男性一般に向けられていると解釈できるのだ。ロモラは父親に対する子、男性に対する女性という上下関係の中で、服従することを余儀なくされる立場にある。

それでは、ロモラの服従から反逆へのプロセスはどのように展開されるのだろうか。ティートのもとを去るか否かを巡る葛藤に苦悩するロモラを、作者は以下のように描写する。

> 彼女は、広く枝分かれした義務であると自分が認識している外部の掟(an outward law)の要求と、ますます断固たるものになりつつある内部の道徳的事実(inner moral facts)の要求との葛藤に、再び突き

戻されていた。（五五二）

ここでの義務とは、サヴォナローラによって諭された、理由はどうあれ夫ティートのもとに留まるべきであるという妻としての義務である。サヴォナローラの影響力により一旦は納得したロモラであったが、この場面では再び選択すべき最良の道を模索している。「反逆の神聖」とは、外部から課される支配によってではなく、自己の内なる道徳的判断に従って行動することに他ならない。ジョージ・レヴィンが主張するように、「ロモラの道徳的経験は、外界の諸々の圧力にもかかわらず、外部の導きから解放されて自己と完全に対峙することにかかっている[9]」のである。そしてロモラの道徳的判断の礎となるのは、外界の導き手たちの内部にあるエゴイズムの存在である。「我々はすべて道徳的に愚鈍の状態に生まれついていて、この世界を自己という至高の存在を養ってくれる乳房だと思っている[10]」というエリオットの言葉に最もよく示されているように、人間のエゴイズムは彼女の主要な文学的主題の一つであり、その分析はすべての作品において展開されている。ロモラは年齢や地位において優勢に見える人間の道徳的欠点を認識することにより、彼らを超越していく足掛かりを得るのだ。以下、ロモラを巡る主要な導き手のエゴイズムと、それに対する彼女の反応について考察する。

まずバルドについて見てみると、自分の学問的財産を継承してほしいという彼の願いは、純粋に学問の発展のためではなく、自己の名声を後世に残したいという衒学者的欲望から出ている。ロモラは父の命令に決して逆らうことはないが、実は学問的仕事の手伝いに「退屈さ」（九五）を感じ、内心では「反抗的(rebellious)」（三〇八）であるというコメントが、作者によって挿入されている。このことは、父への愛情と義務感のために明確な意識には上らないものの、実際は彼の我欲に耐えてきたロモラの心理的側面を浮き彫りにする。バルドの狭量な女性蔑視の考え方も、彼女の内的反抗を生じさせる間接的な要因であろう。バルドは自分の助手としてのロモラの限界を確信し、それを「女の精神の浮ついた性質」(九七)に帰する。彼の発言に作者のアイロニーが込められているのは明白である。ロモラは子として父の考えに同調するが、内心ではその偏見に満ちた言葉に傷つく。この意味で、バルドは父親ばかりでなく男性としてもロモラを抑圧する存在である。これらの心理的抑圧の蓄積の結果、彼女が父の死の際に感じたのが「希望」と「喜び」(三二〇)であったのも決して不自然ではない。

ティートは「裏切り者(traitor)」と何度も形容されるように、作品中最も利己主義的な人物として描かれる。彼の性質の根底にあるのは「道徳とは無縁の快楽主義[11]」であり、自分から「快楽(pleasure)」(一六九)を奪う事象を常に回避あるいは隠蔽しようと画策する。先述したバルドとバルダサッレに対する残酷な仕打ちも、この邪悪な性質が土台となっている。ティートの冷酷さが徐々に露呈するにつれ、ロモラの心は彼から離反していく。バルドの遺志を裏切り、蔵書を売り払うという彼の独善性を目の当たりにしたロモラはついに「反発(repulsion)の力」(三九一)を獲得し、「彼に服従することはできない(I cannot be subject to him)」(三九一)と断言する。ここで生じた反逆心が決定的になるのは、ティートが養父バルダサッレを見捨てた事実、そして彼には隠し妻テッサとその子供がいる事実を、バルダサッレから知らされた時点である。ティートとの最後の対話における「私たちを一つにする掟に従うことはできません(the law that should make us one can never be obeyed)」(五六七)というロモラの言葉は、妻としての服従に終止符を打つ宣言として解釈できる。

サヴォナローラに対してロモラが反逆の姿勢を見せるのは、物語の後半、ベルナルドがメディチ派の一人として謀反の罪により捕らえられた時である。名付け親の助命を懇願する彼女に対し、サヴォナローラは無情にも自分の党派の大義を優先させる主張をする。この非人間的な言葉の中に「エゴイズムの響きのみ」（五八七）を聞き取ったロモラは、ベルナルドの処刑を空しく見届けた後、「新たな反逆（rebellion）」（五八六）の心境でフィレンツェを脱出する。

さて、以上のようなロモラの反逆に関して看過できない点は、導き手の役割を担う周囲の男性がすべて死に至るという事実である。バルドは老衰で死亡し、サヴォナローラは教皇批判により火刑に処せられ、ティートは復讐に燃えるバルダサッレの手で殺害される。これらは決して偶然ではなく、ロモラの反逆姿勢を極端な形で後ろ楯するかのような意図的なプロット設定であると考えられる。ロモラはもちろん彼らの死に直接関与するわけではないが、彼らが姿を消すのと前後して彼女の新たな人生の方向性が開けてくるという筋書きは示唆的である。これに関連して、バルダサッレはティートとの関係に苦悩するロモラの「分身（double）」であり、彼の復讐はロモラの願望の裏返しである、というサンドラ・M・ギルバートとスーザン・グーバーの解釈は興味深い[12]。ロモラが最終的に夫との生活から逃避行する場面と、バルダサッレがティートへの復讐に成功する場面は並行して描かれている。ロモラが船に乗って水面を流されるのに対し、バルダサッレは川辺でティートに遭遇することになる。ティートに対する両者の心理的類似性を念頭に置けば、これより前にバルダサッレが一緒に復讐しようと誘った時、彼女が発した「私は他の方法でお手伝いします」（五三四）という言葉は言外の響きを帯びる。ティートの死にはロモラの反逆姿勢が間接的に反映されていると解釈できるのだ。ただし皮肉なのは、船上のロモラが失意のあまり死を願うのに対し、バルダサッレは強い復讐心のため生に執着しようとした点である。結果的には、ロモラが逃避行の末に人生の新たな局面に到達するのに対し、バルダサッレはティート殺害と同時に自らも死に至るのである。更に付け加えれば、ベルナルドやディーノなど、特にロモラの反逆の対象とは言えない男性までが死に至る事実も注視すべきであろう。ポーリン・ネスターは、男性登場人物の死は敵意や対立に満ちた男性世界の破壊性を示すもので、その世界と距離を置くロモラの女性的な性質とは対照をなすという主張をしている[13]。これまでも述べてきたように、ロモラの反逆は確かに男性的価値観との対比の中で捉えられるものであり、男性の死に対する女性の生命力が、作品の中では極端な対比の形で提示されているのだと考えられよう。この女性の優位性に関する問題については、後にまた詳しく検討する。

三

以上、ロモラを導き支配しようとする男性像について考察してきた。今度は両者の関係について思想的な視点から分析を加えることにより、彼女の葛藤の意味についての議論を更に深めてみたい。ローズマリー・アシュトンは、この小説の構造が、エリオットに影響を与えたオーギュスト・コントの提唱する歴史の三段階（神学的段階、形而上学的段階、実証主義的段階）に相当することを指摘している[14]。ロモラが導き手に影響され服従するのは、最初の神学的段階に当たる。この段階は更に拝物教的、多神教的、一神教的時期に区分されるが、ギリシャ人文主義に造詣の深いバルド、ティート、バルダサッレは古代社会の多神教、キリスト教思想を信奉するサヴォナローラとディーノは一神教の時期を表象する人物である。ロモラはまず最初にバルドの異教的な人文主義学問の洗礼を受け、次に同じ学問分野に造詣が深く、バッカスやアポロといったギリシャ神に喩えられるギリシャ人のティートと結婚する。そのティートの知的背景をなすのが、やはりギリシャの学問に通暁した養父バルダサッレによる教育である。そして、バルドが死に、ロモラがティートの利己主義から逃れようとした際に、熱烈なキリスト教指導者サヴォナローラが物語の前面に登場する。それと前後して、バルドの異教主義を嫌悪し出奔したディーノがロモラの前に現れ、キリスト教への帰依を狂信的に説いている。神学的段階の次に来る形而上学的段階は、前段階を批判する「否定的で破壊的[15]」な相であり、先の人物たちへのロモラの反逆姿勢がこれに相当する。そして最後の実証主義の段階は、反逆後に到達するロモラの新たな精神的境地に当たるが、それについては後に論じることにし、ここでは前節で考察した部分、即ち最初の二つの段階に相当する部分について、思想的な観点から改めて検討してみることにする。

エリオットと同時代の批評家R・H・ハットンは、十五世紀フィレンツェはギリシャの人文主義文化とキリスト教信仰とが互いに覇権を争う場であったと指摘する[16]。同じく同時代の詩人・批評家であるマシュー・アーノルドがその社会評論書『教養と無秩序』で用いた言葉で言い換えるならば、ヘブライ主義(Hebraism)とギリシャ主義(Hellenism)との対立と言うことができよう。アーノルドの論が最初に雑誌に連載されたのは一八六七年七月から翌年の九月で、『ロモラ』とそれほど時期的な大差がなく、また両者の提示する論点の大枠が類似しているのは興味深い。この小説は十五世紀末のフィレンツェを扱っているが、十九世紀英国の社会事情との共通点が多いことは、多くの批評家によって指摘されている[17]。エリオット自身も、小説の序文(Proem)において「現代の我々と過去の人間とは、差異に比べれば類似点の方が依然として多い」(四四)と述べ、両時代の近似性を強調する。アーノルドの主張を簡潔に要約すれば、当時の英国社会は「良心の厳しさ[18]」を重視するヘブライ主義に傾倒していたため、「意識の自発性」を特徴とするギリシャ主義を学ぶことにより真の教養を身につけねばならないというものであった。この二つの思想の究極的な目標はどちらも「人間の完成あるいは救済[19]」であり、故に両者を互いに補完させ合うことが重要となる。ではエリオットはこの両者に対して作品中どのような姿勢をとっているのだろうか。

ロモラの場合、傾倒していたギリシャ主義の後にヘブライ主義の思想が入り込んでくるという経緯を辿る。以下の引用は、狂信的な兄ディーノの死という心理的衝撃を受けた後、それとは対照的なティートと対面するロモラの分裂した精神状態を表している。

あの青白い悲しみと死の像から、まるで夜というものを知らぬ太陽神のようなこの明るい若々しさへ、それは何と不思議で不可解な転換だろう。どんな思想が、兄の顔に浮かんでいたあの憔悴した苦悩、目に見えぬ何かを求めるあのあがきと、この満ち足りた力と美とを結びつけ、両者が同じ世界に属することを説き明かすことができるのだろうか。それとも、両者を結びつけることは不可能で、互いに衝突する神々を盲目的に崇拝することで、初めは狂気じみた歓喜に、それから嘆き悲しみに浸ることしかできないのか。（一三八）

これはロモラの内部におけるヘブライ主義とギリシャ主義の葛藤を明確に示している箇所である。しかし、結果的にはこの葛藤も空しく、どちらの世界も破綻していることが小説中では示される。その理由を一言で表現するならば、前述したように、両者の世界を体現する人々のエゴイズムに帰することができるだろう。更に付け加えれば、バルドの盲目やバルダサッレの記憶力の減退という肉体的現象は人文主義学問の限界を象徴するものであり、同じ世界に属するティートが二人の願望を踏みにじる行為はその不毛さを決定づけている。また、ティートが学問から政治の世界へ転身を図ったのと同じく、サヴォナローラの宗教生活は政治的色彩を帯びる。ベルナルドの救助を拒む彼に対してロモラが発する「神の王国はもっと広大です」（五七八）という言葉は、キリスト教徒の偽善性を厳しく告発するものである。ディーノの信仰の偏向性と危うさは、「見えない世界から突然現れた恐ろしい幽霊」（一二六）というロモラの彼に対する印象によく表されている。以上のように、ヘブライ主義とギリシャ主義はどちらも否定的要素を内包していることが小説中には暗示されているのだ。ロモラがコントの第二段階、即ちこれら二つの思想的世界及びそれを唱道する導き手たちに反逆する段階を経るのは、必然的なプロセスなのである。だが、もちろんこれは作者がヘブライ主義とギリシャ主義の存在意義を否定しているということを意味するのではない。小説のエピローグで、ロモラはバルドとサヴォナローラを回顧し、各々の「偉大さ」（六七四－七五）を賞賛している。良き側面も悪しき側面も含め、彼女の受けた多大な影響力はその記憶から消し去ることはできないのだ。この意味で、確かにロモラはギリシャ・ローマとキリスト教という「西洋の二大伝統の継承者」[20]という性質を持つ。彼女はギリシャ主義とヘブライ主義から学んだ部分を吸収し、かつそのどちらにも属さず自らを脱却させることで独自の生き方に到達するのである。ギリシャ主義にせよヘブライ主義にせよ、小説中では男性によって導きがなされている点は重要だと思われる。なぜなら、西洋文化の二大潮流が男性的な価値体系であることへの暗示をそこに読み取るならば、それらを脱却した後のロモラは、両世界の「より広い女性的統合」[21]の可能性を秘めているからである。その舞台こそがコントの第三段階、即ち「反逆」後のロモラの新たな境地ということになるが、前節の最後で論じた女性の優位性の獲得という視点を含め、この段階における彼女の姿勢がいかなるものなのかを次に考察する。

四

サヴォナローラに対する「新たな反逆」でフィレンツェを離脱したロモラは、疫病に苦しむ村に漂着し人々を救う。「ロモラの目覚め（Romola's Waking）」という象徴的なタイトルの六十八章において、ロモラは「聖母（Holy Mother）」（六四四）として文字通り新たな段階へと覚醒する。しかし、これはもちろんキリスト教的、ヘブライ主義的な聖母像ではない。ロモラが到達する心境は以下の通りである。

もし十字架の栄光が幻ならば、それだけ悲しみは真実味を増す。私の腕に力がある限り、気を失いかけている人々にそれを差し伸べよう。光が私の目を訪れる限り、この目で見捨てられた人々を探し求めよう。（六五〇）

ここに示されているのは、エリオットが棄教体験の後に到達した、人間による愛を根本原理とするコント的、そしてフォイエルバッハ的「人間宗教（religion of humanity）」の概念に他ならない[22]。利他主義（altruism）を重視するコントの実証主義的段階[23]は、まさにロモラのこの心的状態を指している。この場面における主人公の精神的発展の描写はいかにもエリオット的であるが、同時にそのあまりに理想主義的な提示の仕方は、エリオット文学の長所であるリアリズムの枠を逸脱しているとの批判を免れえない。だがここではそのような批判の是非を問題とするよりも、ロモラの覚醒に伴うある変化に着目したい。それは、ロモラが村の司祭と若者に「相手を鼓舞するような権威（authority）」（六四八）を持った口調で話しかけ、相手を「服従する（obey）ことを強いるような特異な影響力」（六四八）の下に置いていたと描写されている点である。ここには、この段階におけるロモラが導かれる者から導く者へと変貌を遂げている事実が明示されている。ロモラが献身的に人々の救済活動を試みたのはこれが二度目である。一度目はサヴォナローラのカリスマ的権威に影響され、いわば受動的な形でフィレンツェの人々に尽くした二年間であったが、今回の場合は彼への信頼を失い、服従する姿勢を失った後に表出した自発的な行動である。サヴォナローラへの反逆後のロモラは、あたかも彼の行動を踏襲するかのように、周囲を服従させる導き手の性質を帯びているのだ。

同様のことは、フィレンツェに戻ったロモラが世話をするテッサやその子供たちとの関係においても当てはまる。彼らに対するロモラの立場は導き守る者のそれであり、テッサ親子の面倒を見る彼女の地位は不動である。この上下関係の強固さは、実はテッサとの関係の初期段階から暗示がなされていた。初めて交わしたロモラとの長い対話の中で、「ロモラの不思議な権威（authority）の持つ強制力」（五五〇）に圧倒されたテッサは、ティートとの秘密の結婚生活について躊躇しながらも告白する。無知で純朴なテッサは、この時ロモラの前に全く無力である。この時点でロモラはテッサがティートの隠し妻であることを確信し、その直後の場面で彼への反逆を決意することになるのだが、この推移は非常に示唆的である。つまり、テッサ親子との主従関係は、ティートとの主従関係が消失する決定的段階と結びつく形で確立されているのだ。更に重要なのは、ロモラが実父ティートの代わりに子供たちの導き手としての役割を担うことになる事実である。二人の子供のうち、とりわけ息子のリッロとの関係は注目に値する。エピローグで読書をしているリッロの前にたたずむロモラの姿は、まさに教示者の様相を呈している。ジェニファー・ユーグローはこの小説のテーマを、ロモラが男性主導の人生の末に自らを解放させて家母長（matriarchal head）となり、自己の信念に従って次世代の男性を形成することにあると捉えている[24]。確かに、ロモラはバルド、ティート、サヴォナローラといった男性との主従関係を経験した後、一人の独立した女性として未成熟な少年リッロを導こうとする。先に言及した、導き手としての男性が皆死ぬパターン、そしてロモラの聖母像はこの文脈に沿って理解すべきものであろう。しかし、導き手としてのロモラ像には疑問の余地が残る。自分の将来について「僕はたくさんの楽しみ（pleasure）を邪魔されないようなことをしたい」（六七四）と語るリッロの姿は、快楽を求める父ティートを思い起こさせ、彼と同じエゴイズムが繰り返される未来を予期させる。ここには、リッロがロモラに「反逆」する日が来ることが示唆されているのではないだろうか。キャロル・ロビンソンが批判するように、男性的要素を抑制し、ロモラを作品に残された唯一の権威者として結論を図ることは回避的なやり方であると言えるであろう[25]。リッロの言葉は、このような図式的展開が困難なことを示しているのだ。

以上、主人公ロモラの道徳的葛藤とその問題点について考察を行ってきた。彼女は優位的地位にある導き手の男性に反逆し乗り越えるという、「ジョージ・エリオットの他のどの小説においても並ぶものがないほどの女性の独立と自律[26]」を持った人物像として提示されている。だがその一方で、先に述べたような懸念すべき要素が残されているのも事実である。また、外部社会に対するロモラの関わり方が曖昧なものに終わっている点も看過できない。男性が作品の表舞台から姿を消した後、それに代わる導き手となるべきロモラは、彼らとは対照的に、周囲の社会と積極的に関わりを持つようには描かれない。サヴォナローラの感化によって目覚めさせられた公的な奉仕活動は、彼の没落と共に影を潜め、家族団欒という私的な場面で作品の幕が閉じる。この閉鎖性は、この小説が歴史小説という枠組みを持っていることで更に際立ったものとなっている。歴史の大きな流れにコミットしない範囲内で自己の世界を確立し維持するのが、ロモラという女性像の限界と言えよう。しかし、後に書かれた大作『ミドルマーチ』では、主人公ドロシアの生涯について、「この世界の善が増大するのは、一部には歴史とは関係のない行為によるのだ[27]」と述べられ、非歴史的な行為の持つ価値が称揚されている。ロモラの非社会性や非歴史性は、政治を通して社会に関わろうとした利己主義的なティートやサヴォナローラの転落を考え合わせると、そのアンチテーゼとして能動的な意味を持つとも言える。このことを念頭に置けば、「偉大な人間に伴う最高の幸福は、広い考えを持ち、自分ばかりでなく世間の他の人々にも深い思いやりを感じて初めて得られるものなのよ」

（六七四）というロモラのリッロに対する戒めの言葉は、やや観念化された教訓主義的な響きはあるものの、精神的導き手としてのロモラに存在意義を与えるものであり、またそこには社会改良論者（meliorist）[28]としてのエリオットの道徳的主張の一端が表れていると言えよう。

注

（1） David Cecil, *Early Victorian Novelists: Essays in Revaluation* (1934; London: Constable, 1943) 305.

（2） Gordon S. Haight, ed., *The George Eliot Letters*, vol. 4 (New Haven: Yale UP, 1955) 103-04.

（3） F. R. Leavis, *The Great Tradition* (London: Chatto & Windus, 1948) 48.

（4） George Eliot, *Romola* (1863; Harmondsworth: Penguin, 1980) 553. 以下の引用はすべてこの版に拠り、本文中に頁数のみを記載する。日本語訳については、工藤昭雄訳『ロモラ』（集英社、一九八一年）を参照し、必要に応じて拙訳を加えた。

（5） *Letters*, vol. 4, 97.

（6） George Levine, "*Romola* as Fable," *Critical Essays on George Eliot*, ed. Barbara Hardy (London: Routledge, 1970) 88.

（7） Gillian Beer, *George Eliot* (Brighton: Harvester, 1986) 121.

（8） Carole Robinson, "*Romola*: A Reading of the Novel," *George Eliot: Critical Assessments*, vol. 3, ed. Stuart Hutchinson (Mountfield: Helm Information, 1996) 211.

（9） Levine, 90-91.

（10） George Eliot, *Middlemarch* (1871-72; Harmondsworth: Penguin, 1985) 243.

（11） Peter C. Hodgson, *The Mystery beneath the Real: Theology in the Fiction of George Eliot* (Minneapolis: Fortress, 2000) 88.

(12) Sandra M. Gilbert and Susan Gubar, *The Madwoman in the Attic: The Woman Writer and the Nineteenth-Century Literary Imagination* (New Haven: Yale UP, 1979) 495.

(13) Pauline Nestor, *George Eliot* (Basingstoke: Palgrave, 2002) 102.

(14) Rosemary Ashton, *George Eliot* (Oxford: Oxford UP, 1983) 51-53.

(15) Ashton, 51.

(16) David Carroll ed., *George Eliot: The Critical Heritage* (London: Routledge, 1971) 200.

(17) 例えば Robinson, 213 や、Felicia Bonaparte, *The Triptych and the Cross: The Central Myths of George Eliot's Poetic Imagination* (New York: New York UP, 1979) 127 など。

(18) Matthew Arnold, *Culture and Anarchy* (1869; Cambridge: Cambridge UP, 1960) 132.

(19) Arnold, 130.

(20) Hodgson, 87.

(21) David Carroll, *George Eliot and the Conflict of Interpretations* (Cambridge: Cambridge UP, 1992) 181.

(22) エリオットの「人間宗教」に関する研究については、Bernard J. Paris, "George Eliot's Religion of Humanity," *George Eliot: A Collection of Critical Essays*, ed. George R. Creeger (Englewood Cliffs: Prentice-Hall, 1970) 11-36 を参照。コントとフォイエルバッハの共通点については、Basil Willey, *Nineteenth Century Studies* (London: Chatto & Windus, 1949) 228 に言及されている。

(23) J. B. Bullen, "George Eliot's *Romola* as a Positivist Allegory," *George Eliot: Critical Assessments*, vol. 3, ed. Stuart Hutchinson (Mountfield: Helm Information, 1996) 240.

(24) Jennifer Uglow, *George Eliot* (London: Virago, 1987) 159-60.

(25) Robinson, 220-21.

(26) Mary Wilson Carpenter, *George Eliot and the Landscape of Time* (Chapel Hill: U of North Carolina P, 1986) 61-62.

（27）*Middlemarch*, 896.
（28）*Letters*, vol. 6, 333-34.

あとがき

園井英秀先生の九州大学のご退官が近づくにつれ、記念論文集を刊行しようという気運が高まり、木原謙一氏とともに私も世話係をさせていただいた。

論文集には園井先生と特にご親交のある現在関西学院大学教授の小澤博先生に特別にご寄稿をお願いすることになった。ご寄稿をお引き受け下さった小澤先生に厚くお礼を申し上げたい。園井先生にはご論考とともに序文のご執筆をお願いした。お引き受け下さった園井先生に深く感謝申し上げる次第である。ご論考をお寄せ下さった皆様にも心よりお礼申し上げたい。世話係の仕事では、とても多くの部分を木原氏に助けていただいた。木原氏に厚くお礼を申し上げたい。九州大学出版会の藤木雅幸氏には出版に至るまで、大変にお世話になった。ここにお礼を申し上げる次第である。

園井英秀先生は博士論文であるご著書『冬の目覚め』(九州大学出版会、一九九九年)にまとめられた詩人ロバート・グレイヴズのご研究をはじめ、古い時代から近現代に至るまで幅広いご研究をなさってこられた。九州大学の英文科では二十一年の永きにわたって教鞭を執ってこられ、その間、九州大学評議員、文学部長として大学運営にも多大な貢献をされた。その温かいお人柄は、執筆者の全員が存じ上げるところである。私自身も九州大学に赴任してからの九年間、園井先生には講座内のさまざまな仕事や難題から防波堤のように守っていただいてきた。イギリス小説担当の助教授として九年前に選んでいただいた際の先生のご期待に添える活躍を私が全くできていないのが何より悔やまれるが、教え甲斐のある九州大学のこの英文科で私は全く幸福に過ごしてきた。そのことについて園井先生には特に深く感謝申し上げている。この場をお借りして、お礼を申し上げたい。

国立大学の法人化で「教官」は「教員」と呼ぶのが正式になり、「退官」も「退職」と呼び習わすべきかもしれない。「官」などという言葉から解放されたのはよいことではあるが、園井先生のご退職はやはり長年耳慣れたご退官という言葉で表現したいように私は感じている。園井先生は大学改革や大学院重点化など、最も困難な問題の押し寄せた時期に大学の要職にあって舵取りをなさってきた。大学運営に関わる先生のそのご功績を決して軽んずるのではないけれども、しかし、園井先生は何よりもまず優れた研究者、教育者であられる。研究者、教育者としての園井先生を尊敬し、お慕いする教え子、同僚一同寄り集って、先生のご退官を機に、ここに先生への感謝の気持ちを示させていただくものである。

二〇〇五年一月

鵜飼 信光

執筆者一覧（執筆順）

大和高行（やまと　たかゆき）	鹿児島大学法文学部助教授
小澤博（おざわ　ひろし）	関西学院大学文学部教授
園井英秀（そのい　えいしゅう）	九州大学大学院人文科学研究院教授
杉本美穂（すぎもと　みほ）	福岡大学非常勤講師
村岡三奈子（むらおか　みなこ）	長崎純心大学人文学部助教授
後藤美映（ごとう　みえ）	福岡教育大学教育学部助教授
中村ひろ子（なかむら　ひろこ）	福岡大学人文学部教授
園田暁子（そのだ　あきこ）	日本学術振興会特別研究員
園井千音（そのい　ちね）	琉球大学法文学部助教授
木原謙一（きはら　けんいち）	北九州市立大学文学部助教授
中島久代（なかしま　ひさよ）	九州共立大学経済学部助教授
山崎(古賀)美穂子（やまざき・こが・みほこ）	佐賀大学非常勤講師
虹林慶（にじばやし　けい）	九州工業大学工学部講師
高本孝子（たかもと　たかこ）	水産大学校助教授
田中雅子（たなか　まさこ）	九州共立大学工学部講師
松田雅子（まつだ　まさこ）	長崎大学環境科学部助教授
山内暁彦（やまうち　あきひこ）	徳島大学総合科学部助教授
村田(井原)美和子（むらた・いはら・みわこ）	九州産業大学非常勤講師
鵜飼信光（うかい　のぶみつ）	九州大学大学院人文科学研究院助教授
池園宏（いけぞの　ひろし）	山口大学人文学部助教授

編者紹介

園井英秀（そのい・えいしゅう）文博

1942年生まれ。

1968年，九州大学大学院文学研究科博士課程（英文学専攻）退学。

現在，九州大学大学院人文科学研究院教授

著書　『冬の目覚め』（九州大学出版会）他。

論文　High Windows vs. Hautes Fenêtres: Philip Larkin and symbolism (*Studies in Literature*)

「マヨルカにおけるローラ・ライディングの批評とロバート・グレイヴズ」（『文學研究』）他。

英文学《えいぶんがく》と道徳《どうとく》

2005年3月5日　初版発行

編　者　園　井　英　秀

発行者　福　留　久　大

発行所　（財）九州大学出版会

〒812-0053　福岡市東区箱崎7-1-146

九州大学構内

電話　092-641-0515（直　通）

振替　01710-6-3677

印刷・製本／㈲レーザーメイト・研究社印刷㈱

　ISBN4-87378-856-0